MARIE BARTON

8 Y²
60596

A LA MÊME LIBRAIRIE

OUVRAGES DE Mᵣˢ GASKELL

à 1 fr. 25 c. le volume.

Autour du sofa. 1 vol.

Cranford. 1 vol.

Marguerite Hall (nord et sud). 2 vol.

Ruth. 1 vol.

Les amoureux de Sylvia. 1 vol.

Cousine Phills. — L'œuvre d'une nuit de mai. — Le héros du fossoyeur. 1 vol.

Coulommiers. — Typog. Paul BRODARD.

Mrs GASKELL

MARIE BARTON

ROMAN ANGLAIS

TRADUIT AVEC L'AUTORISATION DE L'AUTEUR

PAR Mlle MOREL

PARIS

LIBRAIRIE HACHETTE ET Cie

79, BOULEVARD SAINT-GERMAIN, 79

1882

MARIE BARTON.

CHAPITRE PREMIER.

Il y a tout à côté de Manchester une plaine qui, sous le nom de Green-Heys-Fields, est bien connue des habitants de cette ville. Un sentier la traverse, et conduit à un petit village éloigné d'environ deux milles. Pas un accident de terrain, pas un bouquet d'arbres ne vient rompre la monotonie de ces terres basses et plates; et pourtant elles possèdent un charme incontestable que le montagnard lui-même est forcé de reconnaître, et qui naît du contraste de la vie des champs avec le mouvement affairé, le bruit et le fracas de la cité commerçante que l'on a quittée quelques instants auparavant.

Çà et là une vieille ferme aux bâtiments dispersés, aux murailles peintes de noir et de blanc, rappelle une époque déjà loin de nous, et permet d'assister aux travaux de la campagne, dont le spectacle a toujours pour l'habitant des villes un intérêt profond et mystérieux.

L'artisan qui vient s'y reposer du bruit incessant des machines et des cris de la cité écoute avec délices les mugissements lointains du bétail, la voix des jeunes filles rappelant au soir les vaches que l'on va traire, et les gloussements joyeux de la basse-cour, mêlés à cette vague harmonie qui s'élève de la plain au milieu du silence qu'elle anime.

Il n'est donc pas étonnant que, chaque dimanche, Green-Heys-Fields soit un lieu de rendez-vous pour cette multitude qui toute la semaine est enfermée dans les ateliers de Manchester; et vous comprendriez que la foule se pressât plus qu'ailleurs près d'un certain échalier, s'il m'était possible de vous décrire le charme tout particulier de cet endroit. Auprès est un étang dont les eaux profondes et limpides reflètent le feuillage des arbres touffus qui se penchent sur ses bords et les couvrent de leur ombre. Ses rives escarpées s'abaissent et viennent par une pente insensible rejoindre l'une de ces vieilles fermes dont j'ai parlé plus haut. Un rosier couvre entièrement le portail de cette ancienne demeure, et dans le jardin qui l'entoure se trouvent pêle-mêle, déployant sans contrainte leur végétation luxuriante, des plantes et des fleurs, communes il est vrai, mais parfumées, dont l'origine remonte à l'époque où ce jardin appartenait au seul droguiste du voisinage.

Cette ferme et ce jardin sont environ à cent pas de la barrière que j'ai signalée comme un endroit de prédilection pour la foule, et qui permet, en s'ouvrant, d'aller d'un vaste pâturage dans un pré plus petit, séparés l'un de l'autre par une haie d'aubépine, au pied de laquelle se trouvent des primevères et parfois des violettes.

Je ne sais pas si c'était un jour de repos accordé par leurs maîtres, ou si les ouvriers l'avaient pris au nom de la nature pour fêter la venue du printemps; mais toujours est-il qu'une après-midi du mois de mai (il y a de cela dix ou douze ans), jamais la foule n'avait été plus nombreuse à l'échalier des pâturages. Le matin, il était tombé une de ces tièdes ondées qui forcent les bourgeons à s'entr'ouvrir; puis un léger vent d'ouest avait chassé les nuages; le soleil s'était montré, la vie tressaillait partout, sous l'épiderme naissant, sous l'écorce durcie; et le vieux saule, qui la veille encore mirait dans l'eau ses branches nues et brunes, avait pris ce vert tendre glacé de gris, dont la nuance indéfinissable s'harmonise si bien avec les premières teintes du printemps.

De nombreuses jeunes filles au rire sonore, à la voix haute, dont l'âge variait de douze à vingt ans, arrivaient par bandes et traversaient la plaine d'un pas léger; pour la plupart, employées dans les fabriques, elles portaient le châle que les ouvrières de cette classe mettent presque toutes quand elles sortent, et qui se transforme, lorsqu'il fait froid ou que le temps est humide, en mantille espagnole ou en plaid écossais.

Leurs traits irréguliers et flétris avant d'être formés, leur visage d'une pâleur maladive et généralement sans beauté, frappaient néanmoins l'observateur par une expression de finesse et de précoce intelligence qu'on a souvent remarquée parmi les ouvriers des grands centres industriels.

Des gamins et des adolescents, ou plutôt de jeunes hommes, se mêlaient aux promeneurs, toujours prêts à échanger un quolibet avec le premier venu, et cherchant à lier conversation avec les jeunes filles, qui s'éloignaient d'eux moins par réserve que par esprit d'indépendance. Çà et là, au milieu de cette foule bruyante, on distinguait deux amants qui se parlaient bas, sans rien voir autour d'eux; ou bien un mari et sa femme accompagnés de leurs enfants : le plus jeune porté par le père, et les trois ou quatre autres surveillés par la mère et trottinant auprès d'elle.

Deux individus entre tous s'étaient rencontrés et salués amicalement près de l'échalier que nous avons déjà cité : l'un de ces hommes, véritable type de l'ouvrier de Manchester, né de parents qui avaient comme lui passé leur existence dans les ateliers d'une fabrique, était chétif et grêle; sa taille, au-dessous de la moyenne, semblait n'avoir pu prendre tout son développement, et sa figure amaigrie, son teint décoloré, disaient assez les privations qu'il avait eues à supporter dans son enfance, quand le chômage ou l'imprévoyance réduisait ses parents à la profonde misère qu'il lui fallait subir. Ses traits fortement accentués ne manquaient pas d'une certaine régularité; et sa physionomie, qui annonçait une volonté ardente, faisait pressentir en lui un enthousiasme sérieux, latent si l'on peut dire, aussi puissant pour l'entraîner vers le bien que pour le pousser au mal, suivant les circonstances qui pesaient sur sa vie. A l'époque dont nous parlons, c'était l'influence généreuse qui semblait prédominer en cet homme; et quiconque aurait eu besoin d'un service eût pu le lui demander sans crainte, presque certain de n'être pas refusé. Il était avec sa femme, dont l'incontestable beauté, malgré les larmes qui avaient rougi ses yeux et gonflé ses paupières, avait la fraîcheur et la simplicité qui caractérisent les jeunes filles de la campagne, et les font distinguer aisément au milieu d'une population manufacturière. Elle était dans un état de grossesse fort avancé, et le chagrin qu'elle paraissait avoir devait peut-être à cette circonstance de se traduire par des sanglots et des mouvements convulsifs qui n'étaient pas dans sa nature. L'ami que venaient de rencontrer ces deux personnes, plus grand et plus fort que celui dont il vient d'être question, et d'une sensibilité moins profonde, sans avoir moins bon cœur, témoignait par sa figure ouverte et souriante d'un caractère plus facile et surtout plus heureux. Il portait dans ses bras un tout petit enfant; et sa femme, qui l'avait accompagné, frêle créature, pâle et boiteuse, en tenait un autre du même âge; pauvres jumeaux, qui avaient hérité de la faiblesse de leur mère.

«Eh bien, John, comment allez-vous tous? dit celui-ci, dont le joyeux visage prit en disant ces mots une expression affectueuse. Avez-vous des nouvelles d'Esther? ajouta-t-il plus bas, tandis que sa femme, d'une voix douce et plaintive, adressait la parole à mistress Barton, dont les pleurs redoublèrent.

— Allons, femmes, c'est assez loin pour vous, dit John sans

répondre à la question qui venait de lui être faite ; Marie doit accoucher dans trois semaines, elle devient lourde ; et quant à vous, mistress Wilson, vous êtes dans les patraques, même quand vous allez bien. Ainsi donc, asseyez-vous sur l'herbe, elle est sèche, et vous n'êtes pas de ces gens qui s'enrhument pour si peu. Attendez, continua-t-il avec bonté, je vais étendre mon mouchoir par terre pour que vos robes ne se gâtent pas : les femmes tiennent tant à leurs habits ! Et maintenant donnez-moi le petit, qui vous fatigue ; je le porterai aussi bien que votre mari, et nous nous promènerons pendant que vous causerez avec ma femme ; tâchez de la consoler, pauvre chère âme ! Elle a pris ça trop à cœur, et je ne sais plus qu'en faire. »

Il reçut l'enfant des bras de sa mère et sourit à l'innocente créature ; mais quand il eut fait quelques pas et tourné le dos à sa femme, tout son courage parut l'abandonner ; il baissa la tête et ses yeux s'assombrirent.

« Ainsi, mon pauvre John, tu ne sais toujours pas ce qu'Esther a pu devenir ? redemanda Wilson avec un vif intérêt.

— Non ; et je dis qu'on ne le saura jamais ; on ne m'ôtera pas de l'idée qu'elle est partie avec quelque muguet. Ma femme se désole et pense qu'elle a été se noyer. Je lui réponds que ce n'est pas pour s'aller jeter à l'eau qu'on met ses habits de fête ; et mistress Bradshaw, sa logeuse, m'a dit que quand elle l'avait vue pour la dernière fois, mardi dernier, Esther avait sa robe des dimanches, un ruban neuf à son chapeau et des gants aux mains, tout comme une dame, qu'elle aurait voulu être.

— Pauvre fille ! une si jolie créature !

— Je ne dis pas non ; elle était douce à voir, et ce n'en est que plus dommage, répondit Barton en soupirant. N'as-tu pas déjà remarqué la différence qu'il y a entre les filles du comté de Buckingham et celles de Manchester ? Ce n'est pas ici qu'on trouverait ces joues roses et ces yeux bleus, qui deviennent tout sombres, sous leurs cils noirs comme les avait ma femme, et surtout la pauvre Esther ; jamais deux sœurs n'ont été si jolies. Mais à quoi bon ? la beauté n'est qu'un piége ; Esther en était si gonflée qu'on ne pouvait rien lui dire. C'était comme une soupe au lait, pour le moindre conseil. Ma femme, avec ça, la gâtait, parce que, vois-tu, elle est bien plus âgée, et pour elle, son Esther, c'était tout comme sa fille.

— Aussi je ne comprends pas qu'elle ait pu vous quitter pour demeurer chez d'autres.

— Eh bien ! voilà ; c'est le malheur des filles dans les manufactures. Elles gagnent de quoi se faire belles quand l'ouvrage

marche bien, puis après.... ma petite Marie n'ira jamais dans les
fabriques, je t'en donne ma parole. Pour Esther, comme pour
bien d'autres, tout passait en chiffons ; elle croyait se faire
valoir, tout comme si son minois eût eu besoin d'affiquets, et ça ne
rentrait plus qu'à la nuit, et tous les soirs plus tard, si bien que
j'ai dit ce que j'en pensais. Ma femme a trouvé que j'avais des
mots trop durs, mais je croyais avoir raison ; j'aimais beaucoup
la petite pour elle et pour sa sœur : « Esther, que je lui disais, où
« ça te mènera-t-il? voilà que tu as des bouquets sur la tête et des
« voiles; et tu sors à des heures où l'honnête femme est au lit; tu
« deviendras une coureuse, une bonne à rien, folle de son corps;
« mais rappelle-toi ce que je vais te dire : tu ne saliras pas ma mai-
« son de ton déshonneur, et ma porte te sera fermée, sans parenté
« qui tienne.—C'est bien qu'elle répondit, je vous en ôterai l'em-
« barras; je fais mon paquet et ne reste pas où l'on me traite de
« coureuse. » Elle était rouge comme une cerise, et ses yeux lan-
çaient des flammes ; mais quand elle vit pleurer sa sœur (tu sais
que Marie n'aime pas qu'on se dispute à la maison), elle courut
l'embrasser en disant de sa voix flûtée qu'elle valait mieux qu'on
ne pensait, et que.... Bref nous revoilà bons amis; car enfin, moi
je l'aimais avec son joli regard et ses rires qui nous égayaient
tous ; pourtant elle finit par nous dire, et je pensais qu'elle était
dans le bon sens, que nous serions meilleurs amis encore, si
elle logeait en ville et qu'elle vînt seulement nous voir.

— Ainsi vous étiez bien ensemble ? On avait dit que tu l'avais
renvoyée et que vous ne vous parliez pas.

— On vous fait toujours cent fois pires que vous n'êtes, reprit Barton avec humeur. Elle revenait souvent à la maison depuis qu'elle l'avait quittée ; lorsque, il y a eu dimanche huit
jours.... ma foi non, c'est dimanche dernier, elle vint le soir
prendre le thé avec nous, et c'est la dernière fois que nous l'ayons
vue.

— Y avait-il quelque chose dans sa manière qui vous parût
changé ?

— Je ne pourrais pas trop dire; et pourtant je l'ai trouvée
moins rieuse et comme plus douce, plus raisonnable. Il était
à peu près quatre heures quand elle entra ; elle défit son chapeau et le pendit à sa place, un vieux clou qu'elle avait pris pour
ça quand elle vivait chez nous ; elle s'approcha de sa sœur qui
souffrait, et se mit à causer, riant et pleurant tour à tour, mais
si doucement, si gentiment que je n'avais pas le cœur de lui
rien dire ; je me souviens seulement qu'elle prit ma petite Marie
par la taille.

— Et quand est-ce que tu ne diras plus « ma petite Marie » en nous parlant de ta fille? Sais-tu qu'elle est grande et belle à présent, comme on peut le voir aujourd'hui? interrompit Wilson.

— Bien, bien ; je l'appelle petite pour la distinguer de sa mère, qui se nomme aussi Marie. Je disais donc qu'elle prit l'enfant par la taille et que, de sa voix caressante, elle lui dit tout en la câlinant : « Que penserais-tu, Marie, si un jour je t'envoyais « chercher pour faire de toi une belle dame? » Je n'ai jamais pu souffrir cela et c'est moi qui ai répondu : « Il vaudrait mieux te « taire, lui ai-je dit, que de fourrer de pareilles sottises dans la « tête d'une brave fille. J'aime mieux lui voir gagner son pain à « la sueur de son front, comme dit la Bible, et qu'elle n'ait ja- « mais que du pain sec, entends-tu, que de la savoir une lady ne « faisant rien, passant la matinée à tracasser les marchands dans « leurs boutiques et les après-dînées à taper sur un piano, sans « jamais rendre service à personne avant d'aller se coucher. »

— Tu n'as jamais aimé le beau monde, dit Wilson, que la colère de son ami faisait sourire.

— Et je te demande ce qu'il m'a fait pour que je l'aime? répondit Barton, dont les yeux étincelèrent. Quand je suis malade, est-ce lui qui vient me soigner? Quand mon enfant est là, mourant devant moi, comme j'ai vu le pauvre Tom, me demandant avec ses lèvres blanches un morceau de pain que je ne pouvais lui donner, le beau monde m'apporte-t-il du pain et du vin qu'il faudrait pour sauver mon enfant? Si je reste sans ouvrage pendant plusieurs semaines, et que l'hiver nous arrive, qu'il gèle dur, que le vent d'est passe à travers les murailles, sans qu'il y ait de charbon dans ma grille, de couverture sur mon grabat, et qu'on voie, sous mes haillons, mon pauvre corps dont on compterait les os, le riche vient-il partager avec moi sa richesse, comme il le devrait s'il croyait à sa religion, dont il fait tant de parade? Et quand je serai mort et que Marie, pauvre femme, se désolera dans sa misère, est-ce une grande dame qui l'emmènera dans sa maison et la gardera près d'elle jusqu'au jour où la veuve pourra songer à vivre et savoir que devenir? Non; c'est le pauvre, et le pauvre seul, qui vient en aide aux malheureux; et ne me redis pas cette vieille histoire, que les riches ne savent pas nos misères; car moi je te répondrai que, s'ils ne les connaissent pas, ils devraient les connaître. Tant que nous pouvons travailler, nous restons leurs esclaves; c'est la sueur de nos membres qui fait toute leur fortune; et nous vivons aussi loin d'eux que si nous habitions un autre monde. Ah! oui, vraiment, il y a entre nous le gouffre qui sépare le mauvais riche de Lazare; mais je sais bien qui, là-haut, aura la meilleure place, ajouta-t-il avec un rire sinistre.

— Très-juste, dit Wilson, et tout cela peut être vrai; mais ce que je voudrais savoir, c'est à propos d'Esther.

— Eh bien! dimanche au soir elle nous a quittés de bonne amitié, en embrassant ma femme et ma fille et en me serrant la main, si bien que nous n'y avons pas fait attention; mais dans la soirée du mercredi, entre chez nous M. Bradshaw portant la malle d'Esther, suivi de mistress Bradshaw, qui en avait la clef; on commence à causer, et nous apprenons qu'Esther leur a dit la veille qu'elle revenait loger avec sa sœur, et que, pour son coffre, on pourrait l'apporter quand on en aurait le temps. Mistress Bradshaw croyait donc la trouver avec nous; et ma femme, entendant cette histoire, est tombée comme une morte en poussant un grand cri. Marie a couru chercher de l'eau pour sa mère, et moi, tout occupé de ma pauvre femme, je n'en ai pas demandé davantage. Le lendemain, pourtant, je suis allé dans le quartier des Bradshaw; j'ai parlé aux voisins : personne ne l'avait vue, et ne pouvait m'en rien dire. J'ai été trouver un agent de la police, un brave homme à ce que je sais, mais que je ne fréquente pas à cause de sa livrée; je lui ai demandé s'il pouvait nous aider à savoir quelque chose au sujet de ma belle-sœur, qui se trouvait comme perdue; il a fait des questions à tous ses camarades, et l'un a répondu que le mardi, vers huit heures, une jolie fille, qui ressemblait à notre Esther, marchait très-vite avec un petit paquet sous le bras, et que, près d'Hulme-Church, elle était montée dans une voiture de louage; il n'en savait pas le numéro, et tout s'est borné là. J'en suis fâché pour Esther, qui, d'une façon ou de l'autre, ne pourra qu'en souffrir; mais c'est ma pauvre femme surtout qui me fait grand'peine. Elle aimait tant sa sœur, tout comme sa propre fille; et, d'ailleurs, depuis la mort de Tom, elle n'a plus rien valu. C'est égal, mistress Wilson en causant lui aura fait du bien.

— Si nous étions encore voisins, je te dirais : « Sois tran-« quille; ma femme ira chez vous, et la tienne ne restera jamais « seule. » Mais Alice est toujours dans la rue du Barbier, au n° 14, où elle habite une cave; tu n'as qu'un mot à dire quand tu voudras l'avoir, et Dieu sait quelle bonne âme! C'est ma sœur, et peut-être ne devrais-je pas dire ça; mais je ne connais personne pour mieux vous obliger; c'est du cœur et de la main, et toujours, et toujours, en dépit de son ouvrage. Pas un enfant malade dans le quartier, qu'elle ne le veille toute la nuit, si

lasse qu'elle ait pu être en revenant de sa journée ; sans comp‑
ter qu'à six heures il faut être à la besogne.

— Elle est pauvre et a pitié des pauvres, Wilson. Merci bien
de ton obligeance, et ta sœur nous rendra grand service en ve‑
nant auprès de ma femme, qui pleure dès qu'elle est seule, en
pensant à Esther, une fois que je ne suis pas là et que Marie est
à l'école. Tiens, la vois-tu là-bas ? » s'écria John dont la fi‑
gure rayonna tout à coup en apercevant Marie au milieu d'un
groupe de jeunes filles, charmante enfant de treize à quatorze
ans, qui accourait au-devant de lui pour l'embrasser de tout
son cœur.

Les deux amis avaient franchi la barrière, et Marie était res‑
tée près de la haie pour cueillir quelques boutons d'aubépine
qui commençaient à paraître, quand un jeune ouvrier passa et
lui prit un baiser : « Marie, lui dit-il, c'est en souvenir de notre
vieille connaissance. »

Elle devint toute rouge, plus de colère que de honte, et ren‑
dit un soufflet pour le baiser en répétant les paroles qui ve‑
naient de lui être dites. Sa voix fit retourner son père et Wilson,
dont le jeune homme était le fils.

« Allons, enfants, dit Barton, au lieu de vous embrasser et de
vous quereller, prenez chacun un de ces marmots ; car, si Wil‑
son est comme moi, ses bras sont fatigués. »

Marie prit l'enfant que portait son père et le couvrit de ses
caresses, tandis que, de son côté, Jem Wilson oubliait sa mau‑
vaise humeur pour sourire à son petit frère.

CHAPITRE II.

« Nous voici enfin, dit Wilson ; nous avons en causant fait plus
de chemin que nous ne pensions ; maintenant, il faut revenir. »

Et les deux femmes se levèrent pour rentrer à la ville :
mistress Barton avait fini par se calmer en épanchant son cœur
dans celui de son amie ; évidemment, elle avait éprouvé un sou‑
lagement réel à confier toutes ses craintes, et ce fut avec empres‑
sement qu'elle se joignit à son mari pour décider les Wilson à
venir prendre le thé avec eux. Mistress Wilson fit bien quelques
observations relativement aux jumeaux : il serait tard et les
nuits étaient fraîches ; mais son mari lui avait répondu que les

enfants ne dormaient pas avant dix heures ; qu'elle en prendrait un sous son châle et qu'il se chargeait de l'autre. Marie avait offert son tartan, et, cette question réglée, nos amis se dirigèrent vers l'endroit où demeuraient les Barton : ce fut d'abord le sentier qui ramenait aux faubourgs ; puis de longues rues où les maisons s'isolaient au milieu de terrains vagues ; la ville et ses carrefours ; une sombre allée, une ruelle fétide, des rues étroites et sans nombre ; enfin, au milieu de ce réseau inextricable, une petite cour pavée entourée de maisons crasseuses, et que traversait un ruisseau, ou plutôt un égout conduisant au dehors tout ce qu'on jetait dans la cour. A l'heure où nos amis y arrivaient, les femmes qui habitaient cette impasse avaient déjà rentré le linge qui pendant la journée séchait sur des cordes ; c'est à peine si le soleil était couché dans la campagne, et le jour y durait encore ; mais il faisait déjà nuit au fond de ces rues sans air où les maisons s'entassent.

L'obscurité la plus complète régnait dans la chambre dont mistress Barton avait ouvert la porte ; au milieu de ces ténèbres, un point rouge brillait dans l'âtre ; un charbon sous la cendre, que John eut bientôt découvert et dont il se servit pour ranimer son feu, pendant que sa femme allumait la chandelle et se mettait en mesure de bien recevoir ses hôtes. La chambre était assez grande et convenablement disposée pour les besoins d'un ménage. Le cabinet, où conduisait l'une des portes qui faisaient face à la fenêtre, servait d'office et comme d'arrière-cuisine ; un trou à charbon s'ouvrait sous l'escalier, et les meubles nombreux dont la pièce principale était garnie, les rideaux à carreaux, le buffet, la grande armoire, le guéridon, la commode, et jusqu'aux deux géraniums qui étaient devant la fenêtre, témoignaient de l'état prospère de la fabrication pendant ces derniers mois. Sur la table de bois blanc (qu'on appelle une Pembroke, je ne sais pas trop pourquoi) était dressé, appuyé contre le mur, un plateau verni à fond vert un peu cru orné de personnages écarlates, et que maintenait dans sa position verticale une boîte à thé d'un beau rouge, qu'un goût plus délicat eût peut-être réprouvé, mais dont la vue réjouissait l'honnête famille ; et si avec tout cela vous vous figurez sur la muraille un papier de couleur voyante, propre encore, bien que fané, vous aurez une idée de l'intérieur des Barton.

Bientôt le bruit des tasses que Marie tirait du buffet résonna dans la chambre ; puis quelques mots à demi-voix entre la mère et la fille, le son de quelques pièces de monnaie et de nouveaux chuchotements, que Wilson et sa femme, trop polis pour écouter, cherchèrent à ne pas entendre, en pensant au plaisir qu'ils auraient à leur tour à traiter leurs amis.

« Cours bien vite au coin de la rue et prend six œufs frais chez Tipping, disait mistress Barton; demande-lui s'il a une belle tranche de jambon, et qu'il t'en donne une livre.

— Deux livres au moins, dit John qui s'était approché.

— C'est bien, reprit la femme; qu'il en mette une livre et demie et que ce soit du Cumberland; tu sais que Wilson est du Cumberlandshire, et l'on aime toujours mieux la mode de son pays. Prends aussi pour deux sous de lait, un pain blanc d'aujourd'hui, et.... je crois que c'est tout, Marie.

— Non pas, dit John; rapporte-nous du rhum; tu en demanderas pour douze sous à l'enseigne de la Treille; et tu courras chez Alice, au n° 14 de la rue du Barbier; tu la ramèneras pour prendre le thé avec son frère, qu'elle sera contente de voir, ainsi que les deux jumeaux, sans compter sa belle-sœur.

— Qu'elle apporte une tasse et une soucoupe, ajouta mistress Barton; car nous n'en avons que six, et nous serons sept alors.

— Bah! Jem et Marie peuvent bien boire dans la même; des enfants, ça ne fait pas de cérémonie. »

Mais ce fut une raison pour que Marie, qui gardait rancune à Jem, n'oubliât pas les paroles de sa mère.

Alice était chez elle et s'occupait en toute hâte de trier des simples qu'elle avait été cueillir dans les champs et dont l'usage lui était bien connu; la cave qui lui servait d'asile, d'une propreté scrupuleuse, mais tellement humide que le pavé n'y était jamais sec, était garnie de ces plantes médicinales, dont les guirlandes festonnaient la muraille et entouraient la fenêtre ou plutôt le soupirail qui donnait sur la cour. Toute sa vaisselle tenait sur le manteau de la cheminée, où se trouvaient encore le chandelier de fer-blanc et la boîte d'allumettes. Un vieux coffre contenait ses quelques hardes; un peu de charbon était dans le bas d'une espèce de buffet dont la partie supérieure renfermait le pain noir et la bouillie d'avoine qui formaient sa nourriture ordinaire; une poêle, une théière ébréchée, un petit poêlon de fer étamé, complétaient son ménage. La nuit l'avait surprise au milieu de sa cueillette, et le brouillard du soir avait trempé ses habits; elle avait froid et s'efforçait d'allumer un peu de feu, quand Marie vint frapper à sa porte.

« C'est vous? dit la vieille fille. Comme vous avez grandi, depuis le temps où je vous voyais chez mon frère! Entrez, ma belle, entrez; qu'y a-t-il pour votre service?

— Je viens vous chercher pour prendre le thé chez nous; c'est ma mère qui m'envoie; elle a dit que vous apportiez votre tasse, parce qu'il y a votre frère et votre sœur à la maison, et puis Jem avec les deux jumeaux.

— C'est bien bon à votre mère d'avoir pensé à moi; je vous remercie de tout mon cœur; j'y serai dans un instant. Pourriez-vous me dire si mistress Barton a des orties pour faire de la tisane? Je lui en porterais, si elle n'en avait pas.

— Je ne crois pas que nous en ayons, » dit Marie, qui s'échappa bien vite, toute joyeuse d'avoir des emplettes à faire, et d'une telle importance.

Elle était rentrée chez sa mère, et le jambon rissolait dans la poêle, avant qu'Alice Wilson eût choisi ses orties, fermé sa porte, et fût arrivée à la maison des Barton. Quelle différence avec sa cave humide, et combien, sans penser à l'envier, la pauvre fille jouissait du confortable qu'elle trouvait chez ses hôtes! Un si bon feu, une grosse chandelle, cette bonne odeur que le jambon répandait, et le ronflement de la bouilloire; et tous ces meubles, et du papier sur le mur; comme elle était heureuse qu'on eût pensé à elle! et comment faire pour dire sa gratitude? Elle poussa doucement la porte en faisant la révérence, et répondit avec émotion à l'accueil bruyant dont elle était l'objet.

Mistress Barton, qui connaissait trop bien l'étiquette pour faire autre chose que de s'occuper du thé, n'en surveillait pas moins, d'un œil inquiet, la poêle où sa fille cassait les œufs et retournait le jambon avec une assurance qu'elle ne partageait pas. Jane Wilson et son mari berçaient les deux jumeaux, qu'ils tâchaient d'endormir. Jem répondait avec un peu d'humeur aux paroles de sa tante, qui, pensait-il, le traitait en enfant, lui qui était bien un homme, puisque dans deux mois il aurait dix-huit ans. Barton allait et venait de la cheminée à la table, sans autre souci que la tristesse de sa femme, qui, plus que jamais, pensait à Esther en voyant sa place vide.

Enfin le souper fut prêt, et le bruit des couteaux et des fourchettes fut le seul qu'on entendit. Mais quand l'appétit de chacun se fut un peu calmé, la vieille Alice, prenant sa tasse et la présentant aux convives, rompit le silence la première par ce toast malencontreux: « Aux absents! » dit-elle de sa voix douce. L'intention était bonne, le résultat fut triste. Tous les visages s'assombrirent et mistress Barton fondit en larmes. Que lui dire pour apaiser sa douleur, et qui jamais pourrait la consoler? Plus ses amis, qui partageaient son chagrin, éprouvaient le désir de ranimer son courage, plus ils se sentaient impuissants à calmer son désespoir. On se sépara donc plus tôt qu'on ne l'avait espéré, non toutefois sans avoir accepté l'invitation des Wilson pour l'époque où les couches de mistress Barton ayant eu lieu, sa santé lui permettrait d'aller chez ses amis.

CHAPITRE III.

Dans la nuit même qui suivit cette petite fête si douloureusement terminée, un coup violent frappé à sa porte réveilla la voisine des Barton, qui, sautant du lit, ouvrit sa fenêtre et demanda ce qu'on lui voulait.

« C'est moi, John Barton, répondit une voix altérée par l'émotion; ma femme est en travail; au nom du ciel, venez vite auprès d'elle, pendant que je cours chez un médecin, car elle est au plus mal. »

La voisine, sans même fermer sa fenêtre, par où les cris de la malheureuse arrivaient jusqu'à elle, s'habilla lestement, et cinq minutes après elle venait au secours de Marie qui, pâle et sans larmes, terrifiée par l'agonie de sa mère, avait perdu jusqu'au sentiment de sa frayeur.

Les cris de la pauvre femme redoublaient; le médecin n'arrivait pas; Barton était resté longtemps avant de se faire entendre, et plus longtemps encore avant que le docteur eût compris pourquoi on troublait son sommeil.

« Je vais y aller, » avait-il fait répondre.

— Je l'attendrai de peur qu'il ne s'égare ou ne prenne un chemin trop long, » avait dit Barton; et la toilette du docteur ne semblait pas finir.

Il descendit pourtant; John était devant sa porte, qui le supplia de le suivre et courut devant lui pour lui montrer le chemin « Pas si vite, mon brave, vous allez un train de poste; votre femme est donc bien mal?

— Oh! monsieur, quel tourment! plus mal qu'on ne pourrait dire. »

Il se trompait, ses cris avaient cessé; elle était calme quand ils arrivèrent. John ne prit pas le temps d'écouter, d'aller chercher une lumière pour le docteur, qu'il laissa trébucher dans l'escalier, tandis qu'ouvrant la porte il se précipita dans la chambre où venait d'expirer la seule femme qu'il eût jamais aimée. Le médecin entra; Marie était agenouillée au pied du lit de sa mère, cachant sa tête dans la couverture, qu'elle mordait pour étouffer ses sanglots. Barton demeurait immobile, pétrifié dans sa douleur.

« Descendez, lui dit le médecin avec bonté ; ne restez pas dans cette chambre ; c'est un affreux malheur ; supportez-le avec courage, en homme fort que vous êtes. »

Il se laissa conduire et s'assit machinalement. Tout à coup cette pensée lui vint que sa femme n'était pas morte ; qu'elle s'était évanouie, mais qu'on la ferait revenir ; et, sortant pour remonter près d'elle, il rencontra le docteur qu'il interrogea du regard.

« Rien n'aurait pu la sauver, dit celui-ci ; une commotion terrible avait ébranlé tout l'organisme ; un saisissement, un violent chagrin peut-être. » Et, voyant que Barton n'avait pas l'air de l'entendre, il le plaignit au fond du cœur, lui dit adieu et partit.

Mais ces paroles, qui aujourd'hui n'avaient aucun sens pour le malheureux John, n'en devaient pas moins se graver dans sa mémoire et, longtemps après, réveiller sa colère en lui rappelant la catastrophe dont la fuite de sa belle-sœur avait été la cause. Quant à présent, frappé de stupeur, il n'avait pas conscience de ce qui se passait autour de lui ; toutes ces allées et ces venues, tout ce bruit qu'on faisait au-dessus de sa tête en cherchant dans les tiroirs les objets nécessaires pour ensevelir sa femme, ne l'étonnaient même pas. La bonne voisine lui adressa la parole, lui cita l'Écriture et n'obtint pas de réponse ; elle lui parla de Marie, et ce nom vibra dans son cœur ; il essaya de penser ; il tâcha de se souvenir ; mais ce fut sa jeunesse qui revint à sa mémoire : il se retrouvait près d'elle et songeait à leur première entrevue ; comme elle était jolie dans sa gaucherie naïve quand elle arriva, sortant de son village, pour travailler dans les fabriques ! Il se rappela le premier cadeau qu'il lui avait fait : un collier de perles qui depuis longtemps était réservé à leur fille et qu'elle ne mettait plus. Il se demanda s'il existait encore ; et, par un mouvement inexplicable de curiosité enfantine, il voulut s'en assurer. Sans feu et sans lumière, il chercha une allumette ; sa main en tâtonnant rencontra les tasses et les assiettes dont on s'était servi quelques heures auparavant, et qu'il n'avait pas voulu que sa femme rangeât le soir même parce qu'elle était trop lasse. « Demain, » avait-elle dit.... Demain ! Ce ne serait pas elle qui les mettrait à leur place ; et tous les soins qu'elle prenait de son ménage, ceux dont elle entourait sa fille et son mari, elle ne les aurait plus. John s'affaissa sur lui-même et pleura comme un enfant

Marie, de son côté, restée seule dans la chambre mortuaire après le départ de la voisine, folle de douleur et ne voulant pas croire à la mort, appelait sa mère et la suppliait de lui répondre : mais le froid glacé des lèvres qu'elle pressait des siennes finit par la convaincre ; et, suspendant tout à coup ses larmes en pensant à son père dont elle crut entendre les sanglots, elle descendit, s'agenouilla auprès de lui, prit sa main et la baisa sans rien dire. Il pleura longtemps encore, et il ne semblait pas s'apercevoir de la présence de sa fille ; mais quand il entendit les cris déchirants que Marie ne pouvait plus contenir, il étouffa sa plainte et la regardant avec tendresse :

«Enfant, lui dit-il, maintenant qu'elle est partie, nous serons tout l'un pour l'autre.

— Oh ! mon père, que pourrai-je faire pour vous ? dites-le-moi, et je ferai ce que vous voudrez.

— Je veux d'abord que tu ne sois pas malade, et pour cela il faut t'aller coucher, en bonne fille que tu es.

— Mais je ne peux pas vous quitter.

— Si, mon enfant, il le faut ; va dormir, je t'en prie : tu as tant besoin de toutes tes forces pour la journée de demain ! »

Marie se leva, embrassa son père et alla se jeter sur son lit sans prendre la peine de se déshabiller, supposant qu'elle ne dormirait pas ; mais dix minutes s'étaient à peine écoulées avant qu'elle eût oublié son chagrin dans un profond sommeil.

Barton, arraché à sa propre douleur par les sanglots de sa fille et par la vue de cette enfant qui lui restait confiée, retrouva le courage de penser à ce qu'il avait à faire ; il songea aux funérailles et se dit qu'il fallait retourner à l'atelier, d'autant plus qu'après l'extra de la veille, il était sans argent. Tout ce qui s'était passé depuis le départ des Wilson revint frapper son esprit et s'y retraça dans ses moindres détails ; il se rappela les paroles du docteur, ce violent chagrin qui avait tué sa femme ; et ses malédictions retombèrent sur la malheureuse qui par sa fuite avait provoqué cette commotion terrible. Jusqu'à présent il n'avait pu que la plaindre ; mais désormais la haine devait avoir dans son cœur plus de place que la pitié : la douce influence qui depuis longtemps agissait sur son âme venait de s'éteindre avec celle qu'il avait tant aimée et dont la mort brisait l'un des liens les plus puissants qui l'unissaient à ses semblables. De sérieux qu'il était naguère, il devint taciturne, et son caractère de plus en plus sombre ne perdait son aigreur que lorsqu'il parlait à Marie. Pour sa fille, le pauvre père retrouvait, non-seulement sa tendresse, mais presque sa gaieté ; dur et farouche avec les autres, il plaisantait avec elle et savait lui sourire. Aussi, malgré sa jeunesse, Marie, forcée d'ailleurs de conduire la maison, où elle réglait tout à sa guise, avait plus de liberté que n'en ont ordinairement les jeunes filles de son âge; elle voyait qui elle voulait et quand bon lui semblait, sans que jamais son père intervînt dans son choix ou surveillât ses actes. Toutefois, s'il la laissait tout à fait libre d'agir, témoignant ainsi de la confiance qu'elle lui avait inspirée, il n'allait pas jusqu'à lui parler de ses affaires, et ne lui disait rien de ce qui dès lors occupait son esprit et l'absorbait tout entier. Marie n'ignorait pas qu'il fréquentait les clubs et faisait partie de l'association des métiers, dont il était l'un des membres les plus influents; mais elle n'en savait pas davantage : à vrai dire, elle eût pris un intérêt médiocre au problème de répartition qui s'agite sans cesse dans les villes industrielles; question brûlante qui ne sommeille parfois que pour éclater avec plus de violence, dès qu'une crise commerciale vient frapper les travailleurs.

Pour Barton, au contraire, c'était l'idée fixe qui tourmentait ses jours et troublait son sommeil. Il avait vu les patrons s'élever successivement à la fortune; ne quitter leur maison que pour une demeure plus vaste; ne changer d'existence que pour un luxe plus grand, jusqu'à l'époque où, liquidant leurs affaires, ils se faisaient bâtir un hôtel splendide, s'achetaient quelque villa magnifique où ils allaient oublier la fumée des usines, tandis que les ouvriers, ses frères, suivant lui les véritables créateurs de cette richesse, luttaient sans cesse contre la faim au milieu de vicissitudes perpétuelles : abaissement des salaires, diminution du travail ou chômage complet. Il comprenait bien que les affaires devaient parfois languir, et que, lorsqu'il y avait en magasin plus de marchandises que d'acheteurs, la fabrication devait forcément se ralentir; malheur inévitable qu'il eût supporté sans se plaindre, s'il avait vu les patrons le supporter avec lui. Mais, quelle que fût la gravité de la crise, les vastes hôtels n'en étaient pas moins occupés, tandis que la maison du fileur restait vide et que l'ouvrier, forcé de quitter sa chambre, se réfugiait dans les caves. Les voitures n'étaient pas moins nombreuses, les concerts n'avaient pas moins de souscriptions, et les boutiques où se vendent les objets de luxe gardaient leur clientèle pendant que l'ouvrier sans ouvrage, pâle et affamé, regardait toutes ces choses et pensait à ses enfants qui pleuraient au logis, à sa femme dont la santé s'affaiblissait chaque jour, à la vie de tous ceux qu'il aimait et qu'il voyait s'éteindre faute d'un peu de nourriture. Ce contraste est trop grand. « Pourquoi, se disait

Barton, est-ce l'ouvrier seul qui souffre lorsque les temps sont durs? »

Je sais ce qu'on peut répondre, et je connais là vérité qui est au fond de toutes ces choses; mais ce que je tiens surtout à faire comprendre, c'est la pensée du travailleur et le sentiment qu'il éprouve. Certes, il en est qui, dans le moment où le commerce est prospère, dépensent tout ce qu'ils gagnent avec l'imprévoyance des enfants; mais il y a parmi les ouvriers des hommes sérieux que le courage et la conduite n'ont jamais préservés d'horribles privations, et qui, ne sentant rien à se reprocher, ne pardonnent pas à ceux qu'ils croient les auteurs de leur misère.

De ce nombre était Barton. Sa mère, après de longues souffrances, avait dû sa mort prématurée au manque absolu de tout ce qui est indispensable à la vie; et lui, bon ouvrier, ferme à l'ouvrage et sûr de n'en pas manquer tant qu'il y en aurait à faire, n'avait pas cru devoir se priver par avance; pensant, bien à tort (c'est ce qu'on appelle imprévoyance), qu'un homme de bonne volonté trouve son pain quotidien dans le travail de chaque jour. Mais, un matin, la nouvelle se répandit que M. Hunter, son maître, avait suspendu ses payements et fermé son usine; Barton, qui pouvait à peine compter sur quelques schellings, confiant dans sa force et dans son habileté, avait frappé sans crainte à la porte d'une manufacture, et successivement à toutes celles de la ville, où il avait en vain demandé qu'on l'occupât : les affaires allaient mal; chaque fabricant diminuait le nombre des bras qu'il employait; et Barton, sans ouvrage, dut vivre à crédit pendant plusieurs semaines. C'est à cette époque que son petit garçon, la chair de sa chair, la moelle de ses os, tomba malade de la fièvre scarlatine; le danger passa, mais la vie de l'enfant ne tenait toujours qu'à un fil. « Je réponds de lui, disait le docteur, mais avec un bon régime; tout est là; des fortifiants, une nourriture généreuse, un peu de bon vin.... » Dérision! les aliments même les plus grossiers manquaient au pauvre petit convalescent. Barton essaya d'emprunter, il n'avait plus de crédit; les pauvres boutiques où il s'était fourni jusqu'alors souffraient à leur tour et ne pouvaient plus prêter. Il pensa qu'en volant il ne ferait aucun mal, puisque c'était pour Tom, et il résolut de voler; mais pendant plusieurs jours l'occasion lui manqua. Réduit lui-même aux dernières angoisses de la faim, dont son anxiété pour son enfant lui faisait oublier les tortures, il s'était arrêté devant l'une de ces montres où s'étalent, précisément pour aiguiser l'appétit des passants, tout ce que la nature et l'art ont de produits succulents, d'exquises délicatesses : **poissons** rares et quartiers de venaison, fromages de tous pays et pâtés de toutes les sortes, fruits et conserves, gelées et pâtisseries, flacons étincelants, tout était là; et de cette boutique sortait Mme Hunter qui se dirigeait vers sa voiture, suivie d'un commis du magasin qui portait tout ce qu'elle venait d'acheter pour un dîner d'apparat. La portière se ferma bruyamment, les chevaux partirent; et Barton, la rage et le désespoir au cœur, rentra chez lui, où il ne trouva plus que le cadavre de son enfant.

Comprenez-vous maintenant quels ferments de vengeance s'amassèrent au fond de l'âme de cet homme contre les patrons qu'il enveloppa de sa haine, et quelle oreille attentive il dut prêter aux paroles de ces individus toujours prêts à soulever les masses, dont ils exploitent la colère au profit de leur ambition ou de leurs rancunes?

Ainsi, pendant que Marie croissait en grâce et en beauté, son père, devenu chartiste, présidait les meetings de l'Union, conférait avec les délégués des villes voisines, et se vouait corps et âme aux intérêts dont il avait embrassé la défense. Toutefois, à l'époque où nous sommes arrivés, la fabrication en voie de prospérité, donnait de l'ouvrage à tous, et Barton réduit à ne faire au sujet de ces questions brûlantes que de la théorie plus ou moins rationnelle, songeait sérieusement à l'avenir de sa fille : le temps était venu pour elle d'entrer en apprentissage, et, ne voulant pour rien au monde qu'elle travaillât dans les fabriques, il n'avait guère à choisir qu'entre l'état de couturière et celui de femme de chambre. Mais, avec l'antipathie que lui inspiraient les classes riches, il considérait la domesticité comme une sorte d'esclavage, d'autant plus dégradant qu'il était volontaire, et ne voulait pas pour son enfant de cette vie sans liberté pendant le jour, sans repos durant la nuit, où la dignité de l'individu s'échange contre la satisfaction de besoins factices, et qui permet l'oisiveté sans laisser un loisir. Comment renoncer d'ailleurs à la présence de Marie, sa lumière et sa joie? comment se résoudre à ne pas la retrouver le soir près du foyer, qui sans elle serait complétement désert? Marie, de son côté, ne se fût pas soumise volontiers aux caprices d'une maîtresse; il lui eût été difficile de se plier aux exigences d'une position complétement dépendante; et, dans ses rêves, elle se rappelait ces paroles de sa tante : « Que penserais-tu, si je t'envoyais chercher pour faire de toi une grande dame? » Elle savait qu'elle était jolie, pour l'avoir entendu dire aux jeunes gens qui passaient; d'ailleurs une jeune fille de cet âge peut ignorer sa laideur, mais jamais sa beauté. Pourquoi ne serait-elle pas une lady, comme sa tante l'était sûrement de-

venue? Et pour cela, mieux valait être couturière que servante ;
mieux valait conserver ses mains blanches et soigner sa toilette
en faisant de jolies robes.

Que mon indiscrétion en vous confiant ces choses ne vous
rende pas trop sévère pour la pauvre Marie ; rappelez-vous sa
jeunesse et les pensées qui traversent une folle tête de seize ans.
Bref, il fut arrêté que Marie serait couturière ; et Barton, poussé
par l'ambitieuse enfant, s'adressa tout d'abord, pour leur offrir
sa fille, aux maîtresses ouvrières de la plus haute volée : mais
les conditions qu'on imposait aux apprenties dans ces grands
ateliers étaient exorbitantes, et le pauvre homme dut s'adresser
ailleurs ; malheureusement partout on lui demandait de l'argent,
et l'argent lui manquait. Il revint chez lui triste et découragé,
déclarant qu'il n'y avait rien à faire, et que c'était perdre sa
peine que de chercher plus longtemps. Quelle n'eût pas été sa
surprise et surtout sa fureur, s'il avait pu se douter que le joli
visage de Marie l'eût fait admettre sans qu'il en coûtât rien dans
un de ces ateliers brillants, où sa beauté séduisante aurait servi
d'appât?

Marie laissa passer la mauvaise humeur de son père ; et, le
lendemain, quand il fut à l'ouvrage, elle sortit pour aller voir
ce qu'elle pourrait conclure. L'expérience de la veille avait
diminué ses prétentions, et avant la fin du jour elle était engagée comme apprentie chez une Mme Simmonds, couturière et
modiste, où elle devait, pendant deux ans, travailler sans rien
gagner ; plus tard elle serait presque nourrie et toucherait un
modeste salaire, payé tous les trois mois, ce qui est infiniment
plus distingué que le payement à la semaine. Elle devait être à
l'atelier à six heures, en été ; dès qu'il ferait jour, en hiver. Quant
au départ, cela dépendait de l'ouvrage que Mme Simmonds avait
à rendre, ce qui parfois prolongeait la veillée fort avant dans la
nuit.

Marie, satisfaite de l'engagement qu'elle avait contracté, vit
bien que son père n'en était pas aussi content ; mais elle le connaissait et s'en inquiéta peu ; et, quand il eut fini tout ce qu'il
avait à dire, elle lui fit tant de caresses et parla de si beaux projets d'avenir, que, satisfait à son tour, il se coucha, sinon le cœur
joyeux, du moins l'esprit tranquille.

CHAPITRE IV.

Le temps fuyait, effleurant tout de son aile, effaçant tout souvenir ; mais Barton n'en pensait pas moins à celle qu'il regrettait toujours, et Marie invoquait sa mère chaque fois qu'un motif de tristesse ou d'inquiétude venait peser sur son cœur. « Si elle vivait encore, elle viendrait à mon aide et je ne souffrirais pas, » disait-elle ; oubliant que les chagrins de la femme ne s'apaisent pas, comme ceux de l'enfant, sous les caresses d'une mère, et ne se doutant pas qu'elle était bien supérieure comme esprit et comme intelligence à l'humble créature dont elle pleurait la perte. On était toujours sans nouvelles de sa tante, et Barton suivait les clubs avec une assiduité d'autant plus grande que Marie ne revenait souvent que fort tard et passait quelquefois la nuit à l'atelier. Wilson était resté le meilleur de ses amis ; et Jem, l'ancienne connaissance de Marie, que nous avons vu s'autoriser de ce titre au commencement de notre histoire, était maintenant un beau jeune homme dont le visage expressif aurait été charmant, sans les quelques grains de petite vérole dont il était marqué. Il travaillait dans l'un de ces ateliers immenses qui fournissent de machines et d'engins de toute espèce les possessions du czar et l'empire ottoman. Son père et sa mère ne se lassaient pas de le vanter quand Marie était présente ; et la jolie fille secouait la tête, comprenant bien que tout cela revenait à dire qu'il ferait un bon mari, et n'avait pas d'autre but que de favoriser un amour dont le pauvre Jem n'avait jamais parlé, mais que ses yeux et sa rougeur trahissaient malgré lui.

Un jour que l'ouvrage pressait moins à l'atelier, et que Marie revenait chez elle plus tôt qu'à l'ordinaire, elle rencontra la pauvre Alice, qui, depuis la mort de sa mère, lui avait toujours témoigné la plus sincère affection. Elles causèrent pendant quelques instants, et la vieille fille, apprenant que Marie était libre pour toute la soirée, lui demanda si elle voulait venir prendre le thé avec elle.

« Ne va pas croire que je t'invite tout bonnement pour me tenir compagnie, lui dit Alice, non pas : je sais trop bien que les vieilles gens n'amusent guère la jeunesse ; mais il viendra une jeune personne qui travaille comme toi à la couture et qui demeure au-dessus de moi. Une bonne fille, seule avec son grand-père, fileur de son état; je suis sûre qu'elle te plaira, tant elle est douce et bonne. »

Marie s'empressa d'accepter, et la vieille Alice, chez qui les réceptions étaient chose peu commune, rentra bien vite faire ses préparatifs, alla chez la voisine lui demander un soufflet pour activer son feu, difficile à faire prendre au fond de ce bouge humide, prit ses patins, courut à la pompe remplir d'eau son poêlon, emprunta deux tasses en passant; quant aux soucoupes (ébréchées ou dépareillées, peu importe), elle en avait en quantité suffisante, pour tenir lieu d'assiettes au besoin; et, poussant jusque chez l'épicier du coin, elle acheta une demi-once de thé qui, avec un quarteron de beurre, absorba complétement le salaire de sa journée : mais ce n'est pas tous les jours fête. Elle essuya soigneusement ses deux chaises, mit une vieille planche sur deux caisses à chandelles pour se faire un siége à elle-même, plutôt par dignité que pour y avoir ses aises, dressa près du feu sa pauvre petite table, y posa sur le plateau déverni les tasses et la théière; puis, regardant autour d'elle avec satisfaction, elle se demanda ce qu'elle pouvait faire de plus pour bien recevoir ses hôtes, et, montant sur une chaise, elle prit sur le haut du buffet un vieux coffre d'où elle tira soigneusement quelques-uns de ces gâteaux d'avoine secs et friables qu'on mange dans le Cumberland. Cette fois, tous ses apprêts terminés, elle s'assit tranquillement et attendit qu'on vînt.

Ce fut Marguerite qui arriva la première; n'entendant plus rien chez Alice, après le bruit inusité qu'avait fait la vieille fille, elle en avait conclu qu'il était temps de descendre et ne s'était pas trompée. D'une pâleur maladive, elle avait les traits flétris et l'apparence des enfants qui ont grandi au sein de la pauvreté. Son visage avait une expression de tristesse habituelle que le sourire ne parvenait pas à chasser, et le grand fichu de laine marron croisé sur sa poitrine et soigneusement attaché, qui recouvrait le corsage de sa robe d'étoffe brune et grossière, témoignait à la fois du peu de ressources et du caractère modeste de la jeune fille qui le portait.

La vieille Alice reçut cordialement sa voisine, la fit asseoir près du feu, et tâcha de se mettre en équilibre sur le banc qu'elle s'était réservé.

« Je ne peux pas comprendre ce qui empêche Marie de venir, dit-elle après quelques instants; je l'avais pourtant priée de ne pas trop se faire attendre; elle a ça des grandes dames, qu'elle vient toujours trop tard. »

Marie était à sa toilette et se demandait quelle robe elle devait prendre, non pas que ce fût à l'intention d'Alice, mais elle tenait à produire de l'effet sur quiconque ne l'avait jamais vue, et pensait à la jeune fille qu'elle allait rencontrer. La coquette se décida enfin pour sa robe neuve de mérinos d'un joli bleu et prenant bien la taille, mit son col de batiste, n'oublia pas ses manchettes, et partit avec l'espoir d'impressionner vivement sa nouvelle connaissance, but qu'elle atteignait toujours et qu'elle ne manqua pas.

La pauvre Marguerite ne se lassait pas d'admirer la jeune fille qui maintenant baissait les yeux en rougissant, presque blessée de l'attention qu'elle éveillait et qu'elle avait voulu captiver à tout prix.

Figurez-vous, s'il est possible, toute la peine que prenait la bonne Alice pour faire le thé parfait, le sucrer à point, servir les tartines et les gâteaux d'avoine, surtout la joie de l'excellente femme en voyant disparaître ces friandises qu'elle avait aimées dans son enfance, et dont elle écoutait d'une oreille attendrie l'éloge qu'en faisaient ses convives.

« Ma mère m'en envoyait toujours, disait-elle, sachant bien qu'on aime mieux tout ce qui vient du pays; d'abord je n'ai jamais vu personne qui n'ait trouvé ces gâteaux-là de son goût. Quand j'étais en maison et qu'il m'en arrivait, tous mes camarades se réjouissaient d'avance, sachant bien qu'ils en auraient leur part. Je vous parle de longtemps, vous n'étiez pas au monde.

— Racontez-nous donc quelque chose de ce temps-là, bonne Alice, demanda Marguerite.

— Mais, ma fille, je n'ai rien à vous conter. Il y avait à la maison plus de bouches qu'on n'en pouvait nourrir; alors mon frère Tom, le père de Will (vous ne connaissez pas Will, qui est marin au long cours), mon frère Tom quitta le pays pour venir à Manchester, et bientôt nous fit savoir qu'il y avait de quoi y occuper tous les garçons et toutes les filles; mon père envoya George d'abord, celui que vous connaissez; puis, comme l'ouvrage devenait rare de nos côtés, il me fallut entrer en condition. On écrivit à George, et voilà qu'un beau jour le boucher vient de sa part dire que je pouvais partir et qu'il y avait une place où j'étais attendue. J'étais jeune, et, comme toutes les jeunesses, je n'en savais pas bien long; j'étais contente de m'en venir à la ville, mon père aussi de me savoir un bon gage; ma mère ne disait rien et semblait un peu triste : je crois qu'elle avait le cœur gros de me voir aussi joyeuse au moment de la quitter; mais que voulez-vous? les enfants, ça ne sait guère; et que Dieu leur pardonne! Elle prit donc toutes mes hardes, qu'elle plia soigneusement dans cette boîte de sapin que je ne brûlerai jamais. Elle a au moins quatre-vingts ans, cette pauvre boîte! car ma mère l'avait déjà étant fille, et s'en était servie pour emporter ses habits de chez son père quand elle s'était mariée.... Je vous disais donc qu'elle fit mon paquet sans rien dire et qu'elle ne pleura pas; mais les larmes lui montaient jusqu'aux yeux, et, quand je me retournai au bout du sentier, je la vis qui me regardait toujours en mettant sa main devant son front pour se garantir du soleil; et c'est la dernière fois que j'ai vu ma pauvre mère.

— Elle était morte quand vous êtes revenue au pays? demandèrent les deux jeunes filles.

— Je n'y suis jamais retournée; bien des fois j'en avais fait le projet, toujours il a manqué. Je le fais encore et j'espère y aller avant que Dieu m'ait rappelée. Quand, à force d'épargnes, j'eus mis de côté ce qu'il fallait pour y aller et y passer la semaine, une chose ou l'autre est venue qui m'a toujours empêchée; une fois c'est l'enfant de madame qui a pris la rougeole et qu'on ne pouvait quitter; puis c'est madame qui est tombée malade et qu'il fallait soigner; j'avais tout à faire et tout à surveiller : ma pauvre dame au lit, son mari qui buvait et ne valait pas grand chose; un petit magasin qu'ils tenaient, et les enfants, la cuisine et les savonnages; vous voyez bien que je ne pouvais pas partir; mais, pour l'année suivante, madame m'avait promis que j'aurais toute une quinzaine. Je commençai donc à faire un couvre-pied pour le porter à ma mère, comptant toujours sur les vacances promises : mais notre maître vint à mourir; madame quitta la ville, et je fus obligée de chercher une autre place.

— C'était le moment ou jamais d'aller voir vos parents, interrompit Marie.

— Mon Dieu non, du moins je ne le crois pas. Je ne voulais aller chez mon père qu'avec un peu d'argent, pour ne rien lui coûter; ensuite, au pays, ce n'est pas là que j'aurais trouvé des places; et peut-être après tout que j'aurais mieux fait tout de même. Si vous saviez combien je l'ai regretté! j'en ai pleuré longtemps; mais il faut accepter ce que le bon Dieu nous envoie. Quand l'hiver fut fini, comme je venais d'achever mon couvre-pied, George vint un soir et me dit que notre pauvre mère était morte; je sanglotais toutes les nuits, je n'avais pas le temps pendant le jour; la maîtresse où je me trouvais alors était fièrement exigeante et ne voulut pas me permettre d'aller à l'enterrement; d'ailleurs je serais arrivée trop tard. George, qui était parti tout de suite, ne put y assister ; c'était fini de la veille, et mon père lui dit qu'il s'en irait du cottage, ne pouvant plus le souffrir depuis que ma mère était morte.

— L'endroit est-il joli ? demanda Marie à la vieille fille.

— Le plus beau pays du monde ; figurez-vous des montagnes qui s'en vont jusqu'au ciel et des rochers superbes tout auprès du cottage, c'est-à-dire (car vous n'en avez jamais vu, pauvres filles de Manchester) d'énormes pierres de grès plus grosses que des maisons, couvertes de belles mousses, et de la bruyère où l'on enfonce jusqu'aux genoux, et le bourdonnement des abeilles, le chant des petits oiseaux, toutes sortes de bonnes odeurs et de la musique dans l'air. Maman nous envoyait dans les brandes, ma sœur Sally et moi, cueillir de cette bruyère dont on fait les balais ; nous revenions vers le soir si chargées qu'on ne nous voyait pas sous nos bottes, et nous nous asseyions sous le vieil aubépin pour éplucher la bruyère avant de la faire sécher. Je crois encore y être, et cependant bien du temps s'est écoulé depuis lors. Il y a déjà quarante ans que ma pauvre sœur est morte ; mais je voudrais bien savoir si l'aubépin y est toujours et si l'on va encore ramasser de la bruyère ; quand j'y pense, et bien souvent ça me poursuit, je me sens malade au fond du cœur ; je voudrais revoir tout cela une fois avant de mourir ; et, si Dieu le permet, j'irai l'été prochain.

— Je ne comprends pas comment vous n'y êtes pas allée, surtout depuis si longtemps que vous n'êtes plus en service.

— Va, ma fille, c'est bien que je ne l'ai pas pu. En vieillissant on devient plus pauvre, et l'on ne voyage pas sans argent. Quand j'en avais un peu, je trouvais vite à le placer. Tom, pauvre gars, n'était pas très-rangé, et sa femme, car les mauvais sujets ne s'en marient qu'un peu plus tôt, n'avait guère de santé ; ils n'étaient pas heureux, et de la main et de la bourse il fallait les aider. Ils moururent à quelques mois l'un de l'autre, laissant un petit garçon (ils en avaient eu sept, mais le bon Dieu en avait rappelé six) ; l'enfant qui restait, c'était Will, que j'ai pris avec moi, et je me suis mise en chambre pour qu'il eût un chez lui. C'est un homme à présent, et un bel homme encore, j'ai tout fait pour l'empêcher d'entrer dans la marine, mais il en a tant dit que j'ai fini par céder, il est parti, et maintenant il navigue du côté de l'Amérique, à l'autre bout de la terre. »

La pauvre Alice n'avait plus rien à dire et tomba dans une profonde rêverie. Était-ce aux lieux de son enfance qu'elle retournait en rêve, ou suivait-elle le vaisseau qui portait son cher Will ? Mais se rappelant tout à coup les deux jeunes filles qui respectaient son silence, elle fit un effort sur elle-même, et s'adressant à Marguerite :

« Il faut, dit-elle, que tu nous chantes quelque chose; Marie ne t'a jamais entendue, et c'est un plaisir que je voudrais lui donner. On dit que ta voix est belle : moi je ne m'y connais pas; mais je sais que tu me fais pleurer quand tu chantes la complainte du vieux tisserand d'Oldham. Sois bonne fille, et dis-nous cette chanson. »

Marguerite laissa errer sur ses lèvres un pâle sourire, et commença les strophes suivantes dans le patois naïf du pays de Lancaster :

« Je suis un pauvre tisserand comme on en voit beaucoup, sans vêtements et sans pain; on ne donnerait pas deux sous des haillons que j'ai sur moi. Mes sabots sont cassés et mes pieds sont sans bas. Ne pensez-vous pas qu'il soit bien dur de n'être venu au monde que pour y avoir faim ?

« Le vieux Dick O'Billy m'a souvent répété que j'aurais plus d'ouvrage si je me plaignais moins haut. J'ai souffert en silence, retenant jusqu'à mon souffle, mais le pain n'est pas venu; bientôt je mourrai de faim. Et le vieux Dick, qui jamais n'a poussé la navette, a l'estomac rempli.

« Nous avons, six semaines durant, tant jeûné, tant souffert, que nous pensions chaque matin que ce serait notre dernier jour; les orties des fossés ont fait notre nourriture tant qu'on en a pu trouver; et, je vous le dis, ce n'est que trop vrai, beaucoup d'autres que moi n'en ont pas davantage.

« Un jour Billy O'Dans envoya les recors pour un peu que je lui devais et que je ne pouvais payer. Mais il était trop tard; le vieux Dick était venu, prenant tout ce qu'il trouva pour payer son loyer. Rien ne restait au logis que le pauvre tabouret, où Marguerite assise pleurait à côté de moi.

« Plus rien dans la maison, dit l'un des recors à l'autre.—Vous « le voyez, bons messieurs, que je leur dis à mon tour; ne vous « en fâchez pas. » Mais sans faire aucun bruit l'autre prend l'escabeau qu'il avait avisé, et Marguerite et moi nous tombons sur es dalles.

« Peut-on être plus bas? dis-je à ma pauvre femme. Si ja-« mais pour nous deux les choses pouvaient changer, ce serait « pour être mieux, puisque plus misérable ne s'est jamais trouvé.

Mais plus rien pour attendre; j'ai faim, je me sens mourir, et ni pain, ni métier pour pouvoir en gagner.

« Si j'avais des habits à me mettre sur le corps, me répond Marguerite, je m'en irais à Londres et parlerais au juge; s'il ne m'écoutait pas, j'irais trouver le roi. » Car elle aime ce qui est juste et sent quand on la blesse; mais les habits lui manquent, et la force, et la voix. Pauvre femme! à quoi bon? tout est fini pour toi. »

La musique de ces paroles, espèce de récitatif traînant et monotone, fait éprouver à l'auditeur une émotion étrange quand celui qui la chante est lui-même vivement impressionné. Marguerite, souvent témoin de la misère dont elle faisait le récit, donnait à ce chant simple un caractère de suprême désolation d'un effet indicible, et que tout le monde ressentait comme Alice. La vieille fille pleurait cette fois comme toujours, et Marguerite elle-même, subissant l'émotion qu'elle faisait éprouver, restait pensive en songeant à la réalité de ces douleurs qu'elle venait d'exprimer; tout à coup, donnant à sa voix toute sa puissance, elle fit éclater cette invocation qui s'éleva jusqu'à Dieu :

« Seigneur, tourne les yeux vers nous, et souviens-toi de ton peuple! »

Alice joignit les mains, entraînée par cette prière; Marie, haletante, regardait tout émue la pâle jeune fille dont un connaisseur plus habile n'eût pas moins admiré la voix superbe que le talent réel dont elle donnait la preuve; et Deborah Travis, ouvrière dans une fabrique d'Oldham avant d'être l'idole du public fashionable, aurait reconnu sa sœur dans cette humble jeune fille, qui s'ignorait elle-même.

Quand les dernières vibrations du psaume eurent cessé, une voix mâle et tremblante en reprit le verset final. « C'est mon grand-père, s'écria Marguerite; il faut que je parte, car il m'a recommandé de ne pas rester trop tard. »

Marie sortit en même temps qu'elle, et, quand toutes les deux se trouvèrent sur le palier, Marguerite pria sa compagne d'entrer quelques instants : « Je serais contente que grand-père vous connût, » lui dit-elle; et Marie entra chez le vieux fileur.

CHAPITRE V.

Il y a dans la ville de Manchester, perdus au milieu de la foule, certains ouvriers dont peut-être niera-t-on l'existence, et qu'on pourrait placer sur la même ligne que les savants les plus illustres. J'ai cité Manchester, j'aurais pu nommer toute autre ville du Lancashire; dans le voisinage d'Oldham, par exemple, on rencontre des tisserands, simples manouvriers, désignés sous le nom de *bras*, qui ont à côté d'eux, sur le métier où sans relâche ils agitent la navette, les principes de Newton qu'ils entr'ouvrent pendant le jour et qu'ils passent les nuits à lire avec délices. Plus d'un parmi ces hommes incultes, au langage incorrect, à la figure vulgaire, qui sortent des fabriques à l'heure où la nuit tombe, rentre chez lui en pensant au problème que la science examine, qu'il cherche, et que souvent il parvient à résoudre; mais surtout certaines branches de l'histoire naturelle ont de fervents adeptes parmi ces hommes intelligents et simples. Il s'en est trouvé à qui les œuvres de Linnée sont aussi familières que les plantes de leur propre canton, dont ils savent les mœurs, le nom et l'habitat; qui se donnent le luxe d'un jour de vacance à l'époque où va s'ouvrir certaine fleur, et s'en vont, un morceau de pain dans leur poche, battre les champs ou les bois pour y trouver la plante qui manque à leur herbier. D'autres, le filet ou la drague à la main, pourchassent les insectes jusqu'au fond des étangs et laissent tomber sur l'échantillon d'une espèce rare ou nouvelle ce regard plein de finesse et de ravissement qui caractérise le savant amateur. Citons un fait bien connu à l'appui de ce que j'avance. Un jour que Smith, chez Roscoe, s'informait d'une plante extrêmement rare qu'on lui avait dit croître aux environs de Liverpool, Roscoe, à qui la plante n'était pas même connue, déclara que, si l'on pouvait en savoir quelque chose, ce serait d'un tisserand de Manchester qu'il s'empressa de nommer. Smith fut bientôt dans la ville désignée et, s'adressant au premier portefaix qu'il trouva sur son chemin, il lui demanda si par hasard il pouvait lui dire l'adresse du tisserand qu'il cherchait. « Certainement, répondit l'homme; nous nous connaissons bien, aimant tous deux les plantes. » Et il arriva qu'après plusieurs questions le portefaix, aussi bien que le tisserand, put donner sur la plante inconnue tous les détails que Smith voulait avoir.

Le grand-père de Marguerite, l'un de ces savants ignorés, était un petit vieillard sec et nerveux, n'agissant que par saccades, comme si tous ses membres eussent été mus par un fil, et dont le front large et dégarni, qui formait à lui seul plus de la moitié du visage, surplombait des yeux rayonnants d'intelligence, au regard si pénétrant qu'on leur eût accordé la faculté divinatoire La chambre où se tenait ce singulier personnage ressemblait d'ailleurs passablement à la demeure d'un sorcier : sur les murs, de grands cadres de bois renfermant des insectes, des planches couvertes de bocaux et de bouteilles singulières remplis d'objets bizarres; sur la table, des livres aux figures symboliques et de mystérieux instruments dont Job Legh précisément faisait usage quand sa petite-fille entra. Le vieillard releva ses lunettes en voyant Marguerite, lui dit bonsoir d'une voix caressante et l'embrassa tendrement.

« Est-ce que votre grand-père dit la bonne aventure? demanda tout bas la pauvre Marie, presque effrayée de tout ce qu'elle voyait dans cette chambre.

— Non, répondit Marguerite ; mais vous n'êtes pas la première qui l'ayez cru sorcier; il aime seulement une foule de choses que peu de personnes connaissent.

— Et vous, Marguerite, est-ce que vous savez le nom de toutes ces vilaines bêtes-là ?

— J'en connais quelques-unes dont j'ai appris l'histoire pour faire plaisir à mon grand-père. Vous voyez cet horrible scorpion? Grand-père l'a rapporté de Liverpool à un voyage qu'il fit l'année dernière ; les marins ont toutes sortes d'affaires qu'ils ramassent dans les contrées lointaines. Ce scorpion est très-rare et ne se trouve qu'aux Grandes-Indes. Le matelot qui l'avait pris derrière une balle de riz en déchargeant le navire le croyait mort de froid; grand-père le vit et l'acheta pour un schelling.

— Deux schellings, interrompit Job Legh, et je fis un bon marché.

— Grand-père revient, tire la bouteille de sa poche et, pour mieux me le faire voir, ôte le scorpion de la bouteille; nous étions devant le feu, un grand feu, car je repassais. Je quitte mon fer et je m'approche; grand-père ouvre son livre et se met à lire tout haut que cette espèce est très-venimeuse, que sa piqûre donne la mort; je regardais toujours le scorpion, que je vois remuer tout à coup et qui se met à courir en se dirigeant vers moi ; je grimpe sur une chaise en criant comme une folle et suppliant grand-père de tuer la mauvaise bête. Mais grand-père ne voulait pas écraser son scorpion : il découvre la bouilloire, prend les pincettes et saisit l'animal qu'il plonge dans l'eau bouillante ; puis, quand la bête fut bien morte, il la fourra dans ce bocal, où depuis lors elle est restée dans le gin.

— Je suis bien contente, dit Marie, que mon père n'aime pas toutes ces choses-là.

— Mais, bien au contraire, répondit Marguerite ; je suis heureuse de voir grand-père aimer passionnément toutes ses plantes et ses bêtes : il est si content de les retrouver quand il rentre, ou de s'en aller au loin pour en chercher de nouvelles ! Tenez, le voilà dans ses livres et plus heureux qu'un roi. Il est vrai que ça l'empêche de causer ; mais aussi, quand une fois il s'y met, que de choses il me raconte ! »

Avant la fin de l'hiver, les deux jeunes filles étaient liées d'une étroite amitié. Marguerite apportait son ouvrage et passait auprès de Marie presque toutes ses soirées ; Job Legh prenait son livre et sa pipe et montait chez Barton pour chercher sa petite-fille, prêt à causer ou à lire, à se taire et à fumer suivant les occasions, et surtout et toujours à faire ce qui plaisait à sa chère Marguerite.

Je ne pourrais dire quels points de contact avaient entre elles ces deux jeunes filles d'humeur si différente : l'une était sage, l'autre était folle ; mais il est si bon d'avoir une amie qui réfléchisse pour vous et dont le jugement sache prévoir les difficultés qu'elle écarte ! Bref, elles s'aimaient ; Marie toutefois ne faisait presque rien sans le dire à Marguerite, qui se gardait bien de lui confier le seul secret important qu'elle eût au fond du cœur : elle ne lui disait pas qu'elle avait un galant, un beau jeune homme dont elle recherchait la présence, et que pourtant elle n'aimait pas. Elle rougissait néanmoins en l'entendant nommer, caressait le doux espoir de l'avoir pour mari, surtout d'être sa femme ; et, pour lui, écartait tous ses adorateurs, jusqu'à Jem qui l'aimait depuis sa plus tendre enfance, qui n'osait lui parler voyant qu'elle s'éloignait, et qui, désespéré, gardait tout son amour.

Barton connaissait depuis longtemps la nature de l'affection qu'avait Jem pour Marie et, s'il n'en disait rien, c'est qu'il trouvait sa fille trop jeune pour la mettre en ménage ; mais il faisait bon accueil au fils de son ami, qui lui souriait pour gendre : car c'était un garçon plein de conduite, ayant un bon métier, du courage et de la force, et qui avait de l'esprit quand Marie n'était pas là pour lui tourner la tête.

Un jour, vers la fin de février, par un vent d'est qui soulevait des tourbillons de poussière, car il gelait si fort qu'on n'eût pas, dans toute la ville, trouvé une seule goutte d'eau, Marie, la figure enveloppée de son châle, revenait de chez miss Simmonds et rentrait en courant sans regarder autour d'elle.

« Est-ce toi? dit-elle à Marguerite, qu'elle ne s'attendait guère à rencontrer; où vas-tu donc comme ça, chargée de ce gros paquet?

— Précisément chez toi; ce paquet est mon ouvrage : trois robes de deuil qu'il faudrait pour demain et que j'ai d'hier seulement; j'ai gardé la jupe et les manches pour le soir comme étant plus faciles; car, malgré leur chagrin, ces dames sauront bien voir comment tout cela est fait. »

Marie alluma la chandelle, fit du feu, essuya la petite table et, s'asseyant près de Marguerite, prit l'une des jupes qu'elle se hâta d'assembler. Tout en travaillant elles se mirent à causer; elles parlèrent d'abord de l'étoffe qu'elles tenaient, de sa qualité, de son prix, du défunt et des personnes pour qui étaient les robes.

« Je me demande toujours, dit Marie, pourquoi on porte le deuil; ce n'est pas joli, ça ne va bien à personne, et c'est une grosse dépense que bien des gens ne peuvent pas faire.

— Je crois que c'est une mode qui est venue, répondit Marguerite, pour occuper ceux qui restent et les distraire de leur chagrin. Voilà ces dames qui gémissaient et qui se désespéraient, car après tout c'était leur père et leur mari; eh bien! quand elles m'ont parlé pour leurs robes, une fois animées, tu n'aurais jamais dit que c'étaient les mêmes personnes.

— Tout le monde n'est pas comme ça; la vieille Alice, par exemple.

— Il y en a peu comme elle, interrompit Marguerite, peut-être pas une sur mille. Je crois même qu'eût-elle un grand chagrin, elle ne le montrerait pas. T'ai-je raconté ce qu'elle m'a dit un jour où elle m'a trouvée tout en larmes ?

— Non; mais je veux savoir d'abord ce qui te faisait pleurer.

— C'est une peur que j'ai; il y a des moments où je ne veux pas y penser, et d'autres où je ne peux pas faire autre chose. »

On n'entendit pendant quelques instants que le bruit des deux aiguilles.

« Seras-tu payée seulement de la façon de ces trois robes? demanda Marie pour rompre le silence.

— Je n'y compte pas. Il y aura beaucoup de dettes et l'on ne payera pas tout; mais c'est justement l'espèce de monde que le deuil console un peu, et je sais leur faire plaisir, autrement je n'aurais pas pris l'ouvrage : le noir me fait si mal aux yeux!

Tiens, Marie, c'est là ce qui me désolait : je me sens devenir aveugle. Que deviendra mon grand-père, lorsque je n'y verrai plus ? »

Et la pauvre fille se mit à sangloter. Marie s'agenouilla devant elle, espérant, comme tous les gens sans expérience, la consoler en lui disant qu'elle se trompait.

« Malheureusement non, répondit Marguerite, qui fixa sur Marie ses yeux inondés de larmes, je sais que je ne me trompe pas ; il y a longtemps que ma vue baisse, et le médecin que j'ai été voir à l'automne m'a bien dit que, si je ne restais pas dans une chambre dont les volets seraient fermés pendant plusieurs semaines, je deviendrais aveugle peut-être avant un an. Mais je ne peux pas m'enfermer sans rien faire, il faut vivre avant tout. Je suis allée chez un autre qui m'a donné une certaine eau pour me laver les yeux ; j'en ai usé trois bouteilles qui coûtent deux schellings chacune, et tout cela n'a rien fait. Je ne te vois plus, Marie, dit-elle en fermant l'un de ses yeux. Tu me fais l'effet d'une tache noire dont les bords sont brillants, mais je ne te reconnais pas.

— Et de l'autre œil y vois-tu ?

— Presque aussi bien qu'autrefois ; seulement, quand j'ai cousu longtemps, j'ai comme du feu devant moi, je ne distingue plus les objets que je veux voir, tout est clair excepté ce que je regarde. Je suis retournée chez les deux docteurs, qui m'ont répété la même chose : me reposer, ne rien faire, surtout ne pas coudre le soir ; et précisément la lingerie se paye si mal, que j'ai profité des deuils, si nombreux cet hiver, pour gagner un peu plus.

— C'est une folie, Marguerite, que tu blâmerais chez d'autres.

— C'est bien vrai, mais que veux-tu ? il faut d'abord manger ; grand-père ne regarde pas à perdre un ou deux jours pour aller herboriser ou chasser des insectes ; on est souvent à court ; et puis comment lui dire que je m'en vais être aveugle ? Oh ! Marie, je le regarde toujours pendant qu'il ne me voit pas : c'est pour apprendre sa figure et la savoir par cœur ; ensuite je ferme les yeux pour reconnaître si je pourrai m'en souvenir. Quelque chose me console : tu as entendu parler de Jacob Butterworth, le tisserand musicien, qui a conduit les chœurs dans beaucoup de festivals et à qui Mme Catalani, une chanteuse étrangère, est venue prendre la main devant tout le monde pour le complimenter ; je lui ai dit que je voudrais bien qu'il m'apprît à chanter. Il a trouvé que j'avais une belle voix, et toutes les semaines il me donne une leçon. Il assure qu'en chantant je pourrais gagner de l'argent ; nous verrons cela, une fois que je serai aveugle. »

Tout à coup des pas retentirent dans la petite cour et plusieurs personnes passèrent en courant sous la fenêtre.

« Qu'y a-t-il, leur demanda Marie ?

— Le feu chez les Carson, on voit d'ici la flamme. »

— Marguerite, mets ton châle et dépêche-toi. Je n'ai jamais vu de manufacture brûler et l'on dit que c'est si beau ! »

Ce qu'il y avait de réel au fond de cet empressement, c'était le désir de Marie de changer le cours des idées de Marguerite et de se distraire elle-même de l'impression douloureuse que lui avait faite la pensée de voir son amie aveugle.

Elles trouvèrent Barton sur le seuil de la porte et lui dirent où elles allaient.

« Un incendie superbe, répondit-il ; pas une goutte d'eau pour l'éteindre, un bon vent qui l'attise, et les Carson qui ne demandent pas mieux que de laisser tout brûler : ils sont bien assurés, les machines étaient vieilles, ils vont pouvoir les refaire sur le nouveau modèle, sans tirer un sou de leur poche. C'est tout bénéfice pour eux. »

La filature de la maison Carson était située dans le vieux quartier, où elle se déployait de l'est à l'ouest, sur une étendue de terrain assez considérable ; entourée de tous côtés de rues étroites, d'anciennes constructions encombrées de marchandises, ce voisinage rendait plus effrayant l'incendie qui venait de se déclarer. La façade occidentale, où se trouvait l'escalier, donnait sur l'une de ces rues fangeuses où se pressent, à côté du prêteur sur gage, les tavernes suspectes, les boutiques des fripiers, les magasins de guenilles, de tessons et de vieux os ; les échoppes où se vendent les plus tristes aliments, d'autant plus chers qu'on les débite à des gens plus pauvres sous un plus mince volume.

La partie orientale n'était séparée de la maison d'en face que par une ruelle sombre et mal pavée d'environ six ou sept mètres de large ; maison autrefois splendide, comme l'attestaient les sculptures et les ornements de la façade, et maintenant occupée par l'un de ces cafés de bas étage qu'on nomme *palais du gin*.

Au moment où Marie et sa compagne arrivèrent près du théâtre de l'incendie, un murmure profond s'éleva de la foule et trahit l'émotion violente qui la saisissait tout à coup.

La partie occidentale, vers laquelle le vent chassait la flamme, était couronnée d'une gerbe étincelante dont le rayonnement éclairait jusqu'à la voûte du ciel, mais, en dépit de la beauté que présentait ce spectacle grandiose, c'était du côté de la ruelle sombre que la foule tournait ses regards avides : là, au milieu du nuage de fumée qui sortait de chaque ouverture, on aperce-

vait, à l'une des fenêtres du quatrième étage, les mains sup-
pliantés et parfois la figure désespérée de deux hommes, deux
ouvriers qui, restés seuls longtemps après les autres dans cette
partie de la fabrique, ne s'étaient aperçus de l'incendie qu'après
la destruction totale du vieil escalier de bois situé dans l'aile
opposée.

« Il n'y a donc pas d'échelle? s'écria Marie, dont l'émotion était
extrême.

— On en cherche partout, lui répondit son voisin; mais les
maçons et les couvreurs ont fermé leurs ateliers, il est tard et...

— Wilson, oh! mon Dieu! le vois-tu, Marguerite? J'ai bien
cru le reconnaître.... Et la pauvre Marie sentit ses forces défaillir.... Partons, murmura-t-elle ; Marguerite emmène-moi. »

Mais la foule qui les pressait de toute part se replia sur elle-
même et, entraînant les deux jeunes filles, les rapprocha au contraire du lieu qu'elles voulaient fuir.

« C'est Jem Wilson et un pompier qui apportent une échelle,
dit à Marguerite un homme de grande taille, qui se trouvait auprès d'elle.

— Que font-ils? dites-moi ce que vous voyez, demanda Marie,
dont le cœur battait à se rompre.

— Ils appuient leur échelle contre le mur du café; l'un des
deux hommes vient de tomber, l'un de ceux qui sont dans la
manufacture : c'est la fumée qui l'étouffe. Miséricorde ! l'échelle
est bien trop courte. Pauvres diables! tout est fini pour eux; en
supposant qu'on trouve une autre échelle, ils seront morts avant
qu'on y arrive. Que Dieu ait pitié de leur âme ! »

Un sanglot s'échappa de toutes les poitrines ; Marie s'attacha
au bras de Marguerite qu'elle serra de toutes ses forces. Deux
minutes s'écoulèrent :

« Ils ont entré l'échelle dans la maison où est le café, parce
que sans doute elle embarrassait dans la foule. »

Un cri formidable se fit entendre, une acclamation prolongée
suivie d'un silence effrayant, tandis que chacun, dans l'attente,
suspendait son haleine : de l'une des mansardes situées en face
de la fenêtre où se trouvaient les deux ouvriers, sortait le bout
de l'échelle que plusieurs hommes maintenaient horizontalement
et dirigeaient vers les malheureux qu'il fallait sauver en toute
hâte, car la flamme grandissait et la fumée les enveloppait de
toute part.

Enfin, l'échelle s'appuya sur le bord de la fenêtre opposée,
formant, à une hauteur vertigineuse, un pont aérien pour qui
oserait le franchir. La fumée déroba un instant à la foule ce qui

se passait au-dessus de la ruelle, puis un coup de vent déchira le sombre voile, et Marie put reconnaître celui dont le pas assuré traversait l'échelle qui se balançait dans l'espace; il s'arrêta une seconde devant la fenêtre où il allait entrer comme pour reprendre haleine, et s'élança au milieu des flammes qui commençaient à envahir cette partie de la fabrique.

Qui peut savoir combien il resta dans cette fournaise? quelques secondes peut-être; mais le temps n'a pas toujours la même durée : il est bien long, quand les battements du cœur le mesurent au milieu d'une horrible attente.

Le brave jeune homme reparut néanmoins, portant dans ses bras un corps inanimé.

« C'est Jem Wilson qui a sauvé son père, » dit tout bas Marguerite. Mais Marie l'avait su avant elle.

Restait à franchir de nouveau le pont fragile qui pliait sous cette double charge; et privé de l'usage de ses bras qui lui avaient servi de balancier lorsqu'il était passé d'abord, Jem arrivera-t-il sans faillir au bout de sa course périlleuse? Mais l'œil fixé sur la mansarde qu'il lui faut absolument gagner, puisant une nouvelle force dans le sentiment du danger qui menace son père, il aborde la maison où l'attendent ceux qui le délivrent de son précieux fardeau.

La foule qui était restée silencieuse, n'osant respirer devant cet homme que la moindre émotion pouvait précipiter dans l'abîme, fait éclater ses applaudissements enthousiastes qui couvrent les rugissements de la flamme et les sifflements du vent.

« Et son père? s'écrièrent des milliers de voix.

— Il a repris connaissance, répond l'un des hommes de la mansarde; il va mieux, ce ne sera rien. »

Les commentaires circulent au milieu de cette masse puissante qui s'agite sous l'impression qui la domine, comme les flots sous la tempête; tout à coup le silence se rétablit, car l'intrépide jeune homme a de nouveau traversé l'échelle pour aller au secours du malheureux qui reste encore à sauver. Est-ce la fatigue, le souvenir du péril ou le vertige qui le saisit? Mais, au retour, il chancelle sous le fardeau qu'il emporte, cherche d'un pied tremblant le frêle barreau qui doit le supporter, et s'arrête au milieu de sa course, essayant de retrouver son équilibre, sans penser un instant à se dessaisir du poids qui l'accable.

« Elle s'évanouit; aidez-moi à la soutenir, » s'écria Marguerite en voyant la pauvre Marie fermer les yeux et incliner sa tête sur son épaule; mais nul n'entendit les paroles de la jeune fille : la vie de chacun était concentrée dans le regard qu'il fixait sur ces deux hommes suspendus dans l'espace. Au même instant, une corde, ayant un nœud coulant à son extrémité, fut lancée par l'un des pompiers qui se tenaient dans la mansarde, et, comme un lasso, vint saisir à mi-corps le pauvre Jem, qui, retrouvant un point d'appui, se laissa guider par ceux qui tenaient la corde, avança, bien que timidement encore, et finit par se trouver à portée des bras qui se tendaient pour le recevoir.

Cette fois les cris de la multitude se mêlèrent à une sorte de danse frénétique, et l'expression de sa joie tint du délire. Puis, avec cette mobilité qui la caractérise, elle quitta le lieu où son intérêt venait d'être si puissamment excité, pour se ruer vers l'endroit où l'incendie exerçait tous ses ravages, faisant succéder aux paroles d'allégresse les cris de fureur et les imprécations que lui arrachaient la difficulté de sortir de la rue étroite qu'elle encombrait, et les meurtrissures qui étaient la suite inévitable de son fol empressement.

Quand la foule se fut écoulée, Marguerite, qui avait employé toute sa force à maintenir debout sa compagne, craignant avec raison qu'on ne la foulât aux pieds, si elle venait à glisser, abandonna doucement le corps inerte qu'elle ne pouvait plus soutenir, et l'étendit sur le pavé. Le froid de la pierre et la position horizontale eurent bientôt ranimé la jeune fille, qui jeta un regard surpris autour d'elle; puis, se rappelant tout à coup la cause de sa terreur, elle leva les yeux vers la fenêtre d'où l'échelle avait été retirée.

« Ils sont en sûreté, lui dit Marguerite.

— Bien vrai? tu ne me trompes pas? ils y sont tous les deux?

— Informe-t'en plutôt, demande à ce pompier qui passe. »

L'individu que Marguerite avait pris à témoin confirma les paroles qu'elle venait de dire.

« Et pourquoi l'avoir laissé retourner une seconde fois? demanda Marie d'un ton de reproche.

— Est-ce qu'on a pu l'en empêcher? Dès qu'il a vu que son père n'était qu'étourdi par la fumée, il est parti comme un trait, disant qu'il savait mieux qu'un autre où se trouvait le pauvre diable qui était resté là-bas; autrement nous aurions tous couru, car on ne pourra jamais dire que les pompiers de Manchester aient reculé devant le péril. »

Les deux amies reprirent en silence le chemin qui conduisait chez elles. Comme elles approchaient de leur demeure, le père Wilson, pâle et le regard voilé sans doute par l'émotion, mais aussi bien portant, du moins en apparence, qu'il l'avait toujours été, les rejoignit, les accompagna pendant quelques instants, et leur souhaita le bonsoir, après leur avoir parlé de l'affreuse position où il venait d'être placé. Puis, quand il eut fait quelques pas, il s'arrêta, vint retrouver Marie et lui dit tout bas d'une voix tremblante qui semblait l'implorer :

« Si par hasard ce soir tu voyais mon garçon, dis-lui, pour l'amour de moi, une ou deux bonnes paroles. Tu le veux bien, n'est-ce pas ? je te le demande, Marie, et, si tu le fais, je te bénirai. »

Marie baissa la tête sans lui répondre ; il était déjà loin quand elle releva les yeux. Barton les entendait et, bien qu'il ne voulût pas les questionner, il n'en brûlait pas moins de savoir tout ce qui s'était passé. Marguerite se mit à lui raconter les événements de cette soirée dramatique, et ne tarda pas à captiver complétement l'intérêt de son auditeur qui laissa éteindre sa pipe, la retira de ses lèvres et, se levant enfin sous l'empire d'une émotion dont il n'était plus maître, fit le serment d'accorder Marie à Jem s'il la demandait en mariage, alors même qu'il n'aurait pas un penny.

Marguerite se mit à rire, et Marie, dont l'émotion était calmée, sembla n'écouter les paroles de son père qu'avec un vif déplaisir.

CHAPITRE VI.

Barton avait dit juste quand il avait exprimé cette pensée que les MM. Carson verraient sans chagrin l'incendie de leur fabrique. Non-seulement les machines vieillies avaient besoin d'être refaites d'après le nouveau système, mais encore les affaires étaient lourdes ; les produits s'écoulaient difficilement, encombraient les magasins, et l'on ne faisait travailler que pour entretenir en bon état la mécanique et les hommes, afin de les retrouver au moment où le commerce reprendrait. Cet arrêt forcé d'un travail onéreux était donc un bénéfice de plus, et l'on ne pouvait saisir une meilleure occasion pour renouveler tout le matériel de la manufacture, puisque la compagnie d'assurance devait en faire les frais. Outre cet immense avantage qui se traduisait en une somme assez ronde, la cessation du travail donnait à MM. Carson des loisirs qu'ils n'avaient pas eus depuis longtemps, et dont toute leur famille profiterait avec eux. On fit des projets de voyage pour la saison suivante : on irait à Londres, aux bains de mer, dans tous les endroits fréquentés par la foule élégante ; et, en attendant les beaux jours, ces messieurs jouissaient avec délices d'un intérieur charmant, que, toujours pressés par les affaires, ils connaissaient à peine. Il est si doux, après un bon déjeuner, de rester à table au coin du feu, un journal ou une revue à la main ; de prêter l'oreille au gentil babil de ravissantes jeunes filles qui vous entourent de leurs soins caressants, et dont vous admirez les progrès avec orgueil ! car, enfermés chaque jour entre des livres de compte et des balles de coton, vous ignoriez, heureux père, les talents de vos enfants. Que de bonnes soirées, que de promenades agréables ! et que les joies de la famille sont précieuses à ces hommes qui peuvent enfin se reposer du tracas des affaires ! Mais, au revers de cette médaille, que de tristesse et de désespoir l'incendie de la manufacture Carson et Cie. ne cause-t-il pas chez ceux qui maintenant cherchent en vain du travail et pour qui le loisir est une malédiction ! Là, dans ces intérieurs désolés, pour tout concert de famille, le père n'entend que la voix déchirante des enfants qui pleurent en lui demandant du pain ; près de ces foyers où le feu manque, ce n'est pas à table qu'on reste de longues heures, c'est dans un lit couvert de haillons où l'on espère avoir moins froid, surtout moins faim, en se tenant immobile ; et plus d'une mère, sortie pour aller acheter de la farine d'avoine, rapporte de l'opium afin d'engourdir l'enfant qu'elle ne peut rassasier. C'est alors que le bien et le mal qui sont dans notre nature se révèlent dans toute leur étendue ; que le désespoir blasphème, que l'injure et les paroles de rage tombent des lèvres pâlies, que tous les liens se dénouent et se brisent, qu'on trouve des parents sans entrailles et des enfants sans cœur ; mais aussi des exemples de courage que l'on croirait impossibles sur terre, et des cœurs où l'amour est plus puissant que la mort. Parfois nous restons étonnés des vices du pauvre, et Dieu sait quelle excuse est au fond de sa misère ; mais ses vertus, si nous les connaissions, nous surprendraient bien davantage.

Le printemps arriva, c'est-à-dire la saison qu'on nomme ainsi malgré la nudité des champs et le froid souvent plus vif ; les affaires, loin de reprendre, s'alanguissaient de plus en plus ; Barton n'avait de travail que quelques heures par jour, et Wilson, employé, comme on sait, à la fabrique incendiée, en manquait totalement. Jem gagnait assez, il est vrai, pour soutenir la famille ; mais il pesait à Wilson de rester si longtemps à la charge de son fils, et le découragement commençait à lui venir. Quant à Barton, plus morose et plus aigri que jamais, il écoutait un soir, à côté de son feu éteint, s'il n'entendait pas revenir Marie, espérant que la présence de sa fille dissiperait sa tristesse; il faisait un de ces froids noirs que les longues soirées d'avril font paraître plus pénibles; la bise sifflait en passant sous la porte et pénétrait dans la chambre par toutes les fissures de la muraille; un pas précipité se fit entendre : c'était Wilson qui entrait tout essoufflé.

« As-tu un peu d'argent, Barton?

— Assurément non ; je voudrais bien savoir qui est-ce qui en a aujourd'hui. Tu en as donc besoin?

— Ce n'est pas pour moi, qui cependant n'en ai guère; mais tu connais Ben Davenport, qui travaillait chez Carson; eh bien, il a la fièvre et pas une allumette dans son feu, ni une pomme de terre dans la maison.

— Que veux-tu que j'y fasse, puisque je n'ai pas le sou moi-même?»

Wilson avait l'air désappointé; John le voyait bien et tâchait de rester sourd à sa propre émotion, mais n'y parvenait pas en dépit de ses efforts. Il se leva, ouvrit le buffet où il avait mis de côté, pour le repas du soir, le reste de son dîner, un morceau de pain et la moitié d'une petite tranche de jambon, l'enveloppa de son mouchoir, le plaça dans son chapeau et se retourna vers Wilson :

« Partons-nous? lui dit-il.

— Et pour où aller?

— Chez ce pauvre garçon qui a la fièvre. »

Chemin faisant, Wilson raconta que Ben Davenport, un brave homme, bien que trop fervent méthodiste, avait quatre enfants beaucoup trop jeunes pour travailler, mais non pas pour manger ; qu'il avait toujours été de mal en pis depuis l'incendie de la manufacture, et qu'après avoir mis en gage tout ce qu'il avait, il était maintenant sur la paille au fond d'une cave de la rue de Berry Barton grommela quelques paroles peu bienveillantes pour une certaine classe d'individus; et, tout en causant, les deux amis atteignirent Berry-street, voie fangeuse qui n'avait jamais été pavée et servait de lit à un ruisseau fétide dont les eaux stagnantes, épanchées dans les trous qui parsemaient la rue, y formaient de véritables mares encombrées des immondices et des ordures de toute espèce qu'on y jetait de chaque maison. Des tas de cendres assez rapprochés les uns des autres permettaient de franchir tant bien que mal cet ignoble passage, et c'est en les recherchant avec soin, pour ne pas se mouiller jusqu'à mi-jambe, que nos amis arrivèrent à un mauvais escalier conduisant à une espèce de fosse d'environ un mètre et demi de large et de plus de deux mètres de profondeur; c'était sur cette fosse que s'ouvrait et prenait jour l'horrible bouge où des hommes étaient réduits à demeurer. Ils descendirent encore une marche et se trouvèrent dans la cave infecte qui servait d'asile au malheureux Davenport et à toute sa famille.

Quand leurs yeux furent habitués à l'obscurité qui régnait dans cette affreuse demeure et que la première impression causée par l'air fétide qu'on y respirait se fut un peu dissipée, ils distinguèrent trois ou quatre enfants qui se traînaient dans la fange entretenue au fond de ce lieu immonde par l'eau qui suintait des murailles et s'y infiltrait, provenant de l'infâme cloaque qui traversait la rue. On ne voyait pas même de cendres dans l'âtre, et la pauvre mère, assise sur la paille qui servait de litière à son mari, pleurait sans bruit dans l'isolement et les ténèbres.

« Me voilà revenu, mistress, dit Wilson. Allons, enfants, taisez-vous et ne tourmentez pas votre mère pour avoir à manger; voici Barton, un bon camarade, qui apporte du pain. »

Les pauvres petits entourèrent Barton et lui arrachèrent ce qu'il tenait à la main; l'instant d'après tout avait disparu.

« Il faut absolument que nous ayons autre chose; Wilson, reste ici, dit Barton, je serai de retour avant une demi-heure. »

Il courut chez lui en toute hâte, prit tout ce qui restait au fond du pot à farine en se disant que Marie souperait chez miss Simmonds et n'aurait pas faim jusqu'au lendemain; puis il monta dans sa chambre, tira du coffre son meilleur habit et son unique foulard, c'était toute sa richesse; il les porta chez le prêteur, les engagea pour cinq schellings et ne modéra sa course que quand il fut près de Berry-street; là, s'arrêtant pour chercher quelques boutiques où il entra, il acheta successivement du pain, de la viande, des copeaux, de la chandelle et du charbon; quant à l'argent qui lui restait et qui était complétement destiné aux Davenport, il se dit qu'on trouverait à l'employer plus tard et qu'avec du feu, du pain et de la lumière, ils attendraient facilement ce qui pouvait leur manquer. Les larmes vinrent aux yeux de Wilson quand il vit rentrer John chargé de toutes ses emplettes; il comprit tout, et souhaita plus que jamais de reprendre son travail afin de contribuer pour sa part au soulagement de la pauvre famille; en attendant, ne possédant que son cœur et sa bonne volonté, les services qu'il rendit n'en furent pas moins inestimables. A côté des enfants affamés gisait le pauvre père, atteint de la fièvre typhoïde, d'autant plus grave à Manchester, qu'elle attaque des hommes épuisés, mal nourris, horriblement pressés dans des quartiers infects, et dont le moral est souvent abattu. Son caractère éminemment contagieux ne saurait être mis en doute; mais le pauvre est fataliste à cet égard, et bien lui en prend de ne pas se préoccuper de la contagion : car dans l'étroite demeure qu'il habite avec toute sa famille, le malade ne pourrait être isolé. Aussi Barton se mit-il franchement à rire quand Wilson lui demanda s'il croyait qu'on pût gagner la fièvre; et, sans y penser davantage, l'un des deux amis essaya de faire le feu, tandis que l'autre présentait un peu de nourriture à mistress Davenport, toujours assise à côté de son mari. Elle prit ce qu'on lui donnait, rompit une bouchée de pain qu'elle porta machinalement à ses lèvres, et ne put pas la manger; elle avait eu trop faim. Les deux hommes se regardèrent et la pauvre femme, qui avait voulu se lever, retomba sur le carreau complétement évanouie.

« Elle est à moitié morte, dit Barton, elle a jeûné trop long-temps.

— Écoute, répondit Wilson, tu vas rester près d'elle; je vais prendre les trois aînés qui ne font rien que de se battre, ma femme les gardera; ce sera toujours du repos, et je rapporterai du thé, ça passera mieux que du pain. »

Barton resta donc seul entre le pauvre malade qui, croyant que sa femme était morte, remplissait la cave de ses cris, un petit enfant qui gémissait en appelant sa mère, et la malheureuse que le besoin avait fait s'évanouir. Il porta celle-ci près de la cheminée, la coucha devant le feu et chercha quelque chose sur quoi il pût lui appuyer la tête; il n'y avait littéralement autour de lui que quelques briques détachées du carrelage; il les ramassa, les mit les unes sur les autres, défit sa veste et les en couvrit de son mieux, posa sur cet oreiller si dur la tête de la pauvre femme dont il approcha les pieds du feu, chercha de l'eau et, n'en trouvant pas, prit l'enfant dans ses bras, monta l'escalier, frappa chez la voisine, et lui emprunta un poêlon, seul vase qu'elle possédât, et qu'il descendit plein d'eau. Puis, avec l'habitude que les pauvres gens ont de tout faire, il mit dans cette eau un peu de la farine d'avoine qu'il avait apportée, en fit une bouillie liquide, et trouvant dans un coin la cuiller qui servait autrefois à l'enfant, seul objet qui n'eût pas été vendu, il fit couler quelques gouttes de cette bouillie entre les dents

serrées de la malheureuse, dont la bouche s'entr'ouvrit instinctivement pour en recevoir davantage. Mistress Davenport se ra-
nima peu à peu ; mais, retrouvant avec la vie le sentiment de
sa détresse, elle retomba dans le morne désespoir où Barton
l'avait trouvée ; l'enfant se traîna vers elle et, de ses petites
mains, essuya les larmes qui coulaient sur les joues de sa mère,
pendant que Barton prodiguait ses soins au moribond, dont nulle
parole ne saurait peindre la hideuse agonie. Sans linge, sur une
litière immonde qu'un chien aurait quittée pour le pavé fan-
geux, accablé, mais non couvert de tous les haillons dont la famille avait pu se dépouiller et que dans son délire il écartait
sans cesse, le malheureux se débattait contre d'affreuses visions
où se dressait dans toute sa nudité : spectre horrible qu'on eût
dit envoyé dans un jour de colère pour annoncer la famine et la
peste à une race de maudits, et qui retombait foudroyé sur la couche infecte où il râlait encore. Wilson rentra ; il tenait à la main
une tasse de thé qu'il rapportait pour mistress Davenport ; mais
l'agonisant, dont la soif dévorait les entrailles, se jeta sur le
liquide fumant qu'il avala d'un trait.

Les deux amis se consultèrent : il était probable qu'un médecin ne viendrait pas, et il fallait attendre le lendemain pour
obtenir un billet d'hôpital. Que faire jusqu'au matin ? Barton,
qui avait encore un peu d'argent, sortit pour aller chercher
quelque drogue et demander un avis au pharmacien le plus rap-
proché de Berry-street ; il n'en trouva qu'assez loin, dans un
autre quartier.

C'est un charmant coup d'œil que présentent le soir les rues
bien éclairées d'une grande ville et, sous des flots de lumière,
l'étalage des boutiques plus brillant que pendant le jour. Ne
croit-on pas entrevoir les merveilles dont le récit a charmé
notre enfance : beaux fruits de pourpre et d'or, fleurs merveil-
leuses, étoffes splendides, pierreries étincelantes, tous les palais
enchantés que l'on a vus en rêve ? Barton, transporté tout à
coup au milieu de ces richesses, sentait son cœur bondir à la
pensée du contraste que formaient ces magasins resplendissants
avec l'horrible demeure où l'on râlait dans l'ombre : mystérieux
problème qui torture le cœur et l'intelligence, et dont bien d'autres que Barton se posent sans cesse la douloureuse énigme. Il
se demandait si parmi cette foule brillante quelqu'un avait jamais assisté, dans un lieu de pareille désolation, à l'effroyable
agonie qu'il venait de voir ; et la colère lui montait jusqu'aux
lèvres quand il regardait ces passants dont le visage lui paraissait joyeux. Hélas ! qui peut savoir le drame intime, caché au

fond des existences dont le secret nous échappe ? Cette jeune fille qui riait en passant auprès de lui, le désespoir dans l'âme, sous la fausse gaieté qu'elle affectait pour s'étourdir, pensait au lit glacé de la rivière comme au seul refuge qui lui restât en ce monde ; tel autre méditait un crime ou succombait à sa douleur, et Barton lui-même, dans son amertume contre tous les heureux qu'il confondait avec les égoïstes, subissait les tortures que la haine impose à l'homme généreux dont elle s'est emparée.

Le pharmacien, après avoir écouté les détails que lui donnait Barton sur l'état de Davenport, en concluant que c'était la fièvre typhoïde, très-commune alors dans les quartiers les plus pauvres de la ville, se mit à préparer une potion, complétement innocente il est vrai, mais sans effet possible contre la terrible maladie qu'il s'agissait de combattre ; la préparation terminée, il la remit à celui qui l'attendait, recommanda surtout de faire porter le malade à l'hôpital, se fit payer le breuvage inoffensif, dûment étiqueté, cacheté, enveloppé ; et Barton s'en alla plein de confiance dans la fiole qu'il emportait à Berry-street : car, pour les hommes de cette classe qui croient à la médecine, tous les remèdes sont également efficaces.

Pendant son absence, Wilson avait fait de son mieux pour calmer le pauvre malade, pour apaiser l'enfant qu'il avait fait manger, et relever le courage de la mère par quelques bonnes paroles. Cherchant toujours si quelque ustensile oublié ne restait pas dans quelque coin de la cave, il avait trouvé une porte basse, l'avait ouverte et refermée presque aussitôt, suffoqué par l'odeur qui s'en échappa tout à coup. C'était une arrière-cave où, d'un toit à porcs situé précisément au-dessus, tombaient sur le sol non pavé, les égouts qui se mêlaient à d'autres abominations plus répugnantes encore ; jamais personne ne l'avait habitée, car pas un homme, encore moins un pourceau, n'y eût vécu deux jours ; et cependant cet effroyable trou, pompeusement désigné sous le nom menteur de « seconde chambre, » faisait une différence dans le prix du loyer, qu'il augmentait de six sous par semaine.

Quand il revint près de la cheminée où se trouvait mistress Davenport, il vit l'enfant suspendu à la mamelle desséchée de sa mère.

« Quel âge a-t-il donc ? s'écria-t-il surpris ; je le croyais bien sevré.

— Il a deux ans, répondit-elle, et je sais qu'il pourrait l'être ; mais ça le calme un peu quand on n'a rien à lui donner ; il s'endort plus facilement quand il est là ! et les enfants, vous savez, on leur donne tout ce qu'on peut.

— Ne recevez-vous rien de la ville ?

— Rien du tout ; notre homme est natif du comté de Buckingham et il a craint d'être renvoyé dans sa paroisse s'il s'adressait au bureau pour en avoir des secours ; nous avons tout supporté dans l'espoir que l'ouvrage reprendrait : mais c'est fini pour nous ; le bon temps ne reviendra pas. »

Et les gémissements de la pauvre femme recommencèrent.

« Allons, mangez le reste de cette bouillie et tâchez de dormir un peu ; vous pouvez être tranquille, nous veillerons sur votre homme.

— Que Dieu vous bénisse et vous protége ! »

Elle mangea et s'endormit du plus profond sommeil ; Wilson ôta son habit pour en couvrir la pauvre mère et tâcha de le faire le plus doucement possible pour ne pas l'éveiller ; elle n'ouvrit pas les yeux, mais elle étendit instinctivement la main pour attirer l'habit sur son enfant, qu'elle tenait toujours étroitement embrassé.

Davenport, après plusieurs accès d'un délire qui avait été jusqu'à la folie furieuse, s'était endormi à son tour, et les deux amis se rapprochant du feu s'assirent par terre, éteignirent la chandelle et causèrent à demi-voix.

« Y a-t-il longtemps que tu le connais ? demanda Barton en parlant de Davenport.

— Bientôt trois ans ; depuis qu'il travaillait à la fabrique Carson. Pauvre Ben ! doux comme un agneau, rangé, honnête, toujours poli en vous parlant ; trop méthodiste, comme je te l'ai déjà dit, mais toute bonté. Je voudrais avoir la lettre qu'il avait écrite à sa femme, il y a quinze jours, pendant qu'il était en tournée pour chercher de l'ouvrage ailleurs. Je me rongeais un peu, comme tu penses, d'avoir tout à prendre sur le travail de Jem et de le mettre au pain sec pour nous acheter de quoi vivre ; mais il faut bien manger, même quand on ne gagne rien ; je grommelais donc en me dépitant, quand mistress Davenport m'apporta la lettre de son mari, parce qu'elle ne sait pas lire ; et ça m'a fait du bien ; tu aurais dit un chapitre de la Bible ; pas une plainte, rien que des paroles de soumission et d'amour pour le bon Dieu qui est notre père, et dont il faut accepter la volonté divine.

— Ah ! ça, tu crois donc que nous sommes ses enfants comme les patrons et les riches ? Ma foi, tant pis ; je serais fâché d'être le frère de nos maîtres.

— Ne dis pas cela, John; il y en a d'aussi bons que nous et peut-être de meilleurs.

— Nomme-les moi, puisque tu les connais, mais, je te le demande, comment se fait-il qu'ils s'enrichissent et que nous restions si pauvres? et tu trouves donc qu'ils agissent envers nous comme ça se doit entre frères?»

Mais Wilson n'était pas orateur, et Barton continua :

« Tu me diras comme beaucoup d'autres, qu'ils ont un capital et que nous n'en avons pas. Je te réponds que notre travail est un vrai capital qui doit nous rapporter tout aussi bien que le leur. Ils touchent leurs intérêts aujourd'hui comme hier; mais nous, c'est différent. Pourquoi ça? je te le demande; si nos bras ne font plus rien, c'est que leurs machines s'arrêtent; d'ailleurs beaucoup d'entre eux n'en avaient pas plus que nous quand ils ont commencé. Les Carson, les Duncombe, les Mengis et tant d'autres sont venus à Manchester ne possédant que les habits qu'ils avaient sur le dos, et ont à présent des centaines de mille francs, on dit même des millions, tout ça gagné par notre travail; leur terre, c'est la même chose; ce qui valait cent cinquante francs il y a vingt ans, s'achète quinze cents aujourd'hui, toujours par l'effet du travail; mais nous autres ! toi, comme moi, et tous ceux qui nous ressemblent, quels profits avons-nous? ils nous ont pressurés jusqu'à la dernière goutte pour faire leurs grosses fortunes, bâtir leurs grandes maisons, s'inquiétant peu de savoir si nous ne mourions pas de faim. Diras-tu que c'est justice?

— Pour ça, tu as raison Barton; mais j'ai vu le patron après l'incendie de la fabrique, et il m'a dit qu'il lui fallait regarder à la dépense, qu'il se retrancherait plusieurs choses et serait gêné pendant tout le temps que les affaires iraient mal. Ainsi tu vois que les maîtres ont leur part de souffrance.

— Ont-ils jamais vu leur enfant, leur propre chair, mourir faute d'avoir à manger? demanda Barton d'une voix sourde. Ce n'est pas que je veuille me plaindre et parler pour moi-même, continua-t-il; mais quand je vois des hommes comme Davenport mourir de faim malgré leur travail et leur conduite.... je ne peux pas le supporter et je ne me connais plus. »

La nuit fut longue et pénible au chevet du moribond, qui s'endormit pourtant lorsque arriva le matin; et quand la faible lueur qui traversait la fenêtre ou plutôt le soupirail, vint annoncer enfin qu'il faisait jour au dehors, Wilson partit pour aller chercher le billet nécessaire à la translation de Davenport dans l'un des hôpitaux de la ville.

L'hôtel qu'habitait M. Carson, situé dans le quartier neuf et presque à la campagne, était meublé non-seulement avec un grand luxe, mais encore avec goût; les galeries et les salons renfermaient de nombreux objets d'art, et, lorsque Wilson traversa la cour, il aperçut par une fenêtre ouverte des tableaux et des dorures qui lui donnèrent envie de s'arrêter pour les voir; mais il pensa que ce ne serait pas respectueux, et se dirigea en toute hâte vers la porte de la cuisine. Les domestiques, fort occupés de la préparation du déjeuner, ne firent pas grande attention à Wilson; ils lui dirent néanmoins d'entrer et l'invitèrent à s'asseoir, en attendant que M. Carson fût prévenu de son arrivée. L'ouvrier s'assit dans l'endroit où il se crut le moins gênant, regardant avec surprise les nombreux ustensiles appendus à la muraille, et s'amusant à deviner à quel usage tout cela pouvait servir; tandis que le cuisinier préparait les biftecks, que le marmiton faisait rôtir le pain, mettait cuire les œufs frais, et que tout un monde de serviteurs allait et venait autour de lui. Le café chauffait doucement près du feu, exhalant, ainsi que tout le reste, un parfum si pénétrant, que le pauvre Wilson, dont le jeûne absolu durait depuis le milieu du jour précédent et qui ne s'était pas reposé depuis lors, sentit la faim se réveiller plus vive que jamais au fond de son estomac surexcité par toutes ces odeurs appétissantes. Il est certain que, si les gens qui l'entouraient l'avaient su, ils se seraient empressés de lui donner à manger; mais, comme tout le monde, ils oubliaient, quand ils étaient rassasiés, que les autres pussent avoir faim; et sans se douter que cet homme si pâle était malade de besoin, ils se mirent à causer avec cette liberté de langage que l'office a toujours en parlant du salon.

« Comme vous êtes rentré tard la nuit dernière, Thomas! di au cocher la femme de chambre, descendue tout exprès pour causer un instant.

— Ah! je vous en réponds, que j'étais las de les attendre. Ils m'avaient dit d'arriver à huit heures, je m'y trouve comme de raison; à deux heures passées je les attendais encore.

— Et vous êtes resté tout ce temps-là dans la rue?

— Non vraiment, pas si bête; vous pensez bien que je ne suis pas assez fou pour attraper la mort et faire crever mon attelage par le temps qu'il faisait; j'ai mis les chevaux à l'écurie du Grand-Aigle et je suis entré dans la salle où je me suis installé, un verre à côté de moi. C'est une bonne habitude que prennent tous les cochers; nous étions cinq ou six attablés tous ensemble; un quart de bonne ale et du gin qu'on se paye de l'un à l'autre, ça préserve du froid et c'est bon contre le rhume.

— Fi donc! Thomas, vous tournez à l'ivrogne.

— C'est possible, mais je n'en suis pas la cause; c'est la faut à madame bien plus que ce n'est la mienne. On ne peut pas quand on est de chair et d'os, crever de froid et de faim, pour attendre des gens qui ne savent jamais ce qu'ils veulent

— Thomas, dit une autre femme de chambre qui entrait à l'instant, montez à cheval et courez jusqu'à la poissonnerie; vous direz au poissonnier que madame ne veut pas payer l saumon plus de trois francs la livre et qu'il en faut pour mardi elle devient si regardante et si grognon depuis que le commerc va mal; ensuite vous attellerez à trois heures pour aller au cours vous savez?

— Connu, connu, ma belle.

— Vous ferez bien de garder pour vous tous vos *pst* et vos *kst*, parce que ce matin madame a la migraine et qu'elle n'est pas endurante.

— Quel dommage que miss Jenkins ne soit pas là! ça en ferait des disputes à qui des deux a la plus belle migraine. »

Puis, s'adressant au chef : « Madame ne descendra pas pour déjeuner; vous ferez monter chez elle la perdrix froide qui est restée d'hier. Vous mettrez beaucoup de crème dans son café; tenez-le bien chaud, et que le petit pain soit surtout bien beurré. »

Ce qu'ayant dit, la femme de chambre sortit bien vite pour se tenir prête au premier appel des jeunes miss qui n'avaient pas encore sonné, s'étant couchées fort tard, comme on l'a vu plus haut.

Les deux MM. Carson déjeunaient dans la bibliothèque et savouraient lentement l'excellent repas qui leur était servi, lisant chacun de son côté : le fils une revue, le père un journal. Celui-ci était un beau vieillard, à l'air un peu trop content de lui, mais dont les manières ouvertes prédisposaient en sa faveur. Le fils, plein de grâce et d'élégance et d'une beauté remarquable, était loin de l'ignorer. Seul garçon de la famille et l'idole de ses sœurs, il faisait l'orgueil de son père de sa mère; et, trop bien élevé pour contredire l'opinion de ses parents, il était fier de lui-même et le montrait sans réserve.

Tout à coup la porte s'ouvrit et la plus jeune des trois sœurs entra joyeusement, suivant son habitude, et fut en deux bonds arrivée près de la table. Ravissante jeune fille de seize ans, fraîche comme un bouton de rose, légère comme un oiseau, Amy n'allait pas encore dans le monde, à la grande joie de son père qui la gardait près de lui toute la soirée, l'écoutait rire et chanter, et la retrouvait au matin prête à partager son déjeuner, tandis que ses sœurs, fatiguées des plaisirs de la nuit, dormaient encore ou n'étaient pas habillées. Elle couvrit son père de baisers, lui enleva son journal et ne voulut pas qu'Henri continuât sa lecture.

« Je suis la seule femme que vous ayez ce matin, et dès lors j'ai droit à vos plus grands égards.

— Mais il me semble, mignonne, que seule ou non tu te fais généralement assez bien obéir.

— Par vous, petit père, qui êtes bien bon et bien obéissant; mais Henri! quelle différence, et quel vilain méchant qui ne fait jamais ce que je lui demande! Est-ce vrai, monsieur Henri?

— Je ne sais vraiment pas de quoi tu m'accuses, je croyais au contraire mériter des éloges; n'est-ce pas moi qui ai rapporté l'eau de Portugal qu'on ne trouvait pas chez Hugues, moi qui tout seul y ai pensé, petite ingrate?

— Vraiment, cher Henri! tu es aussi adorable que l'eau de Portugal elle-même, presque aussi bon que papa, et cependant tu es allé chez Bigland et tu as oublié de lui demander cette nouvelle rose dont il m'avait parlé.

— Pas le moins du monde, je ne l'ai pas l'oublié; mais sais-tu, folle exigeante, que la plus petite de ces roses coûte une demi-guinée?

— Et que m'importe! je la demanderai à papa qui me la donnera tout de suite. »

M. Carson essaya de refuser; mais la charmante enfant mit tant de grâce dans ses caresses, tant de force dans ses arguments, qu'il finit par céder; elle adorait les roses.

« Eh! papa, tu sais bien que je ne peux pas être sans fleurs; que serait la vie sans elles?

— Alors prends des pivoines, des oreilles d'ours, ce sera moins cher et tu en auras davantage, lui dit Henri.

— Quelle abomination! appelles-tu ça des fleurs? un gros pompon sans parfum! D'ailleurs, qui de nous deux est le plus fou? et quel est le méchant frère qui a bien su donner une couronne l'autre semaine pour quelques branches de muguet que sa petite sœur lui a demandées à genoux et qu'il lui a refusées? Répondez à cela, monsieur Hall, et ne me faites pas attendre.

— Je ne réponds jamais quand on l'exige, dit Henri, dont les lèvres souriaient, mais dont le regard exprimait l'impatience.

— Un ouvrier du nom de Wilson demande à parler à monsieur, dit un domestique en entrant.

— Je suis à lui tout à l'heure; non, faites-le monter, j'aime mieux l'entendre ici. »

Amy avait quitté la bibliothèque pour aller dans la serre avant qu'on y introduisît le tisseur, qui, pâle et décharné, la barbe longue, les vêtements en désordre et souillés de boue, la figure et les mains non lavées, restait d'un air embarrassé sur le seuil de la porte et jetait un regard furtif sur cette galerie splendide où il n'osait entrer.

« Eh bien! Wilson, quelle est l'affaire qui vous amène, demanda M. Carson d'une voix encourageante?

— C'est Davenport, monsieur, qui a la fièvre; et je viens savoir si vous auriez un billet à donner pour qu'il entre à l'hôpital.

— Davenport, Daven... je ne connais pas ce nom-là.

— Il travaillait depuis trois ans dans votre manufacture et...

— C'est possible; je n'ai pas la prétention de connaître tous les hommes que j'emploie; ça regarde les contre-maîtres. Vous dites donc que ce Davenport est malade?

— Ah! monsieur, et bien malade encore. Il faudrait le faire entrer tout de suite à l'hospice des fiévreux.

— Je ne sais pas s'il me reste encore un billet d'admission, mais je puis vous en donner un pour qu'il ait des secours et des soins à domicile; je souhaite qu'il s'en trouve bien. »

Et, se levant aussitôt, M. Carson ouvrit un tiroir, y chercha un instant, et donna à Wilson le billet de secours dont il avait parlé.

Henri, qui venait de finir sa lecture, entendant par hasard ce dont il s'agissait, se leva pour sortir, et, quand il passa devant le tisseur, il lui donna cinq schellings pour le pauvre malade; il descendit lestement, fit avancer son cheval qu'un jockey tenait en main, se mit en selle et partit gaiement, n'ayant d'autre inquiétude que d'arriver trop tard pour recevoir au passage le sourire de la belle Marie Barton à l'heure où celle-ci allait à l'atelier.

Wilson quitta l'hôtel sans savoir s'il avait lieu d'être content ou fâché. Tout le monde y avait été pour lui d'une politesse bienveillante, peut-être M. Carson prendrait-il des renseignements sur la position des Davenport, et, dans ce cas-là, il ne manquerait pas de faire quelque chose pour la pauvre famille. D'ailleurs le cuisinier, quand il avait eu le temps de le remarquer, s'était aperçu de la pâleur de Wilson et avait préparé du pain et de la

viande qu'il glissa dans la poche de l'ouvrier au moment où celui-ci descendait du salon; et rien ne dispose à l'espérance comme
un estomac bien rempli. Quand Wilson entra dans Berry-street,
il était persuadé qu'il apportait de bonnes nouvelles, et arrivait
tout joyeux, hâtant sa marche, pour les donner plus tôt à ceux
qui l'attendaient. Mais en ouvrant la porte de la cave tout espoir
s'évanouit.

« Approche un peu, lui dit Barton; ne trouves-tu pas qu'il a
bien changé, toi qui ne l'as pas vu depuis quelque temps? »

Le visage du moribond s'était encore amaigri; ses traits plus
fortement accusés avaient pris un caractère plus rigide, osseux
en quelque sorte, et une teinte cadavéreuse s'étendait sur tout
son corps. Sa femme était près de lui, tenant son enfant étroitement serré contre son cœur, tâchant d'apaiser les pleurs du
pauvre petit, et comprimant elle-même ses sanglots, dans la
crainte de troubler son mari qui restait immobile, ne paraissant
rien voir, et sans doute ne pouvant plus parler. Tout à coup
cependant il joignit les mains par un suprême effort, et ces
quelques mots à peine articulés s'échappèrent de ses lèvres :

« Merci, mon Dieu, de permettre que j'en finisse avec une vie
si dure!

— Oh! Ben, s'écria la pauvre femme, tu ne penses donc pas
à moi? je t'en prie, un mot seulement qui m'aide à vivre pour
soigner nos enfants. »

Pour toute réponse, sa main défaillante s'agita faiblement,
cherchant quelqu'un autour de lui; les deux amis prirent cette
main mourante et la posèrent sur la tête de la pauvre femme
prosternée jusqu'à terre; une légère pression témoigna de la
dernière pensée de Ben, un rayon sublime vint éclairer son visage, un calme céleste se répandit sur ses traits, sa main s'ap-
pesantit sur la tête de l'épouse désolée; quant à lui, nulle douleur ne pouvait plus l'atteindre.

Quelques instants après, Marie Barton entra, son père lui
ayant fait dire par une voisine l'endroit où il était.

« Viens, enfant, lui dit Barton, et tâche de consoler cette pauvre femme qui se trouve seule à présent sur la terre. »

Marie s'agenouilla auprès de mistress Davenport, oubliant
l'atelier, tout ce qu'elle avait à faire, jusqu'au rendez-vous
qu'elle avait pris avec Henri Carson, et tournant vers la pauvre
femme éplorée son angélique regard, elle lui dit de sa voix harmonieuse et sympathique :

« Ne vous désolez pas; il est maintenant dans un monde où
rien ne le fera souffrir. Je sais bien que vous serez toute seule,

et pourtant songez à vos enfants; nous vous aiderons à les nourrir; pensez au chagrin qu'il aurait s'il vous voyait si affligée; calmez-vous, ne pleurez pas. »

Et les larmes étouffèrent la voix de Marie, dont les sanglots se mêlèrent à ceux de la pauvre veuve.

Quand la première émotion fut passée, elle offrit à mistress Davenport de l'emmener chez son père avec le petit enfant; mais celle-ci ne voulut pas consentir à quitter les restes de Ben : on veilla donc à ce que rien ne lui manquât; une voisine se chargea de venir voir de temps en temps comment elle se trouvait; Barton et sa fille se dirigèrent vers l'endroit où ils avaient leur ouvrage, et Wilson, qui était sans travail, s'occupa de toutes les formalités relatives à l'enterrement.

Lorsque Marie arriva chez miss Simmonds, elle trouva celle-ci furieuse du retard qu'elle avait mis à lui apporter certains morceaux de mousseline et quelques mètres de ruban dont elle n'avait pas même songé à faire l'acquisition; elle était trop occupée de savoir comment elle s'y prendrait pour rallonger sa robe noire, encore très-propre une fois qu'elle serait retournée, de manière qu'elle pût servir à mistress Davenport. Elle réussit probablement dans cette entreprise, à laquelle toute sa nuit fut consacrée; car, le jour des funérailles, la veuve y assistait, convenablement vêtue de deuil, satisfaction inespérée au milieu de sa douleur. Wilson et Barton l'accompagnaient avec ses deux aînés, et l'humble convoi prit à pied le chemin qui conduit au cimetière, plus décent dans sa marche que le pompeux cortége dont se fait suivre la dépouille du riche. Arrivés au champ de repos, ils s'arrêtèrent devant une pierre sépulcrale, ou plutôt devant un simulacre de pierre; tout simplement une planche décorée comme les tombes qu'on voyait auprès d'elle, et qui recouvrait l'endroit où le corps du pauvre va rejoindre celui des pauvres comme lui, entassés pêle-mêle dans cette fosse commune à quarante ou cinquante centimètres de profondeur. Quand la terre fut retombée sur le cercueil et que les pieds du fossoyeur l'eurent foulée de manière à en égaliser la surface, le couvercle tombal fut porté sur un trou voisin, pour y jouer le même cérémonial dérisoire. Mais qu'importaient à ceux qui venaient de rendre à la terre la dépouille de celui qu'ils pleuraient sincèrement ?

CHAPITRE VII.

Mistress Davenport avait quitté l'horrible cave où le pauvre Ben était mort; ses voisins avaient, en se cotisant, payé tout ce qu'elle devait à son propriétaire; le bureau de bienfaisance, moins rigoureux qu'elle ne se l'était figuré, bien loin de la renvoyer dans sa paroisse, consentait, au contraire, à lui payer son loyer : c'était donc seulement à l'entretien de quatre personnes qu'il lui faudrait pouvoir; et, naturellement courageuse, ayant retrouvé ses forces après huit jours de nourriture suffisante, elle avait repris confiance dans l'avenir et s'était occupée de se procurer de l'ouvrage. Pendant le jour, elle prenait chez elle de petits enfants qu'elle gardait jusqu'au soir; et, la nuit venue, elle faisait du linge, veillant le plus tard possible pour augmenter son salaire. C'est ainsi qu'elle vivait quand elle apprit avec douleur que les deux jumeaux de Wilson avaient la fièvre typhoïde. Sans force et, n'ayant à vrai dire qu'une moitié d'existence, il était plus que probable qu'ils devaient succomber.

Dès qu'Alice avait su la maladie de ses neveux, elle avait fermé sa porte et s'était installée chez son frère au chevet des deux enfants; mais Alice était souvent absente, et ce ne fut que plusieurs jours après, lorsque déjà les pauvres petits étaient désespérés, que Marie, ayant rencontré Jem, eut connaissance du malheur qui menaçait les Wilson. Elle se reprocha d'oublier, au milieu de ses folles visions d'avenir, les vieux amis de son père; et, priant une voisine d'avertir celui-ci, elle courut chez les parents des pauvres petits malades. Quand elle entra, mistress Wilson berçait sur ses genoux l'un des jumeaux, dont la plainte devenait de plus en plus douloureuse, tandis qu'Alice baignait de ses larmes le corps de celui qui venait de mourir

« Dieu l'a rappelé de bonne heure, dit la vieille fille à Marie
— Et l'autre, comment va-t-il? a-t-on un peu d'espoir? »
Alice secoua la tête d'un air triste.
« Il faut que nous l'ôtions à sa mère, dit-elle après un instant de silence; il n'aura pas de repos tant qu'elle souhaitera pour lui.
— Souhaiter pour lui? répéta Marie interrogeant la vielle fille.
— Ah! tu ne sais pas ce qu'on entend par souhaiter? C'est qu'on ne peut pas mourir dans les bras de ceux qui désirent

ardemment que vous restiez sur la terre. L'âme du mourant, retenue par ce désir, ne peut pas quitter le corps librement, et c'est un rude combat au lieu d'une mort tranquille. »

Elle s'approcha de sa belle-sœur et lui demanda l'enfant; mais la mère ne voulut pas s'en dessaisir; et, les yeux pleins de larmes, répondit qu'elle désirait au contraire la fin des souffrances du petit agonisant; néanmoins, quand elle le vit en proie à d'affreuses convulsions, elle se retourna vers Alice :

« Prenez-le, lui dit-elle, ça vaudra peut-être mieux; tout de même mon cœur souhaite pour lui, je le sens bien; mais je ne peux pas, non, je ne peux pas, voyez-vous, consentir à les perdre tous les deux en un jour : malgré moi je voudrais le garder encore, et il n'est pas juste qu'il souffre de mon désir, pauvre innocent qu'il est. »

Elle se pencha sur lui pour l'embrasser une dernière fois, mit toute son âme dans ce baiser, et donna l'enfant à sa belle-sœur, qui le reçut dans ses bras, où bientôt il expira doucement.

Les pleurs de la pauvre mère éclatèrent alors dans toute leur amertume; son mari, entendant ses sanglots, descendit auprès d'elle et s'efforça de la consoler, malgré l'horrible chagrin qu'il éprouvait lui-même. Alice et Marie portèrent l'enfant à côté de son frère, que Wilson avait posé sur son lit dans la chambre haute, et vinrent se rasseoir à côté des malheureux parents dont elles partageaient la douleur.

« Quelles tristes nouvelles pour Jem, pauvre garçon! lui qui les aimait tant! et comment le lui apprendre quand il va rentrer ce soir? dit Alice rompant le silence la première.

— Où est-il? demanda Marie.

— A l'atelier, où il reste plus tard que de coutume; il leur est venu de l'étranger des commandes considérables, et ça augmente l'ouvrage. Pauvre Jem! il faut bien qu'il travaille, quoiqu'il ait le cœur brisé; c'était pitié de le voir ce matin quand il s'arrachait d'à côté de ses petits frères; et quel chagrin il aura de ne plus les retrouver ce soir! »

Elle resta pensive, et reprit, quelques instants après :

« Aux dernières fêtes de Noël, je me croyais bien certaine de retourner au pays. Une jeune fille de chez nous était venue me dire, quelques jours après la Saint-Martin, que ma cousine avait maintenant une grande ferme et qu'elle voudrait m'avoir pour garder ses enfants et veiller à la vacherie. J'étais si contente que j'en rêvais toutes les nuits; soir et matin je me disais : « Vienne l'été, seulement le printemps, et je reverrai les bruyères « et le jardin près du cottage. » Dieu m'a punie pour avoir dis-

posé de moi, dont la vie lui appartient. Voilà George sans travail, plus bas qu'il n'a jamais été, sans parler du chagrin qui
va le prendre, et c'est ici ma place ; je puis être utile à Jane,
pauvre chère femme, qui n'a jamais eu de forces. »

Et la vieille fille, en disant cela, prit le balai pour nettoyer la
chambre, mit tout en ordre et s'occupa de faire le thé. Marie
partageait avec elle les petits soins du ménage, lorsque Jem ouvrit doucement la porte, et, sans l'apercevoir, alla droit vers sa
tante, qu'il interrogea vivement sur le compte des enfants ; il les
avait laissés un peu moins mal que la veille, et pensait les retrouver mieux encore ; il s'était esquivé de l'atelier au moment
du goûter, pour aller leur chercher deux oranges, et ne voulait
pas comprendre les hochements de tête significatifs et les larmes
de sa tante.

« Ils sont morts tous les deux, lui dit enfin Alice ; la maladie
s'est empirée vers deux heures ; John est parti le premier comme
un agneau qui s'endort, mais Will a eu plus de peine à mourir. »

Jem se dirigea vers le buffet, y déposa les oranges qu'il avait
apportées, resta longtemps immobile, tournant le dos aux deux
femmes, et finit par sangloter violemment, comme il arrive quand
une profonde douleur fait pleurer un homme fort. Marie, singu-
lièrement troublée par les larmes de Jem, alla doucement vers
lui, et, posant la main sur le bras du jeune homme :

« Calme-toi, lui dit-elle ; si tu savais ce que je souffre en te
voyant pleurer ! »

Jem tressaillit sous l'impression d'une joie soudaine qui faisait taire sa douleur. Marie pouvait le consoler de tous les
chagrins ; il le sentait, et n'osait parler, dans la crainte de
faire évanouir la sensation délicieuse qui l'inondait tout
entier.

« Ne te laisse pas abattre et ne sois pas si désolé, » continua-t-elle de sa voix douce, prenant le silence de Jem pour l'expression du découragement et sa pâleur pour celle de la souffrance.

Mais lui, cédant à une impulsion irrésistible, saisit la main de
la jeune fille entre ses mains tremblantes :

« Oh ! Marie, lui dit-il, je ne donnerais pas cet instant pour
toute ma vie passée ; je m'en veux d'éprouver tant de bonheur
pendant que mon père et ma mère pleurent mes frères ; mais
c'est plus fort que moi, et tu sais, Marie, pourquoi je suis si
heureux ! »

Il leva les yeux pour rencontrer les siens, et ne lut dans son
regard que l'expression d'une vive contrariété où l'effroi se mê-

lait à l'impatience. Il quitta la main qu'il tenait toujours et s'éloigna de Marie.

« Fou que j'étais ! se dit-il ; non, misérable que je suis, d'oser lui parler de mon amour en un pareil moment ! n'est-il pas naturel que je lui inspire de l'horreur et qu'elle se détourne de moi comme d'un être sans âme ? »

Et, quittant la chambre, il alla rejoindre ses parents qui veillaient auprès des morts.

Marie, seule avec la vieille Alice, resta jusqu'au matin, mais elle ne revit pas Jem ; et quand les premiers rayons du jour lui permirent de rentrer chez elle pour prendre quelque repos avant l'heure du travail, elle chargea sa compagne de tous ses compliments pour Wilson et sa femme, sans rien faire dire à celui dont elle semblait redouter l'affection trop ardente.

Elle se jeta tout habillée sur son lit ; mais, soit qu'elle eût passé l'heure du sommeil, soit qu'elle fût trop vivement surexcitée par les émotions qu'elle venait d'éprouver, il lui fut impossible de dormir. Le regard et les paroles de Jem préoccupaient son esprit, non pas qu'elle ne connût depuis longtemps l'amour que Jem avait pour elle, mais elle eût préféré qu'il n'en eût pas parlé.

« Pourquoi, pensait-elle, se méprend-il toujours sur l'affection que j'ai pour lui ? je ne peux pas lui dire le moindre mot d'amitié que son visage ne s'enflamme et que son regard n'étincelle. Quel dommage qu'il le comprenne ainsi ! car son père et le mien sont deux anciens amis, et nous étions bien jeunes quand nous nous sommes connus ; je ne sais pas ce qui me prend et quel besoin j'éprouve malgré moi de le consoler quand je le vois abattu ; pourquoi cette nuit lui ai-je parlé quand c'était à sa tante de relever son courage ? Il ne m'intéresse guère, et pourtant, si je n'y fais pas la plus grande attention, ma voix est plus douce quand c'est à lui que je parle ; je ne sais garder aucun milieu : ou je le traite avec dureté, ou je suis mille fois trop bonne ; moi qui suis, pour ainsi dire, la fiancée d'un autre qui est bien plus beau que lui. Cependant je crois qu'au fond la figure de Jem me plaît mieux : ce n'est pas de ma faute ; des goûts et des couleurs on ne peut pas disputer ; une fois madame Carson, je pourrai faire la fortune de Jem ou tout au moins l'aider ; mais le voudra-t-il quand je serai la femme d'un autre ? après tout, je suis bien folle de tant m'occuper de lui. »

Et, se tournant vers la ruelle, Marie finit par s'endormir, et ne tarda pas à rêver de ce qui faisait l'objet de ses pensées habituelles ; du jour où, dans une belle voiture, elle irait à l'église au bruit des cloches sonnant à toute volée pour un brillant mariage ; de l'étonnement de son père quand elle l'emmènerait de sa pauvre demeure pour l'établir dans une grande maison où il aurait des journaux, des pamphlets, des pipes et de la viande tous les jours à son dîner, où elle lui donnerait enfin tout ce qu'il pourrait souhaiter, sans jamais craindre l'avenir.

Marie était ambitieuse, comme on le voit par ses rêves ; le vieux levain qu'autrefois sa tante Esther avait déposé en elle fermentait dans son cœur, et peut-être l'antipathie que son père témoignait pour les classes riches y avait-il contribué, tant l'amour du fruit défendu a de puissance sur notre âme. Ainsi la ravissante jeune fille jouissait par avance de sa future grandeur ; elle se consolait des boutades de miss Simmonds en pensant qu'elle viendrait un jour dans son propre équipage commander ses robes à la couturière peu facile, et se montrerait exigeante à son tour ; mais, de tous ses projets, celui qu'elle caressait le plus volontiers et qui rachetait en quelque sorte la vanité des autres, c'était la douce existence qu'elle rêvait pour son père, maintenant si triste et si découragé. Les soins et le confort dont il serait entouré lui montreraient enfin que la richesse est une bonne chose ; il reviendrait de ses préventions injustes, il bénirait sa fille devenue grande dame, et serait heureux comme elle de pouvoir témoigner sa reconnaissance à tous ceux qui avaient été bons pour lui, et de combler de ses bienfaits les anciens amis qui avaient partagé sa misère.

Tandis que ces heureux songes visitaient le sommeil de Marie, Jem se rappelait avec extase les paroles qu'elle lui avait dites en le voyant pleurer, surtout l'accent harmonieux de sa voix si douce ; et il tressaillait au milieu de sa douleur, en croyant encore sentir la main de la jeune fille se poser sur son bras, par un mouvement irréfléchi qui lui semblait venir du cœur.

CHAPITRE VIII.

Trois semaines environ après le douloureux événement qui avait frappé sa famille, Jem résolut de profiter du dimanche pour s'habiller et pour aller faire une visite à Barton ; il prit ses habits de fête, mit à sa boutonnière un narcisse, dans l'espoir que cette fleur embaumée attirerait l'atten   de Marie et qu'il aurait alors la joie de la lui donner; puis, les cheveux bien pommadés, la figure rouge et luisante à force de l'avoir savonnée, il se dirigea vers l'endroit où demeurait le vieil ami de son père.

Barton fumait sa pipe au coin du feu en lisant un ancien numéro de l'*Étoile du Nord* que lui avait prêté un cafetier du voisinage; et Marie, sa Bible sur ses genoux, était assise auprès de la fenêtre, à demi cachée derrière l'un des volets, pour regarder au dehors sans être vue des passants. Lorsque Jem entra dans la chambre, il alla droit à Barton, sans avoir l'air de se douter qu'il y eût quelqu'un avec lui, et, sachant bien pourtant que Marie se trouvait là, même avant qu'il l'eût aperçue, il se retourna vers elle pour la saluer à son tour; elle le reçut avec plus de froideur que d'affection, mais elle ne put s'empêcher de rougir excessivement, en dépit de l'indifférence qu'elle voulait lui témoigner, et le pauvre Jem se demanda si c'était de crainte, de colère ou d'amour. Il se rapprocha de Barton et se mit à causer avec lui; Marie affecta de reprendre sa lecture et de s'y livrer tout entière, ce qui ne l'empêchait pas d'entendre toutes les paroles de Jem et surtout ses profonds soupirs, qui lui allaient au cœur; enfin, plus émue qu'elle ne se l'avouait à elle-même, elle feignit d'être troublée dans sa pieuse occupation par le bruit que faisaient les deux causeurs, prit sa Bible et monta dans sa chambre. Elle n'avait dit qu'un mot à Jem, l'avait à peine regardé, et n'avait nullement fait attention au narcisse, qui n'attendait que le plus léger éloge pour lui appartenir. Jem ne savait pas, bien heureusement pour lui, que dans la chambre où montait la jeune fille se trouvait un magnifique bouquet de roses, donné par le jeune et riche M. Carson; et, pris dans ses propres filets, il lui fallut écouter ce que lui disait Barton et tâcher d'y répondre.

« Voilà dans ce journal un excellent article tout à fait bien tapé, relativement à la diminution des heures de travail, lui dit tout à coup le vieil ouvrier, après lui avoir demandé à plusieurs reprises des nouvelles de sa famille.

— Je suppose toutefois que le salaire ne diminuerait pas en même temps, répondit Jem.

— Assurément; quel bénéfice y aurait-on, si l'on ne vous payait pas? Mais t'ai-je raconté ce qui m'est arrivé à l'hôpital, une fois que j'avais la fièvre, il y a bien des années?

— Non, répliqua Jem avec indifférence.

— Eh bien! tu sauras donc que j'avais pris la fièvre et que l'ouvrage n'allait pas; j'étais à l'hôpital où se trouvent de braves garçons, parfaits pour un chacun tant que vous restez en vie, bien qu'ils vous taillent et vous rognent à leur manière aussitôt que vous êtes mort. Ainsi donc, je finis par guérir; mais j'étais si faible qu'un rien m'eût fait tomber; pas plus de force qu'un enfant, et blanc comme un navet; si bien que, voyant ça, le carabin me dit un jour : « Si vous saviez écrire, vous resteriez « toute une semaine de plus; on vous emploierait à relever des « notes sur les papiers du médecin; nous vous remplirions l'esto- « mac et vous ne tarderiez pas à retrouver toutes vos forces. » Marché convenu, comme bien tu penses, et me voilà donc toute la journée copiant des mots que je n'avais jamais vus et qu'ils écrivent d'une si drôle de façon qu'il me fallait prendre chaque lettre une à une, comme un poulet qui ramasse des grains de blé. Mais au milieu de tout cela voilà ce que j'ai trouvé pas moins; les chiffres m'ont passé de la tête, mais c'est égal : « Presque tous les accidents qui mènent l'ouvrier à l'hôpital ar- « rivent pendant les deux dernières heures de travail, quand on « est si fatigué qu'on ne peut plus faire attention. » J'en ai parlé au docteur, qui m'a dit que c'était vrai et qu'il en faisait faire le relevé pour mettre le fait au jour. Comprends-tu à présent? »

Jem pensait à Marie et tâchait de s'expliquer sa conduite; mais le silence interrogatif de Barton lui faisant entendre qu'il fallait répondre au moins un mot, ne fût-ce que par politesse :

« Vraiment! dit-il sans trop savoir de quoi il s'agissait.

— Oui, mon garçon, rien n'est plus vrai : tant nous sommes accablés, pressurés, sans parler de ce qui viendra plus tard, car ça empire tous les jours. Aussi les imprimeurs sur bois se sont-ils associés pour s'empêcher d'être écrasés comme les autres, ils vont se mettre tous en grève, et, ma foi, ils feront bien. Que de choses vont arriver auxquelles on ne s'attend guère ! je ne te dis que ça, mon garçon, mais crois-en ce que je t'avance. »

Jem ne demandait pas mieux que de s'en rapporter à Barton et de le croire sur parole; mais, comme il n'exprimait nul désir de connaître les événements si graves qui semblaient se préparer, son interlocuteur crut devoir insister davantage.

« Tu sens bien, ajouta-t-il, que l'ouvrier ne saurait être opprimé plus longtemps; il en supporte déjà plus qu'un homme ne peut le faire; ainsi donc, si les patrons ne veulent rien accorder et disent qu'ils ne peuvent pas, nous nous adresserons à qui est assez haut pour nous faire rendre justice. »

Jem ne se montrait pas plus ardent à questionner Barton. Il avait perdu toute espérance de revoir Marie avant son départ, et, ne pouvant ni la regarder ni l'entendre, il ne désirait plus que d'être seul, afin de penser à elle. Ainsi donc, saisissant le premier prétexte qui lui vint à l'esprit, il balbutia quelques paroles pour s'excuser de partir aussi vite, et laissa Barton à sa pipe et à ses réflexions.

Les affaires allaient mal; depuis trois ans le commerce languissait de plus en plus, et le prix des denrées allait croissant chaque jour; la misère la plus affreuse résultait forcément de cette disproportion entre un salaire de plus en plus restreint et le taux exorbitant des vivres, qui menaçait de monter encore. Des familles entières s'éteignaient faute de nourriture au milieu d'une agonie à laquelle un Dante seul a manqué pour en dire les douleurs; et le génie même du peintre des enfers eût été impuissant à retracer les effroyables tortures que subit une population tout entière pendant cette terrible époque de 1839 à 1841. Les philanthropes qui essayèrent d'en étudier les causes reculèrent épouvantés, et s'avouèrent vaincus en présence de cette misère sans nom, qui dépassait toute croyance et leur donnait le vertige. Comment s'étonner après cela des sentiments de haine que les ouvriers conçurent à l'égard des patrons, qui, ne partageant pas leurs souffrances, passaient à leurs yeux pour en être la cause? Ils allèrent plus loin, et enveloppèrent dans leur ressentiment les magistrats, les législateurs et jusqu'aux ministres du culte, qui, disaient-ils, se joignaient à leurs oppresseurs pour prolonger leur misère; et ce ne fut pas l'un des moindres malheurs de ces jours d'agonie que l'abîme creusé par la souffrance et le désespoir entre les différentes classes dont se compose la société. Moins qu'une autre, peut-être, suis-je capable d'exprimer toute l'horreur du tableau dont j'essaye en vain d'esquisser quelques traits. Mais, sur une terre chrétienne, il a fallu qu'on ignorât complétement ces douleurs pour qu'elles pussent exister; et, si faibles que soient mes paroles, peut-être pourront-elles concourir à faire connaître les maux qu'elles signalent et à réveiller l'attention des puissants et des heureux d'ici-bas. Parmi ceux qui subirent ces privations atroces, beaucoup pleurèrent d'abord qui en vinrent à maudire; et, quand j'ai vu des parents coucher, au cœur de l'hiver, sur le pavé humide des caves, pour réserver leur grabat infect à de pauvres enfants épuisés; quand je les ai vus sans feu, sans vêtements et sans pain, arriver aux dernières limites du besoin et descendre avant l'âge dans la fosse commune, trop étroite pour les contenir, je ne puis plus être surprise des paroles et des actes qu'engendrent fatalement ces époques de misère.

Tout à coup le bruit se répandit parmi les ouvriers que le

gouvernement ne savait rien de leurs souffrances. Ils crurent possible, tant cette idée ranimait leur espoir, que des hommes eussent accepté la mission de faire des lois sans connaître l'état réel de ceux à qui ces lois devaient être imposées ; possible qu'un chef pût tout régir dans sa propre maison et ne pas savoir que les enfants qui habitaient sa demeure y passaient des jours entiers sans pouvoir se procurer la moindre nourriture. Il arriva même jusqu'aux oreilles de ces malheureux que l'existence de leur misère avait été niée au parlement ; et, si étrange que ce fait pût leur paraître, il réveilla leur courage en leur faisant espérer qu'il suffisait de montrer leur détresse dans toute sa profondeur pour qu'elle vînt à cesser

En conséquence, une pétition couverte de milliers de signatures fut adressée au parlement vers la fin de mai 1839, pour supplier les représentants de la nation de recevoir et d'écouter les témoins qui leur seraient envoyés et qui déposeraient de l'atroce dénûment au milieu duquel agonisait la population ouvrière des grands centres manufacturiers. Nottingham, Sheffield, Glascow, Manchester et beaucoup d'autres villes choisirent pour porter cette pétition des hommes qui pouvaient dire non-seulement ce qu'ils avaient vu, mais encore ce qu'ils avaient souffert, et sur qui la faim et le désespoir avaient marqué leur dévorante empreinte.

Barton, choisi pour être l'un de ces délégués, eût sans doute rougi de laisser voir, à côté du juste orgueil que lui inspirait le choix dont il était l'objet, la satisfaction enfantine qu'il éprouvait à la pensée de visiter Londres, et surtout le mouvement de vanité qui s'emparait de lui en songeant qu'il exprimerait son opinion devant la chambre ; mais ces considérations puériles s'évanouissaient bien vite au milieu de la joie profonde et désintéressée que lui donnait la certitude, qu'il croyait fondée, de concourir au soulagement immédiat de ses frères, et d'empêcher pour l'avenir le retour de privations et de souffrances dont le parlement, une fois instruit, saurait détruire la cause.

Qui peut dire de quels vœux ardents les délégués allaient être suivis dans l'accomplissement de leur message, et quel espoir mettait en eux cette masse d'affamés qui les avait choisis ?

La veille du jour où les députés de Manchester devaient partir pour Londres, tous les voisins de Barton, tous ses amis et tous ses camarades vinrent dans la soirée pour le voir et lui souhaiter bonne chance. Job Legh, installé près de la cheminée, parlait peu ; mais, fumant sa pipe avec plus d'ardeur que de coutume, il essayait de prouver l'intérêt qu'il prenait au voyage de

Barton en s'occupant d'attiser le feu et d'en rapprocher les fers que Marie avait mis chauffer pour repasser les deux chemises qu'elle savonnait pour son père; elle s'inquiétait de l'effet qu'il produirait à Londres, et s'efforçait d'apporter tous ses soins à la toilette du tisseur. L'habit des dimanches avait été retiré de chez le prêteur : malheureusement on n'avait pu dégager le foulard, dont elle regrettait vivement l'absence.

« Eh bien! te voilà donc sur ton départ, John? dit l'un des visiteurs en entrant chez Barton.

— Mais il faut bien que je parte, répondit celui-ci, paraissant obéir à la nécessité.

— Il y a bien des choses que je voudrais te voir dire aux membres du parlement, John, et j'espère que tu n'y manqueras pas ; ne leur mâche pas les paroles; dis-leur ce que nous pensons, nous autres : qu'il y a bien assez de temps que nous mourons tous de faim; et qu'on ne voit pas trop à quoi ils peuvent servir, s'ils ne savent pas nous donner le pain que nous demandons en pleurant depuis le jour de notre naissance.

— Assurément, que je leur dirai; et bien d'autres choses encore lorsque viendra mon tour; mais tu sais que beaucoup d'autres parleront avant moi.

— Enfin tu finiras par dire aussi ton mot. Dis-leur donc de commander aux patrons de briser toutes leurs machines; l'ouvrage n'a jamais bien été depuis qu'il y a des métiers qui font la besogne tout seuls.

— Les machines, voyez-vous, c'est la ruine du pauvre monde, s'écrièrent plusieurs voix.

— Pour ma part, dit un homme à demi vêtu, qui, frissonnant de froid et de fièvre, s'était glissé près du feu, ce que je te recommande, c'est de leur dire de voter la loi qui diminue les heures de travail : le corps s'use vite à la peine ; et pourquoi exigerait-on de l'ouvrier des fabriques plus de besogne en un jour que dans tout autre métier? Demande-leur ça, Barton, et surtout qu'ils le disent! »

Barton, qui ne savait trop que répondre à toutes ces recommandations, fut tiré d'embarras par l'entrée de mistress Davenport; la pauvre veuve, pâle et fatiguée par le jeûne et les veilles, mais décemment vêtue, apportait un col de chemise qu'elle avait fait pour son ancien bienfaiteur, et qu'elle remit à Marie.

« Père, voyez donc, s'écria celle-ci toute joyeuse, on va vous prendre pour un dandy; regardez ce que mistress Davenport vous donne, un beau col, fait à la nouvelle mode. Quelle bonne coupe! merci bien d'avoir songé à lui.

— Mon Dieu, répondit la veuve, tout ce que je puis faire est bien peu de chose en comparaison de ce qu'il a fait pour nous ; mais si je vous aidais, Marie ? ce voyage doit tant vous occuper ! »

Et mistress Davenport, tout en aidant la jeune fille, ne tarda pas à se joindre à la conversation, redevenue générale quelques instants après son arrivée.

« Je suis bien sûre, dit-elle à Barton, que vous n'oublierez pas de vous plaindre aux gens du parlement de cette mauvaise loi qu'ils ont faite pour empêcher les enfants d'entrer dans les manufactures avant un certain temps, quand bien même ils en auraient la force. Voilà mon Ben, qui vous avale la soupe et qui mangerait, faut voir ! Je n'ai pas d'argent pour le mettre à l'école ainsi que je le voudrais ; ça ne fait que traîner et courir dans les rues tant que la journée est longue, s'affamant encore plus à ce métier de polisson, où il ramasse toutes sortes d'habitudes ; et l'inspecteur ne veut pas qu'il entre dans une manufacture, parce qu'il n'est pas en âge, lui qui est deux fois plus fort que ce rabougri de Sankey, pauvre petit misérable, qu'on fait travailler jusqu'à l'en faire pleurer, tant la fatigue l'accable. C'est-il là une raison, quand il serait plus âgé que le règlement ne l'exige ?

— J'ai un plan que je désirerais communiquer à Barton, dit pompeusement un orateur qui s'écoutait parler ; je ne doute pas qu'il ne le soumette à l'honorable chambre. Ma mère, native du comté d'Oxford, était attachée aux lessives dans la famille de sir Francis Dashwood ; elle nous faisait maint récit de la grandeur de cette famille, et nous disait, entre autres choses, que sir Francis mettait deux chemises par jour ; cela nous prouve qu'il en avait beaucoup, et je ne doute pas que les membres du parlement ne soient au moins aussi curieux de beau linge ; si donc Barton les suppliait de ne porter que des chemises de calicot, ce serait un grand bien qu'il nous ferait, car le commerce ne manquerait pas de reprendre avec une commande aussi considérable. »

Job Legh, qui jusque-là n'avait rien dit, ôta sa pipe de ses lèvres, et s'adressant à l'orateur :

« Je te répondrai à cela, dit-il, et n'y vois pas d'offense, qu'on les compte par centaines, ceux qui ont tant de chemises à se mettre sur le dos ; mais qu'il y a des milliers de pauvres tisseurs comme nous qui n'en ont jamais qu'une et ne savent plus où en prendre lorsqu'elle est en guenilles, bien qu'ils fabriquent des mille pièces de calicot par jour, et que tout ce calicot de leur façon aille s'empiler au fond des magasins où il reste à moisir, faute de gens pour l'acheter, ce qui arrête toute la machine

Crois-moi plutôt, Barton, demande au parlement que le commerce soit libre et que l'ouvrier reçoive un salaire plus convenable, qui lui permette de se donner deux ou trois chemises par an ; et tu verras si l'ouvrage ne reprendra pas tout de suite.

— Je crains bien, mes amis, dit Barton à son tour, de ne pas avoir le temps de conter aux membres du parlement tout ce que vous venez de me dire. Ils pensent que la misère n'existe pas : c'est bien... et c'est là-dessus que je veux les éclairer. Quand ils sauront que de pauvres innocents viennent au monde sur le carreau des caves, sans une guenille pour les couvrir, et sans qu'on ait une bouchée de pain à donner à leur mère pour qu'elle puisse les nourrir ; qu'on voit des gens crever de faim sur le pavé des rues ou se cacher dans un trou pour y attendre la mort au milieu de mille souffrances ; que la fièvre se joint à la famine et au froid ; que l'ouvrier agonise enfin de toutes les manières, ils feront pour sûr quelque chose de meilleur et de plus sage que nous ne pourrions l'imaginer. »

Quelques-uns branlèrent la tête en signe de doute ; mais le plus grand nombre partagea l'espoir qui venait de lui être donné, et s'en alla content, laissant Barton seul avec sa fille, qui finissait les préparatifs du départ.

Quand tout fut terminé, Marie éteignit la chandelle, et, mettant sur le feu, dont la lueur formait leur seul éclairage, la soupe faite de la veille qui devait composer tout leur repas, elle s'assit auprès de son père ; et tous deux puisèrent à l'écuelle aussitôt que la soupe fut chaude.

« N'as-tu pas remarqué, lui dit Barton, quelle pauvre mine Jeanne Wilson avait ce soir ?

— Je n'y ai pas fait attention, répondit la jeune fille ; elle ne s'est pas relevée de la mort des deux jumeaux ; d'ailleurs je ne l'ai jamais vue forte.

— Pas depuis son accident ; mais avant cela, je m'en souviens comme si c'était d'hier, il n'y avait pas de plus belle fille ni de plus fraîche dans toute la ville de Manchester.

— Quel accident veux-tu dire ?

— Elle s'est prise le côté dans une roue ; c'était dans le temps où les roues n'étaient pas enfermées, et justement à l'époque où George la recherchait en mariage. Beaucoup pensaient que le marché serait rompu, mais ceux-là ne connaissaient guère notre épouseur. La première fois que la malade put sortir, ce fut pour être menée par George à l'église. Pauvre Jeanne ! je la vois encore, pâle et boiteuse, remontant la nef, soutenue par Wilson, qui marchait tout doucement et la soignait comme une mère, tandis

qu'un tas de vauriens les plaisantaient sottement; pas moins
c'est un heureux mariage; et je puis le dire, moi qui suis resté
avec George comme s'il était mon frère. Il ne vivrait pas longtemps une fois que Jeanne serait morte, et je n'aime pas la figure qu'elle avait aujourd'hui. »

Il se coucha, mêlant à ses pensées d'avenir le pressentiment
du chagrin qu'il redoutait pour son ami. Le lendemain il partait
au lever du soleil; et Marie, qui le suivait du regard, ne rentra
chez elle qu'après l'avoir vu disparaître. Elle remit tout en ordre en songeant à son père; complétement seule pour la première fois de sa vie, elle se demanda comment elle passerait les
soirées, prit de bonnes résolutions, qu'elle se promit de tenir,
et se dirigea vers l'atelier de miss Simmonds, où le travail et
la distraction voilèrent bientôt le souvenir du voyageur.

L'une de ces bonnes résolutions que Marie avait prises était
d'éviter M. Carson pendant l'absence de son père. C'était s'a-
vouer à elle-même qu'elle avait tort de le voir; et pourtant elle
restait persuadée que sa conduite n'avait rien de répréhensible,
puisque ses entrevues avec M. Carson devaient assurer un jour
le bonheur de tous ceux qu'elle aimait. Toutefois, sachant bien
que, s'il avait pu le savoir, Barton eût certainement désapprouvé
tout rapport entre elle et son riche adorateur, elle résolut de
s'abstenir, au moins jusqu'à son retour, de toute communication
avec le beau jeune homme.

Mais, parmi les jeunes filles qui travaillaient à l'atelier de
miss Simmonds, il y en avait une qui était forcément devenue
sa confidente, ayant été choisie par le galant pour porter ses
messages et pour plaider sa cause. Henri Carson avait trouvé
dans Sally Leadbitter un avocat zélé, qui déployait pour le servir
autant de ruse que d'ardeur; elle se fût entremise volontiers
dans toute question amoureuse pour le seul plaisir de se mêler
d'une intrigue; mais son bon vouloir avait été considérablement
augmenté en faveur de notre riche soupirant, par les quelques
souverains qu'il lui glissait de temps à autre.

D'un esprit très-vulgaire et sans aucun principe, considérant
au contraire comme un honneur la plus longue liste d'amants
qu'une jeune fille pût fournir, Sally, trop laide pour jamais songer à devenir l'héroïne d'une aventure quelconque, essayait de
racheter sa laideur par une certaine audace, et parvenait à faire
dire qu'elle avait du piquant, souvent même par des gens d'une
intelligence bien supérieure à la sienne. Corrompue dès l'enfance et assez fine pour comprendre à qui elle s'adressait, elle
devenait d'autant plus dangereuse qu'elle se montrait complai-

sante et dévouée. D'ailleurs en elle tout n'était pas mauvais.
Les juifs ou les mahométans, je ne sais plus bien lesquels, pen
sent que nous avons dans notre corps périssable un os quelconque, une vertèbre peut-être, qui jamais ne se réduit en poussière et se conservera intact jusqu'au jour du jugement; suivant
leur opinion, cette parcelle incorruptible est la semence de notre
âme. Ainsi les plus dépravés ont en eux le germe de toute sainteté
qui, un jour, effacera leurs souillures ; et ce germe sacré, ren-
fermé chez Sally, était l'amour qu'elle avait pour sa mère, qui,
vieille et infirme, ne sortait plus de son lit. Elle s'oubliait pour
elle, et retrouvait pour l'aimer une tendresse vive et pure; elle
lui souriait avec douceur et dissipait ses ennuis, veillait auprès
de sa couche en dépit de la fatigue, et conservait pour la distraire une verve intarissable; pour la soigner, un dévouement
sans bornes. Malheureusement la mère de Sally n'avait elle-
même qu'une morale peu sévère; et quand sa fille lui parlait
d'Henri Carson en lui montrant le demi-souverain qu'il lui avait
donné, la vieille femme ne cachait pas sa joie, et faisait tout
haut des vœux pour que cette amourette durât longtemps encore.

La résolution de Marie déplaisait donc à la mère et à la fille
presque autant qu'elle désolait Henri, peu habitué jusqu'alors à
trouver des cruelles. Un soir que Sally avait rencontré M. Carson, d'autant plus épris qu'on lui résistait davantage, et qu'il
l'avait chargée d'une lettre suppliante avec prière d'y joindre
mille instances, elle résolut d'aller trouver Marie et de s'acquitter immédiatement de cette commission délicate.

Marie était bien triste; elle venait d'apprendre la mort subite
de Wilson, le père de Jem, le vieil ami de Barton, l'un des êtres
qui lui avaient été le plus sincèrement attachés et qu'elle aimait
depuis son enfance. Que de vides la mort faisait chaque jour
autour d'elle ! et combien cette nouvelle imprévue ferait de chagrin à son père, lui qui avait déjà tant d'inquiétude relativement à Jeanne ! Pauvre femme ! c'était elle qui survivait à son
mari, et le malheur n'en était que plus affreux. Ainsi préoccupée de sa douleur et surtout de celle de Jem, la dernière personne qu'elle eût désirée voir était Sally, qui précisément venait
d'entrer dans la chambre. Elle se leva néanmoins pour lui donner une chaise, et tourna vers elle un visage baigné de larmes.

« C'est bon ! s'écria Sally; je pourrai dire à M. Carson combien vous êtes désolée de ne pas le voir; du reste, c'est bien le
moins que vous puissiez faire pour lui, après ce qu'il fait pour
vous.

— Pleurer à cause de lui! répliqua Marie en secouant sa jolie tête.

— Ne vous en défendez pas; il y a déjà plusieurs jours qu'on vous entend soupirer comme si votre cœur allait se fendre; et, dites-moi, n'est-ce pas agir comme une sotte que de refuser de le voir, lui qui vous adore et que vous aimez aussi? car enfin vous l'aimez .. beaucoup.... passionnément.

— Quelle sottise! dit Marie en faisant une adorable petite moue; il y a des instants où je crois même que je ne l'aime pas du tout.

— Dois-je le lui dire la première fois que je le verrai?

— Comme vous voudrez, répondit Marie; je ne me soucie de rien aujourd'hui, pas plus de M. Henri que d'autre chose. » Et ses larmes coulèrent de nouveau.

Mais il ne convenait pas à Sally de rapporter de mauvaises nouvelles à celui qui payait généreusement les bonnes; et, comprenant qu'elle aurait tort d'insister sur l'objet de sa visite pendant que Marie avait sans doute quelque chagrin dont la cause lui était inconnue, elle prit un air de circonstance et lui demanda ce qui la faisait pleurer, en lui témoignant plus de sympathie qu'elle n'en ressentait véritablement.

« C'est George Wilson qui est mort ce matin, répondit Marie, dont les sanglots redoublèrent.

— Chère amie, que voulez-vous? notre corps passe comme l'herbe des champs; aujourd'hui sur la terre et demain dans la tombe, dit la Bible; et puis il était vieux, plus bon à pas grand'-chose; il en meurt tous les jours de plus forts et de plus jeunes Est-ce que la vieille pincée vit toujours?

— Je ne sais pas de qui vous voulez parler, répondit Marie d'un ton piqué.

— Eh bien! si vous l'aimez mieux, Mlle Alice Wilson vit-elle encore? je ne l'ai pas aperçue depuis longtemps.

— Après la mort des deux jumeaux, elle a quitté notre voisinage pour aller vivre chez son frère.

— Tant mieux, grand bien lui fasse! je ne me souciais pas de lui voir faire une méthodiste de ma charmante et spirituelle Marie.

— Elle n'est pas méthodiste, elle appartient à l'Église d'Angleterre.

— Comme vous voudrez; mais vous savez bien ce que je veux dire. Voyez-vous cette lettre? devinez de qui elle vient.

— Je ne le sais pas et je ne veux pas le savoir, dit Marie, dont le visage se couvrit d'une vive rougeur.

— Comme si je n'étais pas sûre que vous le savez au contraire, et que vous tenez à connaître ce qu'il y a dans la lettre !

— Eh bien ! alors donnez-la, » dit Marie, impatientée et désireuse d'en finir.

Sally se fit prier un peu, ne tarda pas à céder, et eut le plaisir de voir Marie décacheter la lettre et rougir de nouveau en la lisant, de manière à faire croire que l'auteur du billet la touchait un peu plus qu'elle ne voulait bien le dire.

« Vous lui répondrez que je ne peux pas y aller, dit enfin Marie ; je me suis promis de ne pas le revoir tant que mon père serait absent, et je tiendrai ma promesse.

— Quelle cruauté, Marie ! Si vous saviez combien il pense à vous, pauvre jeune homme ! cela vous toucherait de le voir si abattu, si défait, tant il est malheureux de votre conduite envers lui ; d'ailleurs, puisque vous acceptez ses rendez-vous quand votre père est ici, quel mal de plus feriez-vous en y allant maintenant ? c'est toujours la même chose.

— Vous connaissez ma réponse ; je ne veux pas, et je n'irai pas.

— Alors je lui dirai de venir lui-même ; il s'y prendra mieux que moi et saura vous convaincre. »

Les yeux de Marie étincelèrent.

« S'il ose venir ici pendant que mon père n'y est pas, s'écria-t-elle indignée, j'appellerai les voisins pour le mettre à la porte ; ainsi donc, je vous le dis, qu'il n'y mette pas les pieds.

— Miséricorde ! en voilà du tapage ! et ne dirait-on pas que vous êtes la première fille qui ayez un amant ? comme si vous ignoriez ce qu'ont fait toutes les autres et ce qu'elles font tous les jours sans en avoir de honte !

— Chut ! Sally ; j'aperçois Marguerite, qui vient passer la nuit avec moi. »

La petite fille de Job Legh ouvrit la porte au même instant.

« Dans ce cas-là, je reviendrai ; est-ce bien votre dernier mot ?

— Oui, oui, bonsoir. »

Et Marie se hâta de reconduire sa visiteuse, dont la présence lui devenait insupportable.

— Oh ! Marguerite, dit-elle en prenant les mains de son amie sais-tu le malheur qui vient encore de frapper les Wilson ?

— Oui, j'ai appris ça tantôt ; pauvres gens ! qu'ils sont donc éprouvés ! non pas que je plaigne ceux qui s'en vont et que les morts subites me fassent peur : au contraire, elles ne font pas souffrir ; mais ceux qui restent sont si malheureux !

— On dirait que tu as pleuré, Marguerite, dit Marie, qui l'observait attentivement; tu as les yeux rouges et les paupières enflées.

— Oh! ce n'était pas de chagrin; sais-tu où je suis allée hier au soir?

— Non; où cela?»

Elle fit briller aux yeux de Marie un beau souverain d'or.

« Tu sais, dit-elle, qu'un gentleman fait un cours de musique à la salle des Arts et Métiers; il a besoin de chanteurs pour dire les airs qu'il compose, et comme la cantatrice a pris un gros rhume qui l'empêche de donner une seule note, il m'a fait demander si je voudrais la remplacer en attendant qu'elle fût guérie; c'est Butterworth qui m'avait recommandée. Tu penses quelle frayeur m'a saisie, mais enfin je me suis dit : « A présent « ou jamais; » j'ai essayé quelques romances avec le professeur, et le directeur m'a dit ensuite de m'habiller décemment et d'être là vers sept heures.

— Et qu'as-tu mis? demanda Marie avec vivacité; pourquoi n'es-tu pas venue chercher ma robe de guingamp rose?

— J'y ai pensé, mais tu n'étais pas là; j'ai mis tout simplement ma robe de mérinos, mon châle blanc et je me suis fait coiffer; à sept heures je suis entrée dans la salle, ainsi qu'on me l'avait dit; j'avais pris ma musique, bien que je n'y voie plus pour la lire, mais c'était pour occuper mes doigts et avoir une contenance. A travers le brouillard que j'ai maintenant devant les yeux, je croyais voir tourner des milliers de têtes, et je sentais mon cœur s'en aller; heureusement que je n'étais pas pour chanter la première et que la musique semblait m'encourager comme la voix d'une amie. Bref, pour tout dire en un mot, quand tout le monde fut parti, le professeur me remercia et le directeur me dit que jamais il n'avait vu de nouvelle chanteuse qui fût si applaudie; c'est bien vrai qu'ils ont tant frappé dans leurs mains et trépigné des pieds, que je me demandais combien de paires de souliers il leur faudrait par semaine s'ils faisaient ce métier-là tous les jours. Mardi je chanterai encore, ce sera concert comme hier; on m'a donné un souverain pour ma peine; j'en aurai autant mardi, et la moitié toutes les fois que je chanterai au cours du professeur.

— Oh! tant mieux, Marguerite; je suis bien contente de tout ce que tu me dis là.

— Et ce n'est pas tout, reprit l'aveugle d'une voix émue. A présent que je suis sûre de n'être à charge à personne, j'ai pensé que je pouvais tout dire à mon grand-père; hier au soir je n'ai parlé que du souverain et de la manière dont il m'était arrivé, pour qu'il ne se couchât pas avec une pensée triste; mais ce matin je lui ai dit tout doucement que j'allais devenir aveugle.

— Et qu'a-t-il répondu?

— Tu sais qu'il n'est pas très-causeur, et puis la surprise ôte toujours la parole.

— Voilà ce qui m'étonne à mon tour, c'est que de lui-même il ne l'ait pas deviné.

— Si je ne t'avais rien dit et si tu vivais avec moi, tu ne t'en serais pas aperçue; d'un jour à l'autre la différence est insensible.

— Mais enfin qu'a répondu ton grand-père?

— Je ne sais pas si je dois le dire; car, à moins de le connaître et de savoir qu'en penser, on trouvera ça étrange. Il a donc été surpris comme je te le disais tout à l'heure; et : « Que le « diable t'emporte! » s'est-il écrié malgré lui; puis il a fait semblant de continuer sa lecture pendant que je finissais de lui expliquer la chose, de lui avouer combien j'avais eu peur de ne savoir que devenir, et comme j'étais tranquille et résignée à la volonté de Dieu depuis que j'avais l'assurance de gagner ma vie en chantant. De grosses larmes tombaient sur son livre, cher grand-père! Maintenant, quand je me lève, il s'en va ôter bien doucement tout ce qui est sur ma route, ou chercher, pour les placer auprès de moi, les objets dont il pense que je peux avoir besoin; il ne se doute pas que je le vois encore, bien que ce ne soit qu'à travers un nuage sombre et que probablement avant peu je doive être aveugle tout à fait. »

Marguerite soupira malgré tout son courage, et Marie, pour la distraire, lui reparla de son début et lui rappela ses succès.

« Tu deviendras célèbre un jour, lui dit-elle, comme cette grande chanteuse que nous avons vue aller au concert dans son propre équipage.

— Alors, dit Marguerite en riant, si tu es encore une bonne fille, je te prendrai pour femme de chambre; ce sera trop amusant, et je chanterai pour de bon ce qui commence une de me chansonnettes :

> J'ai de belles robes de soie
> Et de l'argent à dépenser. »

La voix souple et timbrée de Marguerite fit étinceler ces deux vers; Marie se mit à rire en disant : « Notre équipage arrive, couchons-nous et allons en rêver. »

CHAPITRE IX.

Le lendemain, il tombait une de ces pluies tièdes et continues qui semblent destinées à ranimer les fleurs ; mais à Manchester, où les fleurs n'existent pas, la pluie n'a pour effet que de rendre tout plus sombre et d'attrister l'esprit ; les rues étaient boueuses, les murailles plus grises, et les passants crottés jusqu'à l'échine et mouillés jusqu'aux os. Quiconque avait pu se dispenser de sortir était resté chez soi, et rien ne troublait le silence de la petite cour où Barton demeurait. Il faisait déjà nuit ; Marie venait, en rentrant de l'atelier, de changer de robe et de chaussures ; elle n'était pas encore assise lorsqu'elle entendit tâtonner à la porte, comme si quelqu'un eût cherché la serrure ; elle prêta l'oreille et le bruit ayant continué, elle finit par ouvrir : c'était son père. Il entra sans répondre au joyeux accueil de sa fille et vint s'asseoir près de la cheminée sans regarder autour de lui, ni faire la moindre attention à ses habits qui ruisselaient. Marie courut prendre les vêtements qu'il portait tous les jours et chercha dans le buffet les quelques restes qu'elle put trouver, faisant en même temps tous ses efforts pour égayer le voyageur, dont le morne accablement la gagnait malgré elle, sans qu'elle pût s'expliquer la cause de la profonde tristesse où il restait plongé ; car à l'atelier de miss Simmonds où elle passait tout son temps, elle n'entendait parler que de modes nouvelles, de bals, de grands dîners, d'anecdotes plus ou moins scandaleuses dont chuchotaient ses compagnes, et ne savait pas que le parlement avait refusé d'écouter la députation des ouvriers, refusé d'entendre ces hommes qui venaient lui crier que la famine et la mort s'abattaient sur une population tout entière et marquaient leur passage en semant les tombes comme autant de bornes funéraires, au milieu d'un pays dont le parlement régissait l'existence et gouvernait la destinée.

La jeune fille s'assit aux pieds de son père comme elle le faisait autrefois quand elle était enfant, lui prit une main qu'elle pressa dans les siennes et, le regardant en silence, partagea sa douleur sans oser l'interroger.

« Marie, dit-il enfin, c'est à Dieu que maintenant il faut nous adresser, car l'homme refuse de nous entendre, aujourd'hui même où nos pleurs sont des larmes de sang. »

Elle comprit aussitôt le désespoir de son père, et ne pouvant rien trouver qui pût en adoucir l'amertume, elle resta silencieuse, immobile dans l'attitude qu'elle avait prise ; et l'on n'entendit plus que le bruit de la vieille horloge, et celui qu'au dehors faisait la pluie en tombant. Mais, quand une demi-heure environ se fut écoulée ainsi, ne pouvant supporter cette situation douloureuse et comprenant la nécessité d'arracher son père à la stupeur qui l'envahissait de plus de plus, Marie fit un violent effort sur elle-même et d'une voix tremblante :

« Père, lui dit-elle, savez-vous que George Wilson est mort ?»

Une pression convulsive de la main qu'elle tenait lui fit comprendre que Barton avait entendu ses paroles.

« Hier, continua-t-elle, on l'a rapporté sans vie de la chaussée d'Oxford, où il était tombé tout d'un coup. C'est bien triste, n'est-ce pas ? »

Elle leva sur son père ses grands yeux noyés de larmes ; le visage de Barton conservait sa morne impassibilité.

« Heureux sont les morts ! » murmura-t-il d'une voix sourde.

Et Marie, sous prétexte d'aller dire à Marguerite qu'il était inutile qu'elle se dérangeât et vînt coucher avec elle, courut bien vite chez Job Legh pour le prier, au contraire, de venir avec sa petite-fille, afin de détourner Barton de ses sombres pensées.

Marguerite chantait, et de sa voix sympathique faisait tomber ces paroles dans le silence de la nuit :

«Consolez-vous, consolez-vous, a dit le Seigneur à son peuple.»

Marie s'arrêta pour écouter ces accents angéliques dont la puissance ranimait son courage ; elle entra quand la voix cessa de se faire entendre et dit le motif de sa visite à ses amis, qui se levèrent aussitôt pour la suivre.

« Ne t'inquiète pas, ma fille, lui dit Job ; la fatigue est pour beaucoup dans son accablement ; demain il ira mieux et retrouvera son courage. »

On ne saurait définir le pouvoir que certains regards, certaines paroles ont sur le cœur brisé que le désespoir oppresse ; et une heure environ après l'arrivée de Job Legh et de Marguerite, Barton causait librement avec eux, bien que sa conversation roulât naturellement sur son voyage et sur la perte de ses espérances.

« Londres est bien beau, leur disait-il, et vous pouvez m'en croire ; figurez-vous qu'on y voit toute sorte de beau monde, comme jamais je n'aurais pensé qu'il y en eût sur la terre, excepté dans les livres. N'importe, c'est leur tour ici-bas ; qu'ils en profitent en attendant qu'on les tourmente là-haut. »

Cette parabole de Lazare, dont l'allusion revient sans cesse aux lèvres du déshérité, se présente-t-elle aussi souvent à l'esprit du riche qu'à la pensée du pauvre ?

« Oh ! dites-nous tout ce que vous savez de Londres, cher père, demanda Marie qui avait repris sa place auprès de Barton.

— Et comment pourrais-je vous en parler ? je n'en ai pas vu le quart, ni le dixième ; c'est gros six fois comme Manchester. Il s'y trouve un sixième de grands palais, trois sixièmes de maisons ordinaires, et le reste se compose de trous infâmes, remplis d'iniquités abominables, comme on n'en voit pas à Manchester, je suis heureux de le dire.

— Avez-vous vu la reine au moins ?

— Je ne crois pas, bien qu'un jour il m'ait semblé la voir et plus de vingt fois encore. C'était le jour qu'on nous avait désigné pour nous rendre au parlement. Nous devions nous retrouver, pour la plupart, dans un café où l'on se montrait fort obligeant pour nous et où l'on nous servit un déjeuner tel que la reine elle-même aurait pu s'y asseoir. Je suppose qu'on voulait nous remonter, comme si le courage nous manquait ; pas moins, nous avions des rognons, des saucisses, du jambon, du bœuf frit dans la poêle avec des oignons ; un vrai dîner plutôt qu'un déjeuner. Malgré ça, faut tout dire, beaucoup de nous autres, ainsi que je l'ai bien vu, n'ont guère touché à ces bonnes choses ; ça s'arrêtait dans leur gosier, voyez-vous, en pensant que chez eux femmes et enfants n'avaient rien à manger. Voilà donc le déjeuner fini ; on se met en procession deux par deux, la pétition, longue de plusieurs mètres, portée par les délégués qui marchaient en avant. C'était quelque chose, allez, que tous ces hommes à l'air grave, comme vous pouvez penser ; quelque chose de sérieux qu'une file pareille de gens pâles et tristes, chargés des douleurs de tout un monde, vrais squelettes qu'ils étaient tous.

— Vous pouvez bien, vous-même, vous vanter d'être maigre ?

— Bah ! j'étais gras et rose auprès de beaucoup d'entre eux. Nous partons donc et nous traversons un tas de rues qui ressemblaient toutes à Deansgate ; il y avait tant de carrosses, de cabs, de voitures de toute sorte, qu'on marchait pas à pas sans pouvoir avancer ; je croyais à chaque instant qu'on allait en sortir une fois que ce serait passé ; mais bast, plus la rue devenait large, plus elle était remplie, si bien que nous voilà tous bloqués dans Oxford-street. Nous démarrons enfin ; eh ! bon Dieu, quelles grandes rues ! je n'en pouvais pas revenir : ce n'est pas qu'ils s'y connaissent à bâtir les maisons ; et je crois qu'un bon

entrepreneur qui saurait son métier ferait une fameuse fortune
en allant s'y établir; car, voyez-vous, la plupart des bâtisses
qu'on trouve à Londres n'ont jamais été faites pour qu'un homme
puisse y vivre. Il y en a qui ont de gros piliers par devant, sans
doute parce qu'elles tomberaient si on ne les soutenait pas;
d'autres qui ont des femmes et des hommes en pierre, dont les
corps n'ont pas d'habit, probablement pour servir d'enseigne a
de gros tailleurs; j'étais comme un enfant, pas moins; à force de
regarder autour de moi j'en oubliais notre message; pendant ce
temps-là, qu'on ne marchait guère, l'heure du dîner arrivait
nous étions harassés et pleins de poussière, lorsque nous entrons
dans une rue plus large que toutes les autres et qui mène droit
au palais; c'est là que j'ai bien cru voir la reine. Vous connaissez les corbillards avec leurs plumets blancs? demanda-t-il
à Job, qui fit un signe affirmatif. Eh bien! les pompes funèbres
vont joliment à Londres. Chaque lady, qui était dans son car-
rosse, leur avait loué des plumes pour se mettre sur la tête, où
elles remuaient gentiment à chaque mouvement de la dame;
c'était réception chez la reine, à ce qu'on disait près de nous,
et les équipages ne manquaient pas; il y avait dedans des gentlemen habillés comme au cirque, et ceux qui n'avaient pas pu
tenir à l'intérieur étaient montés par derrière; ils avaient à la
main de beaux bouquets pour sentir bon et de grandes cannes
pour éloigner les passants qui auraient pu salir leurs bas de
soie. Je m'étonnais de les voir là, grimpés derrière ces voitures
comme de petits polissons, plutôt que de louer un cab où ils auraient été dedans; mais j'ai pensé qu'ils ne voulaient pas quitter
leurs femmes. Quant aux cochers, c'étaient de bons gros petits
hommes bien trapus, avec des perruques comme autrefois; et
tout ça ne finissait pas, car les chevaux étaient trop gras pour
courir. C'est pas ceux-là qui ont souffert de la faim, ça se voyait
de reste à leur poil. Chaque fois que nous voulions avancer, la police nous repoussait en arrière, que même un agent m'a
touché de son bâton, ce qui a fait rire les cochers, pendant
que des officiers qui étaient là ont mis leur lorgnon dans leur
œil où ça se tenait tout seul, comme font les charlatans; si bien
que j'ai demandé à l'agent pourquoi il me frappait. « Vous
« effrayez les chevaux, » qu'il me dit en zézeyant; car ces gens
de Londres ont tous la langue si mal pendue qu'ils ne peuvent
pas prononcer les s et les t proprement. « Et que c'est notre af-
« faire, ajouta-t-il, qu'on ne vexe pas les gentlemen et les ladies
« qui s'en vont à la cour. » — « Et pourquoi que c'est nous qui
« serions vexés, que je lui demande à mon tour, quand nous a¹

« lons décemment à nos affaires où il s'agit pour nous de vie ou
« de mort, et de tant d'autres qui crèvent de faim chez eux, au
« fond du Lancashire; une affaire de plus de conséquence aux
« yeux de Dieu, comptez-y, que toutes les réceptions de belles
« dames et de gentlemen qui vous occupent si fort. » J'aurais
mieux fait de me taire, car il n'a su qu'en rire.

Barton s'arrêta et son visage redevint sombre. Après un instant de silence, voyant qu'il se taisait toujours :

« Et la fin de votre histoire, lui demanda Job Legh; votre arrivée au parlement et ce qu'on vous y a dit?

— Avec votre permission, voisin, répondit John d'une voix
profondément altérée, j'aime mieux n'en point parler. Ce n'est
pas une de ces choses qui se racontent et qu'on peut dire comme
les nouvelles de Londres. Aussi longtemps que je vivrai, le souvenir en pèsera sur mon cœur, et je ne cesserai de maudire ces
hommes qui ont refusé de nous entendre; mais jamais je n'en
parlerai, jamais! jamais! »

Un morne silence régna de nouveau pendant quelques minutes; et le vieux fileur, voulant une seconde fois tirer Barton de
sa rêverie amère, prit la parole à son tour.

« Sais-tu, dit-il à Marie, que moi aussi j'ai vu Londres?

— Non, répondit-elle avec surprise et en regardant Job avec
un redoublement de respectueux intérêt.

— J'y suis allé cependant, et Peg[1] aussi, ma fille; mais à
l'âge qu'elle avait, pauvre petite! elle ne s'en souvient guère.
Vous saurez donc que je n'avais qu'un enfant; c'était la mère de
Marguerite, et je l'aimais plus qu'un peu. Un jour elle vient se
mettre derrière moi pour que je ne voie pas sa rougeur; et, me
prenant par les joues avec ses petites manières caressantes, elle
me dit que Frank Jennings, un menuisier qui logeait près de chez
nous, serait bien heureux, ainsi qu'elle, si tous deux étaient mariés ensemble; je n'avais pas la force de dire non, mais j'avais
le cœur bien gros en pensant qu'elle partirait d'avec moi pour
aller chez un autre; je ne lui en montrais rien pour ne pas
l'attrister, puis je me rappelais l'époque où j'étais jeune aussi;
j'avais aimé sa mère et nous étions partis, quittant chacun nos
parents, pour vivre dans notre ménage; c'était mon tour et je
devais me séparer d'elle, bien qu'elle fût la lumière de mes
yeux.

— Mais, interrompit Marie, puisque le jeune homme demeurait près de chez vous.

---

1. Diminutif de Margaret.

— Tu as raison ; c'était notre voisin, ainsi que le père Jennings ; mais l'ouvrage n'allait pas à Manchester ; et l'oncle de Frank lui écrivit pour lui dire qu'il en trouverait à Londres, où l'on payait bien mieux ; c'est alors qu'il partit et qu'il emmena sa femme ; mon cœur saigne quand j'y pense. Ils allèrent donc à Londres ét je restai, pauvre père ! tristement derrière eux. Tu connais leurs deux lettres, Marguerite ?

— Oui, grand-père.

— Ce sont les deux seules qu'elle m'ait jamais écrites, pauvre fille ! Ils étaient bien heureux et Frank avait de l'ouvrage ; la dernière de ses lettres finissait par ces mots : « Adieu, *grand-* « *pa*, » et je compris qu'avant peu il y aurait de la famille ; alors, sans rien dire, je mis de côté quelque argent pour m'en aller chez eux passer les fêtes de la Pentecôte, et voir le petit poupon. Mais, voilà qu'au moment où je pensais à partir, le père Jennings entre chez moi d'un air triste, et me dit que Frank et sa femme ont pris la fièvre : c'était la personne où logeaient nos enfants, qui le lui écrivait pour qu'on vînt les soigner. Vous pensez que le vieux Jennings et moi nous prenons la voiture et nous partons pour Londres. Mais, si vite que nous fussions partis, c'était encore trop tard ; je le vis tout de suite à la figure de l'hôtesse, pauvre chère femme ! dont les yeux étaient rouges, à force d'avoir pleuré. « Où sont-ils ? » demandons-nous d'abord ; on nous mène dans une chambre où sur le lit, cachés par un drap blanc, étaient les deux cadavres. Jennings se mit à crier comme une femme, et pourtant il avait d'autres enfants ; mais moi, je n'avais plus personne à aimer sur la terre. Je ne me souviens pas de ce que je fis ; cependant j'étais calme en dehors, quoique mon cœur agonisât en dedans.

« Jennings ne put pas rester près des morts et me laissa tout seul dans la chambre, ce qui m'allait bien mieux. Quand ce fut le soir, l'hôtesse vint me prendre et me fit monter un escalier, puis elle ouvrit une porte et je me trouvai dans une autre petite pièce où Jennings dormait sur un sofa, et où le thé nous attendait, car cette femme avait bon cœur ; elle me dit alors de venir auprès du feu et, soulevant un châle qui couvrait un panier, elle me montra une petite fille endormie qui n'avait pas huit jours. Mon cœur sauta dans ma poitrine, et les pleurs me gagnèrent. « Est-ce à elle ? » que je demande ; je le savais bien pourtant. « Oui, me répond l'hôtesse ; elle était mieux quand l'enfant « vint au monde, et peut-être qu'elle aurait pu guérir ; mais « quand le mari fut mort, la femme le suivit de près. »

« Je regardais la pauvre petite créature qui me semblait comme

un ange envoyé par sa mère pour me rendre le courage et me
consoler un peu. J'étais jaloux de Jennings en pensant qu'il
était son grand-père tout aussi bien que moi-même, et je trem-
blais qu'il ne vînt à réclamer son droit; mais il avait d'autres
enfants et ne demandait pas mieux que de me laisser le poupon.

« Quand l'enterrement fut fini, par un beau jour de mai,
nous reprîmes la route de Manchester en emportant l'enfant
Nous avions mis tant d'argent aux funérailles pour les avoir dé-
centes, qu'il nous en restait peu, et nous étions à pied pour
jusqu'à Brummagem; au bout d'un mille ou deux, je me
retournai pour voir Londres et pour dire adieu à cette grande
ville où j'avais laissé ma fille qui dormait au cimetière. Elle est
dans le ciel; c'était à moi de l'y précéder; mais à la fin, si Dieu
le permet, j'irai la rejoindre, seulement elle est partie trop longtemps avant moi.

« Je ne vous dirai pas comment nous sommes revenus, portant l'enfant dans nos bras et ne sachant pas nous y prendre
pour la tenir et pour la faire manger, pauvre ange! Elle avait
beau pleurer pour appeler sa maman, rien ne venait auprès
d'elle que ses deux vieux grands-pères, plus maladroits l'un
que l'autre. Le soir, à Brummagem, la servante de l'auberge lui
donna de la bouillie, ce qui la calma un peu; mais, jusqu'au
lendemain, vous jugez quelle souffrance; nous avions un morceau de pain dont elle suçait la croûte, et Jennings la secouait
tant pour l'empêcher de pleurer qu'elle n'en criait que plus fort.
Mais tout prend fin dans ce monde; vers six heures du matin
(nous marchions depuis longtemps sans rencontrer d'auberge),
nous voyons un cottage et la maîtresse sur la porte : « Bonne
« femme, que je lui dis, si vous pouviez nous donner quelque chose
« à manger, surtout pour cette enfant, on vous payerait votre
« peine, et moi je prierais pour vous jusqu'à mon dernier jour.»
Aussitôt dit, aussitôt fait; voilà le poêlon sur le feu et le fro-
mage sur la table. Puis elle nous prend l'enfant et lui donne la
becquée en lui parlant tendrement comme aurait fait sa mère;
ce n'est pas tout, elle nous la déshabille; et, comme le paquet
du pauvre ange était avec le nôtre dans la carriole du messager
où nous l'avions mis, en vieilles bêtes que nous étions, la bonne
femme tire une clef de son fichu, va ouvrir un tiroir; et je vois
là de petits habits d'enfant, noués en paquet avec des rubans
noirs et parfumés de lavande, et à côté, un petit râteau cassé,
puis un petit fouet : et alors je vis clair dans le cœur de cette
brave femme. Elle prit ce qu'il fallait pour habiller l'enfant, referma le tiroir et en ôta la clef juste comme son mari arrivait

dans la chambre; un grand diable d'homme, aussi rude que grognon, qui, sans nous saluer autrement que par un petit signe de tête, s'en va, les deux mains dans ses poches, regarder à la porte en sifflant dans ses dents. Puis, se retournant tout à coup avec un air furieux :

« Ah çà! dit-il à sa femme, probablement que je déjeunerai « ce matin? »

« Elle me rendit l'enfant sans rien dire après l'avoir embrassée de tout son cœur; je fis sonner ma bourse, le mari dressa l'oreille. « Combien est-ce que nous devons? demandai-je; elle hésita entre son bon cœur et la crainte de son homme; puis elle me dit : « Croyez-vous que douze sous ce serait payé trop cher? » C'était bien peu en comparaison des auberges. « C'est bien, » que je lui réponds; « mais la bouillie de l'enfant? — Oh! pour lui je « ne prends rien, » dit-elle vivement. Son mari la regarda; peste, quel mauvais regard! elle alla droit vers lui et, posant la main sur le bras du bourru, elle lui dit tout bas : « Richard, c'est pour « l'amour de Johmie. » Puis, se détournant de mon côté, elle étouffa un sanglot qui lui venait à la gorge; pauvre mère! Pour apaiser son homme, s'il venait à gronder après notre départ, je fourrai tout près du pain une autre pièce de douze sous; quand je fus sorti de la maison, je me retournai pour la voir; elle essuyait ses yeux avec son tablier en servant le déjeuner à son homme. Je la reconnaîtrai dans le ciel.

— Après? dit Marguerite.

— C'est fini, ma fille. Le soir, nous étions à Manchester; j'avais avec moi l'enfant que Jennings était content de me voir prendre; et le cher ange est resté la bénédiction de ma vieillesse. »

Marie avait posé sa tête sur les genoux de son père et s'y était endormie; ses lèvres entr'ouvertes contrastaient par leur éclat vermeil avec la pâleur transparente de son teint; ses longs cils noirs projetaient leur ombre sur ses joues délicates, et ses beaux cheveux aux reflets d'or lui formaient une brillante auréole. Barton la regardait avec un mélange de tendresse et d'orgueil; il prit entre ses doigts une des boucles soyeuses qui voilaient le front de la jeune fille, et la déploya pour en voir la longueur; Marie s'éveilla, ouvrit de grands yeux, et s'écria comme beaucoup d'autres en pareil cas : « Mais je ne dormais pas; j'ai entendu tout ce que vous avez dit. » Son père lui-même ne put s'empêcher de sourire.

« Allons, dit Job en riant tout à fait, ne te défends pas d'avoir dormi pendant qu'un vieux comme moi parlait du temps passé.

Mais écoute à présent ce que je vais lire à ton père : un petit poëme écrit par un tisseur comme nous, un garçon qui a de l'esprit, ou je ne m'y connais pas ; car il en faut pour tramer et tisser de pareilles phrases. »

Il mit donc ses lunettes, croisa ses jambes, toussa deux ou trois fois, et commença la lecture des lignes suivantes, dont Samuel Bamfort[1] est l'auteur.

« Que Dieu soutienne le pauvre qui, par ce temps d'hiver, s'échappe d'une allée sombre au fond d'une cour obscure ! Qu'il protége la jeune fille brisée par l'abandon, pauvre agneau qu'on maudit, et qui, les mains glacées, les lèvres pâles, les yeux rougis et baissés, frissonne et tressaille au coin de la rue déserte ! Elle a si froid que la neige, en tombant sur son sein demi-nu, s'y arrête et s'y gèle. Ses pieds engourdis peuvent à peine la soutenir ; elle est seule, repoussée de tous ; oh ! que Dieu la protége, pauvre agneau délaissé !

« Un vagissement d'enfant s'élève de ce soupirail ; approchez et regardez : une femme est là gisante sur le pavé qui ruisselle, repliée sur elle-même pour abriter de son corps son pauvre enfant qui tremble. Ses vêtements en lambeaux sont soulevés par la bise ; l'âpre vent du matin l'a glacée jusqu'au cœur ; un éclair brille dans son œil égaré : c'est un pain sortant du four, dont l'odeur appétissante a réveillé la faim qui dévore ses entrailles ; le pain s'éloigne, elle pleure, pauvre mère ! Ah ! que Dieu te protége, faible femme qu'on oublie !

« Là-bas passe un jeune homme dont les pieds nus se meurtrissent sur la pierre ; il a faim ; c'est encore un enfant ; il se traîne épuisé, il erre au hasard ; et triste, sans espoir, il s'arrête devant ces aliments qu'on étale aux boutiques ; ce qu'il veut, c'est manger. Quelle saveur auraient pour lui ces viandes que vous trouvez grossières ! Il ramasse au tas d'ordures une croûte de pain moisi qu'il brise et qu'il dévore sans souci de la tempête qui gronde autour de lui. Que Dieu te protége, pauvre enfant, et veille sur ta jeunesse !

« Que Dieu soutienne le pauvre ! Ce spectre qu'on entrevoit dans l'ombre, c'est un vieillard qui dans la nuit chancelle et s'appuie aux murailles. Son vieux chapeau troué qu'il rabat sur ses yeux est entouré d'un crêpe ; ses vêtements sont usés ; le vent qui siffle sur sa tête semble railler en passant ses cheveux blancs

---

1. L'auteur de *la Vie d'un radical*, l'une des illustrations que renferme la classe ouvrière et qui montre une fois de plus quelle noblesse de sentiments peut se trouver dans un cottage.

qu'il soulève; sa poitrine est toute nue, il n'a pas même de chemise; ses yeux se voilent de larmes qu'il essuie d'un haillon, pour regarder au loin s'il n'apercevra pas les amis qu'il fêta; mais quelques-uns sont morts, les autres ne le connaissent plus : il est pauvre, il est seul. Que Dieu le protége et le conduise à la tombe !

« Que Dieu soutienne le pauvre en quelque lieu qu'il soit, au fond de la vallée solitaire, comme au versant des monts; car il souffre en tout lieu, et c'est partout une histoire lamentable que le récit de sa misère. Mais le monde, qui n'en prend nul souci, n'écoute pas cette douloureuse histoire, ne connaît point cette agonie du pauvre; il ne sait pas qu'avant le jour un travail épuisant le réclame et le retient jusqu'à l'heure où la nature succombe et s'endort épuisée; qu'il mange, mais qu'il n'est pas nourri; que la neige s'amoncelle autour de sa cabane où le feu manque, et dont elle clôt la porte, tandis que l'ouragan hurle son glas funèbre et vient briser ses sanglots à l'angle des vieux murs.

« Et ces pauvres sans nombre, qu'à la fois on oublie et l'on opprime, doivent-ils donc à jamais succomber sous la faim, la fatigue et le désespoir? Oh! non; Dieu se lèvera un jour, et, protégeant le pauvre de sa main puissante, renversera toutes les iniquités. »

« Amen! dit Barton d'une voix triste et solennelle. Marie, ajouta-t-il, peux-tu me copier cette page, du moins si Job Legh n'y fait pas d'objection ?

— Au contraire, répondit Job; plus c'est lu, mieux ça vaut. »

Marie prit le papier que lui donna le vieux fileur et copia les strophes qu'il contenait sur le verso d'un *Valentin* illustré de cœurs enflammés percés de flèches, dont elle soupçonnait Jem d'avoir été l'auteur.

CHAPITRE X.

Un morne désespoir avait remplacé la dernière illusion que les ouvriers s'étaient faite ; et parfois de sourds grondements, précurseurs de l'orage, venaient tout à coup troubler ce calme funèbre qui pesait sur la ville. Les vieux dictons de nos pères, que la patience évoque, n'étaient plus que dérisoires en face d'une

telle misère. Comment se persuader que tous les maux ont une
fin, quand chaque jour rendait plus effroyable l'horrible dénûment où l'on était la veille, et que l'attente ne servait qu'à
montrer combien l'homme peut souffrir avant de succomber à
ses tortures? car, si nombreux que fussent les morts, on demeurait surpris de les voir relativement si rares. Toutefois, notez
bien que c'est la perte des hommes, celle des travailleurs,
dont les bras nous manquent, qui seule attire notre attention;
le monde ne se préoccupe pas de la mort d'un vieillard, d'un enfant ou d'un infirme : et pourtant quel vide laisse à jamais leur
absence dans les cœurs dont elle emporte la joie ! Remarquez en
outre que, s'il faut une somme incalculable de souffrances
pour tuer un homme robuste, il en faut bien peu pour le réduire
à l'état de maladie incessante et pour le condamner à traîner désormais une vie de douleur qui le rend à charge à lui-même et
inutile pour tous.

Les années précédentes avaient été bien dures, et le peuple
avait connu tout le poids de la misère; mais, à l'époque dont
nous parlons, cette misère s'accroissait de mille tourments. C'é-
tait à coups de fouet que le temps avait jusqu'alors chassé les
masses devant lui, et maintenant chaque lanière se transfor-
mait en scorpion, dont le venin s'infiltrait par mille blessures.

Barton partageait ces souffrances, et le besoin l'atteignait à
son tour. Il avait en vain cherché de l'ouvrage; on lui avait fait
entendre que, délégué chartiste et l'un des meneurs de l'association des métiers, il lui serait plus difficile qu'à tout autre
d'en obtenir, au moment où les patrons diminuaient encore le
nombre de leurs ouvriers. Il tâcha donc de s'oublier lui-même et
s'efforça de conserver son énergie; d'ailleurs il avait, dès l'enfance, acquis la faculté de supporter un long jeûne, alors que sa
mère cachait une partie de sa nourriture pour la conserver à ses
enfants, et que lui, l'aîné de tous, lui disant : « Je n'ai pas faim, »
refusait la part qu'il abandonnait à ses petits frères.

Marie prenait deux repas à l'atelier; cela suffisait pour rassu-
rer le pauvre père, bien que, sous prétexte de la misère générale, miss Simmonds eût déjà retranché à ses apprenties le thé
qu'elle leur donnait en vertu de leurs conventions. Les trois
francs par semaine du loyer de la maison étaient payés par le
salaire de Marie; mais c'était à peu près tout ce que gagnait la
jeune fille; et il fallut peu à peu se dépouiller des objets qu'on
avait tant aimés, engager le vieux plateau, la boîte à thé, la
théière, enfin les couvertures, que l'on finit par vendre quand

l'été arriva. La chambre s'était dégarnie de ses ornements d'abord, de ses meubles ensuite; et l'indifférence de Barton à cet égard attristait profondément sa fille. Elle aurait voulu qu'il se fît inscrire au bureau des secours et s'étonnait de ne pas voir 'association des métiers faire quelque chose pour lui; mais un soir que, les traits contractés, la barbe longue et le visage plus pâle que de coutume, il était assis près de la cheminée, sans avoir rien mangé depuis la veille, et que Marie le suppliait de s'adresser à la ville pour avoir sa part de ce qu'elle faisait distribuer : « Je n'ai pas besoin de leur argent, avait-il répondu ; qu'ils aillent au diable avec tous leurs secours ; c'est de l'ouvrage qu'il me faut, et non pas leur aumône. »

Il supportait donc sans faiblesse, mais non pas sans aigreur, les privations auxquelles il était condamné. C'est la bonté d'autrui qui nous rend bienveillants, et personne ne se montrait bon pour lui ; toutefois l'association des métiers, pensant qu'il était de son devoir de soutenir l'un de ses membres les plus actifs et les plus importants, offrit son assistance à Barton, qui refusa de l'accepter. « Tom Darbyshire, avec ses sept enfants, en a plus besoin que moi, répondit-il; partant, il y a plus de droits. »

Or, il faut savoir que Darbyshire était l'ennemi de Barton, qu'il le déchirait en arrière près de qui voulait l'entendre, ce que Barton n'ignorait pas; mais en pareille matière nulle considération d'intérêt personnel ne faisait taire en lui le sentiment de la justice.

Marie avait perdu sa gaieté et ses compagnes ne l'entendaient plus rire. Son esprit errait sans cesse de la misère présente à l'avenir brillant qui, plus que jamais, occupait sa pensée; et, comme nous l'avons dit, c'était moins l'amour de M. Carson qui faisait battre son cœur, bien qu'elle fût flattée des attentions du gentleman, que la perspective d'une fortune considérable et de tous les biens que peut donner la richesse.

Sally ne manquait pas d'observer, avec sa pénétration ordinaire, les changements que l'inquiétude faisait subir au caractère de Marie, surtout la valeur croissante que celle-ci attachait à l'argent, qui, pour elle, représentait la vie même. Elle profita de cette disposition toute favorable au riche adorateur, pour l'engager à terminer sa conquête, en lui mettant sous les yeux la position où se trouvaient Marie et son père. Mais il craignait en lui parlant de sa détresse de blesser la jeune fille, dont il connaissait la fierté; d'ailleurs, il voulait prolonger encore le plaisir qu'il trouvait aux entrevues dérobées, aux promenades du soir, aux douces paroles qu'il lui disait tout bas et qui donnaient

au regard et au sourire de Marie un charme sans pareil, à son
visage un éclat sans rival. Puis, il était bien sûr de réussir
quand il le désirerait : n'était-il pas lui-même d'une beauté séduisante? et chaque soir leur promenade ne durait-elle pas davantage? Hélas ! s'il avait connu l'intérieur où la pauvre Marie
devait rentrer en le quittant, il aurait moins attribué la prolon-
gation de la promenade au bonheur qu'elle goûtait auprès de
lui qu'à la crainte de se retrouver dans cette chambre nue où
tout manquait, jusqu'à la flamme du foyer. Son père n'y était
presque jamais; qu'aurait-il fait tout seul entre ces murs dépouil-
lés de tout ce qu'il y avait vu dans un temps plus heureux, et
n'ayant ni pain, ni charbon, ni tabac? Marguerite venait bien
rarement à présent, depuis qu'elle chantait en public, et la
bonne Alice était restée chez sa belle-sœur.

Marie était donc seule la plupart du temps en face de leur misère ; et quand par hasard Barton se trouvait là, peut-être était-
ce encore plus triste : presque toujours silencieux, continuelle-
ment aigri, la moindre observation l'exaspérait au point qu'un
jour, lui si bon pour sa fille, il en vint à la frapper dans un moment
de colère. Il s'était enfui honteux de lui-même, laissant Marie en
proie à la plus vive agitation ; la pauvre enfant pensait à sa mère,
à tout ce qu'elle avait à souffrir, et, dans son amertume, elle eût
quitté la maison pour toujours si M. Carson se fût trouvé là pour
l'emmener ; mais peu à peu le souvenir des bontés de son père
lui revint au cœur : il était si malheureux! et puis n'avait-elle
pas provoqué son impatience par quelque parole trop vive?
Son père revint ; elle avait l'air si sérieux, tant elle était émue,
qu'il ne savait comment faire pour lui dire ce qui le ramenait
près d'elle ; enfin surmontant toute faiblesse :

« Marie, lui dit-il, je ne crains pas d'avouer que j'ai du chagrin de t'avoir battue. Je ne suis plus l'homme que j'étais ; ce
n'est pas que tu m'avais bien un peu fâché, mais c'est égal, j'ai
eu tort, et jamais, je te le jure, je ne te toucherai du doigt. »

Elle se précipita tout en larmes dans les bras de son père, lui
avoua sa faute, exprima son repentir, et tout fut oublié.

Ce fut, comme il l'avait promis, la seule fois que Barton leva
la main sur sa fille ; mais il se fâchait souvent, et Marie préférait sa colère à son farouche silence, quand, assis près de la
cheminée par habitude, il fumait ou mâchait de l'opium, et que
dans l'ombre une main s'avançait par la porte entr'ouverte et
l'appelait d'un signe furtif; il se levait alors et suivait l'inconnu,
d'étranges figures passaient devant la fenêtre, dont le regard
étincelant poursuivait Marie dans ses rêves; et plusieurs fois,

pendant la nuit, elle entendit des voix d'hommes qui de la chambre basse arrivaient jusqu'à elle, et dont l'accent, bien que voilé, témoignait de la vive ardeur que chacun apportait dans ses discours.

C'étaient des membres de l'association des métiers, qui, poussés par le besoin et complétement désespérés, n'attendaient qu'un signal pour agir.

Un soir que Marie s'efforçait d'échapper aux terreurs qui pesaient sur son âme, en songeant à la félicité qui l'attendait un jour, son père la tira brusquement de sa rêverie en lui demandant à quelle époque elle avait vu Jeanne Wilson. A la manière dont il lui fit cette question, elle comprit qu'il savait la négligence dont elle était coupable envers la pauvre veuve; et, après avoir été vivement grondée pour cette faute et avoir reçu l'ordre formel d'aller chez Jeanne le lendemain, elle s'arrangea pour faire cette visite à l'heure où Jem serait à son atelier, afin d'être sûre de ne pas le rencontrer chez sa mère.

L'aspect de la maison qu'habitait Jeanne était bien différent de ce qu'il était jadis; la porte, ouverte autrefois, restait close, et les plantes qui garnissaient la muraille et encadraient les fenêtres, ob(et des soins et de l'orgueil de Wilson, flétries aujourd'hui, accusaient l'abandon où elles étaient restées depuis la mort de celui qui les aimait. Alice tricotait près du feu, et mistress Wilson, qui allait et venait, rangeant la vaisselle et tout ce qui avait servi au dîner, reçut Marie d'un air froid et contraint.

« Est-ce bien toi? s'écria-t-elle d'une voix sèche; qui l'aurait jamais cru? nous pensions que tu nous avais oubliés, et Jem se demandait quelquefois s'il pourrait te reconnaître. »

Le malheur avait aigri la pauvre femme, qui, profondément blessée par l'indifférence de Marie, tâchait de rendre ses paroles plus piquantes en les faisant passer par la bouche de son fils.

Marie comprenait tous ses torts et, ne trouvant rien à dire qui pût justifier sa conduite, elle se tourna vers Alice et lui adressa la parole, tandis que l'excellente fille cherchait à rattraper sa pelote de laine que, dans sa joie de revoir son ancienne voisine, elle avait laissée tomber, et qui roulait sous la table et sous les chaises, emmêlant ses fils.

« Parle plus haut si tu veux qu'elle t'entende, reprit Jeanne toujours d'un air piqué; elle est sourde comme un pot; je te l'aurais dit tout de suite si je m'étais rappelé combien il y avait de temps que tu n'étais venue la voir.

— Oui, chère petite, j'entends un peu dur à présent, dit la bonne Alice qui avait compris par les yeux ce que disait sa belle-sœur. C'est le commencement de la fin, ajouta-t-elle douce-ment.

— Voulez-vous bien vous taire et ne pas dire ces choses-là ! cria Jeanne ; comme si nous n'avions pas assez de morts dans la famille sans nous en prédire d'autres ! »

Et, se couvrant la figure avec son tablier, la pauvre veuve se mit à sangloter. Un si bon mari ! continua-t-elle après quelques minutes en regardant Marie avec des yeux pleins de larmes ; personne ne peut savoir ce que j'ai perdu en lui. Quand Dieu rappela mes pauvres petits, je croyais qu'il m'avait tout ôté ; je ne pensais pas que George mourrait aussi, et je n'aurais jamais cru que je pourrais vivre sans lui ; pourtant je suis encore là, et mon pauvre George.... »

Elle s'interrompit de nouveau pour pleurer.

« Tu ne sais pas, reprit-elle, la triste créature que je faisais quand il m'a prise pour femme ; lui un si beau garçon ! Jem n'est seulement rien auprès de son père à son âge. Et qu'est-ce que j'avais donc pour être choisie par lui ? Je n'étais pas mal avant mon accident ; mais après j'étais tout à fait laide, et Bessy Wit-ter, une jolie fille, Mme Carson d'à présent, aurait donné ses yeux pour lui, elle qu'on disait belle, quoique sa figure ne me plût pas du tout. Et Carson n'était pas si au-dessus d'elle, eux qui, aujourd'hui, sont si fort au-dessus de nous ! »

Marie ne put s'empêcher de rougir ; elle aurait bien voulu que Jeanne continuât à lui parler du père et de la mère de son ado-rateur ; mais elle n'osa pas le lui demander, et mistress Wilson en revint à ses souvenirs.

« Avec ça que j'étais sotte comme une oie et ne savais rien du ménage, poursuivit-elle. Je travaillais à la manufacture de-puis l'âge de cinq ans et je ne me doutais guère de ce que c'était que nettoyer, faire la cuisine et le reste ; si bien que je laissais brûler les pommes de terre que c'était une pâtée noire et une vraie infection. George ne disait rien, tant il avait de douceur ; mais je pleurais de bon cœur en le voyant au pain sec parce que j'étais si bête.

— Mon père dit toujours qu'il n'aime pas de voir les filles dans les manufactures, interrompit Marie.

— Et qu'il a bien raison, reprit la veuve ; sans compter qu'a-près qu'elles sont mariées ça ne vaut pas mieux non plus ; je connais bien dix ménages où l'homme s'en va au cabaret parce que la femme travaille dans les fabriques ; de bonnes créatures pourtant ! quoiqu'elles mettent leurs petits en nourrice et que leur maison soit toujours par trop sale. N'est-ce pas là bien tentant pour un mari, quand à côté on a le café où tout brille, avec un bon feu qui égaye et des camarades pour vous distraire?

— Je voudrais bien, dit Alice qui avait saisi le sens de la conversation, que la reine fût là pour l'entendre, quand notre Jem parle de ça. Ce n'est pas sa femme à lui qui s'en ira jamais travailler au dehors !

— C'est au prince Albert que je voudrais en parler, répondit sa belle-sœur, à cette fin de lui demander comment il trouverait ça, quand il rentre chez lui, de n'y rencontrer personne, et de voir revenir sa femme abîmée de fatigue, et rien dans la maison ; la chambre pas balayée, le feu toujours éteint; pas de soupe de faite ni de viande de cuite. Je parie que, tout prince qu'il est, si sa femme ne le servait pas mieux que ça, il s'en irait au café comme les autres. Alors pourquoi donc ne fait-il pas une loi contre le travail des femmes dans les manufactures? »

Marie essaya de dire que le prince Albert n'avait pas le droit de faire des lois; pas même la reine, du moins à ce qu'elle croyait.

« Allons donc, répondit Jeanne; comme si la reine ne les faisait pas toutes, et comme si elle n'était pas forcée d'obéir au prince Albert! Et s'il disait que les femmes n'iront plus travailler dans les fabriques, vous verriez si la reine pourrait dire autrement; et, que ça plaise ou non aux autres, il faudrait bien que ce soit.

— Jem ne rentre plus guère dans la journée, dit Alice qui n'avait pas entendu ce dernier trait d'éloquence, et dont l'esprit s'arrêtait volontiers sur les talents de son neveu. Il a inventé quelque chose comme une manivelle ou une rondelle, je ne sais plus bien ce que c'est, mais son patron l'a nommé contre-maître, quoiqu'il renvoie beaucoup de ses ouvriers; mais Jem, c'est autre chose, il est sûr d'être conservé; et, comme à présent il gagne de bonnes semaines, je lui dis que bientôt il devra prendre femme : c'est lui qui mérite d'en rencontrer une bonne. »

Marie devint toute rouge et une expression de mécontentement se répandit sur son visage, bien qu'elle fût heureuse au fond du cœur d'entendre faire l'éloge de son ami d'enfance; mais Jeanne ne put voir que la figure de la jeune fille et se sentit vivement blessée dans son orgueil de mère; d'ailleurs elle ne souhaitait pas le moins du monde que son fils se mariât; sa présence dans la maison était le seul bonheur qui lui restât des anciens jours; et d'avance elle avait pour la femme qui lui prendrait son fils une jalousie qu'elle ne s'expliquait

pas; toutefois elle en voulait à Marie de ne pas se montrer plus
fière et plus touchée de la préférence que lui accordait Jem, bien
qu'elle ne l'eût jamais crue tout à fait digne de lui. Le ressentiment qu'elle éprouvait encore de l'abandon où la jeune fille l'a-
vait laissée depuis son dernier malheur se joignant à tous ces
motifs de rancune, elle résolut d'enlever à Marie cette idée que
Jem songeait encore à elle, et, dans cette intention, elle inventa
le conte suivant :

« Certainement qu'il se mariera, et avant peu encore. »

Puis, baissant la voix comme pour faire une confidence à
Marie, mais en réalité pour n'être pas contredite par sa belle-
sœur, elle ajouta :

« Molly Gibson, la fille de la fruitière du coin, apprendra bientôt quelque chose qui ne lui déplaira pas, j'en suis sûre. Il y a
longtemps qu'elle fait des yeux de chatte quand Jem vient à
passer; mais Jem supposait que le père Gibson ne donnerait pas
sa fille à un simple ouvrier ; pour lors il attendait; à présent
que le voilà contre-maître, c'est différent. J'ai cru pendant un
temps que c'était à toi qu'il pensait; mais vous n'aviez pas
tous les deux ce qu'il faut pour vous convenir, et ça vaut mieux
comme ça. »

Marie fit un violent effort sur elle-même pour cacher son
dépit.

« Je désire, dit-elle, qu'il soit heureux avec Molly Gibson;
elle est assurément très-jolie.

— Et adroite comme une fée, reprit la veuve. Il faut que j'aille
te chercher un couvre-pied qu'elle m'a donné samedi, tu verras comme c'est beau. »

Marie fut enchantée de lui voir quitter la chambre; elle éprouvait une irritation d'autant plus vive, qu'elle ne croyait pas à
ces paroles; d'ailleurs elle voulait causer avec Alice.

« Je suis bien triste, dit-elle à cette dernière, de vous voir
devenue sourde; ça vous a donc pris tout d'un coup?

— Mon Dieu! oui; je t'avoue que c'est un chagrin, et je prie
le Seigneur de m'apprendre à le supporter. C'est un jour que
j'étais allée dans les prés chercher une herbe pour le rhume de
Jeanne. Tout me semblait triste et vide autour de moi; je ne
pouvais pas deviner ce qui manquait à la prairie, et je finis par
trouver que c'était le chant des oiseaux, et par comprendre que
je ne l'entendrais plus; j'en ai pleuré de regret; pourtant ce doit
être pour un bien. Je n'en serai pas moins une consolation pour
Jeanne; quand je ne servirais qu'à être là pour qu'elle ait quelqu'un à gronder, ça la distrait de son chagrin pendant qu'elle

bougonne après moi; et, si mes yeux me sont laissés, je ne serai pas bien à plaindre : je comprends ce que les gens disent en les voyant parler. »

Jeanne rentra presque aussitôt avec le couvre-pied, dont elle ne se lassa pas de faire admirer les moindres détails à Marie, qui vanta bien haut l'œuvre de sa rivale, et s'en alla en toute hâte, craignant plus que jamais de se trouver avec Jem. Quand elle fut à quelque distance de la maison, elle ralentit son pas, et se demanda s'il était vrai qu'il eût vraiment de l'amour pour cette Molly Gibson; après tout, ça lui était égal; tout le monde avait l'air de croire qu'il valait trop pour elle; cependant on verrait bien un jour qu'on l'avait trouvée assez bonne pour en faire une lady. Et, stimulée par cette pensée, elle encouragea les attentions de M. Carson plus qu'elle ne l'avait fait jusqu'alors.

Quelques semaines après la visite de Marie à la veuve de Wilson, avait lieu un meeting de l'association des métiers, dans lequel on devait discuter les moyens à prendre pour sortir de la terrible situation où l'on se trouvait alors. Le matin du jour qui avait été désigné pour la réunion, Barton se leva fort tard : à quoi bon quitter son lit de bonne heure quand on n'a rien à faire, surtout rien à manger? Il se demanda s'il achèterait un peu de viande ou d'opium, se décida pour la dernière de ces deux choses, dont l'usage s'était changé pour lui en un besoin impérieux, et attendit le soir avec une vive impatience. On devait se réunir à huit heures; personne ne manqua au rendez-vous; la séance fut remplie par la lecture de lettres nombreuses, récits affreux, pleins d'horribles détails, qu'on envoyait à l'assemblée de tous les points de l'Angleterre, et qui accrurent encore l'exaspération des uns, le morne désespoir des autres ; si bien que, vers onze heures, lorsque l'assemblée se sépara, la modération relative des membres les moins violents n'avait eu d'autre effet que d'irriter encore plus ceux dont les plans désespérés avaient été repoussés ou du moins ajournés.

La pluie qui, ce soir-là, tombait à torrents n'était pas faite pour relever leur courage et leur rendre l'espoir ; à peine si les lanternes, sur lesquelles l'eau ruisselait, projetaient leur lumière à quelques pas autour d'elles; et, dans les rues désertes, on ne voyait que les policemen[1] complétement enveloppés dans leur manteau huilé. Barton avait souhaité le bonsoir à tous ses camarades et se dirigeait vers sa demeure, quand un pas léger se

1. Sergents de ville.

fit entendre derrière lui; le pas devint plus rapide et la personne qui le suivait, avec l'intention évidente de le rejoindre, lui posa la main sur le bras; il se retourna et vit dans l'ombre une femme, dont le costume autrefois élégant ne disait que trop la profession équivoque : un chapeau de crêpe jadis rose, une robe de mousseline couverte de boue, un châle de barége, peu faits pour protéger contre cette pluie battante, couvraient à peine la pauvre créature qui, s'adressant à Barton, le suppliait de l'entendre,

Mais répondant par un juron à sa prière, il lui ordonna de s'éloigner au plus vite; elle insista.

« Ne me repoussez pas, disait-elle d'une voix tremblante; ce que j'ai à vous dire est d'une si grande importance! Je suis tout essoufflée, j'étouffe et ne peux pas vous parler; mais attendez un peu. »

Elle porta la main à son côté et respira avec effort.

« Je te dis que je ne suis pas l'homme que tu cherches. »

Et il accompagna cette phrase des noms les plus odieux; mais tout à coup frappé du son de voix de cette femme, il la saisit par le bras à son tour, la traîna sous un réverbère, rejeta en arrière le chapeau qui lui cachait une partie du visage, et, dans ces grands yeux qui l'imploraient, dans cette bouche entr'ouverte qui essayait de balbutier quelques mots suppliants, il reconnut les traits de la malheureuse Esther; c'était bien elle, ressemblant encore à la ravissante créature d'autrefois, mais dont le visage exprimait la honte et la douleur,

« Ainsi donc, te voilà! s'écria Barton les dents serrées; ah! c'est toi! toi, enfin, que j'ai tant cherchée le soir au coin des rues et dans les lieux où l'on voit tes pareilles; je savais bien qu'un jour c'était là que je te trouverais, malheureuse! te souviens-tu du temps où je te le prédisais? tu te fâchais alors! Mais peut-être vas-tu dire que je me trompe? que toute cette friperie est un vêtement honnête, et qu'on ne voit pas le rouge que tu as sur la joue?

— Oh! par pitié, John, écoutez-moi; par pitié, pour l'amour de Marie. »

Elle lui parlait de sa fille, mais ce nom lui rappela sa femme.

« Et tu oses la nommer devant moi, et tu me demandes de la pitié, misérable! ne sais-tu pas qu'elle est morte et que c'est toi qui l'as tuée? Elle t'aimait comme sa propre chair; ta fuite l'a fait mourir, et si, au jour du jugement, elle ne se lève pas pour te désigner comme son assassin, c'est moi qui le ferai pour elle. »

Et, repoussant avec violence la pauvre créature, il s'éloigna rapidement, laissant la malheureuse au pied du réverbère d'où sa faiblesse l'empêchait de se relever. Un policeman s'approcha d'elle, et, pensant qu'elle était ivre, l'emmena sans qu'elle en eût conscience et la fit enfermer pour la nuit. Le surveillant de la geôle, quand il fit sa ronde à moitié endormi, prit les gémissements de la prisonnière pour le délire de l'ivresse; s'il eût écouté ses plaintes, il eût saisi ces mots qu'elle murmurait sans cesse :

« Il n'a pas voulu m'entendre; que faire? il faut pourtant l'avertir. Oh! comment la sauver? sauver l'enfant de Marie? empêcher qu'elle ne devienne misérable comme moi! Elle l'écoute aujourd'hui comme je l'écoutais jadis; elle l'aime comme j'aimais, et sa fin serait la mienne. Comment faire? qui l'aime assez pour veiller sur elle et pour la protéger? Dieu la préserve du mal! Oh! je ne veux pas prier pour elle, ma prière ne serait pas entendue, elle lui porterait malheur; mais qui donc la sauvera, puisque son père ne veut pas m'écouter? »

Le lendemain elle comparaissait à New-Bailey; le délit de vagabondage et de débauche était flagrant; elle fut condamnée à un mois de prison. Que de choses pouvaient arriver pendant ce laps de temps !

CHAPITRE XI.

Barton rentra chez lui mécontent et mal avec lui-même. Il y avait bien des années qu'il se promettait, si jamais il rencontrait Esther, de la traiter comme il l'avait fait ce soir; elle le méritait bien, suivant lui, et pourtant il regrettait ses paroles et souffrait de sa rigueur. Le regard suppliant qu'elle avait jeté sur lui le poursuivait toujours; il revoyait en rêve ce corps délicat, affaissé sur lui-même, et resté sans mouvement au pied du réverbère par cet affreux orage; tourmenté par cette vision qui troublait son sommeil, il se mit sur son séant pour tâcher de lui échapper, et sa conscience vint alors lui reprocher sa dureté. Il se demanda si sa femme avait pu le voir et l'entendre; il se rappelait l'humilité de la pauvre fille qu'il avait impitoyablement repoussée, l'aveu tacite qu'elle faisait de ses fautes, la douleur qu'elle semblait en avoir; peut-être pouvait-on encore l'arracher à la fange et la relever de l'opprobre? N'avait-il pas entendu dire que la religion opérait de ces miracles? Il fallait donc retourner vers elle et tâcher de la sauver. Mais comment faire pour retrouver dans une grande ville la trace d'un être d'aussi peu de valeur et dont l'existence n'intéressait personne?

Chaque soir il parcourait au hasard toutes ces rues où les pas d'Esther l'avaient suivi, s'approchait de toutes les femmes, plongeait son regard sous tous les chapeaux d'une élégance suspecte, dans l'espoir de rencontrer la malheureuse et de lui parler cette fois avec douceur. Mais il revenait chaque matin sans l'avoir retrouvée; et, désespérant enfin d'y parvenir, il abandonna ses recherches et s'efforça d'étouffer ses remords en essayant de réveiller sa colère contre l'infortunée.

Il regardait alors sa fille, et la ressemblance qu'il lui trouvait avec la pauvre Esther faisait naître dans son esprit irrité la crainte de lui voir un jour partager le même sort. A cette pensée, la fureur s'emparait de lui et il s'inquiétait de la conduite de Marie qui, jusqu'à présent, l'avait si peu préoccupé. C'était précisément à l'époque où elle cédait plus volontiers au désir de M. Carson et lui accordait de plus fréquentes entrevues; aussi les questions de son père, relativement à l'heure où elle sortait de l'atelier, au chemin qu'elle avait pris pour revenir, au temps qu'elle avait mis pour le faire, lui étaient-elles d'autant plus pénibles, qu'elle avait toujours agi sans contrôle et ne savait pas mentir. Toutefois, ne voulant pas avouer la vérité, elle refusait de répondre et alléguait, pour motiver son silence, l'indignation qu'elle éprouvait en se voyant soupçonner. Cette situation nouvelle entre le père et la fille n'était pas faite pour rendre leur intérieur plus agréable et leurs rapports plus faciles. Cependant la tendresse qu'ils avaient l'un pour l'autre n'en était pas amoindrie, et ce qui les maintenait chacun dans la ligne de conduite qu'ils avaient adoptée, c'était précisément la conviction dont ils étaient pénétrés que, réciproquement, ils assuraient le bonheur de l'autre en agissant ainsi.

Barton voyait bien qu'il ne pouvait plus ressaisir l'autorité dont il avait fait l'abandon, et cette crainte instinctive que lui inspiraient la beauté de Marie et sa ressemblance avec Esther lui faisait chaque jour désirer plus vivement que sa fille vînt à se marier. Quel bonheur si Jem Wilson consentait à l'épouser! un si brave garçon! tant de conduite et d'intelligence! mais on le voyait bien rarement à présent; peut-être Marie l'avait-elle éconduit: il résolut de s'en assurer.

« Qu'est-ce qui s'est donc passé entre Jem et toi? lui demanda-t-il un jour. Vous étiez pourtant de grands amis autrefois.

— Rien du tout; mais on dit qu'il va se marier avec Molly

Gibson, et la cour qu'il lui fait absorbe tout son temps, répondit-elle avec autant d'indifférence qu'elle put en affecter.

— Eh bien ! alors, tu n'es qu'une petite sotte, reprit Barton avec aigreur ; il a été fou de toi pendant un temps, et c'était plus que tu ne le mérites.

— C'est selon l'avis des gens ; tout le monde ne pense pas la même chose, » répliqua Marie, qui se rappelait combien M. Carson avait soupiré le matin même en lui jurant qu'elle était la plus ravissante, la plus adorable de toutes les créatures. Dans le jour, quand il avait passé à cheval avec l'une de ses sœurs, n'avait-il pas saisi l'occasion de la faire remarquer à la jeune lady comme étant bien digne de fixer l'attention ? et n'était-il pas resté quelques instants en arrière pour lui envoyer un baiser? Jem pouvait donc épouser qui bon lui semblerait, elle ne s'en souciait guère.

Mais son père n'était pas d'humeur à perdre l'illusion qu'il s'était faite à propos de ce mariage, sans reprocher vivement à sa fille d'avoir compromis son avenir en éloignant Jem Wilson ; il le fit avec tant d'amertume que Marie fut obligée de se mordre les lèvres jusqu'au sang pour ne pas lui répondre avec colère, et qu'elle fondit en larmes dès que Barton eut quitté la maison.

De son côté, Jem, après y avoir longuement réfléchi, s'était déterminé à connaître son sort, et avait choisi ce jour-là pour une entrevue décisive, qui lui permît de savoir ce qu'il devait craindre ou pouvait espérer. Il gagnait actuellement de quoi subvenir aux besoins d'un ménage ; il est vrai que sa mère et sa tante feraient partie de la famille, mais c'est assez l'ordinaire parmi les ouvriers, et la vieille amitié qui avait toujours uni ses parents et les Barton assurait à Marie un accueil affectueux dont le cœur de Jem se réjouissait d'avance.

Il n'avait fait que penser depuis le matin à cette entrevue du soir et ne pouvait s'empêcher de sourire du soin qu'il mettait à sa toilette, comme si tel ou tel gilet pouvait avoir sur sa destinée une influence quelconque. Il se disait que la crainte seule le retenait devant son miroir ; qu'il avait peur d'une jeune fille et se sentait désarmé ; qu'il valait mieux ne pas s'en préoccuper ; et plus il s'efforçait d'y parvenir, plus il songeait à elle.

Pauvre Jem ! le moment n'était pas favorable.

« Entrez, » lui dit Marie sans quitter son ouvrage, un deuil qu'elle faisait à la veillée pour ajouter quelques sous à son maigre salaire.

Jem poussa la porte et fit quelques pas dans la chambre d'un air embarrassé; Marie était seule comme il l'avait souhaité; au bout de quelques minutes, voyant qu'elle ne l'invitait pas à s'asseoir, il prit une chaise et vint se mettre auprès d'elle.

« Ton père n'y est pas? dit-il pour entamer la conversation; car elle continuait de travailler sans lui adresser la parole.

— Non; je suppose qu'il est au club. »

Et le silence recommença.

« Pourquoi attendre davantage? pensa Jem; et que pourrais-je trouver qui nous amenât à parler de ce que je voudrais lui dire? mieux vaut aller tout droit et commencer tout de suite.... Marie! » dit-il; et l'altération de sa voix était si grande que la jeune fille leva les yeux sur lui.

Elle comprit aussitôt où il voulait en venir, et son cœur battit à se rompre; mais, ce qu'elle savait avant tout, c'est que rien ne lui ferait accepter les propositions de Jem et qu'elle montrerait à ceux qui ne la trouvaient pas digne de lui qu'il y en avait un autre qui serait heureux de l'avoir. Elle était encore sous l'influence de l'irritation qu'elle venait d'éprouver; cependant ses yeux se voilèrent devant le regard passionné qui était fixé sur elle.

« Chère Marie! continua-t-il; je ne puis pas te dire avec des mots jusqu'à quel point tu m'es chère; c'est une vieille histoire que celle dont je veux te parler; tu dois bien la connaître, car tu étais bien petite et je n'étais qu'un enfant que je t'aimais déjà plus que mon père et ma mère, plus que tout au monde; et depuis lors tu as toujours été dans mes rêves pendant la nuit, dans mes pensées pendant le jour. Tant que je n'ai pas eu le moyen de te faire bien vivre, je n'ai pas voulu te demander, j'ai attendu, tremblant toujours que pendant ce temps-là un autre ne vînt à te prendre. Mais à présent, Marie, je suis contre-maître dans un grand atelier; oh! Marie, écoute-moi (car elle s'était levée pour lui cacher son trouble); maintenant que je puis te donner un chez toi, je peux te dire que je t'aime; nous ne serons jamais bien riches, mais si un cœur aimant et un bras vigoureux peuvent suffire pour t'abriter contre le chagrin et la misère, tu ne souffriras jamais auprès de moi. Je ne parle pas comme je voudrais; les paroles ne me viennent pas, mais dis que tu veux bien, dis que tu ne me refuseras pas. »

Et, comme elle restait sans répondre :

« Qui ne dit mot consent, » murmura-t-il à son oreille.

Mais faisant un violent effort pour secouer son trouble :

« Non pas, dit-elle d'une voix calme, bien qu'elle tremblât de tous ses membres. Je serai toujours votre amie, Jem, croyez-le, mais jamais votre femme

— Jamais ! oh ! Marie, pensez-y donc pourtant ; vous ne pouvez pas être mon amie si vous n'êtes pas ma femme ; du moins je ne serai jamais heureux d'être seulement votre ami. En me disant non, vous m'ôtez tout espoir. Ce n'est pas d'hier que je vous aime. Mon amour pour vous, c'est lui qui a fait naître tout ce qu'il y a de bon dans mon cœur ; je ne sais pas ce que je deviendrai si vous ne voulez pas de moi ; votre père serait si content, Marie ! J'ai l'air de me vanter en disant cela, mais il m'a dit plus d'une fois combien il serait heureux de nous voir mariés ensemble. »

Ce dernier argument, loin de le favoriser comme il s'y attendait, éveilla dans l'esprit de Marie cette folle idée que Barton avait pu exciter Jem à la demander en mariage ; et, puisant dans cette pensée un nouveau motif de refus :

« Non, répliqua-t-elle, je vous dis que cela ne peut pas être, et qu'une fois pour toutes je ne veux pas de vous pour mari.

— Alors c'est la fin de tout espoir ; la fin de ma vie, car il n'y a plus rien sur terre qui vaille la peine que je vive ; et s'animant tout à coup : Marie, ajouta-t-il d'une voix plus haute, tu entendras dire un jour que Jem Wilson est un ivrogne, un voleur, un assassin, peut-être ; mais souviens-toi alors, quand je serai l'objet du dégoût ou de la colère de tous, que toi seule tu n'auras pas le droit de me blâmer, car ce sera ta cruauté qui m'aura poussé là. Tu ne veux donc pas me dire que tu essayeras de m'aimer ? » reprit-il en passant subitement de la menace à la prière, et en pressant entre les siennes la main de Marie qu'il avait prise.

Elle ne répondit pas, mais cette fois par excès d'émotion ; et lui, ne pouvant supporter son silence, et croyant n'avoir qu'un nouveau refus à attendre, repoussa la main qu'il tenait toujours et se précipita hors de la chambre.

« Jem ! Jem ! » cria-t-elle d'une voix étouffée ; mais il était trop tard. Il fuyait ; on eût dit que ses pieds avaient des ailes ; et, traversant ainsi la ville et les faubourgs, il ne s'arrêta que lorsque, arrivé dans les champs, il put donner un libre cours à ses larmes.

Il y avait dix minutes à peine qu'il était entré chez Barton et que Marie, calme et froide, l'avait reçu avec la détermination bien arrêtée de l'éconduire ; mais à présent, la tête cachée dans ses mains, la pauvre enfant, courbée sous le poids de sa douleur, gisait brisée par la violence de ses sanglots. Peut-être, si on le lui eût demandé, n'aurait-elle pas su dire la cause de l'horrible souffrance qu'elle éprouvait ; mais elle sentait que d'un mot elle avait fait le vide autour d'elle, et que désormais sa vie n'était plus qu'un désert.

Quand elle eut épuisé ses larmes, elle releva la tête, alla s'asseoir, et peu à peu son esprit retrouva la pensée. Quel changement dans son âme ! il n'y avait pas une heure que sa destinée était encore entre ses mains ; la résolution qu'elle avait exprimée à Jem était depuis longtemps arrêtée dans sa tête ; mais à présent elle n'avait plus rien de commun avec ce qu'elle était autrefois ; elle avait rompu avec elle-même, et ne comprenait plus ce qu'elle avait fait et voulu faire : car il suffit d'une minute pour éclairer d'un nouveau jour le passé et l'avenir, et nous inspirer du dégoût pour les choses que nous avons le plus vivement désirées.

Quelques instants auparavant, l'espoir de Marie, son rêve était d'épouser M. Carson, et la réponse qu'elle avait faite à Jem n'était que le premier pas vers ce but tant souhaité ; mais cet effort, en déchirant son cœur, lui avait révélé que c'était Jem qu'elle aimait et qu'elle préférait son amour à toutes les richesses de la terre : Jem, un pauvre artisan, chargé par surcroît de sa mère et de sa vieille tante, et qui n'avait au monde que ses bras et son courage ; tandis que M. Carson, riche et brillant, l'entourerait à jamais de toutes les recherches du luxe, de tous les plaisirs que renferme l'existence.

Mais que lui importaient ces faux biens depuis qu'elle avait découvert le secret de son âme, et que lui faisaient toutes ces joies, tout ce bien-être, si elle ne devait pas les partager avec Jem ? Elle détestait M. Carson, qui l'avait attirée vers lui en faisant briller à ses yeux toutes ces vanités qu'elle méprisait ; et pour toujours elle s'éloignait de l'abîme où il avait voulu l'entraîner. Mais comment faire pour revenir sur ses paroles et pour réparer le mal qu'elle avait fait à Jem ?

L'horloge de l'église voisine sonna minuit ; elle plia son ouvrage, monta vivement dans sa chambre, éteignit sa chandelle pour que son père crût en rentrant qu'elle était endormie ; et, s'asseyant sur son lit, elle chercha tous les moyens qu'elle pourrait employer pour faire savoir à Jem combien elle regrettait la réponse qu'elle lui avait donnée. Mais un sentiment étrange venait s'opposer à tous les plans qu'elle formait à cet égard ; et, ne trouvant rien qui pût satisfaire à la fois son cœur et l'instinct de pudique réserve que l'amour éveillait dans son âme, elle résolut d'attendre et de profiter des circonstances à mesure que l'occasion s'en présenterait : peut-être Jem tenterait-il une nouvelle démarche s'il la voyait rester fille, et ne se tiendrait-il

pas pour battu parce qu'il avait échoué dans une première ten-
tative. A sa place, elle n'aurait pas manqué de renouveler ses
instances, et Jem n'agirait pas autrement qu'elle n'eût agi elle-
même. Devançant donc l'avenir, et prévoyant une heureuse conclusion à leurs amours, elle s'endormit rassurée, au moment où
l'on sonnait l'entrée dans les manufactures.

Quand elle s'éveilla quelques heures après, sans avoir quitté
ses vêtements et fatiguée de corps et d'esprit, elle ne se rendit
pas compte tout d'abord de la tristesse qui pesait sur son cœur;
peu à peu elle se rappela les événements de la veille, se confirma dans la résolution qu'elle avait prise d'attendre le retour
de Jem, et trouva néanmoins que la patience était une vertu
d'une pratique difficile.

Toutefois, elle se hâta de descendre, et, dans son désir d'ex-
pier le passé et de se montrer digne en tout point de l'amour
qu'elle éprouvait, elle prépara du mieux qu'elle put le déjeuner
de son père, et mit tant de douceur dans son regard, tant de
calme dans ses réponses, que l'irritation habituelle de Barton
avait entièrement disparu quand l'heure fut arrivée pour Marie
d'aller à l'atelier.

L'idée de revoir Sally chez miss Simmonds la tourmentait un
peu, et surtout lui répugnait; mais, bien déterminée à rompre
complétement avec M. Carson, elle espérait faire comprendre à
son ancienne confidente que toute intimité avait cessé entre
elles. Malheureusement Sally n'était pas fille à laisser exécuter
un semblable projet sans y apporter obstacle. Elle soupçonna
bien vite la cause du changement qui s'était opéré chez Marie,
et, l'attribuant à l'inconstance naturelle à la jeunesse, elle pensa
que ce nouvel amour ne durerait pas et qu'avant peu Marie lui
saurait gré d'avoir entretenu forcément ses relations avec son
riche adorateur.

Non-seulement elle s'était aperçue du soin que Marie mettait
à l'éviter, mais elle apprit bientôt par M. Carson lui-même que
la jolie capricieuse ne répondait plus à ses paroles et fuyait sa rencontre; elle résolut donc de brusquer l'aventure et de pousser
Marie à faire son propre bonheur en dépit de ses scrupules et
de ses enfantillages. Elle commença par feindre de partager à
l'égard de Marie la froideur que celle-ci lui montrait, et quittant
un jour son ouvrage avant l'heure, sous prétexte que sa mère
était plus souffrante que de coutume, elle sortit de l'atelier, suivie bientôt de ses compagnes qui imitèrent son exemple. Marie,
restée la dernière de toutes, jeta de la porte un regard inquiet
dans la rue, et, n'y voyant personne, courut chez elle en toute

hâte, craignant toujours de rencontrer celui dont maintenant elle redoutait la présence. Elle n'avait pas encore repris haleine que Sally passait sous sa fenêtre, plongeait ses yeux dans la chambre pour voir si elle était rentrée, et frappait à la porte :

« C'est moi, chère Marie, dit-elle en entrant; il est si difficile de se parler chez miss Simmonds que j'ai préféré venir ici pour causer avec vous.

— Et c'est pour cela que votre mère était malade et que vous aviez besoin de partir de si bonne heure? répondit Marie d'un ton sec.

— Ma mère est mieux à présent, reprit-elle sans se troubler. Votre père n'y est pas, je suppose? car, Marie dans son peu d'empressement à la recevoir, n'avait pas même allumé la chandelle.

— Il est sorti, répliqua brièvement cette dernière.

— Tant mieux, continua Sally; car, à vous parler franc, il y a au bout de la rue un de vos amis qui veut absolument venir ici, puisqu'il n'y a pas moyen de vous voir ailleurs et que vous êtes devenue trop scrupuleuse pour lui parler dans la rue.

— Oh! je vous en prie, ne lui dites pas d'entrer, Sally, je vous en conjure. » Et Marie essaya de fermer la porte et d'en ôter la clef, mais Sally se mit à rire en lui prenant les mains. « Mon Dieu! qu'il ne vienne pas! continua la pauvre Marie; les voisins jaseraient, mon père en deviendrait fou, il me tuerait, Sally; d'ailleurs je n'aime pas M. Carson, je ne l'ai jamais aimé. Dites-le-lui, qu'il le sache bien; dites-lui aussi que je ne veux plus le voir ni l'entendre; j'ai eu grand tort de l'écouter et d'aller avec lui; je le sais et je m'en repens; dites-lui ça, je vous en supplie, et je ferai tout ce que vous voudrez.

— C'est que, voyez-vous, dit Sally d'un ton calme, si nous n'allons pas le trouver à l'endroit où je lui ai dit de m'attendre, il arrivera pour sûr. Il a été convenu entre nous que je viendrais voir si votre père y était, et que, si je n'étais pas revenue dans un quart d'heure, c'est qu'il n'aurait qu'à venir et qu'il vous trouverait seule.

—Partons bien vite alors, » dit Marie dont la frayeur redoubla, et qui d'ailleurs pensait que, puisque cette entrevue était inévitable, mieux valait qu'elle eût lieu n'importe où que dans cette chambre où, d'un moment à l'autre, son père pouvait rentrer; elle mit donc son chapeau en toute hâte et sortit précipitamment, suivie de Sally qui la prit par le bras sous prétexte de la guider vers l'endroit où Henri les attendait, mais, en réalité, dans la crainte qu'elle ne vînt à changer d'opinion.

Elles trouvèrent M. Carson au bout de la rue, qui, le chapeau, sur les yeux afin de cacher son visage, se dirigea, dès qu'il les aperçut, vers un endroit détourné où l'on commençait à bâtir ; elles le suivirent et ne s'arrêtèrent avec lui que derrière une palissade qu'on avait élevée pour maintenir les matériaux et les empêcher d'obstruer la voie publique. Marie à son tour saisit fortement le bras de Sally, afin de l'empêcher de s'éloigner, désirant qu'elle fût témoin de la conversation qui allait suivre ; mais la curiosité de Sally était bien suffisante pour la retenir auprès d'elle.

M. Carson, relevant alors le chapeau qui lui retombait sur le front, et usant d'une liberté qu'il ne s'était jamais permise, prit Marie par la taille, en dépit de l'indignation et des efforts de la jeune fille.

« Non, non, je ne vous lâche pas, lui dit-il en souriant ; vous êtes ma prisonnière, et je vous garde jusqu'à ce que vous m'ayez dit pourquoi vous avez l'air de me fuir, adorable coquette.

— Monsieur Carson, répondit-elle d'une voix ferme, je vais tout vous dire, et pour la dernière fois ; depuis lundi dernier que je vous ai vu, j'ai décidé que je n'aurais plus rien de commun avec vous. J'ai eu grand tort de vous laisser croire que je vous aimais ; je ne savais pas moi-même ce que j'avais dans l'esprit, et je vous demande bien pardon, monsieur, de vous avoir conduit à faire trop d'attention à moi. »

La première impression d'Henri fut la surprise ; mais, la fatuité s'éveillant, il crut qu'elle plaisantait : lui repoussé, lui qui était beau, élégant, jeune et riche, et qu'on disait ne pas aimer ! Allons donc ! ce ne pouvait être qu'une rouerie féminine.

— Ah ! vous en venez là, friponne ! reprit-il gaiement. Vous me demandez pardon de vous être fait remarquer de moi, comme si vous ignoriez que je pense à vous nuit et jour et que c'est tout mon bonheur. Vous voulez donc que je vous le redise sans cesse ?

« Non, monsieur, au contraire. Je voudrais que vous me dissiez que vous ne penserez plus à moi. Car, je vous jure que c'est la vérité, quand je vous dis que je vous parle pour la dernière fois.

— Et qu'est-ce qui vous a fait changer ainsi ? lui demanda-t-il sérieusement ; vous aurais-je offensée, Marie ?

— Non, monsieur ; je ne puis pas vous dire exactement ce qui m'a fait voir clair dans mon esprit ; mais je vous assure que c'est comme je vous dis ; je vous demande encore pardon si je vous ai trompé sans le vouloir ; et maintenant, s'il vous plaît, je voudrais bien m'en aller.

— Mais cela ne me plaît pas du tout, et vous ne partirez pas Que vous ai-je fait, Marie? Vous ne vous en irez que quand vous me l'aurez dit; est-ce quelque chose que vous voulez que je fasse?

— Non, monsieur, je ne vous demande que de me laisser partir; oh! ne me serrez pas comme ça. Eh bien! si vous voulez savoir pourquoi je ne veux plus ni vous parler ni vous entendre, c'est parce que je ne vous aime pas; j'ai essayé de tout mon cœur, et vraiment je ne peux pas y parvenir. »

Cet aveu naïf ne persuada pas M. Carson; Marie lui cachait quelque chose; elle avait un but qu'il ne devinait pas, mais qu'elle voulait atteindre.

Passionnément épris, il se demandait ce qui pourrait la tenter, lorsque tout à coup reprenant la parole :

« Marie, lui dit-il, écoutez-moi; vous partirez quand vous m'aurez entendu. Je vous aime de toute mon âme et je veux croire que vous m'aimez un peu; il vous convient de ne pas l'avouer, n'importe; ce que je veux actuellement, c'est vous dire que je vous aime et que je suis prêt à tout vous sacrifier. Vous savez que mon père et ma mère ne consentiront jamais à ce que leur fils vous épouse; jusqu'à présent, je n'avais pas songé à braver leur colère; je pensais que nous serions assez heureux de notre amour sans recourir au mariage; mais, quelle que soit l'indignation de mes parents, quel que soit le ridicule dont je me couvre en foulant aux pieds toute convenance, j'irai demain chercher la dispense nécessaire à notre union, ce soir si vous voulez, et je vous épouserai en dépit de tout obstacle, plutôt que de me résigner à vous perdre. Dans un an ou deux, mon père me pardonnera et vous aurez tout ce que l'argent peut procurer de jouissances, tout ce que l'amour peut inventer pour embellir la vie. Après tout, se dit-il en lui-même, comme pour excuser à ses propres yeux la résolution audacieuse qu'il venait de prendre, ma mère n'était qu'une pauvre fileuse. Vous le voyez, Marie, ajouta-t-il, je ne recule devant rien pour vous prouver mon amour; je vous offre mon nom et ma fortune pour satisfaire votre ambitieux petit cœur; et maintenant ne m'aimerez-vous pas un peu? »

Ces paroles avaient délivré Marie d'un grand poids : elle avait craint, à présent qu'elle connaissait l'amour et qu'elle en savait les douleurs, d'avoir inspiré à M. Carson un sentiment profond comme celui qu'elle ressentait pour Jem, et ne pouvait se défendre d'une pitié sincère pour le malheureux dont il lui fallait briser le cœur; mais cet amour qu'elle avait supposé n'était plus qu'une séduction vulgaire, et, dès lors, sa conscience soulagée n'avait plus de repentir.

« Je vous suis bien reconnaissante, monsieur, répondit-elle, de m'avoir dit ce que je viens d'entendre. Vous allez me prendre pour une folle, mais je croyais que vous aviez toujours eu l'intention de vous marier avec moi; et cependant, tout en pensant ainsi, je n'ai pas pu vous aimer; mais quand même j'aurais eu de l'amour pour vous, je ne vous aimerais plus maintenant que je sais que vous ne vouliez que mon déshonneur : car vous me l'avez dit clairement, ce n'est que depuis un instant que vous songez à m'épouser. Ainsi donc, c'est avant de le savoir que je vous demandais pardon, mais à présent je vous méprise. »

Et, s'arrachant enfin des bras de M. Carson, elle partit comme une flèche. Il entendit ses pas légers retentir au bout de la rue déserte et leur écho s'éteindre au loin, pendant qu'à ses oreilles grinçait le rire de Sally, dont il avait oublié la présence.

« Et que trouvez-vous là de si plaisant? lui demanda-t-il impatienté.

— Oh ! je vous demande bien pardon, monsieur, comme dit Marie; très-humblement pardon, je vous assure; mais je ne peux pas m'empêcher de rire en voyant qu'elle nous a si bien attrapés.

— Pensiez-vous, Sally, qu'elle me quitterait de la sorte ?

— Assurément non ; mais si vraiment vous songiez à l'épouser (pardonnez-moi d'oser vous le demander), pourquoi lui avez-vous dit que ce n'était pas l'intention que vous avez toujours eue ? voilà ce qui l'a fâchée.

— Mais je lui avais fait entendre cent fois que je ne voulais pas me marier; j'étais loin de croire qu'elle était assez folle pour s'y méprendre, et je voulais naturellement lui montrer à quel sacrifice je me résignais pour l'obtenir : sacrifice de toutes les convenances, de tous mes intérêts, de moi-même en un mot. Je ne suis pas bien sûr qu'elle ait compris tout ce que je faisais pour elle. Certes, il n'y a pas une jeune fille à Manchester, quelles que soient sa position et sa fortune, que je ne puisse épouser si bon me semble, et je consentais à prendre une pauvre couturière. Ne sentez-vous pas que c'était bien fait pour l'attendrir? et tout cela qui ne m'a servi de rien! Mon père m'eût pardonné les relations que j'aurais eues avec n'importe qui, plutôt que cette mésalliance.

— Je croyais, interrompit Sally, vous avoir entendu dire que votre mère travaillait autrefois dans une manufacture.

— Oui; mais mon père n'était pas alors dans la position où je me trouve; il n'y avait pas entre lui et ma mère la distance qui existe entre Marie et moi.

— Ainsi vous y renoncez ? d'ailleurs elle ne s'est pas fait scrupule de briser avec vous.

— Pas le moins du monde; je suis plus amoureux d'elle que jamais, ne vous en déplaise. Ce charmant caprice de sa part ne fait qu'irriter ma passion; puis elle réfléchira, n'en doutez pas. Toutes les femmes sont ainsi; elles croient bien faire de se montrer cruelles, quittes à revenir ensuite. Mais notez bien que dans ce cas-là je ne promets plus d'épouser. »

Et, après avoir échangé quelques mots sans importance, les deux alliés se séparèrent.

CHAPITRE XII.

Marie avait congédié ses deux amants; du moins elle croyait s'être prononcée d'une manière assez formelle pour que M. Carson pût savoir à quoi s'en tenir. Mais quelle différence dans la manière dont elle avait été comprise ! Celui qui l'aimait plus que sa vie considérait son éloignement comme définitif, et n'avait plus d'espoir; il respectait trop son amour pour penser qu'il fût indigne de Marie; mais il lui suffisait de n'avoir pas su lui plaire pour accepter l'arrêt qu'elle avait prononcé; et, dans sa douleur, il lui venait à l'esprit mille projets insensés. Parfois il songeait à s'enrôler, parfois à chercher l'oubli dans le gin ou dans l'opium; et, s'il résistait à l'entraînement de l'ivresse, c'est que le souvenir de sa mère se dressait alors devant lui et le préservait du mal. Son temps et sa force étaient un dépôt sacré, dont il devait compte à la pauvre veuve; et, retournant à l'atelier, il se remettait au travail, calme en apparence, mais le désespoir au cœur. M. Carson, au contraire, persistait à ne voir dans la conduite de Marie qu'une fantaisie de coquette, un caprice irritant qui la rendait plus désirable encore; et Sally, presque chaque jour, glissait un billet passionné dans la main de la pauvre Marie, qui, ne pouvant s'en défendre sans attirer l'attention de ses compagnes, avait pris le parti de recevoir toutes ces lettres et d'en faire un paquet sans les lire, pour les rendre toutes à la fois quand l'occasion s'en présenterait. Bien plus encore, elle ne pouvait aller nulle part sans rencontrer M. Carson, qui lui devenait odieux;

plus elle le fuyait, plus il semblait s'attacher à la poursuivre, tandis que Jem ne revenait pas même dire bonjour à son père, ne revenait pas, sous un prétexte quelconque, voir si par hasard elle n'avait point changé d'avis. Comment supporter à la fois cette persécution incessante et ce complet abandon? Il lui devenait impossible de rester calme, de se livrer à un travail assidu sans faire un violent effort sur elle-même, et le chagrin l'accablait dès qu'elle n'avait plus autour d'elle de distraction assez puissante pour l'empêcher de sentir. L'état de son père ne l'inquiétait pas moins : il était si changé, si malade, bien qu'il ne l'avouât pas! Marie travaillait le soir et prolongeait ses veilles assez avant dans la nuit pour que le lendemain il pût avoir à manger; mais forcée de partir de bonne heure et d'aller reporter ou chercher de l'ouvrage avant d'arriver chez miss Simmonds, elle ne pouvait pas faire ses emplettes, et c'était de l'opium que son père allait acheter avec l'argent qu'elle lui laissait.

Quant à elle, pauvre enfant! le jeûne qu'elle endurait chaque jour était bien long depuis le dîner de miss Simmonds, qui avait lieu à une heure, jusqu'au lendemain sans rien prendre, ne se couchant qu'après minuit, et trop jeune encore pour supporter la faim.

Un soir qu'elle s'arrêtait au milieu de sa chanson pour soupirer longuement, elle vit entrer Marguerite, qui depuis longtemps était absente, ayant accompagné le professeur de musique dans une tournée qu'il avait faite; son grand-père en avait profité de son côté pour aller herboriser au loin, de sorte que Marie s'était trouvée complétement seule.

« Oh! que je suis contente de te revoir, dit-elle en embrassant Marguerite de tout son cœur; prends garde; c'est bien, va tout droit; maintenant tu peux t'asseoir, c'est la chaise de mon père. Il me semble que tu rapportes le bonheur; et comme tu as bonne mine! je ne t'ai jamais vue si fraîche.

— Les médecins ordonnent le changement d'air à leurs malades, répondit l'aveugle en riant; comme tu vois, cela réussit à tout le monde.

— Oh! je t'en prie, raconte-moi ton voyage. Où êtes-vous donc allés?

— Ce serait bien long à dire, nous avons parcouru tant de pays ! Nous sommes allés à Bolton, à Bury, à Oldham, à Halifax; et devine qui j'ai rencontré là.

— Mais je ne sais pas; dépêche-toi de me le dire, car je n'aime pas à chercher.

— Eh bien ! figure-toi qu'un soir je me rendais à la salle de concert avec l'enfant de notre hôtesse qui me conduisait, quand j'entends marcher et tousser derrière moi. « Ou je suis bien trom- « pée, ou c'est Jem Wilson, » que je pense en moi-même. On tousse encore, on éternue et me voilà sûre du fait ; je n'osais pas trop rien dire, car enfin ça pouvait être un étranger ; mais tu sais que les aveugles ne doivent pas craindre autant que les autres de se servir de leur langue ; alors je me mets à dire : « Jem « Wilson, est-ce vous ? » et je ne me trompais pas. Savais-tu qu'il se trouvait à Halifax ?

— Non, répliqua Marie d'une voix triste ; car pour son cœur c'étaient les antipodes, un lieu inaccessible aux regards pleins de repentir, au muet langage d'amour.

— Il y est pourtant, continua Marguerite ; ses patrons l'ont envoyé là-bas pour monter une machine. Il fait bien ses affaires, car à présent il a cinq ou six hommes sous ses ordres ; et puis je ne sais quelle invention il a faite ; mais son patron lui a acheté son idée, s'est fait breveter pour ça ; et Jem est un gentleman pour le reste de ses jours, avec l'argent que son maître lui a donné. Mais tu le savais, Marie ?

— Non, répondit-elle à demi-voix.

— C'est étonnant ; je croyais que tout ça lui était arrivé avant qu'il eût quitté Manchester. Cependant tu l'aurais su ; toujours est-il qu'il a reçu deux ou trois cents livres pour cette inven- tion. Mais qu'as-tu donc, Marie ? tu prends tout ce que je dis là si tristement ! je suppose que tu n'as rien eu avec Jem, pour- tant.

— Oh ! Marguerite, s'écria-t-elle en fondant en larmes ; tu ne sais pas qu'un soir il est venu, j'avais toutes sortes d'ennuis et j'étais comme en colère. Mon Dieu ! mon Dieu ! je m'arracherais la langue quand j'y pense. Il me dit qu'il m'aimait et me demanda si je voulais être sa femme ; moi, je ne croyais pas l'aimer, j'ai dit que je ne le voulais pas, et il m'a crue, Marguerite ; il est parti si triste, si fâché..... et maintenant je ferais tout au monde.....» Les sanglots étouffèrent sa voix. « Marguerite, con- tinua-t-elle en essuyant ses yeux et en regardant son amie avec anxiété, dis-moi ce que je puis faire pour qu'il revienne. Faut-il que je lui écrive ?

— Non, répondit l'aveugle ; les hommes ont de si drôles d'i- dées ! ils veulent bien nous courtiser, ça les amuse ; mais ils gar- dent ce plaisir-là pour eux et ne supportent pas que les femmes s'en mêlent.

— Ce n'est pas un billet **doux que je veux** lui envoyer, dit **Marie presque indignée.**

— Je le sais bien; mais tout ce que tu diras, c'est pour lui faire comprendre que tu serais heureuse de te marier avec lui, et je crois qu'il vaut mieux le laisser faire; il saura bien le deviner.

— Et s'il ne l'essaye pas? dit Marie en soupirant; d'ailleurs comment le devinera-t-il, puisqu'il est à Halifax?

— Sois donc tranquille; le désir trouve toujours le moyen; et tune voudrais pas de lui s'il ne le désirait pas. « Puis, d'un accent plus doux, elle ajouta : « Prends patience, tout cela finira bien, mieux que si tu cherchais à l'arranger.

— Il est si difficile d'avoir de la patience! murmura la pauvre Marie.

— Oh! oui, reprit l'aveugle; c'est l'une des choses les plus pénibles de ce monde; attendre est bien plus dur que d'agir; et je m'en suis aperçue quand j'ai perdu les yeux. Chacun l'a éprouvé en soignant un malade; mais, vois-tu, c'est une leçon que Dieu nous envoie et qu'il nous faut apprendre. Es-tu allée voir sa mère? demanda-t-elle après quelques instants de silence.

— Non; la dernière fois que je l'ai vue, je l'ai trouvée de si mauvaise humeur contre moi, qu'en n'y retournant pas j'ai cru lui faire plaisir.

— A ta place j'irais pourtant; Jem en entendrait parler, ça vaudrait mieux qu'une lettre; et puis tu serais peut-être bien embarrassée de lui écrire, de faire qu'il te comprenne sans en dire plus qu'il ne faut. Mais grand-père vient de rentrer; je ne l'ai pas encore vu et ne veux pas le faire attendre. »

Elle se leva pour partir et s'arrêta près de la porte.

« Marie, j'ai quelque chose à te dire, reprit-elle; mais je ne sais pas comment m'y prendre. Grand-père et moi, nous connaissons la misère et nous savons que ton père est sans ouvrage. J'ai maintenant plus d'argent que je ne peux en dépenser, je voudrais bien.... je t'en prie, Marie, ne refuse pas cette pièce d'or, tu me la rendras quand le travail ira bien. » Et ses yeux s'emplirent de larmes.

« Merci, Marguerite; nous ne sommes pas si gênés que tu crois; mais cependant, ajouta-t-elle en se rappelant tout à coup la pâleur de son père et le seul repas qu'il faisait par jour, si cela ne te prive pas trop, je le prendrai tout de même, et je travaillerai un peu plus pour te le rendre; ça ne fâchera pas ton grand-père?

— C'est lui qui, plus que moi, y a pensé. D'ailleurs nous en avons bien d'autres, et je ne veux pas que tu te tourmentes, tu me le rendras quand tu pourras. Il est triste d'être aveugle;

mais l'argent vient si vite à présent et j'ai tant de plaisir à gagner, puisque c'est en chantant!

— Je voudrais bien pouvoir chanter aussi, dit Marie en regardant la pièce d'or qu'elle tenait dans sa main.

— Chacun a ses dons, répliqua Marguerite ; lorsque j'avais mes yeux, c'est ta beauté que j'enviais. Nous sommes comme les enfants, nous désirons toujours ce que nous voyons chez les autres. Mais, pour en revenir à toi, si tu manquais d'argent, ce serait bien mal de ne pas me le dire, je ne te le pardonnerais pas. »

Et, malgré la nuit dont ses yeux étaient voilés, elle s'en alla bien vite, autant pour échapper à la gratitude de son amie que pour aller rejoindre son grand-père.

Cette visite avait fait un grand bien à Marie; elle lui avait rendu un peu de courage et d'espoir, et l'affectueuse sympathie de Marguerite avait été bien douce à la pauvre délaissée; enfin, si peu de chose que soit l'argent à côté de la tendresse, il n'était pas jusqu'au souverain d'or qui ne lui apportât quelque consolation : tant de choses pouvaient être acquises avec une pareille somme! d'abord un bon souper pour son père; et, craignant qu'on ne fermât les boutiques, elle se hâta de courir chercher tout ce qu'il fallait pour le régal qu'elle voulait lui offrir.

Une chandelle, un bon feu éclairèrent bientôt la pauvre chambre, et le père et la fille purent enfin s'asseoir et faire ensemble un repas qui leur parut extravagant dans son luxe: il y avait si longtemps qu'ils ne s'étaient rassasiés!

« Le manger donne du cœur, » disent les gens du Lancashire; et, le lendemain de ce bon repas, Marie trouva le courage d'aller voir Jeanne Wilson, ainsi que Marguerite le lui avait conseillé.

La veuve était seule et fit à la jeune fille un accueil plus gracieux que lors de sa dernière visite. Alice venait de sortir.

« Elle est allée à la poste, dit Jeanne, bien sûr pour rien encore ; pour demander s'il n'y aurait pas une lettre de Will, son neveu ou plutôt son enfant, celui qu'elle a élevé et qui est dans la marine.

— Qui lui fait penser qu'elle peut avoir une lettre?

— C'est un voisin qui arrive de Liverpool et qui a raconté que le navire de Will était dans le port; depuis ce temps-là ma pauvre Alice est toujours la main derrière l'oreille pour entendre le moindre bruit qui passe, croyant toujours que c'est Will qui arrive. Enfin elle s'est mise dans la tête qu'il avait dû écrire, et rien au monde n'a pu l'empêcher d'y aller voir. Cela m'inquiète, et je ne voulais pas la laisser partir; car ce n'est rien d'être sourde, la voilà presque aveugle; à peine si maintenant elle y voit à se conduire, pauvre chère âme!

— Je ne me doutais pas de ça; quand elle était notre voisine, elle avait de si bons yeux.

— C'est tout dernièrement que ça lui est venu. Mais tu ne parles pas de Jem? dit la mère impatiente de raconter tout ce qui lui tenait au cœur.

— Comment va-t-il? demanda Marie, dont les joues s'empourprèrent.

— Je ne sais pas au juste; il disait qu'il allait bien dans sa lettre de mardi; car il est parti pour Halifax il y a déjà longtemps. Mais sais-tu le bonheur qui lui est arrivé? »

Au grand désappointement de la veuve, qui espérait le lui apprendre, Marie avoua qu'elle avait entendu parler de l'invention de Jem et de la somme qu'il avait reçue.

« Mais on ne t'a pas dit ce qu'il a fait de son argent? reprit vivement la mère. Comme c'est bien de lui de n'en avoir pas parlé! Eh bien donc! aussitôt qu'il eût touché la somme, il s'en va trouver son maître et lui demande de l'aider pour acheter avec ça une rente viagère en mon nom et en celui d'Alice, pauvre créature! j'ai bien peur qu'elle n'en jouisse pas longtemps. Ainsi, Marie, nous voilà deux bourgeoises avec des rentes, s'il vous plaît, pour le reste de nos jours; vingt livres [1] par an, à ce qu'ils m'ont dit. Si les enfants vivaient, quel bonheur! ajouta-t-elle en essuyant une larme; ils auraient pu manger tout leur content et aller à l'école. Ils sont encore plus heureux dans le ciel où ils se trouvent; mais enfin j'aimerais tant les avoir! »

Marie, trop émue pour répondre, ne put que saisir la main de Jeanne et la presser dans les siennes; et, craignant de ne pouvoir dissimuler son trouble si la conversation ne changeait pas, elle adressa quelques questions à la veuve sur le neveu qu'Alice attendait et sur la vie qu'il avait menée. La veuve fut bien un peu froissée du peu d'attention que Marie semblait donner à Jem et du peu d'importance qu'elle attachait à ses actes; mais le bonheur la rendait indulgente, et répondant à ce que lui demandait la jeune fille :

« Il vient d'Afrique, dit-elle, ou de quelque endroit approchant; c'est un bon garçon, mais qui n'atteint pas Jem à la cheville. Il a envoyé dans le temps quelque chose comme cinq livres à sa tante; j'avoue que c'est déjà bien de sa part; mais qu'est-ce auprès d'une rente?

1. Cinq cents francs.

— Tout le monde ne peut pas gagner trois cents livres d'un coup, balbutia Marie.

— Assurément non ; il y en a peu comme Jem en fait de cœur et d'idée ; mais j'entends le pas de ma sœur, » dit-elle en se dirigeant vers la porte pour ouvrir à la vieille fille.

Alice, couverte de poussière, avait l'air triste et fatiguée.

« Pas de lettre ? demanda la veuve.

— Non, répondit Alice ; peut-être que demain j'en aurai une, mais l'attente est bien dure ; si encore on m'avait dit qu'il était en bonne santé ! si seulement j'étais sûre qu'il ne s'est pas noyé j'attendrais patiemment... Et elle se mit à pleurer.

— Je croyais, lui dit Marie, que vous aviez trop de courage pour manquer de résignation ; et je m'en voudrai moins à présent de ne pas savoir attendre, puisque vous, si bonne et si parfaite, vous le trouvez difficile.

— Je te demande bien pardon, ma fille, ainsi qu'à Dieu, d'affaiblir ta foi en te montrant ma faiblesse, reprit la pauvre vieille ; la moitié de de la vie se passe dans l'attente, et j'ai tort de me plaindre après toutes les bontés que je tiens du ciel. Une autre fois je briderai ma langue... Et ses larmes redoublèrent.

— Allons, ne vous désolez donc pas ; je mets la bouilloire au feu et, Marie qui prendra le thé avec nous va nous faire des tartines. »

Comme les trois femmes s'asseyaient autour de la table, un coup violent fut frappé à la porte ; en même temps un homme entra sans attendre de réponse, et demanda si ce n'était pas là que demeurait George Wilson.

La veuve se retourna, et elle s'apprêtait à raconter la mort de son mari, quand la pauvre Alice, devinant par le cœur la présence de celui que ses yeux voyaient à peine, s'écria en se jetant au cou de Will :

« Mon enfant ! mon cher enfant ! »

Vous pouvez mieux comprendre que je ne saurais le décrire le touchant accueil qui fut fait au marin.

Mistress Wilson parlait, riait et pleurait tout à la fois ; Marie ouvrait de grands yeux pour reconnaître un ancien ami dans ce brave matelot à la figure bronzée, à la physionomie ouverte, à la voix haute, pendant qu'Alice, dont les pleurs coulaient doucement en silence, mettait ses lunettes pour mieux voir les traits chéris de son enfant adoptif, et que celui-ci inclinait la tête sous la main tremblante de la vieille fille, afin qu'elle pût se convaincre, en lui touchant les cheveux et le visage, qu'elle ne se trompait pas et qu'il était bien là.

CHAPITRE XIII.

Quatre ou cinq jours après les événements que nous avons rapportés dans le chapitre précédent, Marie était assise un soir près de la fenêtre et rêvait tristement, lorsque Will entra chez elle.

« Vite, Marie, dit-il, votre chapeau, votre châle, n'importe quel gréement les femmes mettent pour sortir; mais alerte ! je suis envoyé pour vous prendre et je suis toujours pressé quand je remplis une mission.

— Et où m'emmenez-vous donc ? lui demanda Marie qui tressaillit; car peut-être allait-elle revoir Jem.

— Ici près, dit le marin, chez Job Legh; ma tante m'a conduit chez ces nouveaux amis, que je n'avais jamais vus, pour les prendre et venir vous voir avec eux; mais le bonhomme a voulu profiter de l'occasion pour régaler son monde, et je viens de sa part vous chercher ainsi que votre père. Est-il ici?

— Il est sorti, répondit-elle, et je ne sais pas s'il rentrera de bonne heure; nous pouvons toujours dire à la voisine qu'il nous trouvera chez Job. Il n'y a personne autre que vous et Alice ? ajouta-elle en hésitant.

— Personne ; ma tante Jeanne a refusé de venir, j'ignore par quelle lubie; quant à Jem, je ne sais pas ce que vous lui avez fait tous, mais je ne n'ai jamais vu si triste personnage; il faut qu'il ait un chagrin, pauvre garçon! Toutefois il ferait bien mieux de secouer sa peine que de rester là et de bouder comme une fille.

— Il est donc revenu d'Halifax? demanda Marie.

— Son corps, oui, mais pas son cœur; pour sa langue, c'est à lui dire comme aux enfants qu'il l'a perdue pour sûr. Hier il m'a emmené à son atelier, et je vous jure qu'on nous aurait pris pour deux quakers, tant nous sommes restés muets tout le long du chemin. Arrivés là, c'est à devenir fou tant il y a de bruit au fond de ce grand trou noir, où pourtant il y a deux ou trois choses assez intéressantes : par exemple leur soufflet, une manière de tempête; j'aimerais assez à vivre à côté, si j'y avais un hamac; et le métier de souffleur me conviendrait, en supposant qu'il y ait un homme pour ça. Eh bien! Jem est resté plus grave qu'un juge, sans rire une miette de voir le vent de ce soufflet

emporter mon chapeau que je tenais à la main. Il a perdu l'appétit, ma tante s'en désole; mais vous n'êtes donc pas prête,
Marie? »

Elle n'avait pas bien compris, au milieu de toutes ces paroles,
si Jem ne l'attendait pas chez ses voisins; mais en ouvrant la
porte elle sentit qu'il y manquait, et son cœur se serra. Il fallut,
pour lui faire oublier cette déception ou du moins pour l'en
distraire, l'accueil empressé des amis qui l'attendaient, et dont
la joie et la sérénité endormirent sa tristesse.

Marguerite tricotait comme elle eût fait autrefois; Alice souriait doucement et bénissait Dieu au fond de son âme de lui avoir
ramené Will; Job s'efforçait de remplir dignement son double
rôle de maître et de maîtresse de maison, qu'il avait cru devoir
prendre depuis la cécité de sa petite fille; et, tout en allant et
venant, il causait avec le neveu d'Alice et lui demandait quelques détails sur l'histoire naturelle des pays qu'il avait visités.

« Pour les mouches, les escarbots, les papillons, lui répondait
le marin, je ne connais pas d'endroit comme Sierra-Leone. J'aurais voulu vous y voir avec nous, puisque vous les aimez tant;
on en buvait, on en mangeait, on en trouvait partout, et je
n'aurais jamais cru qu'on pût se soucier de pareille vermine,
sans quoi j'aurais pu vous en apporter des milliers.

— Je donnerais beaucoup pour avoir quelques-uns de ces insectes, dit Job.

— Je savais bien que certaines gens ont du goût pour les cu-
riosités; mais je ne croyais pas qu'on pût tenir à des choses si
communes; par exemple, j'ai cherché des sirènes, parce que c'est
une chose rare.

— Et vous auriez cherché longtemps avant d'en trouver une,
répliqua le vieux fileur d'un ton légèrement ironique.

— Pas si longtemps que vous pensez, mon maître, reprit le
marin un peu piqué : c'est suivant les latitudes; il faut que la
mer soit chaude pour trouver ce poisson-là; par ici, dans nos
climats, est-ce que les femmes s'en vont à moitié nues? Pourtant j'ai vu certains pays où la mousseline était encore de trop;
et, quoique je ne les aie pas vues de mes yeux, ça n'empêche
pas qu'il existe des sirènes dans l'Océan de par là.

— Oh! je vous en prie, Will, racontez-nous leur histoire, demanda Marie vivement intéressée.

— Psh ! » fit le vieux naturaliste.

Et Will, doublement excité par la curiosité de Marie et l'incrédulité de Job, commença le récit que désirait la jeune fille. Il le
tenait de Jack Harris, contre-maître de son navire, qui, lors

...un calme dans l'océan Pacifique, avait trouvé plusieurs sirènes dans l'île de Chatham :

« L'une d'elles, continua-t-il, était assise sur la rive et se chauffait au soleil ; vous savez que la mer est plus chaude quand elle est agitée, de sorte que la sirène avait peut-être froid par ce calme, et c'était pour ça qu'elle était sortie de l'eau.

— Mais quelle forme avait-elle ? » demanda Marie qui retenait son haleine pour ne rien perdre de l'histoire merveilleuse.

Job prit sa pipe et fuma bruyamment pour témoigner du mépris qu'il faisait d'un tel conte.

« Jack nous disait, reprit le marin, qu'elle était aussi belle que ces femmes en cire qu'on voit à la fenêtre des coiffeurs ; seulement, au lieu de cheveux, c'était de l'herbe qu'elle avait sur la tête.

— Ce ne devait pas être joli, interrompit Marie, toutefois en hésitant.

— Au contraire, il ne faut que s'y habituer ; rien ne fait plaisir à voir comme la verdure quand on arrive à terre ; d'ailleurs, beaux ou non, la sirène avait des cheveux verts et n'en paraissait pas fâchée, car elle les peignait avec amour quand Jack Harris eut la chance de la voir. Il était dans le canot avec des camarades, et les voilà qui pensèrent que ce serait une bonne prise, valant son pesant d'or, et puis que ça servirait à prouver qu'il existe des sirènes, comme il y a certaines gens qui ne veulent pas même y croire. »

Job comprit l'allusion et cracha plusieurs fois de suite avec affectation.

« Je vous disais donc qu'ils pensaient à la prendre et qu'ils s'en approchèrent croyant bien la saisir ; mais quand ils ne se trouvèrent plus qu'à deux longueurs de rame, la coquette, qui jusqu'à présent leur avait fait des mines et des signes, pique une tête dans la mer, ne laissant plus voir que le bout de sa queue de poisson, qui disparut quelques instants après.

— Je suis bien fâchée qu'ils n'aient pas pu la prendre, dit Marie devenue rêveuse.

— Ils ne l'ont pas eue, c'est vrai, continua Will ; mais dans sa fuite elle laissa tomber son peigne, que j'ai vu bien souvent, par exemple ; Jack Harris s'en servait tous les dimanches matin.

— En vérité ! » dit Job.

Will se mordit les lèvres pour s'empêcher de répondre trop vivement à un vieillard qui en même temps était son hôte ; et Marie, voyant combien il paraissait blessé de l'incrédulité de Job, s'empressa de lui demander une autre histoire en insistant ur l'intérêt qu'elle avait pris à celle de la sirène.

« A quoi bon? puisque les gens ne veulent pas vous croire et font des chst et des pshst, comme si j'étais un enfant à ne pas savoir ce que je dis! Mais pourtant, puisque ça vous amuse et que vous n'êtes pas trop savante pour écouter les choses que l'on raconte, je vas vous parler encore des merveilles de la mer; me croirez-vous quand je vous dirai que j'ai vu des poissons qui volaient? mais vu, ce qui s'appelle vu. »

Job ôta sa pipe de ses lèvres, et faisant un signe de tête approbatif : »

« Ah! ah! dit-il, maintenant, jeune homme, voilà qui est parler vrai.

— En vérité, reprit Will, vous me croyez quand je vous dis qu'il existe des créatures moitié poisson, moitié oiseau, et vous vous moquez de moi quand je vous parle des sirènes, qui sont moitié femme, moitié poisson; pour moi, c'est tout aussi croyable, aussi étrange l'un que l'autre.

— Vous n'aviez pas vu la sirène, dit Marguerite, essayant d'intervenir entre le jeune homme et son grand-père.

— C'est l'exocetus, l'un des malacopterygii abdominales, reprit Job, profondément intéressé.

— Tiens, s'écria Will devenu railleur à son tour; vous êtes de ces gens qui ne reconnaissent les bêtes qu'en habit du dimanche, et quand on ne les appelle pas par leur nom; j'ai connu de vos pareils, et si j'avais su que vous étiez de la séquelle, j'aurais baptisé ma sirène d'un mot de votre façon; peut-être qu'alors vous auriez connu la Sirenicus Jackharrisensis de l'oceanus Pacificus?

— Je vous en prie, revenons à....

— Très-bien, dit Will, enchanté d'avoir enfin excité l'intérêt du vieillard; c'était environ à une journée de Madère; l'un de nos hommes m'appelle pour me montrer un ex...... un ma...... c'est-à-dire un poisson volant, comme nous autres nous nommons ces bêtes-là. Il était à dix brasses hors de l'eau et peut-être bien à cent brasses du navire; mais j'en ai un qui est séché; si ça vous fait plaisir, je serai content de vous le donner · j'aurais voulu seulement vous faire croire à la sirenicus. »

Job saisit les deux mains du jeune homme; et je crois vraiment que, s'il eût fallu reconnaître l'existence des sirènes pour obtenir l'exocetus, il n'eût pas pas hésité, malgré toute sa franchise, tant il était ravi de posséder un tel échantillon; il n'avait plus qu'un désir, celui de prouver sa gratitude au généreux

...rin. Il pensait bien à lui offrir l'une des arachnides dont il avait le duplicata, la mygale par exemple; mais il craignait que ce jeune homme, peu versé dans la science, n'appréciât pas ce trésor à sa juste valeur.... et pourtant le donateur d'un véritable exocetus, que faire pour le remercier dignement? S'il priait sa petite-fille de chanter? Il n'était pas le seul qui prît plaisir à l'entendre; peut-être bien que Will serait heureux de l'écouter; et, sur la demande de son grand-père, Marguerite versa toute sa voix dans l'une de ces vieilles mélodies qu'elle avait apprises dernièrement avec le professeur.

Will, surpris autant que charmé, la bouche ouverte, les yeux fixes, n'osait pas même respirer, dans la crainte de perdre la plus légère de ces notes harmonieuses qui flottaient dans la chambre; et Marie, qui s'amusait de l'extase où il était plongé, comprit en le voyant, qu'aveugle et sans beauté, Marguerite n'avait pas moins le pouvoir d'attendrir ce beau jeune homme, au caractère vif et ardent.

Quand elle eut fini de chanter, Will laissa échapper un long soupir d'admiration, et, dans son enthousiasme, s'approchant du vieux fileur :

« Un chat-mank ne vous ferait pas envie? lui demanda-t-il.

— Un quoi? s'écria Job.

— Dame! je ne sais pas son nom de savant, répondit Will humblement. C'est une drôle de bête qui n'a pas de queue, et tout aussi étrange qu'un poisson volant ou qu'une sirène; et, comme je dois aller passer quelques jours à l'île de Man pour voir un oncle que j'ai là-bas, je pourrais vous rapporter un de ces chats sans queue, si vous désirez en avoir un. »

Job ne demandait pas mieux que de voir ce phénomène, et, pendant qu'ils continuaient leur conversation où régnait maintenant de part et d'autre la plus grande bienveillance, Marie s'était rapprochée d'Alice pour échanger quelques mots avec elle; mais la difficulté de se faire entendre, surtout depuis que la pauvre vieille, après être devenue sourde, perdait encore la vue, attristait Marie, qui regardait avec chagrin ces yeux naguère si expressifs, aujourd'hui voilés d'un nuage. Alice comprit ce regard et, lisant dans la pensée de la jeune fille, lui dit avec sa douceur habituelle :

« Ne me plains pas, Marie; je suis heureuse. Quand j'étais bonne d'enfants, autrefois, dans ma jeunesse, et qu'on était au soir, madame me disait de parler bas et de tout fermer dans la chambre pour que les chers petits finissent par s'endormir; aujourd'hui que le soir est venu pour moi, tous les bruits s'apaisent à mon oreille et tout s'assombrit à mes yeux ; c'est mon Père céleste qui me berce et m'endort pour mon dernier sommeil. Pourquoi te désolerais-tu ? le repos est doux à qui la journée fut pénible, et je suis contente de sentir qu'il m'appelle. »

La soirée passa rapidement, et Marie se retrouva seule dans sa triste demeure. Son père n'était pas rentré du club, et la tâche qu'elle s'était donnée restait encore à faire ; elle ne regrettait pas l'instant de plaisir qu'elle venait de prendre ; mais elle retrouvait, dans cette chambre froide et sombre, les préoccupations qui l'assiégeaient sans cesse : l'inquiétude du lendemain, l'ennui de se revoir avec Sally, dont les odieux chuchotements sifflaient à son oreille ; l'effroi que lui inspirait M. Carson, devenu chaque jour plus audacieux et qui ne craignait pas de l'arrêter en pleine rue, malgré sa résistance, de lui parler sans souci des curieux, sans respect pour elle-même ! Et que deviendrait-elle, si les observations auxquelles cette conduite l'exposait venaient un jour aux oreilles de son père, surtout à celles de Jem ? Elle aimerait mieux mourir. Oh ! combien elle se reprochait alors ce vertige qui l'avait éblouie ! Combien elle éprouvait de dégoût en se rappelant cette tiède soirée d'été où, rentrant chez elle accablée de langueur après une longue journée de travail, elle avait pour la première fois écouté la voix du tentateur qui l'obsédait aujourd'hui !

Et Jem ne revenait pas demander si elle persistait dans son refus ; il ne venait pas recevoir l'expression de son repentir et l'aveu de son amour. Le temps passait ; l'attente ne lui servait de rien, et sans cesse le gémissement de la ballade se retrouvait sur ses lèvres :

> Pourquoi ne vient-il pas ?
> Je suis si triste et si lasse
> Que j'en voudrais mourir.

CHAPITRE XIV.

« Un pauvre prisonnier comme moi ! et pourtant vous venez me voir !... » Avez-vous reçu quelquefois cette bénédiction du malheureux détenu que votre présence consolait ? Quant à moi, je connais un vieillard, le contre-maître d'une fonderie, qui passe tous ses dimanches, depuis bien des années, à visiter les pri-

ꞷonniers de Manchester; et non-seulement il relève leur courage et leur donne ses conseils, mais encore il leur procure les
moyens de rentrer et de se maintenir dans la voie de l'honnê-
teté; il se fait leur garant, obtient pour eux de l'ouvrage et n'a-
bandonne jamais ceux qu'il a secourus un jour. Que ses cheveux
blancs soient bénis!...

Il y avait un mois que durait l'emprisonnement d'Esther, et
le terme de sa condamnation était enfin arrivé. Elle reçut du
directeur un certificat témoignant de la bonne conduite qu'elle
avait eue pendant sa réclusion, et fut mise en liberté. Mais,
hélas! quand la lourde porte se referma derrière elle avec un
bruit sinistre, l'infortunée qui se trouvait seule au monde et
n'avait pas d'asile, pas de pain et pas d'argent, sentit qu'on la
chassait de l'unique refuge qui lui restât sur terre.

Toutefois, oubliant son isolement et sa misère, elle n'eut plus
qu'un désir, celui de sauver l'enfant de sa sœur, l'ange qu'elle
avait tant aimé dans ses jours d'innocence, et de préserver
Marie d'un sort pareil au sien. Depuis un mois, c'était la seule
pensée qui eût rempli son âme; et, quand son esprit fatigué
succombait au sommeil, c'était pour retrouver dans ses rêves
cette idée fixe qui devenait du délire. Ce mois avait été bien
long; et, maintenant qu'elle était libre, il lui fallait agir, réparer
le temps perdu; mais à qui s'adresser? Repoussée par Barton,
elle aimait mieux mourir que de révéler à Marie l'infâme position où elle était tombée; elle n'avait plus d'amis, plus personne
qui la connût : à qui donc, pauvre prostituée, irait-elle confier
la mission de veiller sur l'innocence? Qui consentirait à l'aider?
Qui seulement voudrait l'entendre?

Bien souvent, dans ses courses fiévreuses, elle avait suivi de
loin ceux qui l'aimaient autrefois; perdue dans l'ombre, elle épiait
leurs démarches, et son cœur s'élançait vers ces anciens amis,
dont elle cherchait la trace en même temps qu'elle fuyait leur
rencontre. C'est ainsi que, connaissant les habitudes de Barton,
elle avait pu se trouver sur son passage, et qu'aujourd'hui elle
savait où demeurait les Wilson. George était mort, autrement
c'est à lui qu'elle se fût adressée; mais, depuis son enfance,
Jem avait été l'ami, presque le frère de Marie : il était bon, généreux, il saurait l'écouter, et son dévouement protégerait la
jeune fille.

Le soir même elle alla donc se placer dans le voisinage de la
fonderie où elle savait que Jem travaillait et s'y arrêta, bien décidée à l'y attendre. Précisément il était ce soir-là retenu à l'atelier plus tard que d'habitude, par les préparatifs de la besogne

du lendemain. Les ouvriers étaient sortis depuis longtemps; Esther les avait regardés tous, s'était approchée d'eux, et, sourde aux injures, avait cherché sur leurs visage les traits de celui qu'elle attendait. Elle commençait à craindre qu'il ne fût pas à la fonderie ou qu'il ne l'eût quittée avant l'heure, quand, au milieu du silence, retentirent les pas de Jem. La pauvre créature se sentit défaillir; mais, rappelant son courage, elle se dirigea vers le jeune homme et l'arrêtant par le bras :

« Jem Wilson, écoutez-moi, lui dit-elle.

— Arrière! lui répondit-il brusquement en cherchant à se délivrer de son étreinte; je n'ai rien à te dire, rien à entendre de toi.

— Oh! vous m'écouterez pour l'amour de Marie Barton, » reprit-elle avec autorité.

Jem se calma aussitôt sous l'influence du nom qu'elle invoquait et attendit ses paroles.

« Je sais, continua-t-elle, que vous lui êtes dévoué; je ne doute pas..... »

Il l'interrompit.

« Qui donc êtes-vous pour la connaître, et que pouvez-vous savoir de l'intérêt que je lui porte? »

Elle hésita un instant; mais, triomphant de sa honte :

« Vous souvenez-vous d'Esther? répondit-elle d'une voix triste; la belle-sœur de John, la tante de Marie; celle qui vous avait pris pour Valentin, il y a dix ans passés.

— Oh! oui, je me la rappelle; mais ce n'est pas vous; et pourtant.... »

Il lui saisit les mains, qu'il serra dans les siennes.

« Esther! où êtes-vous donc allée depuis si longtemps? on vous croyait perdue.

— Pourquoi me faire cette question? Est-ce que vous ne devinez pas? Oh! mon Dieu! puisqu'il faut tout vous dire, que ma vie serve au moins à donner plus de force à mes paroles, quand tout à l'heure il s'agira de Marie; vous l'empêcherez, n'est-ce pas, d'en venir où je suis tombée? Vous la protégerez contre celui qu'elle aime; ainsi que moi, elle a donné son cœur à un homme trop au-dessus d'elle, qui la perdrait un jour. »

Et, absorbée par ses propres pensées, elle ne vit pas que Jem, dont la pâleur était livide, chancela tout à coup et fut obligé de s'appuyer contre le mur.

« Comme je l'aimais! il était si beau, si doux! continua-t-elle; son régiment fut envoyé à Chester. Vous ai-je dit qu'il était officier? Il ne voulut pas se séparer de moi, et d'ailleurs je n'au-

rais pas pu le quitter. Je l'ai suivi. J'espérais donner de mes nouvelles à ma sœur dès que nous serions mariés, car il promettait de m'épouser, comme ils font tous. Je fus heureuse pendant
trois ans ; j'avais une petite fille, la plus jolie que vous ayez jamais vue ; si vous saviez.... mais non ; il ne faut pas que j'y
pense, dit-elle en serrant son front dans ses mains, car je deviendrais folle.

— Ne continuez pas, dit Jem avec bonté ; parlez-moi d'autre
chose.

— Ah ! je vous fatigue et vous ennuie ; mais c'est égal, je
veux tout dire : puisque j'ai réveillé le passé et que j'ai cette
agonie de m'en souvenir, je veux soulager mon cœur ; oh ! j'é-
tais si heureuse ! » Elle s'arrêta quelques instants ; puis, baissant la voix, elle continua d'un ton plaintif : « Un jour il vint
me dire qu'on l'envoyait en Irlande et que je resterais à Bristol,
où nous étions alors.

— Misérable ! murmura Jem.

— Non ! ne l'insultez pas, ne le blâmez pas ; si vous saviez
comme je l'aimais et combien je l'aime encore ! Il me donna cinquante livres avant de nous séparer. Je vois maintenant que j'ai
bien mal employé cet argent, mais je n'en connaissais pas la
valeur ; je ne savais que dépenser. Je revins à Chester, où nous
avions été si heureux ; j'élevai une boutique de mercerie et je
louai une chambre à côté. Mon petit commerce allait bien quand,
hélas ! mon enfant tomba malade ; je ne pouvais pas m'occuper
d'elle si je restais au magasin ; je quittai donc le comptoir ; les
affaires devinrent de plus en plus mauvaises ; je vendis tout ce
que j'avais pour soigner mon enfant ; j'écrivis à son père pour
lui demander du secours ; il avait changé de garnison, car je
n'ai pas eu de réponse. Le propriétaire saisit le galon et les
bobines qui restaient pour acquitter le loyer de la boutique ; je
n'avais plus de quoi payer celui de ma chambre, on me disait
d'en sortir : c'était l'hiver ; et mon enfant si malade et manquant
de tout ! Je ne pouvais pas la voir souffrir ; j'oubliai qu'il valait
mieux mourir avec elle ; mais ses gémissements qui me ren-
daient folle pouvaient s'apaiser avec un peu d'argent ; elle avait
faim, pauvre ange ! alors je suis sortie, c'était le soir, au mois de
janvier.... Croyez-vous que Dieu m'en punira ? » s'écria-t-elle en
saisissant le bras de Jem avec force.

Mais, avant qu'il eût pu lui répondre, elle reprit d'une voix
que le désespoir rendait calme :

« Peu importe ; j'ai fait depuis lors ce qui a mis entre ma fille
et moi la distance qui sépare le ciel de l'enfer. Oh ! mon enfant !

et les sanglots se mêlèrent à ses paroles ; mon enfant ! je ne la
verrai plus, même après ma mort ; c'est un ange, et moi.... Quel
est donc le texte que ma mère m'apprenait en m'asseyant sur ses
genoux, et qui commence par ces mots : « Heureux celui dont le
« cœur est pur... ?

— Car il verra le Seigneur, continua Jem.

— Oui, c'est cela ; et le cœur de ma mère se briserait si elle
pouvait voir ce que je suis à présent ; j'ai déchiré celui de Marie qui en est morte. Ah ! je me rappelle que c'était pour sa fille
que je voulais vous parler. Vous connaissez Marie Barton, n'est-
ce pas ? dit-elle en cherchant à rassembler ses idées. Eh bien !
il y a quelque chose à faire pour elle, je ne sais plus quoi....
attendez une minute.... Elle ressemble tant à ma petite fille ! »
ajouta la pauvre mère en levant sur Jem des yeux pleins de
larmes qui semblaient implorer sa pitié.

Profondément ému, le jeune homme se contraignit néanmoins
au silence, dans la crainte d'augmenter encore le trouble de la
malheureuse dont il attendait les révélations avec tant d'impatience. Au bout de quelques instants elle reprit la parole, et
continua d'une voix plus calme :

« Dès que je fus revenue à Manchester, car je ne pouvais plus
rester là-bas après sa mort, je vous cherchai tous et vous retrouvai bien vite ; cependant je ne savais pas que ma pauvre
sœur était morte ; peut-être ne voulais-je pas y croire. Bien
souvent, à la nuit close, je rôdais autour de la maison, et,
quand le policeman s'était éloigné, je regardais par la fente du
contrevent pour revoir l'ancienne chambre ; l'enfant y était
presque toujours, quelquefois avec son père, et je n'osais pas
demander pourquoi sa mère ne s'y trouvait jamais. Parfois j'en-
tendais causer les voisins ; j'écoutais sans rien dire, et je compris un soir que Marie apprenait l'état de couturière ; je me mis
à trembler, car c'est une mauvaise chose pour une jolie fille que
de se trouver la nuit dans les rues, après toute une journée de
travail, quand, fatiguée d'ennui et de lassitude, on ne demande
pas mieux que de se distraire et de prêter l'oreille aux promesses ; alors je me mis dans la tête, perdue comme je le suis, de
veiller sur Marie et de la sauver du mal. Je l'attendais donc à
la sortie de l'atelier, je la suivais jusque chez elle, de loin, sans
qu'elle pût s'en douter ; c'est ainsi que j'ai tout vu. Il y a, j'en
suis sûre, une mauvaise fille, une de ses compagnes, au fond de
toute cette affaire ; je l'ai surprise qui causait avec lui, c'est un
complot ; toujours est-il que bien souvent un jeune homme, un
gentleman, se trouvait sur sa route et venait à sa rencontre ;

Marie l'écoutait et recevait ses attentions avec plaisir; ma frayeur redoubla, mais je fus retenue longtemps à l'hôpital à cause d'un crachement de sang qui ne voulait pas guérir; et je crois bien que l'inquiétude où j'étais pour Marie m'empêchait d'aller mieux. Quand je pus sortir enfin, je retrouvai les choses comme elles étaient auparavant, si ce n'est que la pauvre enfant, plus éprise du gentleman, s'attardait davantage et se promenait avec lui. Vous voyez bien qu'il fallait la sauver; mais son père n'a pas voulu m'entendre, et c'est vous que j'ai cherché! vous qui êtes pour elle un frère et qui lui parlerez. D'ailleurs, John vous écoutera bien, vous; seulement il est si dur! »

Et la malheureuse fondit en larmes en pensant à la manière dont Barton l'avait traitée.

« Mais ce damoiseau qui aime Marie? s'écria Jem; son nom, dites-le moi donc! le savez-vous seulement?

— Henri Carson, le fils de celui qui était le patron de votre père. Oh! Jem, c'est à vous que je la confie, sauvez-la. Ce serait un crime de la tuer, je suppose, et pourtant mieux vaudrait qu'elle mourût que de traîner plus tard l'horrible vie que je mène. Vous m'entendez, n'est-ce pas?

— Oui, et vous avez raison; il vaudrait mieux qu'elle fût morte, que nous fussions tous morts. » Et changeant de ton subitement, Jem continua d'une voix ferme : « Soyez tranquille, Esther, je ferai tout au monde pour protéger Marie; mais laissez-moi vous parler à mon tour. Puisque vous avez un si profond dégoût pour le métier que vous faites, quittez-le; venez avec moi chez ma mère, vous y trouverez ma tante Alice; je veillerai à ce qu'on vous y reçoive bien; demain je chercherai pour vous quelque travail honnête; en attendant, vous vivrez avec nous. »

Et voyant qu'elle ne répondait pas, il crut l'avoir décidée; mais au bout de quelques instants :

« Soyez béni, dit-elle, pour les paroles que vous venez de prononcer. Il y a trois ou quatre ans vous auriez pu me sauver, comme vous sauverez Marie; à présent il est trop tard.... bien trop tard, ajouta-t-elle avec l'accent d'un profond désespoir.

— Venez toujours, reprit Jem, qui cherchait à l'entraîner.

— C'est impossible; je ne peux plus vivre honnêtement, repliqua la malheureuse d'une voix sourde, et je vous couvrirais de ma honte. Ah! vous ne savez pas tout; mais il faut que j'aie à boire. Nous ne vivons, nous autres, qu'en nous enivrant. C'est ce qui nous empêche de nous tuer; on ne pense plus alors, et l'on ne se souvient pas. Je peux bien rester sans asile et sans pain, mais il me faut du gin. Si l'on savait les affreuses nuits que

j'ai passées en prison parce que je n'en avais pas ! » Et l'infortunée tressaillit en regardant autour d'elle, comme si elle entre-
voyait dans l'ombre quelque vision dont elle eût peur. « Il
est si effrayant de les voir, murmura-t-elle à voix basse ; ils
viennent tous, ils m'entourent ; ma mère conduit Annie, pauvre
petite ! je ne sais pas comment elles ont fait pour se trouver
ensemble ; Marie vient après ; elles me regardent avec leurs
grands yeux fixes, et d'un air si triste ! Oh ! Jem, c'est terrible ;
elles passent derrière moi sans jamais se retourner, et je les
sens toujours qui me regardent. Je ferme les yeux, je me cache
la tête, mais je les vois encore ; et, chose bien plus affreuse,
c'est qu'elles me voient aussi !.... Ne me parlez donc pas d'un
changement d'existence, puisqu'il faut que je sois ivre. Je ne
peux pas rester la nuit sans boire, je n'ose pas. »

Jem se taisait sous l'impression d'une sympathie profonde, et
se demandait ce qu'il pourrait faire pour la malheureuse qui lui
parlait ainsi.

« Ma misère vous attriste, continua-t-elle ; votre silence me le
dit mieux que ne le feraient vos paroles ; mais on ne peut
rien pour moi ! tout espoir est perdu. C'est Marie qu'il faut sauver ; elle est innocente ; toute sa faute est d'aimer quelqu'un
bien au-dessus d'elle. Oh ! Jem, vous la sauverez, n'est-ce pas ? »

Il le promit de toute son âme ; elle le crut, le remercia en le
bénissant, et parut vouloir le quitter.

« Attendez un instant, dit-il, comme elle allait partir ; il faut
au moins que je sache où vous demeurez. »

Elle laissa tomber un étrange éclat de rire :

« Est-ce que vous croyez, dit-elle, que nous autres nous lo-
geons quelque part ? c'est bon pour les gens honnêtes d'avoir un
chez eux ; les créatures comme moi n'ont pas d'asile ; quand
vous voudrez me parler, cherchez-moi le soir au coin des rues
qui avoisinent celle-ci ; plus la nuit sera mauvaise, plus il fera
de vent ou d'orage, plus vous serez sûr de me rencontrer : car
alors, ajouta-t-elle d'une voix plaintive, la pierre est si froide,
le pavé si humide, pour dormir dans les allées ou sur les marches des portes !.... et j'ai plus besoin que jamais d'avoir du
gin. »

Elle s'échappa rapidement ; Jem de son côté reprit le chemin
qui conduisait chez lui : mais, au moment de s'éloigner, il regretta
le peu d'insistance qu'il avait mis à la convaincre. Qu'avait-il
fait ? qu'avait-il essayé ? peut-être qu'un mot de plus l'aurait fait
consentir ; et qu'importait d'ailleurs la peine qu'il aurait prise, si
enfin il avait pu l'emmener ? Il revint sur ses pas, mais elle était

partie; et, bien souvent plus tard, il se reprocha sa faiblesse en pensant au supplice dont la malheureuse subissait les tortures.

Quant à présent, il n'avait qu'une pensée : Marie en aimait un autre ! Que de douleurs dans ce peu de mots ! lui qui avait cru souffrir quand elle avait rejeté son amour ! c'était maintenant que le désespoir s'emparait vraiment de son âme. La veille, le matin même, il songeait à tenter une démarche nouvelle, sinon directement, du moins en allant voir si quelque chose dans son sourire ou dans son regard ne lui dirait pas qu'un jour il pourrait espérer. Comme il avait bien fait de retarder cette épreuve ! car enfin son sourire, son regard, toute sa grâce, étaient la joie d'un autre; ce qu'il trouvait étrange, c'est qu'il pût vivre encore, et que de longs jours lui fussent peut-être réservés, quand il devait les passer, non-seulement loin de Marie, mais de plus en sachant qu'elle aimait ce gentleman. L'enfer était dans cette pensée; toutefois, arrivé à la porte de sa demeure, il lui fallait se contenir et garder pour l'instant où il se retrouverait seul l'amère jouissance qu'éprouve le malheureux à élargir sa plaie pour en sonder la profondeur.

Il entra; on l'attendait: ces visages bien connus, cet intérieur où tout restait dans l'ordre accoutumé, lui déplurent. Sa mère était mécontente du retard qu'il avait mis à revenir, et grondait parce que le souper qu'elle lui avait préparé était presque brûlé. Alice, toujours calme, assise auprès du feu, conservait la sérénité de son visage, et Will, poussé par son bon cœur, s'efforçait de se montrer d'autant plus gai que Jem était plus triste et sa tante plus maussade. L'heure de se coucher vint enfin; chacun se dirigea vers sa chambre, et Jem courut s'enfermer dans l'étroit cabinet où il avait son lit. Quand il en eut barricadé la porte, comme pour être bien sûr qu'on ne viendrait pas le déranger, il s'assit et rappela ses souvenirs.

« Ainsi donc c'est un autre qu'elle aime ! » Affreuse idée qui lui revenait sans cesse et qu'il fallait combattre sous toutes les formes que la douleur sait prendre. Il ne trouvait pas étonnant qu'elle lui eût préféré un dandy aux mains blanches, entouré de tous les prestiges de la fortune; mais lui, cet homme qui n'avait qu'à choisir parmi les femmes les plus riches et les plus belles de la contrée, pourquoi venait-il arracher à un pauvre garçon la seule qu'il pût aimer? pourquoi ce gentleman, qui vivait au milieu des fleurs les plus brillantes, songeait-il à cueillir l'églantine, seul trésor que Jem eût ici-bas?

Le seul trésor qu'il eût?... folie et dérision ! N'était-ce pas à cet autre qu'elle appartenait désormais? et, dans sa frénésie, il avait soif de sang. La vue de Marie, pâle et glacée dans la tombe, lui était moins odieuse qu'entre les bras d'un rival. Et Jem vit flotter devant ses yeux brûlés de larmes la vision sanglante qu'évoquait sa fureur. Elle passait enveloppée de ses longs cheveux tachés de sang; elle tournait vers lui son doux visage. Oh! quel reproche dans le regard triste et voilé qu'elle arrêtait sur l'assassin! Qu'avait-elle fait pour mériter la mort? Un homme jeune et beau, élégant et riche, lui avait parlé d'amour; elle lui donnait son cœur : c'étaient là tous ses torts. Non, ce n'était pas Marie qui devait mourir, mais ce gentleman qui s'abaissait jusqu'à elle, oubliant son rang et la distance qui existait entre eux; ce maudit qui s'était fait aimer, car elle l'aimait enfin!... Elle l'aimait.... quelle douleur n'aurait-elle pas alors? Eh bien! tant mieux; il jouirait de ses angoisses et se consolerait en la voyant souffrir. Insensé! la faire souffrir, lui qui eût donné sa vie entière pour qu'elle fût heureuse un jour! d'ailleurs ne serait-ce pas lui qui souffrirait du désespoir de Marie, qui en souffrirait plus qu'elle-même, plus cent fois que de sa propre agonie? Et pourtant, comment vivre en face de leur amour? Oh! non, il se tuerait; ce serait justice; il les laisserait à leur bonheur, au soleil qui brille, et s'en irait dans la nuit chercher le repos que Dieu promet à ceux qui pleurent.

Mais alors qui veillerait sur elle? qui l'empêcherait de devenir un jour comme cette malheureuse à qui, du fond de l'âme, il avait promis de la sauver? Serait-il assez lâche pour se réfugier dans la mort au mépris de tous ses devoirs? Pourquoi les fuir? N'était-ce pas encore du bonheur que de protéger Marie, d'être son bon ange et de s'oublier pour elle jusqu'à servir sa fortune? car Esther, alarmée par sa triste expérience, pouvait se tromper sur les intentions de M. Carson ; il était possible qu'il songeât à épouser Marie, qu'il s'estimât trop heureux d'être accepté par elle. Qu'importe la naissance? Elle était noble dame par droit de beauté, par droit de nature. M. Carson était riche, il est vrai mais Jem ne trouvait pas de plus beau privilége à la fortune que de pouvoir être mise aux pieds de celle que l'on aime. Quelle raison avait-il donc de révoquer en doute les vues honorables de ce gentleman envers Marie? Mme Carson elle-même n'était autrefois qu'une ouvrière, rien ne s'opposait à ce que le fils imitât le choix du père. Et si Barton, dont il connaissait les préjugés, refusait de consentir à cette union brillante, lui, Jem, qu'il écoutait volontiers, userait de son influence sur l'esprit du fier tisseur et l'amènerait à oublier ses répugnances, pour qu'enfin Marie pût être heureuse.

Mais, d'abord, ce qu'il avait à faire, c'était de s'assurer des projets de M. Carson. Il irait droit à lui, s'expliquerait loyalement, comme il convient d'homme à homme, sans lui cacher, s'il était nécessaire, le profond intérêt qu'il portait à Marie. Et cette résolution fermement arrêtée de se dévouer pour elle et de faire son devoir ayant rendu le calme à son âme, il s'endormit quelques instants avant l'heure où le jour allait paraître.

CHAPITRE XV.

Barton ne triomphait pas de l'affreuse déception qu'il avait éprouvée à Londres. La misère était venue l'atteindre sans que les préoccupations personnelles eussent détourné son esprit de la perte de ses espérances. Mais, s'il bravait la faim qui le torturait, pour ne penser qu'à ses illusions détruites, le corps se vengeait de cet oubli en aigrissant l'âme du stoïque. Son caractère, de plus en plus morose, avait perdu sans retour la faculté de réagir contre le désespoir et de sortir du cercle fatal où cette idée fixe enfermait sa pensée. Il existait autrefois en Italie un supplice horrible dont la victime ne se doutait pas tout d'abord : détenu dans une pièce commode et spacieuse, où le luxe même lui était prodigué, le malheureux condamné ne songeait pas à se plaindre d'un emprisonnement qui n'avait rien de cruel ; mais bientôt les murailles se rapprochaient par un mouvement insensible et rétrécissaient l'espace qui lui était réservé ; chaque jour cet espace était moindre, l'air manquait, le mouvement devenait impossible, les murs pressaient l'infortuné et l'écrasaient enfin entre leurs pierres sanglantes. Ainsi chaque jour la pensée de Barton l'oppressait davantage, et, resserrant son étreinte, se dressait entre lui et la clarté des cieux, empêchait les bruits de la terre de frapper son oreille et le son des voix amies d'arriver à son cœur.

Certes, l'usage de l'opium entrait pour beaucoup dans cet état maladif où s'éteignait Barton ; mais avant de blâmer trop sévèrement l'infortuné qui s'enivre, essayez de la vie qu'il traîne, sans espoir et sans pain ; essayez, non-seulement de supporter sa misère, mais encore de vivre entouré de malheureux désespérés comme vous, et comme vous succombant sous les morsures d'une faim toujours inassouvie, et dites si alors vous n'irez pas chercher l'oubli jusque dans l'ivresse dont la pensée vous révolte aujourd'hui.

On achète bien cher, il est vrai, cet oubli d'un instant; et les malheureux qui le demandent à l'opium y laissent en échange leur force et leur raison; leurs jours languissent au milieu de réalités qui ne sont pour eux que des rêves; leurs nuits ont des songes où l'horrible acquiert toute la puissance de la réalité; leur vie s'éteint, leur corps tremble et chancelle, un commencement de folie vient troubler leur cerveau, et, chose odieuse, ils ont conscience de cette folie croissante : mais leur avez-vous enseigné à prévoir les conséquences d'un entraînement quelconque ?

Barton n'avait donc plus qu'une pensée, qu'une idée fixe qui l'absorbait tout entier : pourquoi cette distance entre les riches et les pauvres, entre les enfants d'un même père ? Ce n'est pas la volonté de Dieu qu'ils soient ainsi divisés; qui donc a placé un abîme entre leurs intérêts ?

Et, poursuivant toujours la solution du mystérieux problème, il ne lui restait plus, quand la raison avait fui son esprit fatigué, qu'un sentiment clair et distinct : celui de sa haine pour les uns, de sa profonde sympathie pour les autres.

Mais à quoi pouvait le conduire son ardente charité pour les malheureux dont il partageait les douleurs? Nulle éducation n'avait éclairé son âme, et l'amour lui-même ne peut rien sans la science.

Le peuple, de nos jours, naît à la vie sociale; en se levant il nous irrite, nous terrifie; nous devenons ses ennemis parce que nous avons peur; nous le combattons, et, dans le triste moment de notre douloureux triomphe, nous ne comprenons pas le reproche que son regard nous adresse. Qui l'a fait tel qu'alors nous le voyons apparaître, un monstre puissant n'ayant en lui nul moyen d'arriver au bonheur, et par conséquent nul moyen de rester calme dans sa force?

Barton devint chartiste, communiste, un de ces insensés qu'on traite de visionnaires. Mais c'est quelque chose que cette folie d'utopiste ! cela prouve au moins une âme chez cet homme qui, regardant au loin, s'épuise à rêver un bien-être dont il ne jouira pas.

Il avait, en outre, une sorte d'habileté pratique assez rare chez les rêveurs, et qui le rendait fort utile aux associations dont il faisait partie : sa parole, d'une éloquence à la fois âpre et naïve, et qui naissait du trop-plein de son cœur, impressionnait vivement son auditoire, composé d'hommes simples, heureux de retrouver dans ses discours l'expression de leurs souffrances et de leurs désirs. Esprit organisateur, il savait prendre les mesures nécessaires à la société qu'il dirigeait, et portait, jusque dans les moindres détails, une précision qui s'alliait chez lui au talent de grouper les hommes et de les conduire ; mais ce qui surtout lui donnait une influence réelle parmi ceux qui l'approchaient, c'était le désintéressement absolu qu'il mettait à servir la cause dont il s'était fait le champion, et l'oubli complet où il était de lui-même et de sa propre misère.

Quelque temps avant l'époque où nous en sommes de cette histoire, la fabrique de Manchester avait reçu de l'extérieur une commande considérable de tissus communs qu'il lui fallait produire, non-seulement à bref délai, mais encore au plus bas prix possible, la même demande ayant été faite à certaines manufactures du continent qui, ne subissant alors ni renchérissement des denrées ni impôts sur leurs machines, pouvaient lutter avec avantage et fournir les objets demandés à meilleur marché que le Lancashire. Il s'agissait donc de l'emporter sur la fabrication étrangère ; et, pour ne pas se laisser battre, il fallait nécessairement payer le coton moins cher et diminuer le prix de la main-d'œuvre, sauf à relever plus tard le taux des salaires provisoirement abaissé, et même à faire profiter les ouvriers des bénéfices que procurerait un jour ce nouveau débouché.

Mais les patrons ne jugèrent pas à propos de faire connaître les circonstances où ils étaient placés et d'expliquer leurs motifs. Ils étaient les maîtres, et, suivant eux, avaient le droit de régler sans contrôle le prix qu'ils voulaient offrir du travail ; prix qui, dans l'état actuel des choses, leur paraissait devoir être facilement accepté par des gens que le manque d'ouvrage condamnait aux privations les plus cruelles.

Malheureusement les ouvriers n'envisageaient pas la question du même point de vue ; rien, à leurs yeux, n'ébranlait la fortune des patrons, qui, en dépit de la crise commerciale, continuaient de vivre à l'aise dans leurs vastes hôtels. Tout à coup surgissait au milieu de ce chômage, désastreux seulement pour la classe ouvrière, une commande considérable dont l'importance réelle s'exagérait encore ; il fallait que la livraison fût prompte, on réclamait des bras, et c'est en pareille circonstance que, profitant de la détresse de l'ouvrier, on parlait d'abaisser un salaire déjà insuffisant ! Honte à ces hommes qui osaient spéculer sur la misère et sur la faim !

Mais les ouvriers à leur tour se riraient du patron et sauraient mourir tout à fait plutôt que d'accepter ces conditions odieuses. C'était bien assez d'être pauvres, sans que le travail de leurs mains décharnées et la sueur de leurs fronts pâlis vinssent encore grossir la fortune d'un maître qui les exploitait sans pitié. Non ! ces bras qu'on réclamait refuseraient d'agir et montreraient ainsi leur puissance.

Le mépris et la haine qui existaient entre fabricants et ouvriers s'accrurent encore de cette défiance mutuelle; pendant que les uns, se renfermant toujours dans leur réserve hautaine, ne consentaient pas à dire que, même en diminuant le prix de la main-d'œuvre, ils sacrifiaient encore une partie de leurs capitaux, et qu'il s'agissait pour tous de remporter une victoire décisive sur les fabriques du continent, les autres, silencieux et farouches, se croisaient les bras devant un salaire avili, et bravaient la mort plutôt que d'accepter des offres qu'ils trouvaient dérisoires.

Il y eut donc grève à Manchester; comme il arrive toujours en pareille occasion, les associations des autres métiers vinrent en aide aux tisseurs, et les soutinrent dans la lutte qu'ils avaient engagée. Glascow, Nottingham et d'autres villes industrielles envoyèrent des délégués pour les féliciter de leur résistance; un comité s'organisa, et Barton fit partie des élus qui composèrent le bureau.

De leur côté, les patrons ne restaient pas inactifs; ils avaient fait afficher leur demande et leurs offres, auxquelles les ouvriers avaient répondu par l'exposé de leurs griefs, placardé sur les murs en caractères deux fois plus gros que l'avis qui leur était adressé. Le temps passait; les chefs des maisons qui avaient reçu la commande étrangère voyaient avec inquiétude approcher l'époque où leurs engagements devraient être remplis; ils se réunissaient chaque jour pour conférer entre eux de la gravité des circonstances, et, tout en déplorant l'obstination des ouvriers qui les mettait dans la nécessité de manquer à leur parole, ils n'en persistaient pas moins dans la résolution qu'ils avaient prise de ne rien céder à la force. Plier aujourd'hui, c'était plier désormais devant toutes les conditions que voudraient leur imposer les travailleurs, et nul ne pouvait y consentir. Parmi les défenseurs les plus opiniâtres des droits et priviléges que donne le capital se plaçaient, au premier rang, les deux MM. Carson; il n'y a pas de fanatique plus zélé qu'un nouveau converti, pas de maître plus cruel que celui qui naguère était encore esclave; et, pour le riche fabricant, autrefois mince employé dans une manufacture, il suffisait que les patrons eussent parlé pour que les ouvriers dussent être satisfaits. Quant à son fils, qui ne se donnait pas la peine de réfléchir au fond même de la question, s'il appuyait chaudement le parti de la résistance, c'était par caractère; il était brave, et l'idée du péril l'attirait d'autant plus que certains esprits timides essayaient de le calmer en lui montrant le danger que son opiniâtreté pouvait lui faire courir.

Tandis que ces conférences avaient lieu de part et d'autre à Manchester, les pauvres tisseurs des frontières du Lancashire et des comtés voisins, dont la misère était au comble, ayant appris qu'on manquait d'ouvriers dans la grande ville, quittaient leurs masures pour venir chercher l'ouvrage qu'ils n'avaient pas chez eux. Les pieds meurtris, le corps brisé, l'estomac vide, ils arrivaient et se glissaient furtivement dans la cité avant l'heure où la lumière va paraître, ou bien au soir quand la nuit les protégeait de son ombre.

C'est à dater de ce jour que commencèrent les torts des ouvriers en grève. Jusque-là, ce pouvait être une erreur, un manque de jugement, que de refuser de travailler au prix qu'on leur offrait : mais il est permis de se tromper ; ce qui dépassait leur droit et constituait leur crime, c'était d'imposer à d'autres les conditions qu'ils s'étaient faites et d'employer la force pour arriver à ce but. Détestant l'oppression quand elle pesait sur eux, pourquoi voulaient-ils donc opprimer à leur tour ? C'est qu'une fois poussés à bout les hommes ont perdu toute raison. Ayons alors pour les juger un peu de cette miséricorde avec laquelle celui que nous aimons tous parlait de ses bourreaux mêmes : « Car ils ne savent ce qu'ils font. »

En dépit des efforts de la police, en dépit des magistrats et de la prison, les tisseurs étrangers étaient guettés à l'arrivée, battus et laissés pour morts sur la route. En vain dispersait-on le moindre rassemblement qui se formait dans la ville, au premier signal chacun partait de son côté, mais pour rejoindre ses camarades à un mille des faubourgs ; et qui ne sait la puissance de l'association ?

Les choses duraient ainsi depuis trop longtemps déjà, lorsque les ouvriers, pensant avoir suffisamment établi leur puissance, rédigèrent une note, aussi respectueuse dans son langage que ferme dans son esprit, où il était demandé qu'une députation, composée de leurs élus, fût admise au milieu des patrons assemblés, afin de s'entendre avec eux sur les conditions auxquelles le travail devait reprendre. Les fabricants, dans leur désir de voir finir la grève, acceptèrent cette demande, quelle que fût d'ailleurs la résolution à laquelle ils devaient s'arrêter, quelques-uns, parmi les plus âgés, à qui l'expérience avait enseigné la pitié, voulaient qu'on fît des concessions aux malheureux tisseurs, dont la misère était navrante; mais les années avaient, au contraire, endurci quelques autres, et les plus jeunes continuaient à se montrer inflexibles. A la tête de ces derniers était Henri Carson, qui s'était fait le champion du parti de la résistance.

Mais, ainsi qu'il arrive aux natures énergiques, son activité grandissait en raison des obstacles qu'il rencontrait sur sa route; et, malgré toute la correspondance dont il était chargé, malgré les enquêtes nombreuses qu'il avait à faire relativement aux violences dont les tisseurs étrangers étaient victimes, il trouvait encore le temps de poursuivre Marie Barton et de s'attacher à ses pas. La pauvre enfant prenait l'existence en dégoût; les reproches d'Henri avaient succédé aux promesses, et les menaces accompagnaient souvent les reproches. Elle serait à lui, disait-il, qu'elle le voulût ou non; et, poussant jusqu'à l'insulte l'indifférence qu'il montrait pour sa réputation, il la compromettait ouvertement sans nul souci du chagrin qu'elle paraissait en ressentir.

Et Jem ne revenait pas. Will, qui était toujours chez les uns ou chez les autres, faisant partout de nouveaux amis, lui en donnait des nouvelles; mais que fallait-il penser? Quelques paroles avaient-elles suffi pour anéantir à jamais son bonheur? Et parfois, dans son impatience, elle avait besoin de toute sa force pour ne pas aller trouver Jem et lui demander d'accepter l'amour qui remplissait son âme. Elle regrettait alors d'avoir consulté Marguerite, et attribuait à l'influence que cette dernière avait sur son esprit l'effet d'une réserve toute féminine qui l'empêchait d'obéir à l'entraînement de son cœur.

Pourtant l'arrivée du neveu d'Alice avait fait naître chez Marie un nouvel intérêt qui l'eût vivement préoccupée dans toute autre circonstance. Il était évident pour elle que le joyeux marin, au caractère aventureux, à la parole vive et bruyante, s'était profondément épris de Marguerite si timide et si douce. L'aveugle avait-elle conscience de cet amour? Marie se le demandait souvent; mais, en l'observant mieux, elle crut voir le pâle visage de Marguerite se colorer faiblement sous le regard du marin. Sa parole était moins précise et sa voix plus émue; ses yeux, dont la cécité n'avait pas altéré la transparence, se voilaient en tremblant sous ses paupières baissées. « Elle ne le voit pas, se disait Marie, mais elle sent bien qu'il l'aime, et son cœur répond à celui de Will. »

C'était la voix angélique de la jeune fille qui avait éveillé l'amour chez l'insouciant jeune homme ; cette voix si pure qui l'avait jeté dans une profonde extase ; et, sans éprouver les rougeurs subites, sans connaître les frémissements et les soupirs qui n'étaient pas dans sa nature, il n'osait pas avouer qu'il l'aimait : car il lui semblait que Marguerite, dont la voix céleste vibrait toujours à son oreille, appartenait à un monde supérieur que jamais il ne pourrait atteindre. Mais aussi que d'attentions pour le vieux Job ! et que de moyens employés pour se le rendre favorable ! Ce n'était pas assez du poisson volant qu'il avait été chercher à Liverpool ; dans son désir de plaire au vieux fileur, il avait joint à l'exocetus les trésors les plus précieux qu'il eût rapportés d'outre - mer ; il était venu les offrir et avait saisi cette occasion de rester auprès de Marguerite, jusqu'au moment où sa conscience lui avait reproché d'oublier sa vieille tante.

Quant à Jem, il cherchait M. Carson et l'attendait vainement ; il avait, pendant quatre jours, stationné près de sa demeure sans être parvenu à le saisir au passage, lorsqu'enfin, vers midi, comme il traversait l'emplacement que devaient plus tard occuper des constructions projetées, il rencontra le gentleman seul avec lui dans cet endroit désert. Une palissade élevée, garnie de clous, hérissée de pointes de fer, séparait la rue future d'un vaste jardin qu'elle entourait de toutes parts et que longeait un sentier ; la voie fangeuse, impraticable aux piétons aussi bien qu'aux voitures, était bordée, de l'autre côté, par une muraille en briques ; un champ venait ensuite, où se trouvaient une scierie et l'atelier d'un menuisier.

En voyant ce jeune homme à la tournure élégante qui s'avançait vers lui d'un pas rapide, Jem sentit battre son cœur avec violence. C'était donc là celui que Marie aimait ! « Quoi d'étonnant ? pensa le pauvre artisan ; il est si beau, si bien mis ! et que suis-je à côté d'un gentleman ? » Mais, étouffant bientôt la douleur que lui causait l'apparente supériorité de son rival et trouvant au fond de sa conscience qu'après tout le mérite n'est pas dans la coupe d'un habit ou la blancheur des mains, il aborda franchement cet homme dont l'extérieur contrastait si vivement avec le sien.

« Puis-je vous parler, monsieur ? lui dit-il avec autant de fermeté que de respect.

— Certainement, » répondit le gentleman ; et, voyant que le forgeron ne se pressait pas d'user de la permission : « Seulement dépêchez-vous, ajouta-t-il, car je suis très-pressé. »

Jem, qui aurait voulu chercher ses paroles, comprit qu'il n'en avait pas le temps, et se hâta d'en venir au fait :

« Vous fréquentez, reprit-il d'une voix tremblante, une jeune fille qui s'appelle Marie Barton ? »

Ce fut Henri qui cette fois fit attendre sa réponse ; une singulière idée lui traversait l'esprit....

« Est-ce que par hasard, pensait-il, cet ouvrier serait l'amant de la jolie fille ? Est-ce qu'il serait la cause des refus obstinés de la cruelle ? »

Chose étrange ! ce soupçon le mordait au cœur. Il toisa Jem du regard : un artisan grossier, mal vêtu, vigoureusement bâti, mais emprunté dans sa force, allons donc ! Il se rappela le dernier coup d'œil qu'il avait jeté sur la glace de sa chambre, et décida que pas une femme ne pouvait préférer ce noir cyclope à sa gracieuse personne, quand, surtout, il se donnait la peine de courtiser la belle. Et pourtant il détestait ce garçon et mourait d'envie de le battre. Le changement de conduite de Marie à son égard était inexplicable ; peut-être allait-il pouvoir apprendre ce que depuis si longtemps il désirait savoir.

« Marie Barton ! attendez, répondit-il enfin ; ah ! j'y suis ; une insigne coquette, mais une ravissante créature. C'est Marie Barton que vous l'appelez ? »

Jem se mordit les lèvres. Était-ce de son idole que l'on parlait ainsi ? Elle, une coquette ! il n'en voulait rien croire.

« C'est une honnête fille, monsieur, quoique un peu fière de sa beauté, répliqua-t-il ; mais c'est bien naturel, et puis son père, n'ayant pas d'autre enfant....

— Eh bien ! mon brave garçon, où voulez-vous en venir ? Il était inutile de m'arrêter pour m'apprendre que Marie est merveilleusement belle ; je le sais de reste, et depuis longtemps. »

Il voulut s'éloigner ; mais Jem posa sa main lourde et calleuse sur le bras du gentleman pour l'empêcher de partir. Celui-ci repoussa l'ouvrier avec hauteur et, du gant qu'il tenait à la main, épousseta la manche de son pardessus gris-clair pour en effacer la tache que les doigts du forgeron y avaient imprimée.

Cette action exaspéra l'ouvrier.

« Écoutez-moi donc, s'écria-t-il, et que vous sachiez enfin tout ce que j'ai à vous dire. Vous vous promenez avec Marie Barton, on vous a vu, et l'on m'a dit que vous lui faisiez la cour. Celle qui m'en a parlé pense que Marie vous aime ; c'est possible ; mais que ce soit vrai ou non, je suis l'ami de son père, le plus ancien de ses amis à elle, et je désire savoir si vous avez franchement l'intention de l'épouser. Malgré tout ce que vous venez de me dire, moi qui la connais, je puis répondre qu'elle est digne de n'importe quel homme, si élevé qu'il puisse être. Je ne vous cache pas que je me fais son protecteur; si votre intention est droite, vous ne m'en voudrez pas pour cela; mais je vous en avertis, malheur à celui qui lui ferait le moindre tort, il s'en repentirait toute sa vie; je ne vous dis que ça. Voilà tout ce que je vous demande : voulez-vous, oui ou non, vous marier avec elle? Si vous n'y pensez pas, je vous le répète, dans votre intérêt comme dans le sien, quittez-la et ne lui reparlez jamais.»

Il attendit avec impatience la réponse du gentleman; mais M. Carson, au lieu d'écouter ses paroles, cherchait à pénétrer les motifs qui pouvaient le faire agir. D'après ce qu'il avait cru entendre, le forgeron le supposait aimé par Marie : c'était la meilleure preuve que le pauvre garçon pût lui donner du peu de succès qu'il avait eu lui-même, en supposant toutefois qu'il eût tenté de réussir; car, dans son égoïsme, Henri ne comprenait pas comment un homme qui eût aimé Marie eût pu s'intéresser aussi vivement au mariage de cette jeune fille avec lui. C'était probablement un ami que la belle avait pris pour complice afin de hâter l'union brillante que lui, Henri Carson, avait jadis proposée à la coquette, ce dont précisément il voulait s'assurer.

« Avant de vous prendre pour confident, mon cher, répondit-il d'un ton méprisant aux paroles de l'ouvrier, trouvez bon que je m'informe à mon tour de quel droit vous vous mêlez de nos affaires. »

Il ne reçut pas de réponse, et le silence de Jem le confirmant dans cette idée qu'on lui tendait un piége, il continua d'une voix émue par la colère :

« Ainsi, mon brave, vous aurez l'obligeance de ne pas vous occuper davantage de ce qui ne vous regarde pas. Si vous étiez son père ou son frère, le cas serait différent; mais, dans l'état où sont les choses, vous n'êtes tout simplement qu'un intrigant ou un sot. »

Et cette fois il voulut passer outre; mais Jem se plaça résolûment devant lui.

« Si j'étais son père ou son frère vous répondriez à ce que je vous demande, lui dit-il d'une voix ferme. Eh bien! ni son frère ni son père ne l'aimeraient comme je l'aime et l'ai toujours aimée; si l'amour donne le droit d'obtenir satisfaction, nul au monde n'a plus que moi celui de vous questionner. Répondez-moi donc : avez-vous, oui ou non, des intentions honorables envers Marie Barton? Je vous ai dit mon droit, et je jure Dieu que je saurai m'en servir.

— Allons, allons, pas d'impudence, reprit M. Carson qui connaissait maintenant tout ce qu'il voulait savoir; père, frère ou
amant éconduit, je ne reconnais à personne le droit de se placer
entre moi et ma maîtresse; et, croyez-le bien, à vous moins qu'à
un autre. Mais brisons là, et retirez-vous que je passe.

— Vous ne me répondez pas relativement à Marie! murmura
le pauvre Jem grinçant des dents et livide de colère.

— Vous ne voulez pas partir? il faut donc que je vous y
force, » dit en riant le beau jeune homme, qui, levant sa badine,
en coupa le visage de l'ouvrier.

Au même instant il fut renversé dans la boue, et qui sait jusqu'où la fureur de Jem eût pu aller, si un policeman, que le bruit
de leurs voix avait attiré de ce côté, n'eût empoigné l'artisan qui,
dans sa surprise, n'opposa pas de résistance?

« Dois-je l'emmener en prison, monsieur? demanda l'agent de
police à Henri qui s'était relevé immédiatement, et dont le visage
avait déjà repris tout son calme.

— Non pas ! s'écria le gentleman; c'est moi qui l'ai frappé le premier, l'attaque ne vient pas de lui; cependant rappelez-vous, dit-
il en s'adressant à l'ouvrier, que jamais je n'oublierai votre insulte,
et que Marie n'aura pas lieu de se féliciter de votre insolence.

— Prenez garde, répondit Jem; si vous osiez lui faire injure!
oh! mais je saurais bien vous attendre où personne ne viendrait
nous séparer, et c'est Dieu seul qui serait juge entre nous. »

Le policeman essaya d'intervenir et de calmer l'artisan, qu'il
entraîna du côté opposé à celui qu'avait pris M. Carson. Mais
Jem eut bientôt fait de se délivrer du policeman.

« Prenez garde à votre tour, mon brave garçon, lui cria celui-
ci; rappelez-vous qu'il n'y a pas de fille au monde qui vaille que
vous alliez pour elle où cette affaire pourrait bien vous conduire. »

Mais Jem était déjà trop loin pour que ces paroles de l'agent
arrivassent jusqu'à lui.

CHAPITRE XVI.

C'était le jour où les patrons devaient recevoir les délégués
des ouvriers en grève; la grande salle d'un hôtel avait été choisie
pour le lieu de réunion, et, vers onze heures, les fabricants in-
téressés dans l'affaire ne manquèrent pas de s'y rendre.

Malgré les préoccupations qui remplissaient leur esprit, ils s'entretinrent d'abord de la pluie et du beau temps, et ce n'est qu'après avoir épuisé la matière, qu'ils abordèrent le grave sujet pour lequel ils étaient rassemblés, et discutèrent de nouveau la question qu'il s'agissait de résoudre. Quelques-uns, nous l'avons dit, voulaient qu'on fît un léger sacrifice, qu'on donnât un bonbon à l'enfant irrité pour obtenir la paix; mais la plupart s'élevaient avec force contre un précédent aussi fâcheux, et se montraient d'autant plus hostiles aux ouvriers, qu'ils étaient encore sous l'influence du jugement qu'on venait de rendre, à New-Bailey, contre l'un de ces derniers, coupable de coups et blessures graves sur la personne d'un malheureux tisseur du Nord qui avait accepté la réduction des salaires. Ils s'indignaient, avec raison, des affreux traitements qu'avait subis la victime, et ne s'apercevaient pas que leur indignation, comme cela n'arrive que trop souvent, prenait tous les caractères de la vengeance; plutôt que de céder à des hommes assez cruels pour recourir à de tels moyens, ils se sentaient disposés au contraire à garder tous les bénéfices qui pouvaient naître un jour de la livraison de leur commande, afin d'augmenter les souffrances de ces gens sans pitié. Ils oubliaient que la grève n'était que la conséquence de la misère, et que dans la pensée des ouvriers tous leurs maux découlaient d'une injustice. Quelque insensé que ce raisonnement pût être, c'était celui que faisaient ces malheureux; et cette injustice à laquelle ils croyaient fermement causait toute leur colère. Ce qu'il fallait, c'était les éclairer; mais au lieu de traiter les ouvriers en frères, de s'adresser à eux comme à des êtres doués de raison et de leur exposer franchement la situation qui forçait les patrons d'agir ainsi, dans l'intérêt même du travailleur, si étroitement lié à la prospérité du commerce, on choisissait la violence; et pourtant c'est une vérité bien reconnue que la force est le plus mauvais des moyens pour repousser la force. Tandis que vous vous félicitez du succès qu'elle vous donne, vous ne voyez pas que l'ennemi revient vous assaillir avec sept démons bien plus forts que le premier.

Et, d'un groupe à l'autre, on entendait circuler ces paroles

« Pauvres diables! ils meurent de faim, c'est à la lettre. Mistress Alders fait une soupe toutes les semaines avec deux têtes de vache, et l'on vient de plusieurs milles s'en disputer une cuillerée; si cela dure, il faudra pourtant qu'on y avise et qu'on fasse quelque chose; mais nous devons rester libres et n'agir que suivant notre propre volonté.

— On pourrait les augmenter d'un schelling, ce ne serait pas une affaire, et ils s'en contenteraient en pensant qu'ils ont eu ce qu'ils voulaient.

— C'est précisément pour cela que je m'y oppose ; il ne faut pas qu'ils croient remporter une victoire, ce serait justifier leur conduite et leur donner raison.

— Cette grève nous porte, en vérité, plus de préjudice qu'à eux.

— Je ne vois pas comment leurs intérêts et les nôtres pourraient être séparés.

— Les maudits coquins ! ils ont jeté du vitriol aux chevilles du malheureux ; vous comprenez que, ne pouvant plus se soutenir, il s'est trouvé à la merci des misérables qui le frappaient à la tête, et qui l'ont mis dans un tel état qu'on désespère de lui.

— Rien que pour cette atrocité, je suis résolu à tout leur refuser, dussé-je être ruiné par leur obstination.

— Qui donc voudrait céder un liard à ces brutes, qui tiennent plus de la bête féroce que de l'homme ?

(De qui dépendait-il qu'il en fût autrement ?)

« Carson est allé trouver Duncombe pour lui apprendre ce nouveau trait de leur abominable conduite ; ce dernier hésitait encore à se prononcer contre eux, mais j'espère que cela aura suffi à le mettre de notre côté. »

La porte s'ouvrit, et le garçon d'hôtel vint demander de la part des délégués, arrivés depuis un instant, s'il plaisait aux gentlemen de les recevoir.

L'ordre de les faire monter ayant été donné, chacun des patrons alla prendre sa place autour de la table et attendit l'entrée des ouvriers, dans l'attitude qu'avaient les sénateurs romains lors de l'irruption de Brennus dans l'auguste assemblée.

Un bruit de pieds en sabots retentit dans l'escalier, et, quelques minutes après, des hommes au regard sérieux et profond défilèrent dans la pièce : ils étaient de chétive stature et leurs vêtements de futaine flottaient sur leurs corps décharnés ; les ouvriers, en les choisissant, s'étaient plus préoccupés de leur intelligence que de l'état de leur garde-robe ; il y avait longtemps que pas un d'eux n'avait pu songer à renouveler des habits qui tombaient en lambeaux ; et quelques-uns des gentlemen se sentirent blessés qu'on eût envoyé devant leurs seigneuries un détachement de pareils gueux, dont les haillons couvraient à peine les membres.

A la requête du président, le chef des délégués fit, d'une voix criarde et monotone, la lecture des griefs, des demandes et des conditions, à vrai dire peu modérées, que les ouvriers avaient chargé leurs députés de soumettre aux gentlemen.

Quand il eut fini, on l'invita, ainsi que ses camarades, à passer dans une chambre voisine, pour laisser les patrons délibérer entre eux et s'entendre sur la réponse qu'il y avait à lui faire.

La discussion recommença donc plus animée que jamais, chacun soutenant son opinion avec d'autant plus d'ardeur que l'on se trouvait enfin au moment décisif. Ce fut le parti de la conciliation qui l'emporta d'une voix ; mais l'altière minorité, qui renfermait les forces vives de l'assemblée, s'éleva hautement contre toute concession, qu'elle taxait de faiblesse coupable, et continua ses protestations énergiques même après que les délégués furent rentrés dans la salle, sans s'inquiéter de l'effet que ces paroles pouvaient produire sur les malheureux qui les écoutaient.

Les patrons, disait la réponse à l'adresse des ouvriers, ne pouvaient accepter les conditions qui leur étaient posées, mais consentaient à donner aux travailleurs un schelling par semaine en sus du prix qu'ils leur avaient offert.

Les députés se retirèrent de nouveau pour discuter à leur tour sur la proposition qui venait de leur être faite, et rentrant presque aussitôt, déclarèrent que non-seulement ils refusaient cette nouvelle offre, mais encore qu'ils maintenaient leurs demandes dans toute leur étendue.

A peine ces paroles étaient-elles prononcées, que le jeune Carson, qui avait profité de l'absence des délégués pour rallier le parti de la résistance dont il était le chef et l'orateur, s'adressant au président de la députation, lui dit que non-seulement l'assemblée retirait la proposition qu'elle venait de faire, mais encore qu'elle déclarait toute communication rompue entre les patrons et l'Union des métiers ; que cette rupture ne concernait pas seulement l'affaire pendante, mais qu'à l'avenir nul ouvrier n'aurait d'ouvrage, s'il n'avait auparavant certifié, par écrit portant sa signature, qu'il n'appartenait à aucune association, et s'il ne s'engageait, sous la foi du serment, à ne jamais assister ou souscrire aux réunions qui auraient pour but d'examiner les droits des patrons ; qu'en retour, ceux-ci prenaient l'engagement de protéger les ouvriers qui accepteraient ces conditions et consentiraient à recevoir le salaire dont le taux avait causé la grève. Et non content de cette motion impérieuse, qui, en face de ceux qui l'écoutaient, pouvait sembler provocatrice, Henri ne craignit pas de qualifier la conduite des ouvriers en des termes dont la violence rendit plus livide la pâleur des délégués, plus ardent le feu sombre qui brûlait dans leurs regards.

Mise aux voix, cette motion, par un de ces retours assez communs dans les assemblées délibératives, fut adoptée, non pas à l'unanimité, mais à une majorité plus forte que celle qu'avait obtenue le parti conciliateur.

Rappelés pour entendre cette nouvelle décision, les députés l'écoutèrent en silence et partirent sans répondre, sans même saluer les gentlemen.

Mais ce que ne dirent pas les journaux de Manchester, c'est qu'au moment où, pour la première fois, les délégués avaient paru dans la salle, Henri Carson avait, en quelques traits, fait de cette légion d'affamés une caricature expressive, au-dessous de laquelle on pouvait lire quelques-unes des paroles bien connues que prononce le gras chevalier dans la tragédie d'*Henri IV*; cette charge, malheureusement trop parfaite, après avoir circulé autour de la table, était revenue à son point de départ, et l'auteur, l'ayant reprise et chiffonnée, l'avait jetée dans la cheminée, d'où elle avait roulé sans que le feu l'eût touchée. L'un des délégués avait remarqué cet incident, et, curieux de savoir ce que pouvait contenir de si drôle le papier d'Henri Carson, était rentré dans la salle, après le départ des gentlemen, et avait ramassé le malencontreux chiffon.

Le même jour, les ouvriers étaient convoqués pour sept heures du soir aux *Armes-des-Tisseurs*, afin d'y apprendre le résultat de la démarche que leurs députés avaient faite le matin. Un gentleman de Londres, ainsi qu'il était dit dans le billet de convocation, devait en outre prendre la parole sur la situation actuelle entre les ouvriers et les patrons, ou plutôt, suivant ses propres termes, entre les travailleurs et les oisifs.

A l'heure dite, la salle était comble et chacun attendait avec impatience l'arrivée des délégués. Les députés entrèrent; le président fit connaître à l'assemblée l'ultimatum des patrons, n'ajoutant pas un mot à ceux du message qu'il rapportait, et dont chaque syllabe retentissait dans le cœur ulcéré des malheureux qui composaient l'auditoire.

Le gentleman de Londres parut alors (on lui avait appris d'avance la décision des fabricants); il eût été difficile de définir exactement la position qu'il occupait dans le monde et de deviner à quelles études il avait dû se livrer. Ce pouvait être un étudiant en médecine obligé de renoncer au grand art de guérir, un acteur sifflé, un commis sans emploi ou toute autre chose non moins équivoque.

Il répondit par un sourire aux saluts qui lui étaient adressés, et promenant ses regards autour de la table, il demanda s'il serait agréable aux gentlemen qui composaient l'assemblée qu'on leur donnât des pipes et des liqueurs, se réservant de payer la dépense qui en résulterait.

Ainsi qu'il arrive à l'homme d'un esprit cultivé, qui aime passionnément la lecture, de dévorer les livres qu'on lui donne lorsqu'il en a été sevré depuis longtemps, ainsi les malheureux, dont le goût abandonné à lui-même ne pouvait apprécier que le tabac, la bière et d'autres jouissances du même ordre. acclamèrent avec empressement la proposition de l'orateur : boire et fumer, cette ressource du pauvre qui amortit la faim et qui permet d'oublier les tortures du présent, les inquiétudes de l'avenir.

Quand cet exorde d'un nouveau genre eut disposé les esprits en sa faveur, le gentleman de Londres se leva, étendit le bras droit, mit sa main gauche dans son gilet, et prit la parole d'une voix théâtrale et forcée.

Après un flot d'éloquence, où les actions des deux Brutus se mêlèrent aux éloges qu'on donnait à la magnanime résistance des puissants tisseurs de Manchester, l'orateur aborda la question de fait et discuta les mesures à prendre avec une habileté qui justifiait pleinement la confiance de ceux qui l'avaient envoyé. Puis, joignant l'action à la parole, non-seulement il dicta des conseils, mais encore il écrivit, séance tenante, une proclamation chaleureuse qui devait être affichée le lendemain sur tous les murs, proposa d'envoyer des délégués pour demander l'appui des associations d'ouvriers qui existaient dans les autres villes, et s'inscrivit sur la liste de souscription qui devait leur être adressée pour une somme assez ronde au nom de la société de Londres dont il faisait partie; somme qu'il versa immédiatement, chose plus rare, en belle monnaie sonnante, en beaux et bons souverains d'or. Une partie de cet argent fut aussitôt distribuée entre les délégués qu'on envoyait aux sociétés de Glascow, de Newcastle, de Nottingham et autres lieux, et qui, pour la plupart, faisaient partie de la députation du matin. L'orateur écrivit quelques lettres qu'il leur donna, leur fit plusieurs recommandations importantes, prodigua les poignées de main autour de lui et se retira gravement, suivi bientôt de la plupart de ceux qui avaient composé cette réunion.

Les nouveaux députés, ainsi que deux ou trois autres membres de l'association, restèrent dans la salle pour s'entretenir de la nouvelle mission qui leur était confiée et causèrent ensuite des événements du jour et de l'orateur de la soirée.

« En voilà un qui a la langue bien pendue, commença-t-on à dire quand on eut fini de parler d'affaires.

— Et qui en sait long, reprit un autre. Avez-vous entendu son histoire de ce Brutus? C'est dur tout de même de tuer son propre fils.

— Moi, je tuerais le mien comme un chien s'il se mettait avec les maîtres ; ce n'est que le fils de ma femme, mais c'est égal.

— Tiens, c'est John Slater, s'écria l'un d'entre eux. Est-ce bien lui avec son gros nez ? »

Tous les yeux se tournèrent vers celui qui tenait la caricature d'Henri Carson, et toutes les têtes se rapprochèrent pour voir si le portrait de John était vraiment ressemblant.

« Mais me voilà, reprit un autre; c'est pardieu bien la façon dont j'attache mon gilet avec une grosse épingle pour cacher que je n'ai pas de chemise. C'est une honte de se moquer du pauvre monde, et celui qui a fait ça me le payera.

— Voyez-vous, dit John Slater qui avait reconnu son gros nez, je peux bien rire comme un autre d'une plaisanterie, quand même c'est sur moi qu'elle retombe; mais c'est quand je n'ai pas trop faim, et surtout (ses yeux s'emplirent de larmes) quand je ne pense pas à tout ce qui souffre à la maison, où j'ai peur de rentrer; le cri des enfants me poursuit trop, je l'ai toujours dans l'oreille, et je me demande si je l'entendrai encore une fois que je serai noyé. Voilà pourquoi je ne peux pas rire, et ça m'attriste de voir qu'il y en a qui se font un jeu de nos souffrances et qui s'amusent à se moquer de pauvres gens aussi affligés que nous le sommes.

— Et moi, ça fait plus que m'attrister, dit Barton, dont la voix captiva aussitôt l'attention de tous les autres ; ça me brûle le cœur de voir des lâches se railler de malheureux qui n'ont pas un brin de feu pour leur vieille mère qui tremble, pas de lit pour leur femme qui accouche sur le pavé d'une cave, et pas de pain à donner aux enfants dont la petite voix devient trop faible pour crier qu'ils ont faim. Car vous le savez, frères, c'est pour cela que nous réclamons ce qui nous est dû; que leur demande-t-on après tout? Pas de friandises, pas de gilets brodés, pas d'habits de clinquant, mais de quoi se couvrir et manger à sa faim. Ce n'est pas une grande maison toute dorée qu'il nous faut, mais un toit qui nous abrite de la pluie et de la neige, et pas seulement pour nous seuls, mais pour les pauvres petits qui s'attachent à nous quand ils ont froid et dont les yeux nous demandent pourquoi nous les avons fait naître, si ce n'était que pour souffrir. Je connais un père, ajouta-t-il en baissant la voix, qui a tué son enfant pour qu'il ne meure pas de faim, et c'est un homme bon et sensible. » Il reprit, après un instant de silence :

« Nous sommes allés trouver les maîtres, nous leur avons dit ce que je viens de vous dire; ils ont de l'argent, nous le savons, c'est nous qui le leur avons gagné. Le commerce reprend, ils ont reçu des commandes dont ils seront bien payés, nous réclamons notre part, c'est notre droit; tout ce que les maîtres gagnent sur nous sert à entretenir des valets et des chevaux, à faire plus d'étalage avec de beaux habits, et le reste. C'est bien; si ces folies leur plaisent, qu'ils les fassent; nous ne les empêchons pas d'être fous, mais pourvu qu'ils soient justes. Cette part qui est à nous et que nous leur réclamons, c'est notre pain de tous les jours, c'est notre vie; bien plus, car nous autres nous serions tous joyeux d'en finir; mais c'est la vie des enfants, qui ont peur de la mort, ignorant ce que c'est que vivre. Nous avons dit aux maîtres quels étaient nos besoins et ce qu'il nous fallait pour le prix de notre travail, ils ont refusé notre demande; c'était déjà bien dur, et ce n'est pas tout : les sans cœur! ils s'amusent à faire des portraits qui se moquent de nos haillons et de nos maigres figures. Ah! je donnerais tout mon sang pour me venger du lâche qui peut rire de tant de misère. »

Un murmure approbateur se fit entendre; Barton continua :

« Vous avez dû vous étonner de ce que je n'étais pas ce matin à la députation, mais je vais vous dire pourquoi. Le chapelain de New-Bailey m'avait fait demander pour aller voir Jonas Higginbotham, qui a été mis en prison la semaine dernière pour avoir jeté du vitriol à la figure d'un knob-stick [1]; je ne pouvais pas refuser, et je ne pensais pas que ça me conduirait si tard. Jonas était comme un désespéré lorsque j'entrai dans sa cabine; il n'avait pas eu de repos depuis qu'il avait défiguré ce pauvre diable; il le voyait toujours se rendant à la ville, faible, exténué, traînant ses pieds meurtris, et cette vue le rendait fou. « Là-bas, « pensait-il, dans son pays, on attend de ses nouvelles, et c'est « sa mort qu'on apprendra. » Il en perdait la tête; alors il pria le chapelain de me faire venir. J'y vais, comme de raison; il me dit de prendre sa montre qu'il avait eue de sa mère, de la vendre un bon prix et d'en porter l'argent au knob-stick, à cette fin que le pauvre homme pût l'envoyer chez lui, et surtout que je tâche d'obtenir son pardon. Je fis donc ce qu'il voulait; je pris la montre, je la vendis, et je courus à l'hôpital. Bonté divine! ce n'est pas moi qui jetterai jamais du vitriol à personne, après ce que j'ai vu là. Figurez-vous un pauvre homme la tête couverte de linge et tremblant de tous ses membres à force de souffrir;

---

1. *Knob-stick*, ouvrier qui consent à travailler au rabais.

ses poings fermés, qu'il aurait mordus pour étouffer ses cris s'il avait pu ouvrir la bouche, s'agitaient comme ceux d'un possédé. Je lui parlai pour Jonas : il ne sut pas ce que je voulais dire, mais il me serra la main à l'écraser lorsque je fis tinter l'argent à son oreille ; et quand je lui demandai le nom de sa femme, il se mit à pleurer : « Marie ! comme il disait, je ne « pourrai plus te revoir. Ils m'ont rendu aveugle parce que je « voulais travailler pour toi ; pour notre enfant. Mon Dieu ! mon « Dieu ! » L'infirmière est arrivée ; elle m'a dit que je lui faisais du mal ; j'en avais peur, et pourtant je ne pouvais pas le quitter sans savoir où envoyer l'argent.

— As-tu fini par connaître où demeure sa pauvre femme ? demandèrent plusieurs voix avec anxiété.

— Non ; il parlait toujours et ne me répondait pas. La garde-malade n'en savait pas davantage ; mais ce que je voulais vous dire, c'est que j'ai trop vu ce que c'est que d'attaquer les knob-stiks, et je jure bien qu'à présent ce n'est pas moi qui les toucherai du doigt. »

Quelques mots un peu vifs accueillirent cette dernière phrase.

« On me connaît pourtant, reprit-il ; on sait si ma parole est sûre. Quelqu'un a dit que j'étais lâche : c'est bon, chacun a le droit d'avoir son opinion ; quant à moi, ce que j'appelle une lâcheté, c'est d'attaquer de pauvres diables sans défense et de les forcer de choisir entre la faim ou le vitriol. Ce que je voudrais, moi, c'est de tomber sur les maîtres ; c'est eux qui font tout le mal, c'est eux qu'il faut punir. Qu'on me mette en face d'un patron, et celui qui m'accuse verra bien si j'en ai peur.

— Ça pourrait être une bonne idée que de les effrayer tous, en donnant à l'un d'eux une raclée qui le laisserait presque mort.

— Pourquoi pas le tuer tout à fait ? dit un autre ; ça leur ôte-rait peut être l'envie de rire. »

Et, continuant ainsi, les malheureux discutèrent les moyens d'accomplir leur vengeance. Peu à peu les paroles devinrent plus sourdes et ne s'échappèrent qu'en râlant des poitrines oppressées ; les regards exprimèrent l'horreur que le crime inspire à ceux qui le méditent ; les poings se crispèrent, et ce fut les dents serrées et les lèvres tremblantes qu'ils prononcèrent le terrible serment que l'association des métiers impose à ses membres dans les plus graves circonstances. Malgré cela, craignant encore d'être trahis l'un par l'autre, ils déchirèrent la caricature d'Henri Carson, en firent autant de morceaux qu'il y avait d'individus présents, les plièrent d'une manière uniforme, les agitèrent dans un chapeau, éteignirent le gaz, et chacun dans l'ombre tira le papier que le hasard lui fit prendre. L'un de ces carrés, tous semblables du reste, portait un signe. Celui auquel le sort l'avait donné était tenu d'exécuter sans faiblir le meurtre qu'il avait juré; mais nul, excepté Dieu et sa conscience, ne connaissait celui qui devait être le meurtrier.

CHAPITRE XVII.

Deux jours s'étaient écoulés depuis les événements que nous avons rapportés dans le chapitre précédent, lorsque Marie, fort occupée chez elle, vit entrer le neveu d'Alice.

« Eh! qu'avez-vous, mon pauvre Will? s'écria-t-elle en voyant l'air triste du marin, si joyeux d'ordinaire.

— C'est que je viens vous faire mes adieux et que j'ai du chagrin de vous quitter, répondit Will.

— Nous quitter? Mais l'ordre de partir vous est donc arrivé tout à coup, sans qu'on vous ait prévenu?

— Oui, tout à coup; c'est-à-dire que je devais bien le savoir, mais c'est égal, j'ai été comme surpris en recevant la lettre de Jack Harris qui m'annonce le départ; j'ai tant pris d'amitié pour vous tous! »

Marie ne put s'empêcher de sourire.

« Cette lettre me dit donc que mardi prochain le vaisseau met à la voile; c'est aujourd'hui jeudi. J'aurais bien encore un peu de temps; mais j'ai promis à mon oncle, qui demeure à Kirk-Christ, dans l'île de Man, de ne pas rembarquer sans l'aller voir, et il faut bien que je parte. J'en suis assez peiné, Marie; n'essayez pas de me retenir, puisqu'il faut que je m'en aille.

— C'est qu'il est si triste de rester! dit la jeune fille; et quel jour partez-vous?

— Tout à l'heure, et je vous fais mes adieux.

— Vous vous trouverez alors avec mon père; il part ce soir pour Glascow et passe par Liverpool.

— Non, je vais à pied; je n'ai plus assez d'argent pour payer le chemin de fer; ce n'est pas d'ailleurs une course bien pénible, trente milles au plus; le temps est superbe; demain matin je prendrai le paquebot, et j'arriverai chez mon oncle presque pour déjeuner. Peut-être que je rencontrerai tout de même votre

père; car, si le bateau *Mank* est parti, je prendrai celui d'Écosse.
Et que va-t-il faire à Glascow? demander de l'ouvrage? on dit
que le commerce n'y va pas mieux qu'ici.

— Non! mon père le sait bien, et ce n'est pas du travail qu'il
va chercher là-bas. Il y a des jours où je m'imagine qu'il n'y
aura plus d'ouvrage et que le commerce ne reprendra plus jamais. Il est bien difficile de ne pas se décourager: si j'étais
homme, je partirais avec vous et je m'en irais sur mer; au moins
je n'entendrais plus toutes ces mauvaises nouvelles qu'on apprend tous les jours. Pas une personne qui entre sans vous
raconter quelque nouveau malheur.

— Vous ne voulez pas dire que Marguerite soit dans la peine?
demanda Will avec inquiétude.

— C'est la seule, au contraire, de tous ceux que je connais, qui
ne montre aucun souci; je l'ai vue bien triste quand elle craignait de perdre les yeux; mais une fois la chose faite, elle a
retrouvé sa gaieté: je la crois même très-heureuse.

— J'aimerais presque mieux qu'il en fût autrement, dit Will
d'un air pensif; j'aurais été si content de pouvoir la consoler, si
heureux de la chérir!

— Et comment son bonheur vous empêcherait-il de l'aimer?

— Je ne sais pas; mais elle est tellement au-dessus de moi!
Quand elle chante, voyez-vous, et que je pense au désir que je
ressens dans mon cœur, il me semble que la demander pour
femme serait aussi déplacé de ma part que de vouloir épouser
un ange du ciel. »

Marie éclata de rire malgré tout son chagrin; l'idée de com-
parer Marguerite à un ange lui paraissait des plus bouffonnes.
Quel moyen de coudre des ailes au stoff maron ou à l'indienne
imprimée que portait la pauvre aveugle!

« Vous riez, Marie; on voit bien que vous n'avez pas aimé! »
reprit Will avec douceur.

Elle ne répondit pas, et ses yeux s'emplirent de larmes.

« A mon retour, continua Will, j'aurai fait quatre voyages à
bord du *John Cropper*, et le capitaine m'a promis qu'il me ferait
contre-maître; alors je serai quelque chose et je parlerai à Marguerite; son grand-père et ma tante Alice lui tiendront compagnie pendant que je serai sur mer. Peut-être.... mais je parle
de ça comme si Marguerite s'intéressait à moi, et qu'un jour
elle voulût m'épouser; croyez-vous qu'elle m'aime un peu,
Marie?

— C'est à elle et pas à moi qu'il faudrait le demander. Jamais
elle ne m'a parlé de vous; c'est bon signe. Je n'ai pas le droit

de vous dire tout ce que j'en pense; mais, si j'étais à votre place, je ne partirais pas sans causer avec elle.

— Je ne peux pas; j'ai essayé plusieurs fois, ce matin encore; les mots restent dans mon gosier; quand je suis près d'elle je ne trouve plus rien de ce que je voulais lui dire, et je ne dois pas la demander en mariage avant d'être contre-maître. Je n'ai pas même osé lui offrir ce petit cadeau; j'aurais voulu que ce fût mieux, dit-il en défaisant le papier qui enveloppait un accordéon; j'ai pensé que de la musique lui ferait plaisir; si vous vouliez être assez bonne pour lui donner cette boîte une fois que je serai parti et lui dire en même temps quelque chose de ce que vous savez bien, peut-être qu'elle vous écoutera. »

Marie le lui promit de tout son cœur.

« La nuit, quand je serai de quart, ajouta-t-il, c'est à elle que je penserai; croyez-vous qu'elle songe à moi lorsqu'elle entendra la tempête? Vous parlerez de moi ensemble, n'est-ce pas? et si je viens à mourir, dites-lui, Marie, oh! dites-lui bien comme je l'aimais; et priez-la, en souvenir de moi, de consoler la vieille Alice. Pauvre chère tante! Vous irez la voir souvent; elle est si bonne! Je me rappelle toujours que dans ma petite enfance (vous savez que je demeurais chez elle), j'étais réveillé toutes les nuits par un voisin ou par un autre qui venait la chercher pour un enfant, une femme, n'importe quel malade, et, si lasse qu'elle pût être de sa journée, elle ne refusait jamais. Quel bon temps, et comme j'étais heureux quand elle m'emmenait dans les champs pour ramasser des plantes! J'ai pris du thé en Chine, et par ma foi je l'ai trouvé bien moins bon que celui qu'elle me faisait le dimanche avec une certaine herbe que nous allions chercher; et qu'elle en savait long sur les oiseaux et les fleurs! Que d'histoires elle me racontait de sa jeunesse, et que de projets nous faisions pour l'époque où nous habiterions le vieux cottage où elle avait pris naissance! Qu'il y a loin de tous ces projets avec ce qui arrive aujourd'hui! Ma pauvre tante languit dans une ruelle de Manchester, et moi je pars la semaine prochaine pour l'Amérique! J'aurais pourtant bien voulu la conduire à Burton une fois avant sa mort; et, tenez, une chose qui me revient souvent quand je suis seul en pleine mer, à cette heure où le plus insouciant et le plus fou pense à l'avenir et se rappelle le passé, une chose qui me tourmente alors, c'est de n'avoir pas toujours été pour elle tout ce que j'aurais dû être. Si vous saviez comme ça pèse sur le cœur, quand on pense qu'on ne reverra peut-être plus ceux qu'on aime et qu'on les a chagrinés! »

Ils restèrent quelques instants pensifs ; tout à coup Marie s'écria :

« Voilà mon père ! et sa chemise qui n'est pas prête ! »

Elle courut à ses fers et se hâta de réparer le temps perdu.

Barton entra plus sombre et plus préoccupé que jamais ; il regarda Will sans le voir et passa auprès de lui sans lui adresser la parole.

« Je suis venu, dit le marin, pour vous faire mes adieux ; je pars....

— Bon voyage alors ! » interrompit brusquement Barton.

Et voyant bien qu'il désirait être seul, Will s'approcha de Marie pour lui serrer la main ; il regarda Barton pour savoir s'il devait lui tendre la sienne, ne vit aucun geste qui pût l'y encourager, s'arrêta un instant comme il allait sortir et dit encore : « Marie, pensez à moi mardi prochain ; c'est le jour où nous hisserons le *blue Peter*, à ce que m'écrit Jack Harris. »

Quand il eut fermé la porte, un sentiment de tristesse profonde s'empara de la jeune fille ; il lui sembla qu'un rayon de soleil venait de s'éteindre et qu'elle restait dans l'ombre. Son père semblait inquiet, plus triste, plus farouche qu'à l'ordinaire : était-il fâché de l'avoir trouvée seule avec Will ? ou mécontent de ce qu'elle n'avait pas fini de repasser tout son linge ?

« Père, quand partez-vous ? lui demanda-t-elle pour rompre enfin le silence ; je ne sais pas à quelle heure part le train de Liverpool.

— Et qu'as-tu besoin de le savoir ? répondit-il d'un ton bourru ; mêle-toi de ce qui te regarde et ne pense qu'à tes affaires.

— C'est que je voudrais vous voir manger quelque chose avant de partir, reprit-elle avec douceur.

— J'apprends à ne plus manger, répliqua-t-il. Est-ce que tu ne le sais pas ? »

Marie regarda son père pour voir s'il plaisantait : jamais sa figure n'avait été plus grave. Elle se dépêcha de finir son repassage et se mit bien vite à préparer le souper, convaincue que c'était le besoin qui l'irritait ainsi ; car, dans sa triste expérience de leur misère, elle avait remarqué que la faim augmentait l'irascibilité de Barton, si toutefois elle ne la causait pas. Il avait donné à Marie quelques schellings sur la pièce d'or qu'il avait reçue comme délégué pour se rendre à Glascow ; elle avait donc pu acheter ce qu'il fallait pour leur repas du soir, et la pauvre enfant s'efforçait de rendre sa cuisine appétissante, afin que son père fût tenté d'y faire honneur

« Si c'est pour moi que tu fais tout cela, tu as bien tort, lui dit-il au bout de quelques instants, puisque je ne mangerai pas.

— Rien qu'un peu, avant de partir, » insista Marie d'une voix caressante.

Le pauvre père, attendri par cette voix si douce et par les soins affectueux de sa fille, commençait à sortir de sa morne tristesse, lorsque Job Legh entra ; mais, à la vue de son voisin, retombant aussitôt dans la sombre mélancolie où il était resté jusqu'alors, il ne répondit pas même au bonsoir du vieux fileur.

Job, sans faire attention à la manière dont Barton le recevait, prit une chaise et s'y installa commodément, ainsi que le fait celui dont l'intention est de rester quelque temps à la place qu'il vient de prendre.

« Te voilà sur ton départ et tu vas à Glascow ? demanda-t-il à Barton sans autre préambule.

— Oui.

— Et quand ça ?

— Ce soir.

— Je le sais ; mais par quel train ? »

C'était précisément ce que Marie avait demandé. Sans doute que cette question déplaisait à Barton, car il se leva sans répondre et monta dans sa chambre dont il ferma la porte avec violence, et qu'il arpenta d'un pas rapide.

Au mouvement désordonné qu'elle entendait au-dessus de sa tête, Marie comprenait bien que Barton était sous l'influence d'une vive colère ou d'une profonde émotion ; elle écoutait avec anxiété cette marche tantôt pesante, tantôt précipitée, qui s'interrompait soudain et reprenait avec fureur. Job demeurait impassible ; tant mieux ! peut-être parviendrait-elle à lui faire oublier ce que la conduite de son père pouvait avoir d'étrange.

« Et quand Barton part-il ? » lui demanda le vieux fileur.

Toujours cette question maudite.

« Bientôt, répondit-elle ; je lui apprêtais son souper lorsque vous êtes entré. Marguerite va bien ?

— Très-bien ; elle est allée chez Alice, dont le neveu part ce soir. J'imagine que la société paye votre père en l'envoyant à Glascow ?

— Elle lui a donné un souverain. Faites-vous partie de l'Union ?

— Sans doute ; j'ai fini par en être pour obtenir la paix ; ils se croient fort habiles et me tiennent pour imbécile parce que mon opinion n'est pas dans leurs idées : c'est tout juste. Ils auraient dû seulement me laisser dans ma bêtise et ne pas me forcer à devenir aussi spirituel qu'eux ; ce n'est pas comme ça que j'entends la liberté anglaise. »

Que fait donc mon père dans cette chambre, pensait Marie, et pourquoi donc Job ne s'en va-t-il pas ? le souper ne vaudra plus rien.

Mais Job reprenant la parole :

« Je vas vous dire ce qui en est, continua-t-il ; vous allez comprendre ce qui m'a fait céder. J'aime mieux un demi-pain que rien du tout, et je travaillerais à moitié prix plutôt que de ne rien faire ; mais là-dessus j'entends l'Union qui me dit : « Si tu « prends le demi-pain, tu seras battu à mort. » C'est à choisir entre le bâton ou la faim ; ma foi, l'un est encore plus doux que l'autre, et j'aime mieux jeûner que d'être assommé. »

Des pas retentirent dans l'escalier : c'était Barton qui descendait enfin ; il rentra dans la chambre, son petit paquet sous le bras, et, s'adressant à Job, prit congé de lui plus poliment que sa fille ne l'espérait ; puis, se retournant vers elle :

« Adieu, Marie, lui dit-il d'une voix brève.

— Ne partez pas encore, père ; le souper est tout prêt, attendez un instant. »

Il la repoussa brusquement et sortit sans lui répondre. Marie le suivit jusqu'à la porte ; elle s'y arrêta pour le regarder à travers ses larmes. Quel départ ! quel adieu ! Mais au moment de quitter la cour où se trouvait leur maison, il se retourna, la vit qui le regardait toujours, et, revenant sur ses pas, la serra contre son cœur.

« Sois bénie, pauvre enfant ! et que Dieu te protége ! lui dit-il.

— Oh ! ne partez pas ainsi, mon père, je vous en conjure ; mangez un peu : vous êtes si pâle !

— Non, je ne pourrais pas manger ; il vaut mieux que je m'en aille ; je ne peux pas rester en place, il faut que je marche. Adieu ! » dit-il encore en l'embrassant de nouveau et en se dégageant des bras qu'elle avait jetés autour de son cou.

Marie, toujours à la même place, les yeux tournés vers l'endroit où son père avait disparu, ne s'expliquait pas l'extrême affliction dont elle était saisie. Elle se retourna du côté de Job, qui ne semblait pas disposé à partir, et vint se rasseoir auprès de lui.

Quant à Barton, il avait ralenti le pas, une fois qu'il s'était trouvé hors de la vue de sa fille ; et, bien que déjà la soirée fût avancée, il continuait à marcher lentement dans l'attitude d'un homme que le désespoir accable. Tout à coup les cris d'un enfant vinrent frapper son oreille; il se rappela son fils, le cher ange qu'il avait eu dans sa jeunesse et qu'il avait perdu; il se dirigea du côté d'où venaient ces gémissements : c'était un enfant égaré qui ne savait quelle rue prendre et qui appelait sa mère. John essuya les larmes du malheureux bambin, tâcha de le consoler, et, se penchant vers lui, mit une patience touchante à recueillir les quelques mots qu'il put en arracher. Il finit par comprendre dans quel quartier demeurait sa famille; et là, demandant aux uns et aux autres s'ils connaissaient les parents de cet enfant, il parvint à le ramener chez sa mère. La pauvre femme, trop occupée pour veiller sur son fils, était loin de se douter qu'il avait failli se perdre; quand elle apprit ce qui était arrivé, elle remercia John avec effusion et appela sur lui toutes les bénédictions du ciel; mais Barton secoua tristement la tête en entendant ces paroles et reprit le chemin qu'il devait suivre pour arriver à la gare.

Marie s'était mise à coudre et s'efforçait d'écouter Job, qui, par hasard, ce soir-là était d'humeur jaseuse. Elle l'avait invité à souper et avait pris sur elle de manger quelque chose; mais le cœur lui manquait en dépit de son courage. Un poids affreux l'accablait, une sorte de pressentiment douloureux, peut-être la tristesse que lui causaient ces deux départs. Il lui tardait que Job s'en allât, afin de pouvoir pleurer sans contrainte mais Job restait toujours.

« J'ai pensé, lui dit-il, que vous seriez toute seule; et, tandis que ma petite-fille allait voir sa vieille amie, moi je suis venu de mon côté visiter la jeunesse. C'est une bonne petite causette que nous avons faite là. Mais il est tard, et ça m'étonne que Marguerite ne revienne pas.

— Peut-être est-elle rentrée, insinua la jeune fille.

— Non pas; j'ai bien prévu la chose (et il tira de sa poche la grosse clef de sa maison); il lui faudrait m'attendre dans la rue, ce qu'elle ne fera certes pas, sachant bien où me trouver.

— Est-ce qu'elle peut aller seule ?

— Très-bien; ça m'effrayait d'abord; et, sans faire semblant de rien, je la suivais par derrière; mais j'ai vu, Dieu la bénisse, qu'elle allait aussi droit et aussi ferme que nous qui voyons clair; plus doucement, à vrai dire, et la tête de côté, comme quelqu'un qui écoute. D'ailleurs elle verrait encore une voiture ou un gros tas de n'importe quoi, sans distinguer ce que c'est; mais, tenez, la voilà qui arrive ! »

Marguerite parut en effet ; elle avait les yeux pleins de larmes et le visage bouleversé.

« Qu'as-tu, ma fille ? s'écria Job dès qu'il l'eût aperçue.

— Oh ! grand-père, la pauvre Alice est bien malade. Je crois que c'est une paralysie, car elle a tout un côté où elle ne sent plus rien.

— Est-ce que Will était parti lorsque c'est arrivé ?

— Mais oui : il l'était déjà quand je suis entrée chez Alice. Elle ma parlé tout comme à l'ordinaire, pas beaucoup, vous savez, parce sa belle-sœur aime à jaser plus qu'à son tour ; nous causions donc et de je ne sais quoi, lorsqu'elle se lève ; j'entends qu'elle traîne la jambe et finalement elle tombe. Quel cri a jeté mistress Wilson ! Après l'avoir ramassée, elle a couru chez un médecin pendant que je restais auprès d'Alice.

— Et pourquoi Jem n'y est-il pas allé ?

— Il n'était pas à la maison, et même je suis partie avant qu'il fût rentré.

— Mais tu n'as pas laissé Jane toute seule avec Alice ?

— Oh ! non ; j'ai passé en revenant chez mistress Davenport ; elle était bien pressée, pauvre femme ! ça ne fait rien ; dès qu'elle a su ce que j'étais venu lui dire, elle a quitté son ouvrage et a couru chez Alice pour la garder cette nuit.

— Et qu'est-ce que le docteur a dit ?

— Mon Dieu ! tout ce que disent les médecins quand ils ne veulent pas s'avancer : que la chose est très-grave, mais cependant qu'il ne faut pas se désoler, que tant qu'il y a de la vie il y a de l'espoir, qu'elle se rétablira probablement, quoique son âge soit contre elle ; et finalement il a ordonné qu'on lui mette les sangsues.

— C'est un malheur que son neveu soit parti, dit le vieux Job devenu pensif.

— Jane croit bien qu'elle ne le sait pas, et je le suppose aussi. Pauvre Will ! j'ai bien peur qu'il ne la revoie jamais. Tant mieux qu'il ne soit pas ici ; Alice a maintenant la figure à l'envers, c'est un mauvais souvenir qu'il en aurait gardé, au lieu qu'il se la rappellera comme il l'a toujours vue. »

Ils échangèrent encore quelques paroles sur ce triste sujet et s'en allèrent chez eux, laissant Marie au chagrin qui l'étouffait.

Quelle journée ! » pensait-elle. Will parti pour l'Amérique et son père pour Glascow, qui, dans son ignorance, lui semblait aussi loin que l'Australie ou les Indes. Et qui la protégerait contre M. Carson, dont les menaces devenaient chaque jour plus effrayantes ? Que deviendrait-elle, s'il apprenait qu'elle était seule ? Et

Jem qui ne l'aimait plus ! tandis qu'elle, au contraire, sentait grandir son amour avec son désespoir. N'était-ce donc pas assez de tant souffrir pour elle-même, et fallait-il encore apprendre à chaque instant quelque nouveau malheur ?

CHAPITRE XVIII.

Le même soir, une heure ou deux avant l'instant où Job et Marguerite avaient quitté Marie, les trois demoiselles Carson étaient assises dans le salon de leur père, qui, de son côté, couché mollement dans un bon *comfortable*, dormait à la salle à manger. Mistress Carson était souffrante, ainsi qu'il arrivait toujours quand rien ne la forçait à secouer ses misères ; et, ce jour-là précisément, elle se donnait le luxe d'une migraine qui la retenait dans sa chambre. Elle était vraiment malade, mais de cette oisiveté de corps et d'esprit où elle languissait depuis qu'elle était riche. Trop peu éclairée pour jouir des avantages de la fortune et pour profiter de ses loisirs, elle se serait mieux trouvée d'avoir à faire l'ouvrage d'une de ses femmes, que de tout l'éther et de tous les sels dont elle avait pris l'habitude et qu'elle consommait inutilement. Frotter les meubles, secouer les tapis, sortir au vent frais du matin sans tout cet attirail de châles, de boas, de manteaux, de bottines fourrées, de voiles épais qu'elle mettait pour aller *prendre l'air* dans une voiture hermétiquement fermée, lui eût valu cent fois mieux que tous les soins et toutes les précautions au milieu desquelles sa santé s'étiolait.

Ses trois filles étaient donc seules dans un salon élégant, bien chauffé, bien éclairé, où, comme presque toutes les jeunes ladies qui occupent un rang élevé dans le monde, elles ne savaient trop que faire en attendant que le thé vînt couper la soirée. Les deux aînées, qui avaient passé la nuit au bal, s'endormaient, l'une en feuilletant les *Essais* d'Emerson, la cadette en cherchant dans un paquet de romances quelque nouveauté qui pût lui plaire ; Amy, la plus jeune et la plus occupée, copiait quelques lignes de musique inédite. L'air tiède était chargé des parfums qui s'échappaient de la serre voisine. Le timbre de la pendule résonna tout à coup et réveilla celle des trois sœurs qui dormait complétement.

« Quelle heure est-ce ? demanda-t-elle.

— Huit heures, répondit la plus jeune.

— Oh ! chère, comme je suis lasse ! Henri est - il rentré ? Le thé réveille toujours un peu. N'es - tu pas brisée de fatigue, Hélène ?

— Oui ; je m'endors et n'en peux plus ; c'est toujours ainsi le lendemain d'un bal ; on n'est vraiment bonne à rien ; je suppose que c'est la veillée qui vous épuise.

— Et comment faire ? on dîne à six heures, on ne peut guère arriver avant neuf heures, il faut que la soirée s'anime ; elle est toujours bien plus agréable après le souper qu'avant.

— C'est vrai ; d'ailleurs je suis trop lasse ce soir pour essayer de réformer le monde. Amy, qu'est-ce que tu copies là ?

— Ce petit air espagnol que tu chantes : *Quien quiera.*

— Et pour qui donc ?

— Henri me l'a demandé pour miss Richardson, du moins à ce qu'il m'a dit.

— Pour Jane ! s'écria Sophie comme si cela venait confirmer un soupçon qu'elle avait dans l'esprit.

— Crois-tu que les attentions d'Henri pour elle aient quelque chose de sérieux ? demanda Hélène.

— Je ne sais pas ; seulement j'observe et je fais des conjectures ; et toi qu'en penses-tu ?

— Mon Dieu ! pas grand'chose ; Henri aime à passer pour être bien avec la reine du bal. Il suffit qu'une jeune fille soit recherchée par un autre pour qu'il voltige autour d'elle et tâche de faire croire qu'il est dans ses bonnes grâces. Je n'ai pas remarqué qu'il en fût autrement quant à Jane Richardson.

— Mais je crois qu'elle y attache une tout autre importance. Regarde-la quand Henri s'approche d'elle ; comme elle rougit et semble heureuse ! Il le voit, et j'imagine qu'il en est enchanté.

— Je n'en doute pas ; mais je suppose qu'il serait tout aussi ravi de tourner la tête à n'importe quelle autre jolie femme, et je ne crois pas le moins du monde qu'il ait de l'amour pour Jane, quel que soit d'ailleurs le sentiment qu'il lui ait inspiré.

— Eh bien ! il a beau être mon frère, s'écria Sophie, je n'en dis pas moins que c'est une indignité ; plus j'y pense et plus je suis sûre que Jane croit qu'il l'aime sérieusement : c'est lui qui le lui a persuadé. Juge un peu quand il cessera de faire attention à elle....

— Ce qui arrivera dès qu'une jeune fille plus jolie apparaîtra au bal, interrompit Hélène.

— Quand il cessera de faire attention à elle, reprit Sophie, elle aura le cœur brisé jusqu'au moment où, devenant cruelle à son **tour**, elle imitera celui qui l'a trompée, et ne sera plus qu'une coquette, comme Henri n'est qu'un roué.

— Je n'aime pas que tu parles ainsi d'Henri, dit **Amy** en levant les yeux sur sa sœur.

— Il me plaît encore moins d'avoir sujet de le dire : Henri est un bon frère que j'aime de tout mon cœur; mais il est vain de sa personne et je ne crois pas qu'il sache le mal, je dirai plus, le crime que la vanité pourrait lui faire commettre. »

Hélène bâilla.

« Oh! je t'en prie, dit-elle, sonne pour qu'on apporte le thé D'avoir dormi après le dîner, ça m'a donné la fièvre.

— Tu as raison; je ne sais pas d'ailleurs ce qui empêche qu'on ne le serve. »

Et Sophie tira vivement la sonnette. « Le thé, Parker, » dit-elle au valet de chambre qui entrait dans le salon.

Elle s'occupait trop peu des autres pour remarquer les traits et la physionomie de Parker; et pourtant, les lèvres serrées, la pâleur, les yeux fixes du pauvre homme étaient bien faits pour frapper quiconque eût regardé son visage.

Les trois sœurs mirent de côté leur musique et leurs livres, et elles disposaient la table pour recevoir le thé, lorsqu'on ouvrit la porte une seconde fois; mais au lieu d'être Parker, ce fut Nourrice qui entra, celle qui avait élevé tous les enfants, qui était restée leur femme de chambre, leur gouvernante, qui remplissait dans la maison les fonctions de femme de charge et qui avait gardé son premier nom de nourrice. Elle venait quelquefois au salon sans y être demandée, pour y chercher une chose ou l'autre, et sa présence n'étonna point les jeunes filles, qui ne s'inquiétèrent même pas de ce qu'elle était venue faire.

Mais Nourrice avait besoin d'être remarquée, besoin qu'on lût sur son visage ce qu'elle n'osait pas dire. Elle toussa, un sanglot expira sur ses lèvres.

« Qu'as-tu, nourrice? dit la plus jeune des sœurs; est-ce que tu es malade?

— Est-ce maman qui est plus souffrante? demanda vivement Sophie.

— Parle, nourrice! parle donc, s'écrièrent-elles toutes les trois en entourant la pauvre femme qui essayait en vain d'articuler un son.

— Mes chères demoiselles, mes chères filles! »

Et ses larmes l'empêchèrent de continuer.

« Oh! qu'y a-t-il, nourrice? il vaut mieux tout nous dire, parle donc!

— Mes pauvres enfants ! je ne sais pas comment faire ; si vous saviez ! M. Henri.... vient d'être rapporté.... à la maison.

— Rapporté ? à la maison ? »

Et, baissant la voix comme si elle eût eu peur que ces murs, ces meubles, tout ce confort réuni pour embellir l'existence n'entendît sa réponse, elle ajouta :

« Oui, rapporté mort ! »

Amy saisit le bras de sa nourrice, la regarda fixement et s'évanouit ; Sophie se couvrit les yeux en cherchant à comprendre ce qu'elle venait d'entendre, pendant qu'Hélène cachait sa tête dans les coussins de l'ottomane pour étouffer les cris qu'elle ne pouvait retenir.

Et Nourrice attendait ; elle n'avait pas tout dit.

« A-t-on envoyé chercher le médecin ? murmura Sophie d'une voix que l'émotion étranglait ; il est possible qu'il y ait encore moyen de le secourir ; vite, nourrice, vite ! »

Et Sophie et Hélène s'élancèrent vers la porte.

« Non, mes enfants, tout est fini ; j'ai envoyé chercher le docteur, dit la nourrice en arrêtant les deux jeunes filles. J'ai fait tout ce que j'ai pu.

— Et quand l'a-t-on rapporté ? demanda Sophie.

— Tout à l'heure, un peu avant que vous sonniez pour le thé.

— Comment cela s'est-il fait ? où l'ont-ils retrouvé ? Il se portait si bien, il était si beau, si fort ! Es-tu bien sûre qu'il soit mort ? »

Elle voulut sortir ; Nourrice s'y opposa de nouveau.

« Écoutez-moi, miss Sophie lui dit-elle ; votre père est près de nous, il ne sait rien encore ; c'est vous qui devez m'aider à lui dire ce malheur ! »

Sophie voulait parler, mais ses lèvres s'agitaient vainement.

« Il a été tué d'une balle ce soir comme il rentrait, en longeant Turner-street. Miss Sophie, répondez-moi ! Votre pauvre père, il faut pourtant le lui dire. Allez-y, les hommes l'attendent ; il dormait dans la salle à manger ; miss Sophie, dites-le-lui tout doucement. »

Sophie se laissa conduire vers la salle où était son père ; mais quand elle fut près de la porte :

« Oh ! je ne peux pas, s'écria-t-elle ; je ne peux pas, nourrice ; que lui dirais-je ?

— J'entrerai avec vous, miss Sophie ; du courage ! »

Et Sophie ouvrit la porte. Son père dormait toujours ; la lumière adoucie des lampes tombait sur ses traits vénérables et faisait ressortir ses cheveux blancs sur le maroquin rouge du fauteuil où s'appuyait sa tête.

« Papa! dit-elle doucement, mais il ne l'entendit point. Papa! répéta-t-elle plus fort.

— Est-ce que le thé est servi? demanda-t-il, les yeux toujours fermés.

— Non, papa; mais quelque chose d'affreux, d'horrible, est arrivé. »

Il cherchait à s'éveiller et n'entendit pas ou ne comprit point ces paroles.

« Maître Henri n'est pas rentré, dit Nourrice.

— Henri! oh! non, je ne l'attends pas encore; il a dû se rendre à la réunion des patrons relativement à cette grève; mais qu'as-tu donc à me regarder comme ça? qu'est-ce qui t'arrive, Sophie?

— Oh! papa; il est revenu au contraire, répondit-elle, tout en larmes.

— Tâchez au moins de vous entendre, reprit-il impatienté; l'une dit qu'il est rentré, l'autre qu'il n'est pas revenu; qu'est-ce que tout-cela veut dire? Est-il tombé de cheval? est-il....Réponds-moi donc, enfant!

— Non, papa; ce n'est pas une chute.

— Mais il est blessé? grièvement peut-être? a-t-on fait venir le médecin? »

Il s'était levé, Sophie lui prit la main.

« Oui, dit-elle, mais j'ai bien peur.... que ce ne soit inutile et que.... »

Il regarda sa fille et comprit enfin que son fils unique était mort.

Il retomba sur son fauteuil et posa sa tête sur la table, qui trembla sous la violence de ses sanglots.

Sophie s'approcha et passa un de ses bras autour du cou de son père.

« Oh! tu n'es pas Henri, lui dit le vieillard en la repoussant; où est mon fils? où est-il? demanda le pauvre père qui se leva tout à coup.

— Dans la salle des domestiques, lui répondit Nourrice; deux policemen et un homme l'ont rapporté; ils voudraient parler à monsieur, si toutefois monsieur peut les entendre. Retournez auprès de vos sœurs, miss Sophie, » ajouta-t-elle; et suivant M. Carson, elle entra avec lui dans la salle où sur la table gisait le corps de l'infortuné jeune homme.

Les policemen étaient auprès du feu, tandis que les domestiques regardaient les restes de celui qui avait été leur maître. Un ou deux versaient des larmes ; deux ou trois autres s'entretenaient, à voix basse ; mais tous reculèrent en voyant entrer M. Carson, qu'ils saluèrent avec respect.

Il s'approcha et contempla longtemps avec tendresse le visage de son fils ; puis s'inclina vers lui et baisa ces lèvres que la mort avait à peine effleurées. Il le regardait toujours immobile et sans larmes : « Qui l'a tué? » murmura-t-il enfin.

Les policemen s'approchèrent, et l'un des deux raconta qu'ayant entendu le bruit d'une arme à feu dans Turner-street, il y était accouru ; qu'au moment où il arrivait à la porte du jardin dont M. Henri avait la clef, un homme s'était enfui ; mais que la nuit était si noire qu'on ne distinguait rien dans l'ombre, et qu'en avançant il avait été surpris de trouver le corps d'un gentleman en travers du sentier ; qu'à son appel, un de ses camarades était venu, et qu'à la lueur d'une lanterne ils avaient reconnu celui qu'on avait tué ; qu'il était mort quand on était arrivé, et probablement sous le coup même, sans avoir fait un mouvement ni proféré une plainte ; que le rapport du crime avait été fait immédiatement au chef de la police, et que deux agents étaient restés à la place où le meurtre avait été commis, pendant que de toutes parts on cherchait l'assassin.

M. Carson avait écouté attentivement le policeman, sans détourner les yeux du visage de son fils :

« Où donc a-t-il été frappé? » demanda-t-il, quand l'agent eut terminé son récit.

On écarta les boucles épaisses qui couvraient le front d'Henri, et l'on montra une tache d'un bleu livide, le trou de la balle que les chairs avaient fermé en se rapprochant, et qui se voyait à la tempe gauche : « Mortellement visé, dit l'agent, et cependant la nuit était bien noire.

— Il a fallu que ce fût à bout portant, reprit l'autre policeman.

— Et que l'assassin l'eût entre le ciel et lui. »

Au même instant quelqu'un entra dans la salle ; c'était Mme Carson, la pauvre mère ; elle avait entendu un bruit inusité dans la maison et avait dit à sa femme de chambre d'aller voir d'où cela pouvait provenir ; mais, soit que la curiosité eût retenu la fille de service, soit que cette dernière n'eût pas osé venir rendre compte à sa maîtresse de ce qu'elle avait appris, Mme Carson ne recevant pas de réponse, était sortie de chez elle, et, guidée par le bruit des voix, était arrivée jusqu'à la salle dont elle venait d'ouvrir la porte.

« Emmenez-la, nourrice, dit aussitôt M. Carson, et priez miss Sophie d'aller auprès de sa mère. »

Pour lui, rien ne semblait pouvoir l'arracher de cet endroit où gisaient les restes de son fils. Pourtant lorsque le chef de la police, accompagné d'un médecin, après avoir constaté la mort du jeune homme et le meurtre qui l'avait causée, demanda au malheureux père quelques instants d'entretien, M. Carson le conduisit dans la salle à manger dont il ferma la porte, et le fit asseoir en face de lui. Sur la table était encore le verre à moitié plein où Henri avait bu quelques heures auparavant. Le pauvre père regardait cette place vide; et sortant tout à coup de sa rêverie douloureuse, ce fut lui qui le premier rompit le silence :

« Vous avez probablement entendu dire que je suis riche, monsieur, dit-il d'une voix ferme au chef de la police, qui fit un signe affirmatif. Eh! bien, monsieur, je donnerai la moitié de ma fortune, et, s'il le faut, je la donnerai tout entière, pour que justice soit faite du meurtrier de mon fils.

— Soyez persuadé, monsieur, que tous nos efforts tendront à ce but, et que nous ferons tout au monde pour obtenir plein succès; mais, assurément, l'appât d'une honnête récompense ne peut que rendre plus facile et plus prompte la découverte de l'assassin. Déjà, c'est ce que je voulais vous dire, nous avons quelque indice du meurtrier, et l'un de mes hommes, que j'ai amené jusqu'ici, a trouvé, près du lieu où le crime s'est effectué, un fusil que probablement l'assassin aura jeté dans sa fuite pour se débarrasser d'un objet qui pouvait le compromettre; je ne mets donc pas en doute qu'avant peu la police ne parvienne à s'emparer du misérable qu'elle cherche.

— Qu'appelez-vous une honnête récompense? demanda M. Carson.

— Mais quatre ou cinq cents livres seraient plus qu'il ne faudrait pour tenter un complice de dénoncer le coupable.

— Mettez mille livres, monsieur. Probablement que c'est encore un de ces damnés fileurs, un de ceux-là qui font grève.

— Je ne crois pas, monsieur; l'agent dont je vous parlais tout à l'heure a relaté dans son rapport à l'inspecteur, il y a de cela quelques jours, ce fait important, qu'il avait dû s'interposer entre monsieur votre fils et un jeune ouvrier, qu'à son costume il avait reconnu pour appartenir aux fonderies; que cet homme avait renversé M. Carson et se fût porté vraisemblablement à des violences ultérieures, si le policeman n'était pas intervenu entre lui et sa victime. L'agent avait voulu se saisir de l'ouvrier sous prévention d'attaque; mais monsieur votre fils s'y était opposé et ne l'avait pas permis.

« Je le reconnais bien là, noble cœur! murmura le malheureux père.

— Mais, après le départ de monsieur votre fils, l'ouvrier n'a pas craint de lancer contre lui de violentes menaces, et, chose assez curieuse, cette querelle avait lieu précisément à l'endroit où le meurtre fut commis, dans Turner-street, près du mur qui longe votre jardin.

— Mon père, dit Sophie qui entrait en cet instant, venez, je vous en prie; venez parler à ma mère; elle est auprès d'Henri qu'elle ne veut pas quitter, et je crois vraiment qu'elle n'a plus sa raison. »

Ils montèrent rapidement dans la chambre de Mme Carson, où celle-ci avait fait transporter son fils, qui, à la lueur incertaine d'une chandelle de cuisine, avait l'air d'être endormi, tant son visage était calme. Sa mort avait été si rapide que, n'ayant pas eu d'agonie, ses traits avaient conservé leur beauté, d'autant plus saisissante que la couleur en s'effaçant laissait mieux apparaître la pureté des lignes.

Sa mère était assise auprès de lui et souriait en le regardant; elle lui tenait la main qu'elle caressait doucement, comme elle faisait autrefois, quand il était enfant.

« Je suis bien aise que vous soyez monté, dit-elle à son mari sans perdre son sourire; notre Henri, qui aime à plaisanter, veut me faire accroire qu'il dort et qu'on ne peut pas l'éveiller; regardez bien; il m'entend et ne peut pas s'empêcher de rire en voyant que je l'ai deviné. Ne le vois-tu pas, Amy? dit-elle en se tournant vers sa fille qui, agenouillée près d'elle, essayait de la calmer en baisant ses vêtements. Il a toujours été si espiègle! continua-t-elle en s'adressant de nouveau à son mari; vous rappelez-vous quand il était tout jeune, et qu'il venait se cacher la figure sous mon bras, croyant n'être pas vu et vous faire chercher bien longtemps ce qu'il avait pu devenir? Oh! oui, toujours espiègle, Henri!

— Descendez, venez avec moi, chère amie, lui dit M. Carson; j'ai besoin de vous parler.

— J'y vais, répondit-elle en se levant. Peut-être qu'après tout le pauvre enfant est las et veut vraiment dormir. Couvrez-le bien, nourrice, il pourrait s'enrhumer; on dirait qu'il a froid, » ajouta-t-elle après l'avoir embrassé.

Pendant qu'avait lieu cette triste scène, le chef de la police avait pris une bougie et regardait les tableaux qui ornaient les murailles ; il s'était arrêté devant le portrait d'un jeune homme de dix-huit ans en costume travesti qu'il reconnaissait pour celui de la victime, lorsque M. Carson vint le retrouver après avoir remis à ses filles le soin de veiller sur leur mère.

« Mille pardons, monsieur, de vous avoir laissé seul, » dit-il d'un air sombre; et ils reprirent leur conversation au point où ils l'avaient laissée. Évidemment la vue de sa femme, dont la douleur égarait la raison, avait encore augmenté chez M. Carson le désir qu'il éprouvait de poursuivre et d'atteindre le meurtrier d'Henri.

Plusieurs policemen furent introduits et questionnés successivement, et, lorsqu'au matin M. Carson reconduisit le chef de la police jusqu'à la porte de la cour :

« N'oubliez rien, lui dit-il. Je me fie à vous et à votre habileté; n'épargnez pas l'argent : la fortune aujourd'hui n'a plus pour moi d'autre valeur que de servir à l'arrestation du coupable. Faites afficher mille livres de récompense; ajoutez-y ce que vous croirez convenable; venez me trouver à toute heure de la nuit, aussi bien que pendant le jour. Tout ce que je vous demande, c'est bonne et prompte justice. Il faut que l'assassin soit pendu, et demain si la chose était possible. Mais, dans tous les cas, avec les indices que vous avez déjà, la condamnation ne peut guère se faire attendre; c'est aujourd'hui vendredi, le procès peut avoir lieu dans les premiers jours de la semaine.

— A moins que l'accusé ne demande l'ajournement, interrompit le chef de la police.

— On y mettra opposition; je m'entourerai des meilleurs avocats, je n'aurai pas de repos tant que vivra l'assassin.

— Comptez sur mon zèle, monsieur. »

Et l'agent en chef se dirigea vers la demeure du coroner pour s'entendre avec lui.

Hélas! pour venger les torts dont il avait souffert, l'assassin avait désigné sa victime et lui avait arraché par un meurtre la vie que Dieu seul peut donner. Pour venger la mort de son fils, le vieillard à son tour n'avait plus qu'une pensée, qu'un vœu : le supplice du meurtrier dont il abhorrait le crime. La loi, il est vrai, sanctionnait son désir; mais ce n'en était pas moins une vengeance. Orestes de nos jours, êtes-vous les adorateurs du Christ ou les disciples d'Alecto?

CHAPITRE XIX.

Après une nuit sans sommeil, tourmentée des nouveaux chagrins qui venaient l'assaillir, Marie s'était endormie au point
du jour, et huit heures sonnaient à l'église du voisinage lorsqu'elle se réveilla. Elle s'habilla vivement et courut chez Marguerite, à qui la veille elle avait promis d'aller voir la pauvre
Alice et de lui en rapporter des nouvelles, afin de lui dire qu'il
était trop tard pour qu'elle pût faire cette course et qu'elle n'i-
rait chez Jeanne qu'en sortant de l'atelier. Mais Job était seul
quand elle entra chez lui.

« Marguerite ! lui dit-il; ah bien! oui; il y a déjà deux heures
qu'elle est chez les Wilson. Est-ce qu'elle a pu y tenir avec
son inquiétude? tu avais bien dit hier que tu irais ce matin;
mais n'importe, il a fallu qu'aussitôt levée Marguerite y
courût.»

Marie, se trouvant elle-même en faute, quitta le vieux Job et
se dirigea vers la maison d'Alice, sentant bien qu'elle ne serait
pas tranquille avant d'y être allée. Tout en mangeant la croûte
de pain dur qui composait son déjeuner, elle pressa le pas et se
souvint plus tard d'avoir vu des groupes nombreux arrêtés dans
les rues, où l'on paraissait écouter avidement quelque nouvelle
importante ; mais alors, préoccupée d'Alice et des reproches que
lui ferait miss Simmonds pour arriver si tard, elle ne fit aucune
attention à ce qui se passait autour d'elle. Son cœur battit bien
fort quand elle approcha de la maison de Jeanne; peut-être Jem y
était-il. Cette pensée, qui, dans son inquiétude pour Alice, ne s'é-
tait pas encore présentée à son esprit, colora ses joues d'une
vive rougeur et la fit s'arrêter un instant. Mais Jem n'y était
pas; sa mère déjeunait machinalement en essuyant quelques
larmes, et mistress Davenport savonnait dans un coin de la
chambre un vieux bonnet qu'à sa coupe surannée Marie put reconnaître pour appartenir à la malade.

Celle-ci était à peu près dans le même état que la veille, et,
bien qu'elle eût perdu la mémoire du présent et ne reconnût
personne, mistress Davenport conduisit Marie auprès d'elle; car,
chez les pauvres, nulle considération étrangère ne s'oppose au
désir que l'on éprouve de voir l'ami qui souffre et dont l'état
vous inquiète.

Alice était couchée dans le meilleur lit qu'il y eût dans la maison ; Marguerite la gardait, attentive au moindre bruit.

« Il faut que je m'en aille, dit mistress Davenport, mais je reviendrai ce soir et je lui repasserai son bonnet ; car ce serait une honte de lui en voir un sale, maintenant qu'elle est malade, elle qui, sa vie durant, a toujours été si propre. »

Et, descendant bien vite, elle laissa Marie dans la chambre avec Alice et Marguerite.

« Écoute, dit l'aveugle qui s'était levée en reconnaissant le pas de la jeune fille, c'est du délire ; mais je crois entendre que son esprit n'est pas triste ; à son visage tu dois voir si les idées qu'elle a sont un chagrin pour elle.

— Qu'est-ce que dira notre mère ? balbutiait la malade ; les abeilles sont rentrées à la ruche et nous ne sommes pas près d'être rendues au cottage. Ah ! c'est un nid de linotte qui est là dans les branches ; prends garde, tiens, vois-tu la mère sur ses œufs ? comme son regard est brillant, chère mignonne ! elle ne s'envolera pas. Mais dépêchons-nous donc. Quel beau fagot de bruyère nous avons ramassé ! Vite, Sally, pressons le pas ; maman sera bien contente et nous aurons des pétoncles à souper, j'ai vu l'homme qui les apporte avec son âne, il venait par là-bas du côté d'Arnside. »

Elle s'arrêta un instant et sa figure exprima le repentir.

« Oh ! Sally, reprit-elle d'une voix triste ; elle croit que nous sommes restées à l'église tant qu'a duré le service et nous l'avons trompée ; nous aurions dû lui dire comme quoi l'aubépine sentait si bon par la grande porte ouverte et que nous étions au dernier banc de la nef ; puis que ce beau papillon était le premier que nous ayons vu ce printemps, et qu'il était entré jusque dans l'église même ; oh ! maman est si bonne ! nous avons eu bien tort de ne pas tout lui avouer. Je vas le lui dire dès que je m'en vas la voir. »

Et une larme glissa lentement le long de sa joue ridée au souvenir de cette faute ; il fallait que depuis lors bien peu de péchés eussent chargé sa conscience.

« Elle est heureuse, dit Marie à voix basse.

— Oh ! oui, répondit Marguerite, elle ne sait rien de l'état où elle se trouve, mais elle a besoin qu'on la veille ; et que je suis triste d'être aveugle ! je serais restée pour la garder cette nuit.

— Je reviendrai, dit Marie.

— Oh ! je t'en prie, n'y manque pas ; je tâcherai de venir ; peut-être que Jem aussi passera la nuit près d'elle, et Jeanne pourra se coucher ; elle n'a pas dormi de la nuit dernière, car elle venait de se mettre au lit quand Jem est rentré sur les trois heures, et rien que sa voix l'a réveillée tout de suite.

— A trois heures! Mais où donc était-il pour revenir aussi tard?

— Je n'en sais rien; ce matin il est monté, et j'ai compris à sa voix qu'il était triste et comme tout abattu. Peut-être qu'en lui parlant tu pourras le consoler, » dit Marguerite.

Un rayon d'espérance glissa dans le cœur de Marie. Bienheureux soir! Jem viendrait; elle le reverrait enfin; oh! qu'elle voudrait y être et que de longues heures à passer d'ici là! Elle se leva pour partir, et, en regardant Alice, elle se reprocha sa joie; mais, en dépit d'elle-même, elle se sentait heureuse; et ce fut d'un pas léger qu'elle gagna l'atelier.

Elle était en retard, elle le savait; miss Simmonds grondai fut d'une humeur massacrante; elle s'y attendait bien, et s'était promis de l'adoucir en se montrant plus empressée, plus attentive qu'à l'ordinaire; mais ses compagnes avaient quelque chose de mystérieux qu'elle ne pouvait comprendre. Sally, en la voyant entrer, avait interrompu subitement le récit plein d'intérêt qu'elle était en train de faire, et tous les yeux s'étaient fixés sur elle avec un regard étrange. Puis les chuchotements avaient recommencé quelques instants après, et malgré ses préoccupations elle avait cru comprendre qu'il était question d'elle. Enfin Sally avait pris un certain air pour lui demander si elle savait la nouvelle.

« Non; de quelle nouvelle parlez-vous? »

Les jeunes filles se regardèrent, et Sally continua:

« Vous n'avez pas entendu dire que le jeune M. Carson a été assassiné hier au soir? »

Marie ne put pas répondre; sa pâleur et son effroi dirent assez qu'elle n'en avait rien su. Elle n'aimait pas Henri, et depuis quelque temps ses menaces le lui faisaient craindre; mais, en apprenant cette mort affreuse, elle ne put se défendre d'une émotion poignante qui lui donnait le vertige; peut-être même se fût-elle évanouie si miss Simmonds, qui entrait en ce moment, ne l'eût ranimée en faisant pénétrer l'air frais du dehors dans l'atelier, et n'eût remonté son esprit défaillant par quelque parole un peu vive sur la négligence qu'elle apportait à son travail; puis, tout en s'asseyant et en prenant son ouvrage:

« Savez-vous ce qu'on raconte sur cette horrible affaire? demanda-t-elle à Marie.

— Non, madame; c'est ici que je viens de l'apprendre, balbutia la pauvre fille d'une voix presque inarticulée.

C'est étrange pour une personne que ça touche de si près

j'espère bien, du reste, que le meurtrier sera découvert et pendu; un si charmant jeune homme et une mort si affreuse! Ce misérable assassin! je veux le voir à la potence, haut et court, commme le cruel Aman.... »

Sally rappela que les assises s'ouvraient le lundi suivant.

« Oui, répliqua miss Simmonds; le marchand de lait m'a même dit que l'assassin serait jugé avant la fin de la semaine. »

Et toutes les jeunes filles racontèrent à l'envi ce qu'elles savaient du meurtre et de la victime.

« Miss Barton! s'écria tout à coup la maîtresse avec emportement, des larmes sur la robe neuve de mistress Hawkes! Est-ce que vous ne savez pas que ça fait des taches sur la soie? Faut-il se désoler comme un enfant parce qu'un joli garçon vient à mourir? Fi! quelle honte! Pensez, miss, à votre réputation et, s'il vous plaît, à votre ouvrage. Et tenez, puisqu'au lieu de m'écouter vous ne pleurez qu'un peu plus fort, prenez cette indienne-là; au moins ça ne craindra rien. »

La conversation roula de nouveau sur le sujet qui occupait toute la ville. Les ouvrières qu'on envoyait en commission revenaient en toute hâte pour raconter ce qu'elles avaient appris dans les boutiques sur l'enquête du coroner; les ladies qui entraient dans l'atelier pour voir où en étaient leurs robes parlaient d'abord de cet affreux événement, et mêlaient aux recommandations qu'elles adressaient à miss Simmonds les détails qu'elles avaient pu recueillir sur l'assassinat du malheureux jeune homme. Toutes ces variantes plus ou moins vraies de la sanglante histoire qu'on répétait auprès d'elle produisaient sur Marie l'effet d'un horrible cauchemar. Il lui semblait voir passer devant ses yeux le spectre livide de celui qu'elle avait connu si brillant et si beau; et la terrible vision prenait tout le caractère d'une réalité saisissante, tandis que les objets dont elle était entourée ne lui apparaissaient qu'à travers un nuage. Pourtant les paroles de Sally arrivaient à son oreille au milieu des bruits confus qu. bourdonnaient dans sa tête.

« Pauvre gentleman! s'écriait la mauvaise fille après avoir raconté la dernière entrevue de Marie avec M. Carson.

— Quelle honte! répondait-on avec indignation.

— Et dire qu'il est maintenant dans le cercueil, tout ensanglanté, tout glacé! »

Marie n'aspirait plus qu'à se retrouver auprès d'Alice, non pas seulement pour y rencontrer Jem, mais pour échapper à tout ce qu'elle entendait, pour oublier toutes ces odieuses paroles en écoutant la vieille fille, dont les récits d'enfance lui rendraient le calme et la paix. « Combien Alice est heureuse, pensait-elle, d'être aussi près de la mort, près de ce monde où le méchant ne peut plus nuire, et où le repos attend celui qui est fatigué ! »

Mais l'humble maison de Jeanne était loin d'être en ce moment l'asile calme et paisible que se représentait Marie. L'importance de la somme promise par M. Carson à celui qui ferait connaître le meurtrier de son fils était venue se joindre à la sympathie qu'inspirait la douleur d'un vieillard, et plus encore à l'attrait du mystère, au désir de le pénétrer, au besoin d'aventures, à tous ces mobiles qui agissent si puissamment sur la police ; et jamais enquête n'avait été poursuivie avec plus d'entraînement et d'ardeur.

Le matin même, des preuves nombreuses avaient été déposées chez le coroner, et le jury des mises en accusation avait déclaré « qu'il y avait eu préméditation dans le meurtre dont M. Carson fils avait été victime. » Seulement, plus prudent que le coroner, pour qui le nom de l'assassin ne faisait pas même l'objet d'un doute, il avait ajouté : « par une personne inconnue. »

Cette réserve avait augmenté l'irritation de M. Carson père, et ce fut en vain que le chef de la police s'efforça de le calmer en lui représentant que la décision du jury n'était qu'une formalité sans importance, et en lui exhibant un mandat d'amener contre ledit Jem Wilson, accusé, jusqu'à preuve contraire, du meurtre qu'il s'agissait de punir. Il résolut d'employer tous ses efforts pour que la cause fût appelée le lendemain même, et disposa tout pour qu'il en fût ainsi ; il écrivit aux avocats les plus célèbres qu'attiraient les assises, afin d'engager leurs services ; et, dans son désir d'avoir prompte satisfaction du meurtrier, il eût accepté volontiers l'office de policeman, de guichetier, d'accusateur, surtout celui de juge, afin de prononcer immédiatement la sentence de mort qu'il avait sur les lèvres.

Pendant ce temps-là, Jeanne Wilson, assise auprès de sa belle-sœur, commençait à ressentir les effets d'une nuit sans sommeil ; c'était vers le milieu du jour, et malgré tous ses efforts elle allait s'endormir au chevet de la pauvre malade, quand une voix d'homme retentit dans la salle basse et vint la tirer de l'engourdissement où elle était plongée. Elle regarda qui ce pouvait être, et vit un ouvrier qu'elle ne connaissait pas, mais probablement un camarade de son fils ; car il portait le même costume, et son visage et ses mains étaient assez noirs pour qu'elle pût le supposer :

« Peut-on savoir, lui dit-il, si le fusil que voilà n'est pas à votre garçon ? »

Ne voyant aucun motif pour refuser de répondre :

« Je crois bien que oui, » répliqua Jeanne ; et prenant le fusil pour mieux l'examiner : « Oui, pour sûr, ajouta la pauvre mère ; je le reconnais à cette marque. Voyez-vous, c'était le fusil de son grand-père, qui était garde dans un château du Nord. On n'en fait plus comme ça ; je le reconnaîtrais dans un mille ; mais ce que je ne comprends pas, c'est que vous l'ayez entre les mains ; Jem en est curieux et ne le prête à personne ; il le garde pour aller au tir, où son adresse est fameuse ; non pas qu'il y soit aujourd'hui que sa tante est si malade ; et moi qui suis toute seule. » Une fois sur ce chapitre, elle raconta non-seulement l'attaque dont Alice avait été frappée, mais encore la perte qu'elle avait faite de son mari et de ses enfants.

L'agent de police déguisé l'écouta quelques instants, et ne trouvant plus rien dans ses paroles qui se rattachât au meurtre, il l'interrompit en lui disant qu'il était attendu et s'en alla bien vite. Ce ne fut qu'après son départ et quand elle se retrouva dans la chambre d'Alice, qu'elle se demanda pourquoi cet homme avait remporté le fusil, puisqu'elle lui avait dit que c'était bien celui de Jem. « Probablement, pensa-t-elle, qu'il veut aller au tir ; ou peut-être qu'il l'a donné pour qu'on le lui raccommode. » Après tout elle n'aimait pas les armes à feu et ne serait pas fâchée que ce fusil ne fût plus dans la maison : ce n'était bon qu'à tuer le monde ; d'ailleurs, puisque c'était un camarade de Jem ! Et ne s'inquiétant pas davantage de la visite de l'ouvrier, Jeanne s'endormit peu à peu, toutefois sans trouver dans son sommeil le repos dont elle avait besoin

L'agent de police s'éloignait avec l'arme précieuse, et se livrait aux sentiments divers que faisait naître en lui son apparition chez la veuve : un peu de mépris, un léger désappointement et une pitié profonde. Il aurait préféré que mistress Wilson, au lieu de tomber ainsi dans le piége, eût, en essayant de le tromper d'une façon ou d'une autre, exercé la finesse qu'il savait apporter à déjouer toutes les ruses. Quel plaisir offrirait la chasse au renard, si l'animal ne faisait nul effort pour échapper à la meute ? Et cependant il éprouvait une sympathie réelle pour cette pauvre mère, dont l'aveu candide allait servir à faire condamner le fils. Néanmoins il se rendit immédiatement où l'attendait son chef, et le résultat de leur conférence fut que trois policemen, arrivés à la fonderie qui leur avait été désignée, demandèrent l'ouvrier Wilson à l'inspecteur et furent introduits dans l'endroit où Jem dirigeait la coulée.

Tout ce qu'ils avaient vu jusque-là dans l'établissement était sombre et noir, les visages et le sol des cours; mais ici, la flamme qui s'échappait de la fournaise en rugissant couvrait de ses lueurs infernales les murs de l'antre où les fondeurs attendaient que le fer, devenu liquide, pût se verser dans les moules préparés pour le recevoir. Les policemen restèrent immobiles devant ce spectacle d'une grandeur imposante; la chaleur devint plus forte, la flamme plus vive; de noirs démons armés d'écopes de forme bizarre s'approchèrent de la fournaise, et le flot étincelant jaillit et s'épancha suivant la direction qui lui était imprimée, pour venir se figer dans le sable, où il dessinait de fulgurantes arabesques. On pouvait maintenant s'essuyer le front et respirer largement; le bruit des voix se fit entendre et les fondeurs se dispersèrent pour vaquer aux différents travaux qui les appelaient ailleurs.

L'un des policemen, celui qu'on désignait sous le chiffre 72, lettre B, montrant alors du doigt Jem Wilson, qu'il reconnaissait pour l'avoir vu engagé dans une lutte avec M. Carson, le fit saisir par ses deux agents, comme accusé de meurtre sur la personne du gentleman que lui, prévenu, avait menacé devant témoin quelques jours auparavant. Jem fit un mouvement de surprise, mais n'opposa pas de résistance, et appelant un de ses camarades, il le pria d'aller dire à sa mère qu'un embarras imprévu l'empêcherait de rentrer le soir; il désirait qu'elle n'en sût pas davantage.

Le sommeil de mistress Wilson fut donc interrompu de nouveau par un ouvrier du même état que celui qui était venu la surprendre une heure auparavant, si ce n'est que celui-ci, plus noir et plus mal vêtu, inspirait moins de confiance.

« Et que voulez-vous encore? demanda Jeanne avec humeur.

— Oh! ce n'est rien; seulement.... balbutia le pauvre homme, doué d'un esprit assez borné mais d'un cœur très-sensible.

— Eh bien! parlerez-vous? lui dit la veuve impatientée.

— Jem.... voilà; c'est lui qui m'envoie, parce qu'il est dans l'embarras.

— Bonté divine, s'écria la pauvre mère, l'embarras ne finira donc jamais? Dans l'embarras! et qu'est-ce que ça veut dire? est-il malade? est-il blessé? mais parlez donc.

— Non, non; c'est pas ça; il se porte bien : « Va, » qu'il m'a dit; « tu diras à ma mère que je suis dans l'embarras et qu'elle « ne m'attende pas; je ne rentrerai pas ce soir. » Je suis venu, et c'est tout.

— Il ne reviendra pas ce soir! mais il le faut pourtant. Moi qui ne peux pas veiller; qu'est-ce que je deviendrai donc, avec la vieille Alice? Il faut bien qu'il revienne.

— Mais puisque je vous dis qu'il ne le peut pas; c'est pourtant clair.

— Ah! bien oui; monsieur ne peut pas rentrer; avec ça qu'on m'attrape; c'est qu'il est comme les autres; et pourtant, s'il n'était pas malade.... »

L'ouvrier voulut partir, elle se mit devant la porte :

« Non, vous ne sortirez pas que vous ne m'ayez tout conté; je vous dis qu'il est dans la peine et que je veux tout savoir.

— Vous ne le saurez que trop tôt.

— Qu'est-ce qui peut l'empêcher? car il sait que je suis seule et qu'Alice est malade.

— Eh! bien, puisqu'il faut tout vous dire, la police vient de le prendre.

— Mon Jem! vous en avez menti. Lui qui de sa vie n'a fait de mal! Je vous dis que c'est un mensonge.

— Du mal! mais je suppose que c'est assez comme ça, répliqua l'ouvrier qui se fâchait à son tour; car il est bien prouvé qu'il a tué le jeune Carson. »

Elle voulut battre cet homme; mais l'émotion, la faiblesse, furent plus puissantes que sa colère, et la pauvre femme, retombant sur sa chaise, se couvrit la figure de ses mains.

« Oh! c'était pour plaisanter, reprit-elle après quelques instants; je vous demande pardon si ce que j'ai dit vous a fâché; mais n'est-ce pas, vous avez voulu rire?

— Je le voudrais bien, mais on ne rit pas de ces choses-là. C'est bien vrai qu'ils l'ont pris, disant comme ça qu'il avait tué ce gentleman. Son fusil a été ramassé auprès de l'endroit où le crime a été fait, et d'ailleurs le policeman a dit qu'il avait menacé M. Carson, il y a de ça quelques jours, en se querellant avec lui à propos d'une jolie fille.

— D'une fille! mon Jem! oh! que non, répondit-elle en s'indignant de nouveau; un ange n'est pas plus rangé que lui. Je vous dis qu'il n'est pas homme à se quereller pour une fille.

— Et pourtant le policeman l'a bien dit, à preuve qu'il l'a nommée; une Marie Barton, à ce que j'ai cru entendre.

— Oh! la coquine! oh! la drôlesse! qu'elle vienne encore et comme je la recevrai! mon pauvre Jem! » Puis se reprenant tout à coup : « Et ce fusil, vous en parliez; qu'est-ce que vous en disiez donc?

— Eh bien! oui, on l'a trouvé sur un terrain, pas bien loin du cadavre.

— C'est un mensonge; il était chez un homme qui me l'a montré tout à l'heure, un ouvrier comme vous, un ami de Jem.

— Connaissez-vous le camarade? demanda le forgeron, qui s'intéressait vivement au pauvre Jem et à qui cette circonstance rendait un peu d'espoir.

— Non; je ne l'avais jamais vu; mais il avait la veste et le tablier de travail.

— Ça pouvait bien être un agent déguisé, dit le pauvre homme en secouant la tête.

— C'est impossible, il n'aurait pas osé. Pensez donc, me tromper à cette fin que j'aille accuser mon fils! oh! non, ce serait noyer l'agneau dans le lait de sa propre mère et la Bible le défend.

— Je ne sais pas, » répondit l'ouvrier, qui, ne trouvant rien pour dissiper l'inquiétude de la veuve, dont le chagrin lui faisait mal, sortit bientôt sans écouter ce qu'elle lui disait encore.

Et maintenant qu'elle était seule, malgré son ardente conviction de l'innocence de son fils, elle eût plutôt douté du jour, une affreuse douleur, une désolation indicible s'emparait de son âme. Elle était remontée auprès d'Alice et lui raconta l'horrible histoire, espérant la réveiller de sa torpeur et en obtenir quelque parole consolante; mais la malade se mit à sourire et murmura quelques mots sans suite qu'elle adressait à sa mère, ou qui se rapportaient aux jours heureux de son enfance.

CHAPITRE XX.

Marie, en quittant l'atelier de miss Simmonds, aspira joyeusement l'air du soir et se hâta d'arriver chez la veuve, où l'attendait Alice. La fraîcheur du vent, la rapidité de la marche dissipaient peu à peu sa tristesse et faisaient évanouir la vision effrayante qui l'avait obsédée pendant le jour; un sentiment de bien-être inexprimable succédait à ses terreurs; elle était libre et se reprochait la joie qu'elle éprouvait en songeant qu'elle n'avait plus rien à craindre de celui qui, la veille encore, la poursuivait de ses menaces. Elle pouvait donc prendre telle rue, passer devant telle boutique où d'ordinaire il s'arrêtait pour l'attendre, sans que l'inquiétude vînt la saisir. Pauvre cœur que l'émotion faisait battre! Cette joie profonde qui changeait en brise caressante l'âpre vent de la nuit, n'était-ce pas la pensée de revoir Jem qui la faisait naître, la pensée que d'un regard il saurait tout comprendre?

Marie posa la main sur le loquet et ouvrit la porte sans avoir frappé.

Jem n'était pas dans la chambre; sans doute il rentrerait bientôt. Sa mère, accroupie devant la cheminée, probablement fort occupée du plat qu'elle faisait cuire, n'avait pas entendu qu'on entrait et ne s'était point retournée. Marie quitta son chapeau et son châle et s'approchant de la veuve :

« Laissez-moi faire, lui dit-elle ; je suis sûre que vous êtes fatiguée ; reposez-vous, et je vais faire cuire cette viande. »

Mistress Wilson releva la tête et ses yeux étincelèrent.

« Ah! c'est toi, s'écria-t-elle, et tu oses mettre le pied dans cette maison après tout ce qui arrive! Ce n'est donc pas assez de m'avoir pris mon Jem avec tes artifices? il faut encore que tu viennes insulter sa pauvre mère. Sais-tu bien où il est, méchante drôlesse, avec tes grands yeux bleus et tes cheveux jaunes? Sors d'ici, démon à la face d'ange, sépulcre blanchi; sais-tu où il est par ta faute? réponds un peu; l'oseras-tu?

— Je ne sais pas, murmura la pauvre enfant, terrifiée par cette violente apostrophe qu'elle ne pouvait comprendre.

— Il est à New-Bailey, articula distinctement la veuve en examinant l'effet que produisaient ses paroles. A New-Bailey, en attendant qu'on le juge pour avoir tué M. Carson. »

Elle n'obtint pas de réponse et continua sans pitié :

« Tu le connaissais, ce gentleman, trop bien à ce que l'on dit, et ce serait pour l'amour de toi que Jem l'aurait tué. Ah! mais non ; je sais bien qu'il ne l'a pas fait. Ils peuvent le pendre, mais sa mère jurera de son innocence jusqu'à son dernier souffle. »

Elle s'arrêta ; la force lui manquait, mais non pas les paroles.

« Je ne vous comprends pas, dit Marie d'une voix tellement altérée qu'on l'eût prise pour celle d'une autre. Qu'est-ce que Jem a fait? répétez-le-moi, car je ne l'ai pas compris.

— Je n'ai pas dit qu'il l'avait fait ; je dis, au contraire, que je jure que ce n'est pas lui ; je me moque pas mal de tous ceux qui ont entendu la querelle et de savoir si c'est à lui le fusil qu'on a trouvé. Ce n'est pas Jem qui jamais tuera quelqu'un, n'importe pour quelle coquine! Mon pauvre Jem, qui a été envoyé comme une bénédiction dans la demeure où il est né! »

Des larmes remplirent les yeux brûlants de la pauvre mère, dont la voix s'adoucit pour parler de son enfant et de l'époque où, tout petit, elle le veillait dans son berceau. Mais, rappelée bientôt à la situation présente et vexée d'avoir eu la faiblesse de s'attendrir devant l'infâme Dalila qui avait perdu son fils, elle reprit avec aigreur :

« Je le lui avais bien dit, de ne plus penser à toi, misérable qui n'étais pas même digne d'essuyer la poussière de ses pieds, mauvaise drôlesse. C'est bien heureux que ta mère soit morte et qu'elle ne puisse pas voir ce que sa fille est devenue.

— Oh ! ma mère, ma mère ! » s'écria Marie dans sa détresse. Puis elle ajouta d'une voix touchante : « Je le sais bien, que je ne suis pas digne de lui. »

Et dans son cœur elle sentait vibrer ces paroles que Jem lui avait dites la dernière fois qu'il lui avait parlé :

« Marie, vous entendrez peut-être dire que je suis un ivrogne ou un voleur, peut-être un assassin ; mais rappelez-vous, quand ils parleront de moi dans leur colère, que vous n'avez pas le droit de me blâmer, car c'est votre cruauté qui m'aura fait ce que je serai devenu alors. »

Et Marie ne le blâmait pas, bien qu'elle crût à son crime. Elle comprenait que, jalouse de Jem, elle eût agi follement; et que n'avait-elle pas fait? Oh! mon Dieu! continue, pauvre mère indignée, parle, accable-la d'injures, elle t'approuve et les accepte.

Mais les derniers mots qu'elle avait proférés d'une voix si pénétrante et si humble avaient touché la veuve qui, en dépit d'elle-même, se sentit désarmée.

« Tu vois, Marie, où la mauvaise conduite nous mène, reprit-elle avec douceur. C'est par ta faute que l'innocent est soupçonné. Tu répondrais de sa mort s'il était condamné, de la mienne aussi qui retomberait sur ta tête.

— Oh ! mon cœur se brise, murmura-t-elle avec angoisse à l'idée que Jem pouvait être pendu.

— Folie ! répliqua Jeanne ; mon cœur a plus de droit que le tien à se briser aujourd'hui, et pourtant je suis debout et je garde mon courage. Mais qu'est-ce que je dis? mon Dieu! si je te perdais, mon Jem, s'ils te pendaient malgré ton innocence, oh! mon enfant, tu sais bien que j'en mourrais. »

Et ses sanglots éclatèrent.

« Laissez-moi rester avec vous jusqu'à ce que nous sachions comment ça finira; mistress Wilson, vous permettez, n'est-ce pas ? Je vous en conjure, » disait Marie ; et la pauvre enfant répétait d'une voix suppliante : « Laissez-moi vous soigner, ne me renvoyez pas, je vous servirai, je veillerai sur vous; oh! ne me renvoyez pas. » ———

Mais la veuve se montrait inflexible.

« J'ai été dure pour toi, Marie, je le regrette, et pourtant je désire que tu t'en ailles. Je ne peux pas oublier que c'est toi qui, par ta légèreté, nous a mis dans la peine ; je resterai auprès d'Alice avec mistress Davenport qui va venir tout à l'heure, mais non pas avec toi ; bonsoir. Peut-être que demain je te verrai d'un autre œil ; quant à présent, bonsoir. »

Et Marie quitta cette maison d'où elle était chassée, cette maison qui aurait pu être la sienne, et se retrouva dans la rue où des voix enrouées annonçaient auprès d'elle « le récit du meurtre sanglant d'un gentleman avec l'enquête du coroner et le portrait frappant du prévenu James Wilson pour un sou. »

Elle fuyait comme en rêve et prit d'instinct le chemin le plus court afin de rentrer plus tôt chez elle, seul endroit où elle pût cacher son désespoir, mais où nul accueil, nul amour ne l'attendait, où pas un mot, pas une larme ne répondraient à ses pleurs.

Comme elle approchait de sa maison, elle fut arrêtée par un enfant, un petit garçon italien qui portait au cou une de ces boîtes renfermant quelque curiosité, une souris blanche ou une marmotte ; il était pâle, de grosses larmes brillaient dans ses yeux noirs, il regarda Marie et, de sa voix harmonieuse, il proféra ces mots : « Faim, si faim ! » Et craignant de ne pas être compris, il montra du doigt sa petite bouche dont les lèvres tremblaient.

« Oh ! ce n'est rien, enfant, que d'avoir faim, » lui répondit Marie en poursuivant sa course ; mais se reprochant aussitôt sa dureté, elle entra chez elle, prit ce qui restait dans le buffet et revint sur ses pas à la recherche du pauvre petit qui s'était assis près d'une borne à côté de sa boîte, et qui pleurait en répétant à demi voix : « Mamma mia ! mamma mia ! » Mais avec cette faculté qu'ont les enfants de passer tout à coup du chagrin à la joie, il se leva en souriant dès qu'il aperçut la jeune fille, lui baisa la main avec la gracieuse politesse de son pays et la remercia de tout son cœur, tandis qu'il partageait son repas avec sa souris blanche. Marie, distraite un instant de sa douleur par la vue de cette joie si naïve, se pencha vers l'enfant après l'avoir regardé quelque temps, l'embrassa sur le front et courut s'enfermer dans sa chambre où, les cheveux épars et la face contre terre, elle donna libre cours aux sanglots qui l'étouffaient.

Et personne auprès d'elle, personne au monde, pas une parole, pas d'autre voix que celle du remords qui déchirait son cœur !

Pourquoi avait-elle cédé au démon? pourquoi s'était-elle laissé entraîner par cette ambition fatale qui lui avait fait écouter son riche adorateur? Elle méritait ses tortures; mais lui, son bien-aimé! victime innocente de la faute qu'elle avait faite! Elle ne se demandait pas comment il avait pu savoir ses relations avec M. Carson : tout le monde avait dû les connaître; mais à présent qu'il avait tout appris, que devait-il penser d'elle? C'était fini, plus d'espoir qu'il pût l'aimer encore; et, d'ailleurs, ce n'était pas de son amour qu'elle s'inquiétait maintenant. Ses larmes éclatèrent de nouveau et, lorsqu'elles furent épuisées, la pensée lui revint, la pensée du crime de Jem, dont elle avait fait un assassin; et la potence se dressa devant elle et se détacha au milieu des flammes qui brûlaient ses yeux fermés; la potence! oh ! mais elle devenait folle !

Chose étrange! un calme singulier remplaçait l'horrible angoisse qu'elle venait d'éprouver; le passé revenait à sa mémoire; elle se retrouvait à l'heureux temps où sa mère, la regardant avec amour, la prenait sur ses genoux pour essuyer ses larmes et la consolait d'un mot, quel que fût son chagrin; à l'heureux temps où elle ignorait que sa mère pouvait mourir, où, comme l'enfant qu'elle venait de rassasier, elle comptait la faim pour une souffrance; où Jem était son ami, le compagnon de tous ses jeux, qu'il partageait avec la bonté d'un frère aîné; où son père était gai, content, riche de l'amour de sa femme, de l'amitié de ses camarades. Et le sommeil, venant peu à peu s'emparer de tout son être fit succéder le rêve au souvenir; sa mère était près d'elle et s'inclinait pour l'embrasser; elle était toute petite et retrouvait ses plaisirs, ses amis d'autrefois, jusqu'au chat, son favori, qui jouait alors avec elle et que depuis bien longtemps elle avait oublié.

Elle se redressa tout à coup et rejeta ses longs cheveux en arrière; quelque chose venait de la réveiller; tout était calme pourtant et les battements de son cœur troublaient seuls le silence; il était plus de minuit, la lune versait dans sa chambre sa froide lumière, éclairant de ses pâles rayons la nudité des murs; un léger coup frappé à la porte se fit entendre. Marie frissonna; peut-être les morts revenaient-ils, évoqués par son rêve! Mais qu'avait-elle à craindre si l'ombre de ceux qui l'avaient aimée revenait la consoler au milieu de ses douleurs? et, ne redoutant plus rien, elle suspendit son haleine pour saisir le moindre bruit.

« Marie! Marie! ouvre-moi, » dit quelqu'un du dehors. C'était la voix de sa mère, l'accent du Sud qu'elle se rappelait toujours et qu'elle imitait quelquefois, par amour pour celle dont elle gardait le souvenir.

Elle courut à la porte et l'ouvrit; plus de doute, une femme était là, pâle, sous la clarté de la lune, et dont les traits chéris lui étaient bien connus.

« Oh! ma mère, ma mère! Vous voilà donc enfin! » s'écriat-elle en se jetant dans les bras de sa pauvre tante, qu'elle ne reconnaissait plus

---

CHAPITRE XXI.

Le meurtre avait été commis le jeudi soir, et la nouvelle s'en était répandue immédiatement sur tous les points de la ville. Esther, qui se trouva naturellement dehors quand la nuit fut venue, avait, en écoutant le récit qu'on faisait de la mort d'Henri Carson, éprouvé le désir d'en savoir davantage, et s'était rendue à Turner-street, sur le lieu même du crime, où elle était arrivée quelques minutes avant l'aube. A l'exception de la trace qu'en tombant le corps du gentleman avait laissée sur la poussière du chemin, rien n'y témoignait de la scène violente qui s'était passée. Esther traversa la haie d'épine trouée en maint endroit, et, supposant que le meurtrier avait pu se réfugier sous le hangar qu'on voyait au bout de l'enclos, elle chercha dans cette direction l'empreinte des pas du fugitif; mais l'herbe, tout humide de rosée, n'en conservait nul vestige, et probablement personne ne l'avait foulée depuis longtemps. Elle s'arrêta pensive, et elle tâchait de se figurer la position de l'assassin et celle de la victime, lorsque les petits oiseaux qui, à l'approche du jour, commençaient à remuer dans les broussailles, attirèrent son attention du côté de la haie d'épine; au milieu de cette masse brune que les buissons formaient dans l'ombre, elle crut distinguer quelque chose de blanc dont la vue la frappa : la saison était trop avancée pour que ce fût un flocon de neige, trop nouvelle pour que ce pût être une fleur. Elle s'approcha, saisit l'objet au milieu des menues branches; ce n'était rien qu'un peu de papier chiffonné; mais, à la manière dont il était roulé, elle comprit que c'était la bourre du fusil de l'assassin. Le bruit courait dans la ville que Carson avait été tué par l'un de ces malheureux que la faim réduisait au désespoir, et la sympathie de la prostituée était acquise à tous ces affamés dont elle partageait la misère. Pensant donc que peut-être cette bourre trouvée par elle, évidemment à l'endroit où le meurtre avait eu lieu, et qu'elle venait de rejeter, pouvait servir de preuve et concourir à faire condamner le prévenu, elle revint sur ses pas, la ramassa et sortit précipitamment de Turner-street en prenant le côté opposé à celui par lequel elle était arrivée; mais lorsque, après avoir marché quelque temps, elle déplia le chiffon de papier qu'elle tenait, quelle ne fut pas sa surprise d'y trouver le nom de Marie Barton ainsi que l'adresse de la jeune fille! Certes, il manquait deux ou trois lettres à l'endroit où le papier avait été déchiré, mais néanmoins il était impossible de s'y tromper; d'ailleurs une affreuse pensée lui traversait l'esprit; elle se méprenait sans doute, il y avait si longtemps qu'elle n'avait vu son écriture; mais elle croyait la reconnaître : c'était bien celle de Jem; autrefois, quand elle demeurait chez sa sœur et qu'elle avait les Wilson pour voisins, il lui était souvent arrivé d'employer Jem comme secrétaire intime; elle se rappelait toujours les merveilleux parafes qu'elle admirait alors et que le jeune écrivain, dans tout l'orgueil d'un talent qui vient de naître, prodiguait avec un luxe et une aisance dont elle restait éblouie. « Mais non, se disait-elle; je me trompe assurément, c'est ma pensée qui se trouble; Jem n'est pas le seul qui sache faire avec sa plume des oiseaux et des guirlandes. » Et cependant, elle avait beau le vouloir, elle ne pouvait pas en douter : ce « rie Barton » au milieu de colombes et d'entrelacs, c'était bien de la main de Jem. Oh ! elle comprenait tout; ce meurtre, c'était elle qui l'y avait poussé; malheureuse ! elle avait osé croire qu'elle pouvait, du fond de son abjection, protéger l'innocence; et, maudite qu'elle était, la colère divine l'atteignait dans ses actes, alors même qu'elle rêvait de faire le bien.

Pauvre esprit égaré ! personne au monde n'essayera de dissiper ton erreur et de calmer ton effroi.

Elle continuait, oubliant qu'il faisait jour, d'errer par les rues et les places, cherchant à saisir quelque détail du procès, en s'approchant des groupes où chacun racontait ce qu'il savait et disait ses soupçons. Elle écoutait avidement et serrait dans sa main, jusqu'à faire entrer ses ongles dans sa chair, le papier qu'elle avait peur de perdre, et qui pouvait trahir le prévenu qu'elle désirait sauver.

La journée s'avançait; la pauvre fille, tombant de fatigue et de faim, alla dormir dans la cave d'une taverne et but un verre de gin. Quand elle se réveilla de l'engourdissement qui lui tenait lieu de sommeil, elle sortit, poussée par l'inquiétude, et se dirigea vers l'endroit où la police interrogeait les témoins. Elle pénétra dans la foule et comprit, au peu de mots qui arrivèrent jusqu'à elle, que l'on ne doutait même point de la culpabilité de Jem. Son cœur se serra : non pas qu'elle eût horreur du meurtre qu'il avait commis, elle n'y songeait même pas; mais elle pensait au danger que ce crime faisait peser sur lui; n'était-ce pas le seul être qui eût gardé l'espoir de la rappeler au bien, et qui lui eût parlé sans dégoût, sans qu'un reproche vînt effleurer ses lèvres? Elle avait refusé ses offres généreuses; mais ses paroles étaient restées dans son cœur et lui semblaient la voix du ciel. Que lui importait le crime? Elle ne pensait en ce moment qu'à la douceur de Jem et au péril dont il était menacé.

Lorsque, après avoir assisté à l'interrogatoire, elle s'était retrouvée dans la rue, elle avait songé à Marie. Pauvre enfant! comme elle devait souffrir et pleurer ce gentleman! C'était un coup terrible qu'elle avait dû recevoir en apprenant sa mort. Elle n'avait plus de mère qui pût la consoler, et son père était devenu si violent! Esther frissonna; Barton était pour elle une sorte d'ange accusateur chargé de frapper et de maudire.

Elle prit le chemin qui conduisait chez Marie, afin de se procurer dans le voisinage quelques renseignements sur le compte de la jeune fille; mais, arrivée près de la cour où se trouvait la maison qu'elle avait habitée autrefois avec sa sœur, elle n'osa pas s'adresser aux voisins qui auraient pu la reconnaître; elle alla s'asseoir sur les marches d'une vieille porte, au fond d'une allée sombre; et là, mettant ses coudes sur ses genoux et cachant sa figure dans ses mains, elle essaya de se recueillir et de former un plan quelconque. Elle savait que Barton n'y était pas, et cette pensée lui donnait du courage. Il faisait nuit; elle se leva, se rendit chez un fripier, changea tout son clinquant pour le chapeau de soie noire, la robe d'indienne et le tartan d'une ouvrière; pauvres vêtements usés, qu'elle revêtait avec respect, comme étant la livrée de cette classe heureuse à laquelle, depuis longtemps, elle n'appartenait plus. Elle secoua tristement la tête en se voyant ainsi transformée, et songea aux devoirs faciles de cet Éden d'innocence dont elle avait pour toujours fermé l'entrée derrière elle. Comme elle eût travaillé, souffert, jeûné! comme elle fût morte avec bonheur pour un mari, pour des enfants!... L'ombre d'un ange traversa le nuage qui lui couvrait les yeux; elle s'enfuit pour échapper à sa douleur.

Vous savez maintenant comment elle se trouvait chez Marie à cette heure avancée; elle avait attendu longtemps avant de frapper à cette porte qu'elle n'osait pas se faire ouvrir, et dont l'accès lui semblait interdit; mais quand la pauvre enfant, sous l'influence du rêve qu'elle venait de faire, et trompée par la ressemblance qui avait existé entre sa mère et sa tante, se fut jetée dans les bras d'Esther, celle-ci n'hésita plus à franchir le seuil vénéré; elle entraîna Marie vers une chaise où elle la fit asseoir, et la regarda longtemps en silence. Toutefois, désirant conserver aux yeux de sa nièce le caractère de la femme dont elle avait pris le costume, elle affecta une indifférence qu'elle était loin de ressentir, afin de pouvoir expliquer plus aisément comment elle avait pu rester tant d'années sans donner de ses nouvelles, surtout après son mystérieux départ.

« Tu ne te souviens plus de moi, commença-t-elle; et pour tout dire, il s'est passé bien du temps depuis que je ne vous ai vus; je pensais toujours venir, mais.... une chose, une autre.... Et ton père?... C'est que nous demeurons si loin, et que j'ai tant d'occupations.... Ne me réconnais-tu pas, Marie? je suis Esther, la sœur....

— Vous êtes ma tante Hetty? demanda la jeune fille, qui cherchait vainement sur ce visage l'éblouissante fraîcheur dont elle avait gardé le souvenir.

— Oui, tante Hetty; oh! qu'il y avait longtemps que je n'avais entendu ce nom ! » Et se remettant aussitôt : « J'ai appris aujourd'hui, continua-t-elle, qu'un de tes amis, qui était le mien autrefois, est dans la peine; j'ai pensé que tu en avais du chagrin, et je suis venue pour te voir. »

Marie se mit à pleurer; mais elle n'éprouvait aucun désir de s'épancher auprès d'une parente qui ne les connaissait plus et qui, de son propre aveu, les avait négligés si longtemps.

« Merci, répondit-elle; vous êtes bien bonne; peut-être venez-vous de loin; et.... je n'ai rien ici, rien à manger. Peut-être avez-vous faim après une si longue course?

— Ne t'inquiète pas de ça, répliqua la pauvre Esther, dont la maigreur disait assez qu'elle jeûnait depuis longtemps; nous avons tout en abondance, car mon mari ne manque pas d'ouvrage; il en a plus qu'il ne peut en faire; j'ai soupé avant de partir et je n'ai pas faim du tout. »

Ces paroles produisirent sur Marie un douloureux effet; elle croyait se rappeler que sa tante avait toujours été généreuse et dévouée : comment se faisait-il qu'elle fût changée au point de vivre dans l'abondance et de ne pas même se souvenir de parents aussi proches, qui l'avaient nourrie autrefois, et qui aujourd'hui manquaient de tout? Elle se sentait de plus en plus disposée à lui fermer són cœur; et la pauvre Esther, étouffant ses sanglots pour continuer à jouer le rôle qu'elle s'était imposé, reprit d'une voix qu'elle tâchait d'affermir : « C'est une mauvaise affaire que celle du meurtre de M. Carson. »

Marie se cacha le visage; Esther, trop agitée elle-même pour observer l'émotion de la jeune fille, ajouta : « On dit que Jem sera condamné; j'en ai peur. Ce matin j'étais du côté de Turner-street, j'ai voulu voir l'endroit où ça s'était passé, et par bonheur j'ai trouvé là ce morceau de papier qui a dû servir à bourrer le fusil du meurtrier. Je ne savais pas quel était l'accusé ; mais n'importe; j'étais triste pour lui, et je pensais qu'il ne fallait rien laisser de ce qui pouvait aider la police; les agents ont tant de ruse, ils tirent si bon parti d'une paille! Alors j'ai ramassé la bourre; quand j'ai été un peu loin, je l'ai dépliée pour voir, et j'y ai lu ton nom. »

Marie regarda sa tante avec surprise; Esther continua sans faire attention à ce regard :

« Les agents n'auraient pu s'y tromper; vois plutôt; d'ailleurs c'est ton adresse, et de l'écriture de Jem. »

Marie prit le papier qu'elle étira lentement et resta frappée de stupeur.

« C'est bien son écriture, n'est-ce pas ? demanda Esther.

— Vous ne le direz pas, vous ne le direz jamais, s'écria Marie dont la voix était presque menaçante.

— Oh! non, dit Esther d'un ton de reproche; je ne suis pas assez mauvaise pour le dire, et tu ne penses pas que j'en sois capable. »

Les larmes lui vinrent aux yeux à l'idée que Marie la soupçonnait d'être assez lâche pour aller dénoncer un ami, un malheureux, quel qu'il fût.

« Non; je sais bien que vous ne le ferez pas, ma tante; je ne sais plus ce que je dis, tant la tête me fait mal; et pourtant, je vous en prie, dites encore que vous n'en parlerez pas.

— A personne, je te le jure; à personne, quoi qu'il arrive. »

Marie regardait cette écriture et retournait le papier dans tous les sens; elle tâchait d'espérer qu'elle se trompait et ne pouvait y parvenir.

Esther ne se méprenait pas sur la nature de l'émotion de Marie et sur l'intérêt qu'elle portait à l'accusé; elle était venue pour voir jusqu'où allait la douleur que la mort du gentleman avait causée à la jeune fille, et s'était servie du morceau de papier que le hasard lui avait fait trouver, pour s'introduire chez elle; la remarque qu'elle avait faite relativement à Jem n'avait

pas eu d'autre but que de s'assurer des sentiments de sa nièce à
l'égard de M. Carson : elle comprenait maintenant qu'elle avait
commis une imprudence en parlant avec aussi peu de mesure de
la condamnation qui menaçait l'accusé.

« Comme tu ressembles à ma petite fille ! » dit-elle après avoir con-
templé pendant quelque temps la figure pâle et délicate de sa nièce.

Marie leva les yeux d'un air distrait. Sa tante avait des enfants ; c'est là tout ce qu'elle avait saisi dans les paroles d'Esther.
Oh ! si elle eût pu comprendre le désespoir dont la malheureuse
était navrée, avec quel amour elle se fût jetée dans ses bras !
avec quel abandon elle lui eût ouvert son cœur ! Mais sa tante
était à l'aise, elle avait un mari, une famille qu'elle aimait ; tout
ce bonheur lui était étranger ; ce qui l'absorbait tout entière,
c'était ce papier qu'elle pressait convulsivement, cette écriture
dont elle voulait s'assurer, tout un mystère qu'elle avait à éclaircir. Pourquoi sa tante ne s'en allait-elle pas ? elle se taisait, ne
souhaitant plus que ce départ ; et, comme si l'intensité de son
désir eût agi sur la pensée d'Esther, l'infortunée comprit que
sa présence était à charge et se leva pour partir. Elle avait réussi
à dissimuler sa honte, à se faire passer pour la femme d'un honnête ouvrier ; c'était là tout ce qu'elle avait voulu ; peut-être demain se réjouirait-elle d'avoir laissé à Marie cette opinion favorable ; mais pour l'instant elle était sans courage : partir ainsi,
sans un regard de pitié, sans un mot, elle qui avait tant besoin
qu'on la plaignît ! Il le fallait pourtant, il fallait quitter ces vieux
murs, ces dalles usées qu'elle aimait ; quitter cette pauvre demeure où s'abritait la misère, pour l'un de ces horribles bouges
où le vice se réfugie.

« Bonsoir, Marie, » dit-elle à regret. Puis elle ajouta : « Le papier
est en sûreté dans tes mains ; seulement promets-moi de le brûler avant de t'endormir, comme tu m'as fait promettre de n'en
parler à personne.

— Je vous le promets, ma tante ; vous partez donc ?

— Oui, à moins que tu ne désires que je reste ; si je pouvais
te servir à quelque chose, dit-elle en reprenant un peu d'espoir.

— Non, je vous remercie, répliqua la jeune fille, qui attendait
avec impatience le moment où elle serait seule ; votre mari s'in-
quiéterait ; vous me donnerez de vos nouvelles. J'ai oublié votre
nom.

— Fergusson, dit tristement Esther.

— Mistress Fergusson, répéta machinalement la jeune fille, et
vous demeurez à....

— Angel's-Neaden, 145, Nicholas-street. »

Elle rattacha son châle et elle se disposait à sortir, quand Marie, touchée du service qu'Esther lui avait rendu en lui apportant le précieux papier, se reprocha la froideur qu'elle avait montrée à sa tante, et ne voulant pas la quitter sans lui témoigner un peu d'affection et de gratitude, s'avança pour l'embrasser.

Mais Esther la repoussa d'un geste convulsif :

« Moi!... oh! non.... vous ne le devez pas.... vous ! »

Et la malheureuse s'élança dans la rue, où longtemps elle sanglota dans l'ombre.

CHAPITRE XXII.

Dès qu'elle fut seule, Marie poussa le verrou, ferma soigneusement les volets qui jusqu'alors étaient restés ouverts, alluma la chandelle et s'assit un instant pour réfléchir. Ses yeux étaient fixes, ses lèvres pâles et serrées. Elle se leva, et, sous l'empire d'une résolution qui dominait son trouble, elle monta l'escalier d'un pas ferme, et se trouva dans la chambre de son père.

Vous vous rappelez peut-être les strophes de Samuel Bamford qu'elle avait copiées quelques mois auparavant, sur la feuille blanche d'un Valentin que Jem lui avait adressé à une époque où elle n'attachait nulle valeur aux objets qui maintenant lui semblaient un trésor. C'était à la demande de Barton, et pour lui, qu'elle avait fait cette copie ; elle la lui avait vue souvent entre les mains ; il n'y avait pas quinze jours qu'il la lisait encore ; peut-être l'avait-il prêtée, donnée même à quelqu'un de ses amis ; c'est là ce qu'elle voulait savoir : car ce chiffon de papier dont l'assassin avait bourré son arme, et qui portait son adresse, avait été pris à la feuille du Valentin dont elle s'était servie ; et le possesseur des strophes de Bamford était le meurtrier d'Henri Carson.

Elle ouvrit une vieille commode qui contenait quelques hardes, vida les tiroirs, y trouva divers objets qui avaient appartenu à sa mère ; elle ne se donna pas le temps de les regarder ; seulement elle les posa sur le lit, tandis qu'elle jetait le reste dans la chambre, secouant et dépliant tout ce qui lui tombait sous la main : les strophes de Bamford n'y étaient pas. Oh ! bien sûr, il les avait données ; mais alors il fallait que ce fût à Jem, puisque c'était à lui qu'appartenait le fusil trouvé sur le terrain ; et, redoublant d'ardeur, elle fouilla dans la boîte de sapin qui, maintenant, servait de siége, et où Barton serrait autrefois son habit du dimanche, à l'époque où il était assez riche pour avoir deux habits. Rien dans la boîte, ainsi que dans la commode ; mais il avait retiré de chez le prêteur, pour aller à Glascow, le moins mauvais de ses vêtements qui, depuis longtemps, était en gage. Marie l'avait remarqué. D'ailleurs, la vieille veste était là, celle qu'il avait quittée au moment du départ : la poche en est lourde, et quelque chose se froisse avec bruit sous la main qu'elle y plonge : « Oh ! mon père ! »

C'est bien cela ; les deux lambeaux se rejoignent, les mots se complètent. Voici des balles et un reste de poudre ; puis encore le fourreau d'un fusil, fait d'un morceau de couverture de cheval, ainsi que vous l'avez vu cent fois. Comment son père avait-il pu échapper aux soupçons ? Et le fusil que l'on disait être à Jem ! Ce dernier serait-il complice du meurtre ? Oh ! non ; jamais d'avance il n'eût tramé un crime et n'eût pu le discuter froidement avec un autre. Il avait prêté son fusil à Barton, qui l'avait sans doute chargé dans sa chambre, et qui ensuite était sorti sans qu'on l'eût aperçu. Depuis quelque temps, sa conduite et ses manières étaient devenues si étranges qu'on ne pouvait plus rien conjecturer de ses actes ; et puis, à quoi bon s'épuiser en vaines suppositions ? n'était-ce pas assez d'être sûre de son crime ? L'amour qu'elle ressentait pour lui semblait grandir de toute l'horreur qu'elle ressentait de ce meurtre ; cher père, si bon, si plein de cœur autrefois, si ardent à secourir l'infortune, et maintenant un assassin ! Mais, au milieu de cette nuit profonde où elle se sentait plongée, surgissait une lueur imperceptible qui ranimait son courage. Il lui fallait agir ; et qui ne sait de quel secours la nécessité d'une action quelconque est pour le malheureux qui ploie sous la douleur ? Si quelque chose est à faire, c'est qu'il reste un peu d'espoir ; c'est qu'un surcroît de malheur peut tout au moins être évité ; et peu à peu l'espérance enlève au chagrin une partie de son amertume. Je ne sais pas de lieu commun plus irritant, surtout plus dérisoire que cette phrase débitée journellement à celui qui se désespère : « A quoi bon vous désoler, puisque l'on n'y peut rien ? » Pensez-vous donc que l'on passerait le temps à gémir si l'on y pouvait quelque chose ? et c'est précisément parce qu'on ne peut pas l'empêcher, que ce malheur est horrible, et que l'infortuné qu'il accable verse des pleurs si amers. Terrifiée d'abord par ce qu'elle venait d'apprendre, Marie trouva bientôt en y réfléchissant un motif d'espérance.

Barton étant coupable, **Jem** était innocent, et de son innocence résultait la possibilité de le sauver. Le secret terrible qu'elle avait découvert lui imposait le devoir de justifier l'accusé, alors même que son cœur ne l'y eût pas entraînée. Mais comment y parvenir sans que le soupçon vînt effleurer le véritable assassin? N'importe; elle puiserait dans sa conscience la force et la prudence qui lui seraient nécessaires. Ce qu'il fallait avant tout, c'était agir sans retard : n'avait-on pas dit chez miss Simmonds que les assises commençaient la semaine suivante, et que probablement elles s'ouvriraient par le jugement du meurtrier d'Henri Carson? Et Marie ne connaissait rien du monde; elle était sans amis, sans expérience ; elle n'avait pas même un schelling dont elle pût disposer. Mais sa résolution n'en restait pas moins inébranlable. Son courage la soutiendrait au milieu des épreuves.

La première chose qu'elle avait à faire était d'anéantir le papier dénonciateur qu'Esther lui avait apporté. Quand elle en eut fait disparaître jusqu'aux dernières traces et dispersé les cendres, elle cacha la poudre, le fourreau du fusil et les balles dans sa paillasse; et comprenant la nécessité de réparer ses forces, elle mangea un peu de farine d'avoine, la seule chose qui restât dans le buffet. Elle avait soif, sa tête était brûlante; elle prit sa cruche et sortit pour aller chercher de l'eau à la pompe. Les maisons d'alentour découpaient nettement leurs silhouettes sur le ciel froid de la nuit, où scintillaient de nombreuses étoiles. Au dehors tout était immobile et glacé. Quel contraste avec la fièvre dévorante dont elle était saisie ! Quel silence dans la cité populeuse ! quel tumulte au fond de son âme !

Elle rentra chez elle, étancha sa soif, baigna son front et ses tempes ; et, montant dans sa chambre, elle se déshabilla pour se mettre au lit jusqu'au jour. Elle ferma les yeux, sans croire toutefois qu'elle pourrait s'endormir, et quelques instants après elle oubliait dans un profond sommeil qu'il existât sur terre des malheurs et des crimes.

Le lendemain en s'éveillant elle retrouva sa tristesse avant même de se rappeler quelle en était la cause; la pensée lui revint et le désespoir l'accabla : mais ce ne fut qu'un instant de faiblesse qu'elle surmonta bientôt pour songer à ce qu'elle avait à faire. Jem, innocent, avait dû passer quelque part la soirée pendant laquelle le meurtre avait été commis, probablement avec des camarades qui témoigneraient du fait. Elle avait entendu parler d'un alibi, n'était-ce pas là ce qui devait justifier Jem? Elle le croyait sans en être certaine et résolut de s'en assurer en allant trouver Job, le seul parmi ses connaissances qui pût lui expliquer cette parole de magie : car, pour elle, tous les termes de loi faisaient partie du langage mystérieux qu'employait le vieux fileur pour désigner les animaux et les plantes.

Job et sa petite fille étaient à déjeuner. Ils s'entretenaient à voix basse d'un sujet pénible et qui semblait les attrister ; ils s'interrompirent en voyant entrer Marie dans la chambre ; sans doute ils parlaient du meurtre de M. Carson ; probablement ils croyaient Jem coupable, et cette pensée frappa tout à coup la jeune fille, qu'ils devaient connaître sa folle conduite avec le gentleman, et n'avoir plus pour elle que mépris et dureté. Ce fut donc d'une voix mal assurée qu'elle souhaita le bonjour au vieux Job, et son cœur se serra quand celui-ci, lui répondant avec une politesse peu usitée, l'invita froidement à s'asseoir dans cette demeure où jusqu'alors elle n'avait pas eu besoin d'en demander la permission. Elle prit une chaise ; Marguerite continua de garder le silence.

« Je viens vous parler de..... c'est à propos de Jem Wilson, dit Marie au fileur.

— Une mauvaise affaire, répliqua Job tristement.

— Bien mauvaise, en effet ; mais Jem n'est pas coupable, je puis vous le dire, j'en suis sûre comme de mon existence.

— Eh ! qu'en sais-tu ? les faits sont là, et puis on dit qu'il a refusé de répondre, ce qui n'a servi qu'à le noircir davantage. Pauvre garçon ! je crains bien que tout ne soit fini pour lui.

— Job ! s'écria Marie en se levant, ne dites point qu'il est coupable ; je vous répète qu'il ne l'est pas, j'en suis sûre et je l'affirme. Oh ! ne secouez pas la tête ; qui m'écoutera, qui me croira, si vous doutez de son innocence, vous qui le connaissez et qui savez ce qu'il est ?

— Ça me fait bien assez de peine ; mais pas moins voilà ce que je pense, qu'il a été trompé, indignement trompé par une coquette ; le mot est dur, Marie, mais il est juste ; alors le sang lui a brûlé : il n'est pas le premier homme qui ait fait un crime en pareil cas.

— Oh ! mon Dieu ! qui m'aidera si ce n'est vous, Job ? Croyez-moi quand je vous le dis, Jem n'a jamais fait le moindre mal à personne.

— Non certes, jusqu'alors ; et, songes-y bien, Marie, ce n'est pas lui que je blâme dans cette méchante affaire.

— Mais vous ne me refuserez pas ce que je vous demande : supposez que je sache que Jem n'est pas coupable, supposez que j'en sois sûre, que dois-je faire pour le prouver aux juges ? Répondez-moi, Job ; n'est-ce pas un alibi qu'on appelle ça, quand on fait venir les gens en témoignage pour qu'ils disent où se trouvait l'accusé dans le moment où le crime se commettait?

— Le meilleur moyen serait de nommer le vrai coupable. Quelqu'un a fait le coup, voilà qui est sûr; si ce n'est pas Jem, c'est un autre, et, si tu le sais, dis-le.

—Comment le pourrais-je? » balbutia Marie avec angoisse, craignant dans sa terreur que le vieillard ne soupçonnât la vérité.

Mais il n'y pensait pas; il croyait fermement que Jem, dans un accès de jalousie, avait tué le gentleman, et que Marie, le sachant bien, mais se repentant de sa conduite, cherchait un moyen de le sauver.

« Si Jem n'a pas tué M. Carson, reprit-il, je ne vois pas comment nous saurions qui l'a fait. Peut-être avec le temps y parviendrons-nous, mais le temps manque; c'est mardi qu'il doit passer aux assises, et je ne te cache pas que les preuves sont concluantes.

— Je le sais bien; mais, Job, n'est-ce pas un alibi quand on prouve où l'on était pendant le meurtre? et que dois-je faire pour en arriver là?

— Il faut que tu demandes à sa mère ce qu'il a fait le jeudi soir, où il a pu se trouver et surtout avec qui; après ça, tu verras. »

Marguerite gardait un air sérieux et continuait de se taire. Elle avait été douloureusement surprise en apprenant la conduite de Marie avec M. Carson, et l'indignation qu'elle éprouvait égalait son étonnement; d'un extérieur qui échappait à tous les regards, douce et réservée par nature, elle ignorait les dangers auxquels exposent la beauté, l'ambition, le besoin d'être admirée, et n'avait nulle indulgence pour les jeunes filles qu'elle entendait accuser de coquetterie ou de légèreté. Elle ne se doutait pas du combat que se livrent les principes et les désirs chez les êtres d'une nature différente de la sienne, et ne pouvait pas comprendre que Marie eût agi ainsi qu'elle l'avait fait, tout en sachant bien que c'était mal, puisqu'elle avait cru devoir lui cacher sa conduite. Elle souffrait d'avoir été trompée dans l'opinion qu'elle s'était faite de son amie, et se disposait à rompre complétement avec une jeune personne immodeste et assez hypocrite pour afficher les sentiments qu'elle lui avait exprimés à propos de Jem, tandis qu'elle encourageait les attentions d'un autre adorateur. Mais tout à coup Marie, frappée d'une idée qui lui venait à l'esprit, se tourna vivement de son côté.

« Marguerite, s'écria-t-elle, n'étais-tu pas chez Jeanne? Mais

oui, c'est le même soir qu'Alice a été prise de son attaque ; n'as-
tu pas entendu dire où Jem était allé ? Oh ! Marguerite, souviens-toi !

— Je ne sais pas, répondit l'aveugle, et pourtant je crois me
rappeler qu'il accompagna son cousin Will ou quelque chose
comme ça ; je ne saurais pas trop le dire : tant d'événements
sont arrivés ce soir-là !

— Je vais aller chez sa mère, » dit Marie d'une voix ferme.

Ni l'un ni l'autre ne lui répondit ; pas un mot qui pût la dis-
suader de cette démarche ou l'encourager à la faire ; elle n'avait
plus leur affection ; et, se roidissant contre cette nouvelle
épreuve, elle sortit pour se rendre chez Jeanne, rappelant tout
son courage pour ne pas défaillir : car elle était seule au monde
avec le secret terrible qui pesait sur son cœur.

« Ah ! c'est toi, Marie, lui dit la veuve en la voyant entrer ;
sais-tu bien qu'il sera jugé mardi ? et ses sanglots éclatèrent.

— Mistress Wilson ! un peu de courage ; nous prouverons son
innocence, ils ne peuvent pas le condamner. Calmez-vous ; mon
Dieu ! ne vous désolez donc pas.

— Ça te va bien de le prendre sur ce ton-là ; je te le conseille,
toi qui as fait tout le mal. Oh ! mon pauvre enfant ! je le sais
bien, que ce n'est pas lui qui l'a tué. »

Mais la jeune fille, sans faire attention à l'aigreur de la veuve,
s'agenouilla auprès d'elle et, d'une voix douce et pénétrante, lui
répéta ces phrases qui ont tant de puissance lorsqu'elles s'échap-
pent du cœur ; insensiblement la pauvre mère céda à l'influence
de ces yeux caressants, de ces larmes sympathiques, et se laissa
bercer par les paroles de tendresse et d'espoir que lui disait la
jeune fille.

« Et maintenant, continua celle-ci, rappelez-vous, chère
Jeanne, où il est allé jeudi soir ; il était sorti quand Alice a été
frappée de son attaque, il n'est rentré que dans la nuit ; cher-
chez bien, rappelez-vous.

— Eh ! oui, tu as raison, il est parti le soir vers les cinq heures
pour accompagner Will qui allait à Liverpool, et même que Jem
voulait lui payer la voiture et qu'il n'a pas consenti ; alors ils
sont allés tous les deux pour faire la route à pied, je m'en souviens à présent ; c'est-à-dire que Jem n'a fait qu'une partie du
chemin ; mais c'est égal, pour sûr il n'était pas à Manchester ; et
qui pourra le savoir ? Oh ! tu verras, Marie, qu'ils le pendront
tout de même.

— Soyez tranquille ; je sais maintenant ce que nous avons à
faire ; Will reviendra ; il en est temps encore, il portera témoi-

gnage qu'il était avec lui sur le chemin de Liverpool. Savez-vous
où est Jem?

— Ils l'ont emmené ce matin à Kirkdale, sans que je le voie,
et peut-être que je ne le reverrai plus. Et dire que je ne peux
rien pour lui! Mais je ne suis qu'une vieille femme dont la tête
est perdue, avec ma pauvre sœur qui s'en va, et mon enfant
qu'ils m'ont pris.

— Comment va donc Alice? demanda la jeune fille qui craignait de ne plus pouvoir maîtriser son émotion.

— Toujours de même; elle est heureuse, elle ne sait rien de
tout ce qui arrive; mais le docteur dit comme ça qu'elle faiblit
tous les jours. Tu peux la voir, si tu en as envie. »

Alice était dans le même état que la dernière fois où Marie
l'avait vue, complétement absorbée par les souvenirs de son enfance et ne parlant que des lieux qu'elle avait habités avec sa
mère; seulement sa voix était plus faible, ses mouvements plus
alanguis; évidemment elle s'éteignait, mais avec quelle douceur.
Marie la regarda quelque temps en silence, écouta les paroles
qu'elle murmurait de ses lèvres où flottait l'ombre d'un dernier
sourire, s'inclina respectueusement et baisa la joue de la mourante; puis, elle entraîna la mère de Jem en lui disant quelques
mots à voix basse, l'embrassa de tout son cœur, lui dit adieu,
revint sur ses pas pour lui recommander encore de ne pas
perdre courage; et, quand elle fut partie, Jeanne crut qu'un
rayon de soleil se retirait après l'avoir un instant ranimée de sa
chaleur.

CHAPITRE XXIII.

Marie, le cœur palpitant, la tête remplie d'idées confuses, rentra chez elle afin de se recueillir et de chercher le moyen le plus
sûr et le plus rapide d'arriver à son but. Elle éprouvait le besoin
de retenir quelques instants le fil précieux qui devait l'aider à
sortir du labyrinthe et de mieux se l'approprier en quelque sorte,
avant de s'engager dans la voie qu'il lui fallait poursuivre.

Elle allait donc prouver que Jem n'était pas coupable; elle
allait pouvoir le sauver, sans que le soupçon vînt retomber sur
son père; et pourtant si, malgré l'évidence, le jury ne croyait
pas à la parole de Will, si le verdict condamnait l'innocent, quo

ferait-elle? Faudrait-il donc...? Oh! non; plutôt la folie et la mort. Toutefois, l'alibi pouvait être accepté. Will devait revenir le lundi suivant de chez son oncle et se trouver précisément à Liverpool au moment du procès, qui serait jugé le mardi. Mais comment le rencontrer ? comment trouver sa demeure? Elle ne se rappelait même pas le nom du navire où il devait s'embarquer. Alice, dont la mémoire avait toujours été si sûre quand son cœur y avait intérêt, n'avait plus ni parole ni souvenir; Jeanne, de son propre aveu, ne savait rien de ce qui se passait autour d'elle ; que faire? Le temps pressait; la journée du samedi serait bientôt écoulée; Jem était à Kirkdale ; personne ne pouvait le voir, et d'ailleurs elle n'aurait pas osé. Mais le vaisseau de Will ne s'appelait-il pas *le John Cropper?* Ce nom lui revenait à l'esprit; c'était bien cela; il le lui avait dit le soir même de son départ, et Marguerite devait le savoir. Elle fut interrompue au milieu de ses réflexions et de ses recherches par la voisine chez qui son père mettait la clef quand il avait à sortir, et qui répondait pour eux lorsqu'ils étaient absents.

« Quelque chose pour toi, Marie, dit la brave femme; c'est un agent qui me l'a remis. »

C'était un parchemin couvert de ce mystérieux grimoire dont beaucoup de gens s'effrayent. Marie frissonna de tous ses membres. L'écriture était lisible; mais les mots n'avaient aucun sens, du moins qu'elle pût comprendre.

« Qu'est-ce que c'est ? demanda-t-elle.

— Je ne sais pas, répondit la voisine. Le policeman a dit qu'il reviendrait pour savoir si je te l'avais donné ; il était comme en peine de me laisser ce papier-là, quoique je lui aie bien dit que c'était moi qui répondais toujours quand vous n'y étiez pas. Mais tu sais lire dans l'écriture, et tu peux voir ce qu'il y a. C'est, à ce que dit notre homme, une assignation qu'on t'envoie pour que tu portes témoignage aux assises de Liverpool.

— Mon Dieu! ayez pitié de moi murmura-t-elle en pâlissant.

— Ah! ne t'inquiète pas; ça n'y fera pas grand'chose, tout ce que tu pourras dire; car il sera pendu, tout aussi sûr que l'autre était ton bon ami.

— Le revoir, et sur ce banc! pensait Marie; quelle rencontre ! Est-ce ainsi que j'espérais le retrouver?

— C'est bon, reprit la voisine, ne jugeant pas à propos de rester plus longtemps auprès de quelqu'un qui ne lui répondait pas; tu diras au policeman que je t'ai remis son papier. Il avait l'air de croire que je le garderais pour moi, comme si j'en avais que faire. Il est le premier qui m'ait montré de la défiance à propos de commissions. Au revoir. »

Marie tenait toujours le mystérieux papier sans comprendre ce qu'il pouvait contenir ; elle s'en alla trouver Job, à qui elle le montra. « C'est un *sub-pœna*, » répondit-il en regardant le parchemin d'un air de connaisseur ; car Job aimait les mots savants et les termes de chicane ne lui déplaisaient pas ; il avait même quelque prétention à se croire un peu légiste, ayant feuilleté parfois un volume de Blackstone qu'il avait eu dans un lot de vieux bouquins.

« Et qu'est-ce que c'est qu'un *sub-pœna ?* » demanda Marie avec effroi.

Job, frappé de l'altération de sa voix, regarda la jeune fille par-dessus ses lunettes.

« Un *sub-pœna*, ma chère, ce n'est ni plus ni moins qu'une assignation à comparaître devant qui de droit, à cette fin de répondre aux questions qui te seront faites concernant James Wilson accusé de meurtre ; pas davantage, si ce n'est que la chose est dite plus longuement et plus élégamment, au grand bénéfice de ceux qui apprécient la beauté du langage. J'ai été souvent témoin dans ma vie, ce n'est pas désagréable ; si l'on fait l'impudent avec vous, on devient insolent à son tour, et tout est dit : c'est un prêté pour un rendu. Mais je vois ce que c'est, tu as peur, et je le comprends. Toutefois, c'est pas grand'chose que tu pourras leur dire. Et peut-être que ta présence ne sera pas inutile : en te voyant, les jurés sentiront qu'il a dû être jaloux, car tu es une jolie créature, Marie ; et quiconque te regardera comprendra facilement la folie du jeune homme.

— Oh ! Job, ne me croirez-vous donc pas ? Je vous assure que Jem est innocent ; et je le prouverai, puisqu'il était avec Will sur la route de Liverpool quand le gentleman a été tué.

— Qui te l'a dit, ma fille ? demanda le vieillard avec bonté.

— Sa mère ; et je vais partir pour aller trouver Will, qui en portera témoignage. Oh ! mon Dieu ! s'écria-t-elle en fondant en larmes, pourquoi ne me croyez-vous pas ? et comment les étrangers m'écouteront-ils, si les amis de Jem s'élèvent contre son innocence ?

— Dieu sait que je ne parle pas contre lui, répliqua le vieux fileur d'une voix grave ; je donnerais tout ce qui me reste de jours à passer sur la terre, je les donnerais tous pour le sauver, Marie. Tu crois que j'ai de la dureté, mais ce n'est pas au fond du cœur ; je t'aiderais si je le pouvais, et je le ferais à tort ou à raison, n'importe, dit-il en toussant légèrement.

— Si vous vouliez m'aider! reprit Marie dont l'espoir renaissait tout à coup. Dites-moi seulement ce qu'il faut que je dise quand ils me questionneront; j'aurai si peur, je ne saurai que leur répondre.

— Dis-leur la vérité, c'est toujours ce qu'il y a de mieux.

— Mais je ne pourrai jamais. Ce n'est pas ça que je veux dire; je suis sûre que je vais perdre la tête quand des centaines de gens seront là pour me regarder; je répondrai tout de travers à la moindre question. Ils me demanderaient maintenant si je vous ai vu samedi ou dimanche, ou n'importe quel jour, est-ce que je me rappellerais?

— Allons, allons, ne te fourre pas ces idées-là dans la tête, ça trouble le cerveau; ils appellent ça être nerveux, et ça ne vaut jamais rien. Mais voici Marguerite; qu'elle soit bénie, cette chère enfant! vois donc si l'on dirait qu'elle est aveugle. »

Marie tressaillit comme sous l'impression d'un vent glacé; elle redoutait l'accueil de Marguerite, en se rappelant celui qu'elle en avait reçu le matin; elle aurait préféré les paroles les plus dures à la froideur méprisante que l'aveugle lui avait témoignée.

« C'est Marie, dit le vieux Job d'un ton affectueux, avec l'intention d'attendrir sa petite-fille; elle va dîner avec nous, car je gage qu'elle n'a pas eu l'idée de se faire un brin de cuisine; elle est pâle comme une morte. »

C'était faire appel aux sentiments hospitaliers si puissants chez la plupart de ceux qui n'ont presque rien à offrir, mais qui du moins partagent volontiers le peu qu'ils ont avec l'hôte qu'ils reçoivent. Marguerite adressa à Marie un geste rempli de bienveillance, qui empêcha celle-ci de refuser l'offre du vieux fileur. La table mise, on dîna, sans toutefois parvenir à causer librement; mais quand le repas fut terminé, Job revint sur le sujet qui leur tenait au cœur.

« Ce pauvre garçon, dit-il, aura besoin d'un avocat pour se faire rendre justice; il faudrait y penser. »

Marie avoua qu'elle n'y avait pas songé, et qu'elle ne croyait pas que mistress Wilson en eût la moindre idée.

« Je viens de chez elle, ajouta Marguerite; elle ne sait plus ni ce qu'elle fait ni ce qu'elle dit. La seule chose qui soit claire dans son esprit, c'est l'innocence de Jem, qu'elle affirme sans cesse.

— Comme toutes les mères, dit le vieux fileur.

— Elle a raison; il était avec le neveu d'Alice, précisément jeudi soir, répliqua Marie; seulement il faudrait chercher Will, afin qu'il pût le dire aux jurés.

— Ne compte pas trop là-dessus, répliqua Job.

— Au contraire, j'y compte parce que c'est vrai; je le prouverai d'une façon ou d'une autre, et rien ne m'en empêchera. Vous pouvez m'aider si vous voulez, mais vous ne m'arrêterez pas dans ce que j'ai résolu. »

Cette fermeté commençait à ébranler le vieux Job et à lui donner quelque confiance aux paroles de la jeune fille; elle le sentit, reprit courage et continua :

« Will ne part que mardi; je le trouverai, j'irai à Liverpool et je lui dirai tout ce qui est arrivé; je ne sais pas bien encore tout ce que j'aurai à faire, mais Dieu me viendra en aide, car j'agirai pour l'innocent, non pour moi qui suis coupable, et je n'aurai peur de rien, parce que je penserai à Jem, qui est si noble et si bon. »

Elle s'arrêta sous le poids d'une émotion trop vive. Marguerite se reprenait à l'aimer : c'était bien la charmante créature d'autrefois, sensible et bonne, ardente et généreuse, qui avait pu faillir, mais qui se relevait plus forte et plus digne après sa faute.

Elle reprit la parole : « Je sais , dit-elle, le nom du vaisseau de Will, c'est *le John Cropper*, en partance pour l'Amérique; mais je ne sais pas le nom de son auberge; peut-être l'ai-je oublié; je crois lui avoir entendu dire que son hôtesse était une bonne et digne femme; quant à son nom, il m'est sorti de la mémoire. Tu dois te le rappeler, Marguerite?

— Mistress Jones, Milk-House-Yard, Nicholas-street; c'est là qu'il loge depuis qu'il est marin.

— Bien, Marie, bien; tu auras toutes mes prières, dit Job; ce n'est pas que je sois très-régulier, quoique j'adresse un mot à Dieu de temps en temps, quand je suis très-heureux ou que j'éprouve une grande peine; je me suis surpris à le remercier après avoir trouvé certain insecte rare, ou par un de ces beaux jours qu'il nous donne et qui nous font tant de bien; je lui parlais alors comme j'aurais fait à un ami : aujourd'hui je le prierai pour toi et pour Jem, et lui adresserai ma prière soir et matin afin qu'il te protége. Marguerite en fera autant. Mais, c'est égal, que penses-tu d'un avocat? J'en connais un , M. Cheshire, un brave garçon, qui aime assez les insectes. Nous avons plus d'une fois troqué l'un avec l'autre quelques beaux spécimens dont nous avions le duplicata; il me rendra service avec plaisir, et je prends mon chapeau pour l'aller voir. »

Un silence pénible régna entre les deux jeunes filles , après le départ de Job. Ce fut Marie qui le rompit la première.

« Marguerite, dit-elle, je vois maintenant combien j'ai mal

agi ; tu ne peux pas me traiter plus sévèrement que je ne le fais depuis que mes yeux se sont ouverts.

— Je n'ai aucun droit.... commença l'aveugle.

— Si, Marguerite, tu as le droit de me juger. D'ailleurs tu ne peux pas t'en empêcher : seulement sois indulgente ; tu ne sais pas, toi qui as toujours été sage, combien il est facile de faire un pas dans le mal, et quelle difficulté on a ensuite à revenir en arrière. Je ne me doutais guère, la première fois que j'écoutai M. Carson avec plaisir, que ça finirait ainsi, peut-être, par la mort de celui que j'aime plus que mon existence. » Les sanglots la suffoquèrent ; mais faisant un violent effort sur elle-même : « Je ne dois pas pleurer, dit-elle ; j'ai besoin de tout mon courage ; seulement, je t'en prie, Marguerite, parle-moi avec bonté, car je suis bien malheureuse, plus que personne ne l'imagine, si malheureuse que je crois l'être encore plus que je ne l'ai mérité. J'ai eu tort, n'est-ce pas, Marguerite ? mais si tu pouvais savoir combien j'en suis punie ! »

Qui aurait pu résister à cette voix si touchante, à ces paroles d'un repentir si profond et si vrai ? Marguerite retrouvait son ancienne affection et plus de tendresse encore.

« Penses-tu qu'il soit sauvé ? Si nous pouvons faire que Will soit entendu, ils verront bien qu'il était innocent ; n'est-ce pas un bon alibi ? réponds-moi, Marguerite.

— Je ne connais rien aux lois, dit l'aveugle, mais prends garde ; ne compte pas trop là-dessus, comme t'a dit mon grand-père. C'est son fusil qu'on a retrouvé près de l'endroit où le crime a été fait ; c'est lui qui avait menacé M. Carson quelques jours auparavant. Il était dehors quand le meurtre s'est commis, et personne que lui, jusqu'à présent, n'a été soupçonné. »

Marie soupira profondément. « Je vois bien que tu ne me crois pas ; aussi je n'en parlerai plus, je le prouverai. Tu regretteras alors d'avoir pu croire que Jem était coupable.

— Ne t'en va pas, Marie ; je donnerais beaucoup pour me tromper. Ne t'en va pas comme ça ; tu as besoin d'argent, les avocats sont de vraies éponges qui boivent de l'or ; il t'en faut d'ailleurs pour le voyage, pour chercher Will ; prends ce qui t'est nécessaire ; que sais-je moi ? dans le vieux pot où j'ai mis notre épargne ; tu n'as pas le droit de me refuser, car c'est pour Jem, non pour toi que je te l'offre, et c'est pour le servir que tu vas le dépenser.

— Merci bien, Marguerite, tu es bonne ; tu as raison, c'est pour lui que je l'accepte ; mais je n'en veux pas tant que ça. Comme témoin, je suis payée de tous mes frais, et c'est assez d'un souverain. Ton grand-père fera le compte de l'avocat; je ne veux pas m'en mêler, ajouta-t-elle en frissonnant. Les avocats sont si habiles ! pensait la pauvre fille. Job ne dit-il pas qu'ils savent toujours tôt ou tard découvrir la vérité ?

— Ne te gêne pas, tu aurais tort; et puis tu sais combien on est heureux d'obliger ceux qu'on aime; c'est une faveur que je souffre bien de me voir refuser, et c'est l'orgueil qui empêche de recevoir ce qu'on voudrait offrir si la position.... »

Marie ne l'écoutait pas; de la fenêtre où elle était, elle voyait revenir Job accompagné d'un gentleman dont le regard pénétrant et la parole animée lui faisaient supposer que c'était M. Cheshire. Ils s'arrêtèrent pour continuer la conversation qu'ils avaient commencée. Job désignait la maison; Marie trembla qu'il n'introduisît l'homme de loi; il prit l'avocat par le bouton du gilet, tant il était familier avec lui. L'avocat piétina d'impatience, finit par se résigner et le fit avec tant de grâce que Marie se prit à l'aimer malgré sa profession. Les paroles se pressèrent, les signes de tête, les gestes de la main.... Enfin l'étranger s'éloigna d'un pas rapide, et Job traversa la rue d'un air important et satisfait.

« Eh bien ! dit-il en entrant, j'ai vu notre homme, non pas M. Cheshire : il paraît que les meurtres ne sont point son affaire; mais il m'a donné un mot pour l'un de ses confrères, un brave garçon, si ce n'est un peu bavard. Je lui ai dit ce qu'il en était; vous avez pu le voir. Je voulais qu'il entrât pour te parler, Marie, mais il était pressé. D'ailleurs, il importe peu qu'il te voie ici ou là-bas; il part pour les assises lundi matin; il verra Jem et saura de lui tout ce qui est au fond des choses. Il m'a donné son adresse; tu devras l'aller voir, surtout Will, et ne pas manquer d'être chez lui vers deux heures, lundi prochain. N'oublie pas ça, Marie : lundi à deux heures. Voici sa carte : M. Bridgenorth, avoué. 41, Renshaw-street, Liverpool. »

Job s'arrêta; son silence tira la jeune fille de la rêverie où elle était plongée.

« Comme vous êtes bon ! dit-elle; quoi qu'il arrive, vous ne m'abandonnerez pas?

— Allons, ma fille, du courage! Ne te laisse pas abattre au moment où le cœur va me revenir. Notre conseil fait grand cas du témoignage de Will. Vous êtes bien sûres de ne pas vous tromper quant à ce dernier, mes enfants?

— Oh! non; il est parti pour l'île de Man, où est son oncle, et sera de retour dimanche soir, c'est-à-dire demain, pour être prêt à s'embarquer mardi.

« — Et je me rappelle bien, dit Marguerite, que le navire se nomme *le John Cropper*, et qu'il loge Milk-House-Yard. »

Marie écrivit le nom du vaisseau et l'adresse du marin sur la carte de M. Bridgenorth, et prit congé de ses amis, non toutefois sans les remercier encore.

CHAPITRE XXIV.

Un profond abattement avait succédé chez mistress Wilson à l'exaspération qu'elle avait montrée depuis l'emprisonnement de son fils, et l'irascibilité de son caractère avait fait place à la stupeur. Elle ne se leva point lorsque Marie entra chez elle, immédiatement après avoir quitté Job, et ne put que lui adresser quelques paroles sans suite et d'une voix presque inintelligible.

« N'y faites pas attention, dit mistress Davenport à la jeune fille; je crois bien qu'elle est trop faible pour faire comprendre ce qu'elle veut dire: si vous voulez monter, je vous raconterai ce qui en est.

— Qu'est-ce que c'est que ça? demanda la mère d'un ton plaintif; qu'est-ce que c'est, Marie, veux-tu me le dire? » répéta-t-elle en montrant un papier qui tremblait dans sa main.

Et voyant qu'elle n'obtenait pas de réponse, elle renouvela sa question dans les mêmes termes.

« Quand je vous le disais qu'il ne faut pas l'écouter, reprit mistress Davenport; elle le sait bien ce que c'est, trop bien pour son malheur; mistress Hemming, qui demeure tout à côté, lui en a fait lecture; c'est une assignation pour déposer dans le procès de Jem, sans doute à propos du fusil. Pauvre Jeanne! elle a dit si clairement au policeman qu'il était à son fils, qu'elle ne peut guère se dédire et voilà ce qui l'inquiète; pauvre femme! il faut avouer que c'est dur. »

Elle avait attendu patiemment que mistress Davenport eût fini de causer avec Marie, espérant que la conclusion de leur entretien serait la réponse à la demande qu'elle avait faite; mais quand elle vit qu'on se taisait de nouveau sans qu'elle en sût davantage, elle recommença la phrase qu'elle avait déjà dite:

« Qu'est-ce que c'est, Marie, veux-tu me le dire?

— Il faudrait lui ôter ça des mains, continua mistress Davenport; tâchez d'y parvenir; j'ai essayé, mais je n'ai pas pu; car on ne peut pas la brusquer.

— Voilà plusieurs nuits qu'elle ne dort pas, répondit la jeune fille; ce qu'il y aurait de mieux à faire serait de la coucher et de la confier à Dieu qui, dans sa bonté, lui enverra le sommeil. »

Et quand, après l'avoir portée dans la chambre où s'éteignait la pauvre Alice et l'y avoir couchée, mistress Davenport et Marie voulurent s'éloigner pour la laisser dormir, elle rappela cette dernière et balbutia encore :

« Tu ne m'as pas dit ce que c'est; réponds-moi donc, Marie ! »

Elle fixa tristement les yeux sur le visage de la jeune fille, l'interrogea du regard, et, fermant peu à peu ses paupières, elle tomba dans un sommeil si profond qu'on eût pu croire qu'elle était morte.

Le lendemain il faisait grand jour lorsque Jeanne s'éveilla Marie, qui avait passé la nuit près d'elle, la regardait au moment où elle ouvrit les yeux et cherchait dans cette figure flétrie à retrouver quelques-uns des traits de Jem qui ressemblait à sa mère.

— « Est-ce un rêve? demanda la pauvre femme après quelques instants de silence.

— Non, » répondit la jeune fille.

Jeanne se mit à pleurer doucement et se leva bientôt après, sans rien dire, sans faire la moindre allusion au parchemin qu'elle avait reçu la veille. Marie pensa qu'elle l'avait oublié et se demanda s'il ne serait pas possible de lui éviter l'affreuse torture de venir déposer contre son fils.

Elle chercha longtemps par quel moyen elle pourrait y parvenir, et courut chez le docteur, dès que mistress Davenport fut venue la remplacer.

Le docteur, excellent homme et d'humeur joviale, s'était trompé de profession en choisissant la carrière qu'il avait prise, car il n'aimait que les faces rubicondes et n'avait pas de plus grand bonheur que de voir rayonner autour de lui la joie et la santé.

Il rentrait de sa tournée du matin et s'empressait de secouer l'impression qu'elle lui avait laissée, en songeant au dîner qu'il allait faire, dîner dominical et digne d'allécher un gourmet, lorsque Marie fut introduite auprès de lui. Reprenant donc aussitôt, bien qu'il lui en coûtât, l'air grave et attentif qu'exigeait la circonstance, il interrogea la jeune fille sur le motif de sa visite, et la suivit immédiatement chez mistress Wilson, pour qui elle était venue le chercher.

« Comment la trouvez-vous ? lui demanda Marie quand il eut
fini d'examiner et de questionner la veuve.

— Mais, un peu.... elle est certainement très-faible ; c'est le
résultat naturel de la commotion produite par l'arrestation de
son fils ; triste chose que d'avoir un tel scélérat dans sa famille !
car, je ne crois pas me tromper, ce James Wilson qui a tué
M. Carson est bien le fils de cette brave femme.

— Qui a tué ! reprit Marie avec chaleur ; personne ne l'a
prouvé, monsieur, et tous ceux qui le connaissent.....

— Très-bien, ma belle enfant, très-bien, j'ai tort ; il n'est que
prévenu, par conséquent je n'ai pas le droit d'affirmer qu'il est
coupable ; et puis, nous autres docteurs, nous sommes si occupés qu'il nous arrive rarement de pouvoir lire un journal. Quant
à mistress Wilson, elle est faible assurément ; toutefois un peu
de repos et quelques soins intelligents la remettront vite sur
pied. Je ne doute pas que vous ne soyez une bonne garde-malade, ma toute belle, à en juger par votre charmant visage.
J'enverrai une potion et deux pilules, et ne vous alarmez pas ; je
vous assure, chère enfant, que ce serait sans motif.

— Mais pensez-vous qu'elle soit capable d'aller à Liverpool ?

— Certainement ; ce petit voyage la distraira et ne peut que
lui faire du bien ; c'est dans sa position tout ce qu'il y a de mieux
pour elle.

— Oh ! monsieur ! j'espérais, au contraire, que vous le dé-
fendriez.

— Comment cela, ma chère belle ? Ah ! j'y suis ; Liverpool !...
Certes elle est trop faible ; j'interdis positivement tout ce qui
peut exciter les émotions dans l'état où elle se trouve, et, si vous
voulez m'en croire, elle s'abstiendra de ce voyage.

— Merci, monsieur, merci ; vous donnerez un certificat, si on
l'exige ; oh ! vous êtes bon ; elle est appelée comme témoin dans
le procès, et contre lui encore.

— Pourquoi ne l'avoir pas dit plus tôt ? ce serait déjà fini ;
mon dîner qui m'attend ! Il est impossible que cette brave
femme dépose, ce serait folie d'y songer ; encore si c'était à décharge.... Venez me trouver, n'importe à quel moment, je ferai
votre certificat si on le juge nécessaire ; demandez à l'avocat du
prévenu, je le seconderai de tout mon pouvoir ; vous allez, belle
enfant, dans cette consultation, réunir deux professions sa-
vantes. »

Marie, très-contente de son côté du résultat de sa démarche,
s'empressa d'en faire part au vieux Job qui entrait au même in-

stant ; mais, à sa grande surprise, celui-ci ne partagea pas la satisfaction qu'elle éprouvait à cet égard.

« Ça mettra du louche dans l'affaire si Jeanne ne s'y rend pas, dit-il ; les gens de loi sont trop fins, trop habitués aux ruses.

— Il n'y a pas de ruse là dedans ; si vous saviez comme elle est faible ! elle est vraiment malade.

— Pauvre chère femme ! je ne dis pas ; mais je crois que dans l'intérêt de son fils.... enfin il faudra voir ce qu'en pensera l'a-voué. »

Mais quand il eut vu Jeanne et qu'il lui eut parlé :

« Tu as raison, dit-il à Marie en l'entraînant dans un coin ; il est impossible qu'elle aille à Liverpool ; d'une façon ou d'une autre il faudra se passer d'elle.

— Je savais bien que vous seriez de mon avis.

— Qui parle de me retenir ? dit tout à coup la veuve d'une voix plus ferme qu'on ne s'y serait attendu ; si mes paroles doi-vent lui donner la mort, elles sont sorties de ma bouche et rien ne peut les reprendre. Mais non, c'est impossible, ils ne me le tueront pas ; c'est mon enfant, mon seul enfant, et si pourtant ils le tuaient ! Il faut bien que je le revoie et que je sois là quand ils le condamneront ; qu'il ait sa pauvre mère pour l'encourager de ses regards, pour qu'il sente auprès de lui un cœur tout ai-mant qui n'a plus de force que pour l'aimer ; et, quand chacun le maudira, qu'il ait au moins sa mère pour jurer de son inno-cence ; je prierai pour lui si je ne peux pas faire autre chose. Non, vous ne m'arrêterez pas ; j'irai à Liverpool, je le verrai, et, s'il meurt, Dieu dans sa bonté me fera mourir avec lui ; dans le cercueil on ne souffre plus ; c'est la mort qui guérit les cœurs brisés. »

Elle s'affaissa sur sa chaise, épuisée par l'effort qu'elle venait de faire, et murmura tout bas : « J'irai à Liverpool, je le verrai.

— Dans ce cas-là, dit Job, ce qu'il y a de mieux à faire c'est que je parte demain de bonne heure et que je me mette à cher-cher Will ; toi, Marie, tu viendras plus tard avec Jeanne, qui ne peut pas aller seule ; je connais une brave femme qui vous don-nera un lit, et je vous rejoindrai chez elle quand j'aurai décou-vert notre témoin, car on ne peut se fier à personne pour une affaire si importante. »

Mais, de son côté, Marie ne voulait céder à qui que ce fût la mission de découvrir celui dont le témoignage devait sauver la vie de Jem ; elle s'éleva donc avec force contre le plan du vieil-lard et la discussion commençait à s'échauffer, quand Margue-rite, comme un ange de paix, s'interposa entre eux.

« Marie est dans son droit, grand-père ; c'est elle qui doit faire cette démarche, et tout peut s'arranger. Nous fermerons la maison, je m'installerai près d'Alice avec mistress Davenport à qui je payerai ses journées, et c'est vous qui conduirez mistress Wilson. »

Job voulut faire quelques observations ; mais il céda néanmoins de bonne grâce à l'avis de sa petite-fille, et, touché de l'effusion de Marie, qui, après avoir embrassé Marguerite, s'approchait de lui avec le regard d'un enfant qui implore son pardon, il s'inclina vers elle et lui donna sa bénédiction du fond de l'âme, comme si elle eût été sa propre fille.

CHAPITRE XXV.

Les premiers convois qui partirent pour Liverpool, le lundi matin, étaient composés d'avoués et de leurs clercs, d'avocats, de plaignants et de témoins, se rendant tous aux assises ; assemblage confus de gens divers ayant quelque inquiétude au cœur, ce qui, après tout, n'exprime rien de particulier, car chacun est ainsi, vivant dans la crainte ou dans l'espoir, depuis l'enfance jusqu'à la mort.

C'était la première fois que Marie allait en chemin de fer, et le mouvement, le bruit des machines, des voix, des cloches, le sifflement de la vapeur, tout lui donnait le vertige. Placée à reculons, elle voyait fuir les cheminées des usines, l'épais nuage de fumée qui plane au-dessus de Manchester, et ressentait, en le voyant disparaître, ce qu'éprouve l'émigrant, alors même que le pays d'où il s'exile n'offrait à sa misère que privations et douleurs.

Deux clercs d'avoué parlaient à côté d'elle et s'entretenaient du fait d'assassinat qui ouvrirait les assises ; ils ne doutaient pas que l'accusé ne fût déclaré coupable.

« Les preuves, disait l'un, vont jusqu'à l'évidence.

— Autrement, ajoutait l'autre, il eût été difficile, pour ne pas dire téméraire, d'apporter autant de précipitation dans l'examen de la cause.

— Je me suis laissé dire, reprenait son ami, qu'on aurait eu lieu de craindre pour la raison du père de la victime, si le procès du meurtrier de son fils eût éprouvé quelque retard.

— Pauvre homme! un seul fils et le perdre ainsi! Je n'ai pas eu le temps de lire le journal de samedi, mais je crois avoir compris que c'est à propos d'une ouvrière des fabriques.

— Mon Dieu oui; une fille du peuple. Du reste elle paraîtra comme témoin, et William la questionnera de la bonne manière; on peut là-dessus s'en rapporter à lui. Je tâcherai de venir l'entendre interroger la belle, si je peux trouver un instant pour m'esquiver de l'audience.

— Et pénétrer dans la salle, car tout sera plein comme un œuf.

— Assurément; les ladies (tendres âmes!) viendront en foule écouter les débats, voir l'assassin, frissonner au verdict.

— Et puis elles rentreront chez elles en exprimant leur mépris et leur indignation contre les Espagnoles, ces femmes sans cœur qui s'en vont assister à des combats de taureaux, dont elles font leurs délices! »

C'était pour Marie la goutte de fiel qui faisait déborder le vase d'amertume.

On entrait dans le tunnel, on était à Liverpool; chacun s'empressait de courir où l'appelaient ses affaires; elle s'adressa au premier policeman qu'elle aperçut, lui demanda son chemin pour aller à Milk-House-Yard, et, suivant ses indications avec l'intelligence de tout enfant d'une grande ville, elle se trouva bientôt dans une petite cour située à l'extrémité d'une rue populeuse, dans le voisinage des docks. Elle s'arrêta pour reprendre haleine et pour rassembler tout ce qui lui restait de forces, car ses membres tremblaient et son cœur battait avec violence. Enfin reprenant courage :

« Mistress Jones? demanda-t-elle; est-ce ici qu'elle demeure?

— Deux portes plus bas. »

Elle respira de nouveau.

Mistress Jones, très-occupée d'un savonnage dont elle avait été dérangée plusieurs fois depuis le matin, était peu disposée à répondre aux questions que lui adressait Marie. L'agitation de la jeune fille, son embarras, on peut dire son effroi, augmentaient encore la mauvaise impression que la savonneuse ressentait de sa visite.

« Que demandez-vous? lui dit sèchement mistress Jones.

— William Wilson est-il ici?

— Non, il n'y est pas.

— Est-ce qu'il n'est pas revenu de l'île de Man?

— Il n'y est pas même allé; il est resté trop longtemps à Manchester; vous le savez peut-être mieux que moi. »

Et mistress Jones voulut fermer la porte au nez de la visiteuse.

Mais Marie se pencha vers elle en joignant les mains d'un ton suppliant, et balbutia d'une voix éteinte :

« Où est-il ? oh ! dites-le moi, je vous en conjure. »

L'hôtesse pensa qu'il s'agissait de quelque amourette, peut-être même de la plus triste espèce ; mais frappée de la pâleur et de l'altération des traits de Marie, elle ne put conserver plus longtemps une réserve qui n'était pas dans sa nature.

« Il est parti ce matin, ma pauvre fille, dit-elle avec douceur. Entrez un peu, et je vais vous conter ça.

— Parti ! s'écria Marie d'un ton d'angoisse ; oh ! non, c'est impossible ; il faut que je le voie ; il s'agit de vie ou de mort ; il peut seul empêcher un innocent d'être condamné. Comment serait-il parti, d'ailleurs ?

— Embarqué, ma chère fille, de ce matin, et sur *le John Cropper*. »

CHAPITRE XXVI.

« Embarqué ! »

Marie chancela et fut soutenue par mistress Jones, qui l'attira vers une chaise où elle la fit asseoir.

« Oh ! mon Dieu, murmura-t-elle, que dois-je faire ? Faut-il que l'innocent périsse, ou bien que ?... » Elle s'arrêta, effrayée des paroles qui allaient lui échapper ; et tournant les yeux vers mistress Jones : « Je suis si peu de chose, ajouta-t-elle, rien qu'une pauvre fille, sans moyens, sans idées ; je ne saurai pas seulement trouver ce qu'il faudrait dire. Oh ! mon père, vous avez été si bon pour moi ! N'importe, la mort viendra, tout s'arrange dans la tombe.

— Que le Seigneur la protége ! elle a perdu l'esprit, s'écria la bonne hôtesse.

— Oh ! non, j'ai bien toute ma raison ; il y a trop de choses à faire, il faut agir ; mais je ne sais pas ; je deviendrai folle bien sûr, mais pas maintenant, plus tard, quand j'aurai fait tout ce qu'il faut pour le sauver. Embarqué, dites-vous ? le *John Cropper* est parti ?

— Il a quitté les docks pour être prêt aujourd'hui à la marée montante, et ce matin il a mis à la voile.

— Je croyais qu'il ne partait que demain.

— Will aussi croyait ça; il loge ici depuis si longtemps que nous l'appelons Will tout court. Ce n'est que vendredi, quand il est arrivé, qu'on lui a dit la chose; alors, au lieu de partir pour aller voir son oncle, il a été se promener du côté de Rhyl, avec Harris, le contre-maître. Il a dû vous en parler, de Jack Harris, car ils sont grands amis, quoique, après tout....

— Embarqué! répéta Marie, qui tâchait de se persuader que le fait était possible.

— Mon Dieu oui. Il est retourné à bord hier au soir, et mon gamin est allé avec lui pour voir le navire descendre la rivière; il en est revenu comme un fou et ne rêve plus que d'être marin. Charley! Charley! » cria-t-elle de toutes ses forces. Mais Charley n'était pas loin. C'était un de ces enfants qu'on trouve toujours où quelque chose arrive : incendie, bataille, dispute ou conversation mystérieuse; et il avait assisté à l'entretien qu'avait sa mère avec l'inconnue qui venait d'entrer.

« Ah! te voilà, Charley; n'as-tu pas vu *le John Cropper* descendre la rivière? Dis donc à mademoiselle tout ce que tu sais là-dessus, car je vois bien qu'elle n'a pas l'air de me croire.

— Eh! oui, que je l'ai vu, remorqué par un steam-boat, encore.

— Si j'étais venue plus tôt! balbutia Marie; mais je croyais si bien qu'il ne partait que demain! Et Jem va donc mourir, et par ma faute; si j'étais venue hier!

— Mourir! s'écria l'enfant.

— Will aurait prouvé l'alibi; mais à présent....

— Eh bien! reprit Charley, profondément intéressé par cette mystérieuse affaire, essayons de le rattraper; nous en serons quittes pour la peine, si nous ne le pouvons pas. »

Marie s'éveilla de sa stupeur. Le *nous* sympathique de l'enfant lui rendait du courage. « Mais comment faire, demanda-t-elle, si vraiment il est parti, s'il a mis à la voile?

— Oh! c'est ma mère qui a dit ça, et pas moi. Est-ce que les femmes savent rien de ces choses-là? Voyez-vous, la rivière a des bancs de sable auprès de son embouchure; il faut donc que la marée soit haute pour que les navires gagnent la mer, surtout ceux qui sont d'un fort tonnage; alors on les remorque jusque-là et ils y restent quelque temps pour attendre que l'eau soit assez grande. Nous avons donc un peu de chance, pas beaucoup, de pouvoir rattraper Will.

— Mais que faire?

— Est-ce que je ne vous le dis pas? reprit l'enfant impatienté; les femmes sont si stupides pour tout ce qui est de la mer! Il faut prendre un bateau et courir après lui. *Le John Cropper* est très-chargé, il lui faut beaucoup d'eau; c'est une chance que vous avez.

— Pardon, mais je ne sais pas où trouver un bateau, »

L'enfant éclata de rire.

« Il n'y a pas longtemps que vous êtes à Liverpool, si vous ne savez pas ça; rendez-vous près du môle, sur le port, et là vous verrez bien; seulement dépêchez-vous.

— Mais c'est la première fois que je viens à Liverpool, je ne connais pas mon chemin; où dites-vous qu'il faut que j'aille?

— Maman! je vais la conduire; je serai ici dans une heure, ou à peu près, » ajouta-t-il à voix basse.

Et avant que mistress Jones eût compris ce que disait son fils, il descendait la rue en courant devant Marie, qui s'efforçait de le suivre. Quand il se crut assez loin pour que sa mère ne songeât plus à le rappeler, il ralentit sa marche, et s'adressant à sa compagne, il lui demanda son nom.

« Mary Earton, répondit-elle tout essoufflée.

— Vous avez besoin de Will pour prouver un alibi? N'est-ce pas comme ça que vous avez dit?

— Oui, besoin de Will; mais si nous traversions?

— Tout à l'heure; il vous faudrait passer sous les ballots qu'on monte, et ça me fait peur pour vous. Qui donc qu'on va juger? »

Marie entraîna l'enfant. « Jem, répliqua-t-elle en poursuivant sa course.

— Est-il votre frère ou bien votre bon ami?

— Ni l'un ni l'autre.

— Votre cousin, peut-être?

— Charley, ne vous arrêtez donc pas.

— C'est que, n'étant jamais venue à Liverpool, si vous vouliez regarder par là, vous verriez les fenêtres de la Bourse, celles qui sont sur le derrière. Un si beau monument! avec lord Nelson et d'autres encore, en statues, dans la cour. Par ici, Marie; tenez, regardez bien; et maintenant vous pourrez dire que vous connaissez la Bourse de Liverpool.

— Oui, oui; sommes-nous près des bateaux? Je m'arrêterai en revenant.

— Oh! si le vent est bon, vous n'en aurez pas pour un instant à rejoindre *le John Cropper;* autrement, rien n'y fera, et c'est pas une minute de plus ou de moins qui vous aura fait tort. Mais vous ne m'avez pas dit d'où vous veniez comme ça?

— J'arrive de Manchester.

— Un vilain trou sale et noir ! c'est pas comme Liverpool ; tout le monde est pour le dire. Est-ce que vous y demeurez ?

— Oh ! oui ; c'est mon pays.

— Eh bien ! moi, je ne crois pas que je pourrais vivre au milieu de la fumée. Regardez donc la rivière ; en voilà une de chose que Manchester n'a pas et qu'il voudrait avoir, sans compter tout ce qu'il donnerait pour ça. »

Marie leva les yeux et vit, à travers la forêt de mâts qui se déployait devant elle, les eaux glorieuses de la Marsey, couvertes de navires portant le pavillon de toutes les nations du globe, et venus à Liverpool, non pour se défier et se combattre, mais pour y verser les produits de toute la terre. De petits bateaux glissaient rapidement sur la voie brillante et liquide, au milieu d'un nuage de fumée si épais, s'élevant des cheminées sans nombre de tous les steamers qui emplissaient les bassins, que Marie s'étonna de la remarque de Charley à propos de Manchester. Elle traversa le pont volant et s'arrêta hors d'haleine près de ces docks magnifiques, où les navires se chargent et se déchargent sans cesse. Les cris des matelots, des gens du port, tous ces langages divers que l'on parlait autour d'elle, lui faisaient sentir encore plus son isolement et sa faiblesse.

« Pourquoi rester ici ? demanda-t-elle à Charley ; je n'y vois que de gros navires et pas de petits bateaux comme celui que je dois prendre.

— Assurément qu'il n'y en a pas ; mais *le John Cropper* était dans ce bassin-là ; je connais plus d'un matelot, et je vais prier l'un d'eux de grimper en haut du mât pour voir s'il y est encore ; vous savez bien que, s'il avait levé l'ancre, il vous serait inutile de chercher à le rejoindre.... Tom Bourne ! » cria Charley en s'adressant à un vieux marin qui venait de leur côté en se dandinant, les deux mains dans ses poches et la chique dans la bouche, de l'air d'un homme qui n'a rien autre chose à faire que de regarder autour de lui et de cracher à droite et à gauche ; « Tom Bourne ! » Et l'enfant lui demanda ce qu'il désirait savoir, en employant un argot que Marie ne chercha pas à comprendre, et dont je n'essayerai pas de vous rapporter les termes.

Le vieux matelot écouta Charley en examinant la jeune fille des pieds jusqu'à la tête, fit un léger signe d'approbation, car la pauvreté des vêtements de la jolie créature était pour le bonhomme une raison de lui accorder son estime ; et, les quittant pour se rendre à bord d'un navire, où il emprunta une lunette d'approche, il grimpa au grand mât avec l'agilité d'un singe.

« Il va tomber! s'écria Marie, qui, jugeant le matelot d'après sa figure hâlée par la tempête, et sa démarche incertaine quand il était à terre, le croyait plus âgé qu'il ne l'était vraiment.

— Lui! mais voyez donc, il est déjà là-haut qui regarde dans sa lunette, et qui remue ses deux bras tout aussi facilement que s'il était sur le pont. J'y ai monté, moi, et bien souvent encore; mais faut pas le dire à ma mère: elle a dans son idée que je dois être cordonnier, moi qui veux être marin. »

Elle n'entendait même pas ce que lui disait l'enfant.

« Le voilà qui va descendre; le voilà qui est en bas. Charley, parlez-lui donc. »

Et dans son impatience ce fut elle qui demanda si *le John Cropper* était encore en vue.

— Oui, oui, répondit le vieux matelot; seulement, dépêchez-vous, car la barre est couverte; dans une heure toutes les voiles seront dehors et le navire prendra le large; avec ça que le vent est contre vous, pas une minute à perdre. Courez vite, courez vite. »

Ils se précipitèrent vers les marches qui menaient au bord de l'eau, en faisant signe à deux bateliers de venir les prendre; mais ceux-ci, voyant leur impatience et comprenant qu'il s'agissait de quelque chose qui leur tenait au cœur, mirent au contraire une lenteur désespérante à s'approcher de l'escale.

« Oh! je vous en prie, je vous en supplie, criait Marie; menez-moi au *John Cropper*. Charley, dites-leur où il se trouve; moi, je ne sais pas les termes; seulement, qu'ils se dépêchent.

— Pour sûr, il est au large, dit l'un des bateliers sans faire attention à ce que disait Charley.

— Je ne crois pas que nous puissions y aller, Dick, répondit l'autre en faisant à son camarade un signe d'intelligence; on nous attend à New-Brighton.

— Peut-être que cette jeune miss, pour voir encore une fois son bon ami, nous payerait un bon prix, insinua Dick en regardant la jeune fille.

— Oh! tout ce que vous voudrez. J'ai de l'argent, beaucoup d'argent. Partons vite, chaque minute est si précieuse.

— Il ne faut pas moins d'une heure pour gagner l'embouchure de la rivière, et *le John Cropper* lèvera l'ancre d'ici là.

— Partez, je vous en conjure, et vous serez bien payés » leur répétait Marie.

Mais cette fortune que la pauvre fille croyait avoir n'approchait pas des prétentions que les bateliers avaient conçues. Il ne lui restait plus que quatorze ou quinze schellings de la pièce d'or que lui avait prêtée Marguerite ; et les mariniers, qui lui supposaient au moins quelques guinées, insistaient pour avoir un souverain ; prix exorbitant qu'ils avaient déjà réduit, ayant d'abord demandé trente schellings.

« Payez-les donc et partez, disait Charley, qui ne s'arrêtait pas à la question d'argent ; vite, vite, l'eau monte, et le *Saint-Nicolas* se prépare à la manœuvre.

— Je n'ai plus que quatorze schellings et neuf pence, dit la pauvre Marie en comptant ce qui lui restait ; mais je vous donnerai mon châle ; vous le vendrez bien cinq schellings ; oh ! je vous en prie, est-ce que vous ne voulez pas ? »

Les bateliers la prirent à bord ; elle ne vit pas que Charley restait sur le rivage ; et, pour la première fois de sa vie, elle se trouva dans un bateau qu'agitaient le vent et les vagues, seule avec ces hommes à l'écorce rude et grossière.

CHAPITRE XXVII.

Ils avaient contre eux le vent et la marée ; et malgré leurs efforts le bateau n'avançait guère. Marie, dans son inquiétude, s'était levée pour juger de la distance qu'ils avaient parcourue ; mais les bateliers lui avaient crié de s'asseoir ; et reprenant sa place avec la docilité d'un enfant, elle avait concentré en elle-même l'impatience qui dévorait son cœur. Cependant il lui sembla tout à coup les voir quitter la direction qu'il fallait suivre ; et sous l'impression d'un affreux cauchemar, elle ne put s'empêcher d'exprimer sa terreur.

Les deux hommes lui répondirent en grommelant qu'ils savaient mieux qu'elle ce qu'ils avaient à faire ; et appelant un de leurs camarades à leur aide, ils lui demandèrent de venir se mettre au gouvernail, afin qu'ils pussent réunir leurs efforts et avancer plus vite.

Ils ramaient depuis longtemps, et Liverpool semblait toujours aussi près qu'au départ. Marie ne comprenait pas que le découragement ne s'emparât point des bateliers ; elle n'avait plus ni force ni pensée, lorsque le vent, qui jusque-là avait été contre eux, se calma subitement ; de légers nuages se groupèrent, couvrirent le ciel d'un voile et assombrirent l'eau du fleuve ; pas le moindre souffle dans l'air, et pourtant le froid était plus vif que par le vent d'ouest qui tout à l'heure soufflait avec violence.

Le bateau bondissait à chaque coup de rame, et rien ne semblait annoncer qu'il avançât dans sa course.

Marie tremblait et se sentait défaillir. Le timonier montra dans la rivière une ligne qu'on distinguait au loin et qui formait une ride à la surface de l'eau. Les bateliers se tournèrent du côté de la jeune fille, dont la douleur et la patience finissaient par les toucher.

« Là-bas, lui dit l'un d'eux, voyez-vous le *John Cropper?* le second navire en regardant vers le nord ; le vent est bon maintenant, et les voiles que nous allons hisser vont doubler notre vitesse. »

Il oubliait de lui dire que la brise en s'élevant ne favorisait pas moins la marche du *John Cropper* que celle de leur esquif. Et tandis que, les yeux fixés sur le vaisseau qu'on lui avait montré, Marie dévorait du regard la distance décroissante qui la séparait de Will, les voiles du navire se déployèrent, s'arrondirent au souffle du vent d'est, et le *John Cropper* s'inclina pour se relever et bondir, comme impatient de quitter le rivage.

« Ils ont levé l'ancre, » s'écria le timonier en entendant la voix des matelots dont le cri d'adieu glissait en mourant à la surface du fleuve ; mais puisant de nouvelles forces dans l'entraînement de la poursuite, les rameurs imprimèrent plus d'élan à leur course rapide et ajoutèrent une autre voile à celles qui déjà faisaient craquer la mâture.

Nouveau cri de l'équipage, plus fort, plus distinct ; la barque approche, mais le navire est parti.

Marie, les bras tendus, les joues baignées de larmes, implorait ce vaisseau qui emportait son espoir, tandis que les bateliers criaient en agitant leurs rames, et tâchaient d'attirer l'attention des matelots.

On les voyait à bord, mais la manœuvre était trop importante, le désordre trop grand pour qu'on leur répondît. Les cordages aux replis toujours prêts à se détendre y menaçaient la vie des hommes ; sur le pont encombré couraient les matelots préoccupés des adieux qu'ils venaient de faire, et se pressaient, au milieu des moutons et des porcs non encore dépecés, de pauvres animaux fous de terreur, dont les mugissements et les plaintes se mêlaient aux bruits confus qui s'élevaient autour d'eux. Le capitaine lui-même, songeant avec douleur à sa femme, à ses enfants qu'il laissait au rivage, donnait ses ordres d'une voix impatiente, et trahissait par son irritation la souffrance que lui causait le départ. Il traversait le pont avec colère, furieux d'une méprise du contre-maître, qui retardait la manœuvre, quand il crut entendre qu'on hélait son navire, et qu'on l'appelait de ce méchant petit bateau qui s'efforçait de le rejoindre.

« Capitaine, criaient les mariniers, nous demandons William Wilson pour prouver un alibi aux assises de Liverpool; on juge demain James Wilson, accusé d'un meurtre qui s'est commis jeudi soir, comme il était avec son cousin Will.

— Dites-leur que je suis Marie Barton.... Et le vaisseau qui s'éloigne ! Oh ! mon Dieu ! faites-le donc arrêter ! »

Le vaisseau fuyait toujours, entraînant la barque à sa poursuite; les bateliers répétèrent leur message.

Mais le capitaine, renvoyant le nom de de la jeune fille accompagné d'insultes et d'effroyables jurons, signifia qu'il ne s'arrêterait pas et ne se déferait d'aucun de ses hommes, quel que fût le misérable qui dût être pendu.

Marie, en entendant ces paroles que le porte-voix faisait retentir, leva les yeux au ciel, et, retombant assise au pied du mât, inclina la tête et se couvrit la figure de ses mains.

Cependant une voix a crié du navire. Elle comprime les battements de son cœur pour écouter ce qui va suivre :

« Marie Barton, disait Will, je reviendrai dans le bateau du pilote; que Dieu me protége ! et il sera temps encore de sauver l'innocent.

— Que dit-il ? demanda-t-elle aux bateliers; » car les mots avaient frappé son oreille, mais leur sens échappait à son esprit

Quand on le lui eut répété, elle ne sut pas davantage ce que cela voulait dire. Ils le lui expliquèrent, elle les comprit à peine.

« Et jusqu'où va le pilote?

— C'est suivant, lui dirent-ils; quelquefois jusqu'à Holyhead, pour avoir la chance de rencontrer un vaisseau qui s'en revient et de le ramener au port. Il y en a d'autres qui ne vont que passé les sables ; ça dépend du capitaine et du pilote aussi.

— Quand reviendra celui du *John Cropper* ? »

Il y avait trois bateliers, trois avis différents qui varièrent de douze à trente-six heures; et, comme la discussion s'échauffait, celui qui avait parlé d'un jour et demi doubla bientôt le terme qu'il avait fixé, ajoutant même que le pilote pourrait bien ne pas revenir avant la fin de la semaine.

Marie essayait vainement de les comprendre; leur argot lui était inconnu et un nuage enveloppait sa pensée; la stupeur s'emparait d'elle et tout semblait s'harmoniser avec son déses-

poir : le ciel de plomb qui se reflétait dans la rivière, l'eau as-
sombrie, la rive plate et nue, le vent âpre et piquant dont elle
était transpercée.

La barque, dont les voiles avaient été repliées, revenait lentement à Liverpool. Marie n'entendait plus les bateliers, qui dis-
cutaient toujours la question du pilote ; le bruit cadencé des
rames, le balancement du bateau, la fatigue qui l'accablait depuis plusieurs jours, avaient fini par triompher de sa douleur ;
un instant elle entr'ouvrit les yeux, réveillée par un léger mouvement qu'on faisait auprès d'elle : c'était le plus vieux des bateliers qui la couvrait de sa vareuse, dont il se dépouillait afin
qu'elle eût moins froid ; mais avant qu'elle eût fait un effort pour
le remercier de cette attention, elle retomba profondément endormie sur le monceau de voiles et de cordages qui lui servaient
de couchette.

Il commençait à faire nuit lorsque les bateliers arrivèrent à
l'escale d'où ils étaient partis. Ils réveillèrent Marie et l'aidè-
rent à se lever.

« Où allez-vous maintenant ? lui demanda celui qui avait pris
soin d'elle ; je vas vous dire votre chemin. »

Elle tourna les yeux vers le marinier sans lui répondre, tira
machinalement sa bourse, dont elle versa le contenu dans la main
du bonhomme, et détacha son châle pour le lui donner, comme
elle l'avait promis.

« Non, non, gardez-le, répondit le batelier ; c'était seulement
pour voir et pour vous éprouver, parce qu'on en trouve qui disent comme ça qu'ils n'ont plus rien quand ils sont cousus d'or.
Mais où vous rendez-vous ? ajouta-t-il d'un ton brusque ; je vous
l'ai déjà demandé.

— Je ne sais pas, répliqua-t-elle avec une complète indifférence.

— Il faut bien que vous le sachiez, reprit-il aigrement ; la jetée n'est pas la place d'une jolie fille, surtout à l'heure qu'il est.

— J'ai sur moi, dit-elle, une carte où l'adresse est écrite. »

Et, rassuré sur son compte, le batelier sauta dans son bateau
et s'éloigna de la rive pour faire place à un steamer qui s'approchait de l'escale.

Marie plongea de nouveau la main dans sa poche, en retira un
à un tous les objets qu'elle y avait : son mouchoir, sa bourse
vide, quelques riens sans valeur ; mais la carte ne s'y trouvait
pas, celle de M. Bridgenorth, chez qui elle aurait dû être à deux
heures avec Job. Elle l'avait perdue, sans le savoir, au moment
où, dans son empressement à faire partir les bateliers, elle avait

pris sa bourse et compté son argent. Son désespoir était si grand,
et complet, qu'il ne s'augmenta pas de cette nouvelle déception;
elle essaya de se rappeler le nom de mistress Jones : mais le
nom de cette femme, sa rue, son numéro, elle avait tout oublié.
Elle s'assit tranquillement sur les marches de l'escale et fixa les
yeux sur la rivière qui s'agitait à ses pieds; une ou deux fois
elle se demanda si elle ne trouverait pas le repos au fond de
cette eau glacée; mais elle était trop faible pour s'attacher à
une idée quelconque, et demeurait immobile sans se douter des
insultes qu'on lui jetait en passant.

Le vieux batelier la suivait toujours du regard et ne pouvait,
en dépit de lui-même, s'empêcher de s'intéresser à elle. Dès
qu'il put se frayer un passage au milieu des bateaux amarrés
près de la rive, il attacha sa barque, et, remontant sur la jetée,
en sautant d'une planche à l'autre; il revint près de la jeune
fille tout en se traitant de vieux fou.

« Que le diable vous emporte! lui dit-il en la secouant par le
bras; qu'est-ce que vous faites ici le bec dans l'eau comme une
oie? je vous ai déjà demandé où il faut vous conduire.

— Je ne sais pas, répondit-elle en soupirant.

— Assez comme ça et pas d'histoire. Où est cette carte où se
trouvait votre adresse? un conte que vous m'avez fait là !

— J'en avais une, mais je l'ai perdue; » et ses yeux se fixè-
rent de nouveau sur la rivière.

Le batelier, debout à côté d'elle, tâchait d'étouffer la voix qui
lui parlait au cœur, et, ne pouvant y parvenir, il prit une seconde fois l'épaule de la jeune fille qu'il secoua violemment.

« Que me voulez-vous? demanda Marie qui l'avait presque
oublié.

— Allons, venez avec moi, et que le diable...! »

Elle se leva et le suivit comme un enfant, sans lui demander
où il la conduisait.

CHAPITRE XXVIII.

A deux heures moins cinq minutes Job frappait à la porte de
M. Bridgenorth. Il avait laissé mistress Wilson chez une brave
femme de ses amies, où il trouvait une chambre quand il venait
à Liverpool, et cédait volontiers à la veuve le lit qu'il y occu-

pait d ordinaire et qu'elle devait ce jour-là partager avec Marie.

M. Bridgenorth était occupé à écrire; Marie et Will n'étaient pas arrivés; Job, qui était loin de se douter du départ du matelot, s'étonna de ce retard; mais, pensant qu'ils allaient venir, il entama l'affaire et s'enquit auprès de l'avoué du résultat de l'entrevue qu'il avait eue le matin même avec le prisonnier.

« Je l'ai vu, répondit l'homme de loi en déposant sa plume, mais à peu près inutilement; il reste impénétrable. Je lui ai dit pourtant qu'il devait être sincère et s'épancher avec moi; je vous ai nommé pour gagner sa confiance.

— Et qu'a-t-il dit enfin? demanda Job qui respirait à peine.

— Rien ou à peu près; il a refusé de me répondre aux questions les plus pressantes, absolument refusé; je ne sais vraiment pas ce je pourrai faire pour lui.

— Et vous croyez qu'il est coupable? dit le vieux fileur découragé.

— Non pas; l'impression qu'il m'a laissée, notez bien que ce n'est qu'une impression, est celle d'une complète innocence; mais il est évident qu'il connaît cette affaire et ne veut pas la révéler; malheureusement, s'il persiste, il est certain qu'il sera pendu. »

L'avocat reprit sa plume et se remit à écrire.

« Il ne faut pas qu'on le pende, » s'écria Job.

M. Bridgenorth sourit en secouant la tête et continua la lettre qu'il avait commencée.

« Je voudrais bien que Marie Barton vînt avec Will, reprit le fileur après un long silence; ils tardent beaucoup, à ce qu'il me semble.

— Et c'est la seule chance qui soit en notre faveur, dit l'avoué toujours en écrivant. J'ai envoyé Johnson porter au marin le *sub-pœna* qui le force à comparaître, et lui ai fait dire en même temps d'être ici vers deux heures; je ne doute pas qu'il ne vienne, il arrivera dans un instant. »

Nouveau silence.

« M. Dumconbe m'a promis de déposer en faveur du prévenu et de ses antécédents, ajouta Bridgenorth; je l'ai fait assigner à décharge, bien qu'à vrai dire les jurés n'attachent qu'une bien faible importance à la réputation de l'accusé. Dans la cause qui nous occupe, l'alibi était malheureusement le seul moyen qui pût donner quelque espérance. »

La plume grinçait en courant sur le papier; Job, dont l'anxiété croissait à chaque minute, s'agitait sur sa chaise, toujours prêt à se lever au moindre bruit qu'il entendait. Un pas d'homme retentit dans l'escalier; son vieux cœur bondit, et la joie éclaira son visage. C'était Johnson qui rentrait rapportant la liste des actes d'accusation approuvés par le jury. M. Bridgenorth jeta un coup d'œil sur cette liste; et la passant au vieillard :

« Je m'y attendais, » lui dit-il en se remettant à écrire.

Job plus inquiet ne maîtrisait plus son impatience; la crainte d'interrompre M. Bridgenorth le retenait encore à la place qu'il occupait; mais bientôt, ne se contenant plus, il se leva pour s'approcher de la fenêtre et regarder au dehors s'il ne verrait pas Will. Le jour baissait, la rue étroite devenait sombre; Will ne paraissait pas; Job arpentait de long en large le cabinet de l'avoué, faisant crier ses bottes sur le parquet sans s'apercevoir des mouvements d'impatience qui échappaient à M. Bridgenorth, jusqu'au moment où celui-ci, ne pouvant plus supporter ce bruit et cette agitation qui lui portaient sur les nerfs, jeta sa plume, ferma son portefeuille et, prenant ses gants et son chapeau, dit au fileur qu'il était attendu et forcé de le quitter pour se rendre aux assises.

« Mais Will n'est pas encore venu, dit Job; attendez un instant, je cours à son auberge et vous le ramène dans une minute; j'y serais allé déjà si je n'avais pas eu peur de le manquer en partant.

— Non, mon brave homme, non; il faut que je sorte. D'ailleurs il se peut que Johnson se soit mal expliqué; peut-être William m'attend-il au palais. Dans tous les cas, restez ici, je vous l'enverrai si je le rencontre; je reviendrai vers huit heures, et nous pourrons immédiatement joindre son témoignage au dossier et prévenir l'avocat. »

Job suivit l'avoué jusqu'à la porte et, après avoir réfléchi quelques instants, il se dirigea vers la demeure de mistress Jones, pensant qu'il y apprendrait au moins des nouvelles de Marie.

« N'est-il pas venu ce matin une jeune fille qui a parlé à William Wilson? demanda-t-il en entrant chez mistress Jones.

— Oui, mais elle ne l'a pas vu.

— Et pourquoi?

— Parce qu'il était embarqué quand elle est arrivée.

— Et cette jeune fille, où est-elle? reprit Job après quelques instants de silence.

— Du côté de la rivière, à ce que je pense. Charley nous le dirait bien, mais il n'est jamais là. Un jour ou l'autre il aura le cou tordu, » répondit mistress Jones en se baissant pour remettre son fer au feu et en prendre un autre qu'elle approcha de sa joue afin de savoir s'il était assez chaud.

Job avait envie de la battre, tant il était irrité de son calme et de son indifférence; toutefois il se contraignit et se demandait ce qui lui restait à faire, lorsque Charley rentra, sifflant avec une insouciance affectée, pour faire croire qu'il ne savait pas l'heure et ne se doutait pas du temps qu'il avait passé sur le port.

« Parle un peu à ce bonhomme, lui dit sa mère après l'avoir maternellement grondé; il demande où est la jeune personne qui est sortie avec toi ce matin et que tu as conduite près du môle.

— Ah! je ne sais pas; elle est partie dans un bateau pour rattraper *le John Cropper*, qu'elle n'aura pas gagné; car le vent a changé tout juste au beau moment; le navire a dû passer la barre en moins que rien; mais elle doit être revenue, il y a déjà longtemps.

— Comment faire pour la retrouver? dit Job, puisqu'elle n'est pas ici.

— Je vais courir près du môle, répliqua l'enfant, et je parie la ramener.

— Tu n'iras pas, » s'écria mistress Jones en se mettant devant la porte.

Charley fit à sa mère un geste peu respectueux, en regardant le fileur d'un air d'intelligence; mais le vieillard, naturellement porté à soutenir l'autorité maternelle, accueillit plus que froidement la grimace de l'enfant. Aussi, quand il lui eut demandé avec qui Marie était allée à la poursuite du *John Cropper*, Charley se contenta de répondre sèchement :

« Avec des bateliers.

— Mais leur bateau avait au moins un nom.

— Anne ou William, ou Gilles ou Paul, est-ce que je sais?

— Mais enfin de quel môle est-elle partie?

— Oh! quant à cela je puis vous le dire, elle est descendue par l'escale de la jetée du Prince; j'en suis sûr, j'y étais; seulement elle n'a pas pu y aborder en revenant, parce que le steamer américain qui est entré dans le port à la marée a jeté l'ancre tout près de cet endroit-là, bouchant la passe aux petits bateaux. Un mauvais temps pour se trouver dehors et un gros vent pour être sur la rivière, ajouta-t-il avec malice.

— Que la volonté de Dieu soit faite! dit tristement le vieillard; j'espérais que nous sauverions le pauvre Jem, et je n'ose plus y penser. Je suis fort inquiet de Marie, fort inquiet C'est la première fois qu'elle vient à Liverpool.

— Sans compter qu'il y a toute sorte de dangers pour les filles à se trouver seules au coin des rues ; c'est grand dommage qu'on n'ait pas été là pour la recevoir à la sortie du bateau, dit Charley en se rengorgeant.

— Je ne vois pas comment on aurait pu s'y trouver, répliqua Job, puisqu'on ne savait pas qu'elle devait y aller. Mais j'ai la conviction qu'elle va revenir ici : elle ne connaît que cette maison dans toute la ville, et je ne doute pas qu'elle ne s'y rende ; aussi je vous demanderai, mistress Jones, de permettre à votre fils, dès que Marie sera de retour, de la conduire au n° 8 de la cour du Jardin, où des amis l'attendent ; je donnerai six pence à l'enfant pour la peine qu'il aura prise. »

Mistress Jones, enchantée de la déférence du vieillard, promit tout ce qu'il voulut, et Charley, attendri par les six pence et par l'espoir de pénétrer le mystère de la jeune fille, protesta de l'empressement qu'il mettrait à la conduire.

Mais Marie ne revint pas.

CHAPITRE XXIX.

« Eh bien ! dit mistress Wilson au vieux Job en l'interrogeant du regard avec autant d'impatience que d'inquiétude ; eh ! bien ! répéta-t-elle, car le vieillard cherchait vainement dans son cœur un mensonge qui pût calmer la pauvre mère.

— Eh bien !... Will n'est pas arrivé ; mais on l'attend ; sois tranquille, » répondit Job.

Elle le regarda fixement, et secouant la tête, elle reprit d'un ton plus calme qu'on ne l'aurait attendu :

« Tu veux me tromper, c'est inutile ; tu ne penses pas ce que tu dis et tu es sans espoir, tout comme moi ; j'ai toujours dit qu'on le pendrait, quoiqu'il soit innocent ; et mieux vaudrait qu'il le fût déjà et qu'il eût quitté ce monde où il n'y a ni pitié ni justice.

— Allons, te voilà montée, dit Job, et mettant tout au pire. Will est parti, c'est vrai, embarqué de ce matin ; mais cette brave Marie, qui est pleine de cœur, est allée après lui pour le rejoindre et le ramènera, c'est sûr : elle n'est pas revenue, c'est bon signe. Prends courage et tout finira bien.

— Oui, mais pas comme tu l'entends. Jem ira retrouver son

père et ses frères dans l'endroit où le Seigneur essuie nos larmes, où le bon Jésus console les petits enfants cherchant leur mère qui les pleure ici-bas. C'est un endroit béni, où je souhaite bien d'arriver, Job; et pourtant je me désole de ce qu'on y envoie Jem : si encore nous y allions ensemble!

— Tu ferais bien de te reposer et de t'aller mettre au lit; tu as besoin de tes forces pour la journée de demain. Jem souffrira trop s'il te voit cette mine-là; je vais retourner là-bas et je ramènerai Marie. N'aie pas peur; je reviendrai, je te dirai tout sans rien te cacher; mais va dormir.

— Tu es un bon ami, Job Legh, et je ferai ce que tu me commandes. Seulement reviens bien vite et ramène-moi Marie dès que tu l'auras trouvée.

— Oui, oui, » dit Job; et il courut chez M. Bridgenorth où il se figurait que Marie et Will devaient l'attendre.

L'avoué mettait en ordre les diverses pièces d'un dossier; son air était grave, presque triste : « Mauvaise affaire, dit-il au vieillard. Johnson m'a rapporté ce que lui a dit cette femme où je l'avais envoyé pour parler au marin; je doute fort que la fille Barton ait réussi; tout reposera sur une assertion vague et les antécédents de l'accusé : faible défense que tout cela. Et maintenant, mon brave, je vous souhaite le bonsoir; avez-vous vu Johnson en passant? Oui? eh bien, dites-lui que je le demande et que je suis fort pressé. »

Job salua, et retourna chez mistress Jones. Il la trouva toute seule; Charley vaguait suivant son habitude; rien ne pouvait le retenir; par la fenêtre ou par la porte il s'échappait toujours, et ni clef ni serrure ne l'empêchaient de sortir. Peut-être courait-il en ce moment pour retrouver Marie; et le fileur, décidé à l'attendre, prit une chaise et prêta plus d'attention aux voix et aux bruits du dehors qu'à tout ce que lui racontait mistress Jones, dont la conversation roulait sur son fils et son mari, vieux loup de mer actuellement aux grandes Indes. La pauvre femme se plaignait des enfants, des marins, de la tempête, du goudron qui achait les culottes, des inquiétudes qui l'empêchaient de dormir quand le vent soufflait avec furie. Job ne l'écoutait pas et regardait vers la porte; on marchait dans la cour : c'était Charley.

« Il faut croire, dit l'enfant au vieillard, que Marie s'est perdue; personne ne l'a vue sur le môle; Bourne m'a dit que le bateau qu'elle avait pris s'est amarré à la rive de Cheshire. Il faut attendre à demain pour savoir ce qu'elle est devenue.

— Elle sera de bonne heure aux assises, répondit Job; elle est assignée comme témoin pour déposer dans cette affaire

— Elle me l'a dit, » reprit Charley, qui aurait bien voulu faire jaser le vieux fileur.

Mais s'étant levé presque aussitôt, Job s'excusa de tous les dérangements qu'il avait causés à mistress Jones, lui souhaita le bonsoir et partit, faisant des vœux pour que la mère de Jem fût endormie quand il allait rentrer. Mais si doucement qu'il eût ouvert la porte, et quelles que fussent les précautions qu'il eût prises, il entendit mistress Wilson demander : « Qui est là? » Il retint son haleine et resta sans bouger dans l'espoir qu'elle croirait s'être trompée; malheureusement l'hôtesse à moitié endormie laissa tomber les mouchettes, voulut s'en excuser, et convainquit la pauvre Jeanne du retour de son ami.

« Job, Job! s'écria-t-elle.

— Mon Dieu! se disait le vieillard, je serais bien étonné si mentir était pécher en pareille circonstance; il faut pourtant qu'elle repose; combien de nuits passera-t-elle sans dormir, si les choses tournent mal!

— Job! mais viens donc, reprit-elle avec impatience.

— Oui, c'est moi, je vas monter; je te croyais endormie, voilà pourquoi.

— Dormir! ah bien, oui; est-ce que ça serait possible, avant que je sache si l'on a ramené Will? »

— Allons, nous y voilà! » murmura Job entre ses dents; et d'une voix plus haute : « Rassure-toi, lui dit-il, notre marin est retrouvé sain et sauf, et tout prêt pour demain.

— Et prouvera-t-il qu'il était avec Jem? Le sauvera-t-il? Parle donc et dis-moi tout.

— Pris pour un penny aussi bien que pour une guinée, pensa Job; une prière, et ça payera pour la totalité.... Assurément, répondit-il à travers la porte. Il est clair comme le jour qu'ils sont partis ensemble, et Jem en sortira blanc comme neige. »

Il entendit le frôlement des draps, et pensa que la pauvre mère s'agenouillait pour rendre grâces à Dieu, car sa voix tremblante murmurait une prière entrecoupée de larmes, de soupirs, d'exclamations qui ne disaient que trop son espoir et sa joie. Le cœur de Job se serra en pensant au lendemain et à l'effet de cette affreuse déception; il regrettait ses paroles et comprenait la stérilité du mensonge; mais comment faire?

« Et Marie? » demanda-t-elle quand elle eut fini sa prière.

Il soupira :

« Elle ne va pas trop mal. Dieu me pardonne! ajouta-t-il intérieurement, qui aurait cru que je deviendrais un franc menteur sur mes vieux jours?

— Qu'elle soit bénie : mais où est-elle ? pourquoi ne se cou-che-t-elle pas ? Elle doit être fatiguée. »

Job toussa pour se débarrasser d'un reste de conscience.

« En effet ; mais elle était si lasse de sa course en bateau, que mistress Jones lui a offert un lit et qu'elle y est restée ; c'est plus près des assises, plus à portée pour s'y rendre.... Après tout, ce n'est pas très-difficile, grommela Job ; le premier coûte un peu, mais les autres viennent d'eux-mêmes ; je me sens aussi à l'aise que si je lui disais vrai ; pas moins elle se tait, c'est une bonne chose, et que Satan ne vienne pas lui souffler d'autre question ! »

Il revint dans la salle basse, prit une chaise et s'y installa pour la nuit, après avoir dit à l'hôtesse qu'elle pouvait aller se cou-cher et qu'il allait dormir. Hélas ! dormir était loin de sa pensée. Marie l'inquiétait trop pour cela ; qu'avait-elle pu devenir ? Dans son anxiété, le pauvre homme se reprochait sa faiblesse ; il n'au-rait pas dû céder, se disait-il, il n'aurait pas dû permettre que ce fût elle qui courût après Will. Et, se fâchant tantôt contre Marie, tantôt contre lui-même, il attendit, sans repos, la fin de cette nuit si longue.

CHAPITRE XXX.

Marie avait suivi le batelier sans la moindre résistance, ne cher-chant pas même dans sa stupeur à savoir où il la conduisait. Il l'avait prise par le bras ; et, lui faisant traverser les rues qui du port s'enfoncent au cœur de la cité, il s'était engagé dans un labyrinthe de ruelles étroites, où, après maint détour, il s'ar-rêta devant la porte d'une maison basse, petite et vieille, qui ressemblait à quelque chaumière de village égarée au milieu de ce quartier populeux. « C'est ici, » dit-il en poussant Marie dans une chambre claire et proprette où elle se trouva fort embar-rassée d'expliquer sa présence à une petite vieille qui se tré-moussait autour du foyer, sans doute à propos du souper, et qui, se retournant la pincette à la main, attendait que son mari lui présentât l'étrangère qu'il introduisait avec si peu de céré-monie. Mais le brave homme, sans daigner expliquer sa con-duite, s'assit tranquillement sur la chaise qui lui était réservée, prit une chique et se mit à la mâcher sans rien dire, tout en regardant la jeune fille avec satisfaction et d'un air de triomphe, comme si elle eût été sa captive et le prix de son adresse et de son courage. Tout à coup Marie, que l'embarras avait d'abord fait rougir, devint pâle comme la mort, étendit la main pour chercher un appui et tomba tout d'une pièce sur le carreau de la chambre. L'homme et la femme accoururent à son aide, et, l'ayant relevée, s'efforcèrent de la faire revenir, l'un en lui frappant dans les mains, l'autre en l'inondant d'eau fraîche.

« Qui est cette fille? demanda la petite vieille.

— Est-ce que je sais? répondit l'homme.

— C'est que j'aurais cru, puisque tu la ramenais!.... Enfin, n'importe; nous n'avons que faire de son nom, suffit qu'elle se trouve mal. Je regrette bien de n'avoir pas, mon flacon de sels. Je l'ai prêté dimanche dernier à mistress Burton, qui ne pouvait pas s'empêcher de dormir pendant le sermon. Pauvre chère âme! comme elle est pâle!

— Tiens-la un peu, dit le mari.

— Qu'est-ce qu'il va faire? Le voilà qui prend ma plume et qui la brûle, moi qui l'ai depuis cinq ans; ah! j'y suis; la plume brûlée est bonne pour les évanouissements; ça ne la fait pas revenir. Que cherche-t-il encore? oh! le brave homme, qu'il est bon! moi qui n'y pensais pas! s'écria-t-elle en voyant le batelier sortir du cabinet avec une bouteille d'un spiritueux quelconque, étiquetée *Golden-Wasser*, et qu'il avait eue par contrebande. Voilà qui fera l'affaire, dit la bonne femme en versant dans la bouche de Marie quelques gouttes de la précieuse liqueur; mon cher homme, va! toujours bon et sensible!

— Pas le moins du monde; je n'ai jamais été si fou; jamais tendre, jamais, dit-il en regardant avec émotion la jeune fille qui reprenait ses couleurs et qui rouvrait les yeux. Eh! bien, ça va mieux? lui demanda-t-il avec bonté.

— Oui, monsieur; je voudrais bien vous remercier, mais je ne sais pas comment vous dire, balbutia Marie.

— Allez à tous les diables avec vos remercîments! » Et il vint se rasseoir en allumant sa pipe, laissant sa femme très-intriguée au sujet de cette étrangère dont la réputation pouvait être suspecte.

Quelques instants après, il sortit de la maison; Marie tourna les yeux vers la vieille femme, et se leva, quoique bien faible, avec l'intention de partir, sans savoir toutefois où elle pourrait aller.

« Ne t'en va pas, lui dit celle-ci; ta place est autre part que dans la rue.... Ce n'est pas, ajouta-t-elle en se parlant à elle-

14

même, que c'est peut-être une mauvaise fille; elle est si jolie
qu'on peut le croire. Mais après tout, pauvres créatures ! c'est
chez elles qu'on trouve les cœurs brisés; et qui doit les relever
et les soutenir et les plaindre? Assurément les honnêtes femmes;
non, non, elle serait ce qu'il y aurait de pire, qu'elle ne s'en
irait pas, tout au moins par ma faute. Mais c'est égal, je voudrais savoir où l'homme l'a ramassée. »

Marie avait saisi quelques mots de ce soliloque. « Je ne suis
pas ce que vous pensez, lui dit-elle. Votre mari m'a prise dans
son bateau pour aller rejoindre un navire qui partait; ce navire
emmène un homme dont le témoignage sauverait un innocent
qu'on juge demain et qui est accusé de meurtre. Le capitaine
n'a pas voulu le laisser revenir; mais lui, il a répondu qu'il profiterait du pilote, et qui sait?... »

La pauvre fille fondit en larmes.

« Allons, allons, prenez courage et ne vous désolez pas. Je
vous dis qu'il reviendra; c'est tout simple. »

Et, tout en continuant de parler tantôt à la jeune fille, et tantôt
à elle-même, elle s'occupa des soins du ménage, prépara tout
pour leur repas du soir, et voulut faire prendre quelque chose
à Marie, qui ne put, en dépit de son insistance, avaler qu'un
peu de thé. Le mouvement et les paroles de son hôtesse augmentaient son vertige; elle essayait de rassembler ses idées,
elle se demandait où elle irait, s'il lui fallait partir, et croyait
devoir s'en aller; mais comment faire?

Le batelier rentra plus maussade, plus bourru qu'il ne l'était
avant; elle s'attribua l'irritation du brave homme et tâcha de
retrouver un peu de force pour quitter la maison.

« Diable ! diable ! dit-il en regardant le feu d'un air pensif; le
vent est droit contre eux.

— Bah! reprit sa femme, qui savait bien que toute cette mauvaise humeur cachait quelque émotion qu'il voulait réprimer.
Le vent change plus d'une fois en une nuit; il y a du temps d'ici
à demain. Je parie ce que tu voudras qu'il a déjà tourné. »

Et, s'approchant de la fenêtre, elle jeta les yeux sur une girouette que la lune éclairait, la regarda quelque temps, étouffa
un soupir et revint près de la cheminée, cherchant un autre
moyen de consoler la jeune fille.

« Est-ce qu'il n'y a que ce témoin-là qui puisse prouver ce que
vous voulez? demanda-t-elle à Marie.

— Non, pas d'autre.

— Vous n'avez pas la moindre idée du véritable assassin?
Voilà qui serait plus sûr ! »

La jeune fille tressaillit.

« Ne la tourmente pas; tu l'assommes avec tes questions, dit le batelier. Le froid lui a fait mal; il faut qu'elle aille au lit. Je veillerai sur la girouette, et d'ailleurs ça ne fait rien; la marée sera pour eux. »

La vieille femme conduisit Marie dans une petite chambre où tout rappelait la mer et les pays lointains. Un petit lit s'y trouvait, celui du fils aîné qui voguait vers la Chine; un hamac pour le cadet en ce moment dans la Baltique; les draps de toile bise ressemblaient à des voiles; et sur le mur, deux images grossières représentaient deux navires que l'excellente femme regarda jusqu'à ce que ses yeux se remplissent de larmes. Elle essuya ses pleurs d'un revers de main et engagea Marie à se mettre au lit en lui disant qu'il était doux et qu'elle s'y trouverait bien.

« Je ne pourrais pas dormir, répondit la jeune fille, et j'aime mieux ne pas me coucher.

— A quoi bon? je vois ce que c'est, vous guettez la girouette. Croyez-moi, pot qu'on regarde ne veut jamais bouillir; tant que vous aurez l'œil dessus, elle ne tournera pas. Je connais ça; mon cœur s'en va quand le vent s'élève; alors je m'applique à mon ouvrage pour ne pas y songer. Couchez-vous, soyez sage.

— Laissez-moi encore un peu, dit Marie.

— C'est que, voyez-vous, l'homme ne sera pas tranquille tant que vous ne serez pas couchée; ainsi donc ne faites pas de bruit, mais pas du tout, si vous voulez rester. »

Marie alla bien doucement s'asseoir auprès de la fenêtre, tira le petit rideau qu'elle retint dans sa main, et, le front appuyé sur la vitre, elle regarda toute la nuit la girouette immobile; une lueur rougeâtre parut à l'horizon et pénétra dans la chambre; ses yeux brûlants et fixes ne se détournèrent pas du point où ils étaient rivés. La lueur s'étendit, tout s'éclaira : c'était le matin. Dans quelques heures Jem serait appelé devant ses juges, et le vent d'est soufflait toujours.

CHAPITRE XXXI.

De tous ceux dont l'inquiétude avait, pendant cette longue nuit, éloigné le sommeil et torturé l'esprit, M. Carson avait encore été le plus agité. Depuis le meurtre de son fils, il n'avait plus de repos, et les pensées qui occupaient ses veilles le poursuivaient jusque dans les heures où, accablé de fatigue, il succombait à l'engourdissement qui s'emparait de son corps. Ainsi que Marie et Job, il ne s'était pas couché de la nuit, et l'avait passée à se demander si toutes les mesures étaient bien prises pour assurer la condamnation de Jem; il regrettait presque la précipitation qu'il avait mise à le poursuivre, dans la crainte qu'on n'eût été forcé de négliger quelque point important. Et cependant il sentait qu'il n'y aurait pour lui de tranquillité sur la terre qu'après avoir obtenu vengeance du meurtrier de son fils : c'était le mot justice qu'il employait en parlant, et lui, dans sa pensée, qualifiait sa conduite; et dans son impatience d'atteindre ce but équitable, il courut au point du jour réveiller son avocat pour lui faire rechercher de nouvelles preuves et de nouveaux moyens de conviction. Puis, tirant sa montre, il compta les heures et les minutes qui le séparaient du moment où la cour entrerait en séance.

Que lui faisaient les vivants, sa femme, ses trois filles, en comparaison du fils assassiné dont la dépouille attendait, pour être rendue à la terre, que la mort du coupable eût vengé la victime?

Neuf heures sonnèrent, chacun prit la place qui lui était assignée : les juges, les jurés, l'organe de la loi, de la vindicte publique, les avocats, le prisonnier, les témoins, tous ceux qui s'intéressaient personnellement à cette affaire, et parmi lesquels on retrouvait le vieux fileur, Ben Sturgis le batelier, et jusqu'au petit Charley.

Job, autant pour éviter les questions de mistress Wilson que pour calmer sa propre inquiétude, était sorti de bonne heure afin de se procurer des nouvelles de Marie, et n'ayant pu y parvenir, il avait pensé qu'il valait mieux laisser à la pauvre mère l'illusion qu'il lui avait donnée que de la détromper avant que ce fût inévitable. Il ne rentra donc pas et alla directement au palais, où mistress Wilson, fatiguée, mais tranquille, était déjà depuis quelque temps dans la salle des témoins.

Comme il cherchait à se frayer un passage dans la foule et à se placer de manière à bien voir et bien entendre, le clerc de M. Bridgenorth lui remit une lettre en lui disant : « C'est de notre client. »

Job l'ouvrit d'une main tremblante; il craignait que Jem coupable ne lui fît un aveu qui aurait détruit sa dernière espérance.

« Cher ami, disait Jem, je vous remercie de tout mon cœur de la bonté que vous avez eue de m'envoyer un avocat; mais c'était inutile : tous les gens de loi du monde ne pourraient rien pour ma cause; je serai condamné probablement, et je ne m'en étonne pas. Si j'étais du jury, je déclarerais coupable le prévenu qui aurait contre lui les charges accablantes qu'on élève contre moi. Ne blâmez donc pas mes juges, si le verdict me condamne; mais ai-je besoin de vous dire que je suis complétement innocent du crime dont on m'accuse? vous n'en doutez pas, je le sais; si je n'avais cette conviction, je ne vous adresserais pas cette lettre qui contient mes dernières volontés. Job Legh, je vous confie ma mère; prenez soin d'elle, non pas sous le rapport de l'argent, elle a tout ce qui lui faut pour vivre, ainsi que ma tante Alice; mais vous la laisserez vous parler de moi, et vous lui montrerez que vous me croyez innocent. Elle ne me survivra pas longtemps; soyez bon pour elle, Job, en mémoire de moi qui vais mourir; et si parfois son humeur vous irrite et vous fâche, rappelez-vous tout ce qu'elle aura souffert. Pauvre femme, elle ne m'accuse pas et ne doutera jamais de moi! Que Dieu la bénisse et la protége!

« Il est une autre personne, mon vieil ami, que je crains d'avoir aimée trop vivement; et pourtant cet amour a fait le bonheur de ma vie; elle pense que j'ai tué son amant, que c'est moi qui suis la cause de sa douleur, et, chose bien dure, il faut même qu'elle le croie, cela vaudra mieux pour elle; mais un jour, lorsque viendra le moment où vous serez près de mourir, dans longtemps, Job, car vous êtes fort et vigoureux, dites-lui que je vous ai solennellement affirmé mon innocence. Je ne peux pas supporter l'idée de sa haine, qu'elle emporterait dans la tombe; oh! je ne veux pas qu'elle meure en maudissant mon nom; je souffrirais trop dans l'autre monde si elle devait s'y détourner de moi comme du meurtrier de son amant, et je ne peux pas songer à l'horreur que je lui inspire maintenant.

« Ainsi donc, adieu, Job; soyez béni.

« Celui qui ne peut plus vous servir,

« JAMES WILSON. »

Job poussa un profond soupir, replia sa lettre, l'envelopp
soigneusement d'un morceau de vieux journal, et, après l'avoir
placée dans la poche de son gilet, il retourna vers la salle des
témoins. Par la porte entr'ouverte, il aperçut Marie, qui, les
coudes appuyés sur une table, se cachait la figure de ses mains
et paraissait accablée de son désespoir. Auprès d'elle sanglotait
mistress Wilson, dont les gémissements disaient assez qu'elle
avait perdu toute illusion. Job revint tristement dans la salle
des assises, sans avoir été vu des deux femmes. La cour y était
en séance, le greffier finissait la lecture de l'acte d'accusation,
et l'instant d'après, la question d'usage était adressée au prévenu : « Que dites-vous, accusé, êtes-vous coupable ou non? »

Bien qu'on s'attendît à la réponse qui allait être faite, et qui
ne variait jamais, un silence solennel régna dans l'assemblée,
même parmi ceux que l'habitude de ces sortes d'affaires avait
blasés complétement en matière criminelle.

Jem, debout, les lèvres serrées, les yeux fixés sur le juge, fut
un instant sans répondre : il revoyait son enfance, son père dont
il était l'orgueil, sa douce compagne Marie, sa bien-aimée, aujourd'hui son désespoir, mais encore ses amours; puis sa mère,
qui allait rester sans enfants et qui bientôt rejoindrait ceux
qui l'attendaient au ciel; sa mère qui ne devait pas un instant
douter de son innocence; et se rappelant tout à coup la question
qui lui était faite, il répondit d'une voix ferme :

« Non coupable, milord. »

Les circonstances dans lesquelles le meurtre avait été commis,
les soupçons qu'on élevait contre Jem étaient trop connus de la
plupart des auditeurs pour qu'on écoutât le réquisitoire que l'a-
vocat du plaignant déclamait au milieu des conversations parti-
culières.

« C'est M. Carson, le père de la victime, qui est là-bas derrière Serjeant Wilkinson.

— Quel beau vieillard! quelle figure noble et sévère! Ne vous
rappelle-t-elle pas, dans sa beauté vraiment classique, le buste
de Jupiter?

— C'est l'accusé que je regarde; les criminels m'ont toujours
vivement intéressé par l'étude qu'ils m'ont offerte : je cherche,
dans ces traits qu'ils partagent avec le commun des mortels, à
retrouver l'indice des crimes qui en font des êtres à part et les
mettent au ban de l'humanité. J'ai vu bien des scélérats dans ma
vie, mais j'en ai peu rencontré qui portassent le signe de Caïn
aussi visiblement que celui qui est à la barre.

— Il est vrai que je ne me donne pas pour habile physionomiste; mais je ne trouve pas du tout que le pauvre diable ait une mauvaise figure, au contraire. Son visage est triste, un peu sombre, je l'avoue, ce qui me paraît fort fort naturel dans sa situation.

— Regardez donc son front bas, signe d'un entêtement stupide; ses lèvres pâles et contractées; ses yeux baissés qui ne se lèvent jamais pour regarder en face.

— Je ne suis pas de votre avis : son front est large, carré, ce qui annonce l'intelligence; élevé même, et s'il vous paraît bas, c'est à cause des cheveux épais qui le recouvrent, Il est à regretter que le barbier de la prison ne les lui ait pas coupés, s'ils doivent produire aux autres l'impression qu'ils font sur vous, quant aux yeux baissés, aux lèvres pâles, c'est tout bonnement l'effet d'une émotion très-légitime et qui ne prouve rien contre la moralité d'un homme. »

Pauvre Jem ! ses cheveux noirs dont sa mère était si fière, et qu'elle avait tant de fois caressés avec amour, devaient-ils donc lui être reprochés et tourner contre lui !

On procédait à l'audition des témoins; les agents de police venaient d'être entendus, et leurs dépositions paraissaient évidentes

« Clair comme le jour, dit un légiste en herbe à l'un de ses camarades.

— Noir comme la nuit, veux-tu dire ? répliqua en souriant le futur procureur.

— Jeanne Wilson? Probablement, une parente?

— La mère du prévenu, assignée pour reconnaître le fusil qu'on a trouvé sur le lieu de l'assassinat.

— Ah ! oui, je me rappelle; pauvre femme ! c'est assez dur. »

Jeanne Wilson avait à peine cinquante ans; mais les infirmités, es chagrins l'avaient tellement vieillie avant l'âge, qu'on lui en donnait soixante-dix. Elle se tenait à la barre, chancelante et courbée, s'efforçant de contenir ses sanglots par amour pour son fils.

« Vous vous nommez Jeanne Wilson? lui demanda-t-on.

— Oui, monsieur.

— Vous êtes la mère de l'accusé?

— Oui, monsieur. Et des larmes tremblèrent dans sa voix.

— Le fusil que voilà n'appartient-il pas à votre fils? Rappelez-vous ce que vous avez déjà dit à ce sujet. »

Elle saisit la barre afin de ne pas tomber, fit un violent effort, et se tournant vers le prévenu:

« Oh ! Jem, lui dit-elle, que faut-il donc répondre?

— La vérité, ma mère, » répliqua-t-il en jetant sur elle un regard plein de tendresse et de pitié

Elle obéit avec la docilité d'un enfant. Une profonde émotion parcourut l'auditoire; mais les jurés et les juges demeurèrent impassibles, tandis que l'avocat de M. Carson s'empressa, joyeux et triomphant, de faire ressortir tout ce que l'absence de Jem, précisément le soir où le meurtre avait été commis, rapprochée de la déposition qui venait d'être entendue, ajoutait de concluant aux preuves que l'on avait déjà.

« Retirez-vous, Jeanne Wilson, » dit le président à la malheureuse femme.

Mais, ne pouvant plus se contenir, elle se tourna vers le juge dont elle croyait que la vie de Jem dépendait :

« Je vous ai dit la vérité, milord, parce qu'il me l'a commandé, s'écria-t-elle avec désespoir; mais, je vous en prie, mon bon monsieur, que mes paroles ne soient pas contre lui et qu'elles n'aillent pas le faire pendre. Milord juge, il est innocent comme l'enfant qui va naître. Je suis sa mère; je l'ai nourri, et depuis le jour de sa naissance il a réjoui mes yeux par sa vue, mon cœur par sa bonté; vous pouvez me croire, moi qui ne l'ai jamais quitté; mais ce n'est pas ces messieurs qui le voient aujourd'hui pour la première fois qui peuvent le connaître et savoir ce qu'il a fait. Milord, il est si bon que je me suis demandé bien souvent si le péché était en lui; et quand je murmurais, car j'ai mes moments d'humeur, je ne manquais pas de me dire : « Ingrate que tu es, le Seigneur t'a donné Jem; n'est-ce pas une « bénédiction plus grande que tous les biens de la terre? » Dieu juge à propos de me punir, et pourtant, si vous me l'arrachiez, milord, moi qui n'aurais plus d'enfant, plus rien à aimer dans ce monde, je ne pourrais pas dire : « Que la volonté de Dieu soit « faite ! » non, milord, non, je ne le pourrais jamais. »

Les huissiers l'entraînèrent avec douceur, et l'on continua d'interroger les témoins dont les réponses venaient accabler le pauvre Jem. C'était bien avec son fusil que le meurtre avait eu lieu; c'était bien lui qui, peu de jours auparavant, avait menacé la victime : restait à savoir si la cause de ces menaces motivait suffisamment l'assassinat dont elles avaient été suivies; et c'était pour cela que Marie Barton avait reçu l'assignation qui l'amenait comme témoin.

Lorsque son nom retentit dans la salle, la foule déjà très-compacte se pressa de nouveau pour s'approcher de la barre, afin de voir et d'entendre l'héroïne du drame qui se déroulait devant elle. M. Carson lui-même sentit battre son cœur en pensant qu'il allait connaître la funeste Hélène qui avait causé la mort de son fils. Un profond intérêt se mêlait malgré lui à l'horreur que lui inspirait cette jeune fille. Henri ne l'avait-il pas aimée? et ne partageait-elle pas sa douleur et ses regrets? Toutefois, en entendant les murmures flatteurs que faisait naître la beauté de Marie, beauté fatale qu'il maudissait, la haine triompha dans son âme de l'attendrissement qu'il venait d'éprouver; et la douleur de la jeune fille n'excitant plus chez lui qu'une jalousie amère, il aurait voulu pouvoir lui interdire le droit de pleurer l'amant qu'elle regrettait : car personne ne doutait qu'elle n'eût préféré le beau gentleman, élégant et riche, à ce noir forgeron, triste et pauvre, qu'on voyait au banc des accusés.

L'huissier trouva Marie dans la même attitude où Job l'avait entrevue deux heures auparavant. Il fut obligé de s'approcher d'elle et de la toucher pour l'éveiller de sa stupeur. Elle tressaillit, se leva et le suivit d'un pas rapide dans la salle où la cour l'attendait. Au milieu de cette foule et de tous ces visages qui fixaient les yeux sur elle, son regard ne distingua que deux personnes : le juge qui prononcerait la sentence, et le prisonnier qui peut-être allait mourir.

Le soleil se jouait dans ses cheveux blonds, qui s'échappaient en masses épaisses de son chapeau trop petit pour les contenir, et de joyeux atomes folâtraient dans le rayon d'or qui l'entourait d'une auréole. Le vent avait changé depuis l'instant où ses yeux avaient quitté la girouette; mais elle n'en savait rien. Ceux qui mettent la beauté dans l'éclat et la fraîcheur du visage se trouvèrent désappointés : car elle était pâle et amaigrie, n'ayant de vivant que le regard où son âme agitée se reflétait tout entière. Mais les autres furent frappés du charme profond de ses traits délicats et purs, dont l'image se gravait dans leur mémoire d'une manière ineffaçable. Il m'a été dit par l'un de ceux qui n'ont pu l'oublier qu'elle ressemblait alors au portrait que le Guide nous a laissé de Béatrix Cenci, ajoutant que ce souvenir lui revenait sans cesse, comme le chant plein de tristesse de ces mélodies écoutées dans l'enfance, et dont l'écho vibre toujours à votre oreille.

Elle entendit vaguement les questions qui lui étaient adressées, y répondit comme en rêve, et rappelée à la réalité par la terreur subite dont elle fut saisie en pensant au secret terrible qu'elle renfermait dans son sein, elle fit un suprême effort pour reprendre possession d'elle-même et veiller sur ses moindres paroles.

« Vous connaissiez les deux jeunes gens dont il est ici ques-

tion, la victime et le prévenu; dites-nous, s'il vous plaît, lequel
vous préfériez, lequel enfin était l'amant favorisé, » lui demandait au même instant le jeune avocat, enchanté d'avoir à examiner ce charmant témoin.

Et qu'était-il pour oser lui faire cette question et la forcer devant tous à un aveu que la femme murmure, au milieu de ses
larmes, à l'oreille de celui qui seul doit l'entendre et connaître
le secret de son cœur?

Marie fixa pendant un instant son regard indigné sur l'imper-
tinent légiste et allait refuser de répondre, quand elle vit les
mains qui cachaient la figure de Jem s'abaisser tout à coup, et,
sur ce visage qu'elles découvraient, tant d'amour et de douleur,
tant d'anxiété suppliante, que n'hésitant plus et surmontant
toute honte :

« Milord, dit-elle en s'adressant au juge, on me demande lequel j'ai préféré des deux. Peut-être ai-je aimé autrefois M. Carson, je ne sais pas, je l'ai oublié; mais alors même tout mon
cœur était à James Wilson, que je préférais à tout au monde et
que j'aime aujourd'hui plus que jamais, quoiqu'il ne l'ait pas
su. Car, voyez-vous, monsieur, je n'avais pas treize ans quand
j'ai perdu ma mère et je ne savais pas distinguer le bien du
mal; j'étais folle et vaine, toujours prête à écouter les louanges
qu'on donnait à ma figure, et ce pauvre M. Carson me faisait des
compliments et me disait qu'il m'aimait; alors j'ai cru qu'il
m'épouserait; c'est un grand malheur pour une fille, monsieur,
que de perdre sa mère si jeune. Je me suis mise à penser que
je deviendrais une lady, que je serais riche et ne connaîtrais
plus la misère. Je ne savais pas combien j'en aimais un autre,
lorsqu'un jour que j'étais irritée de beaucoup de choses, car j'ai
eu quelquefois bien des peines, James Wilson me demanda si je
voulais être sa femme. Je lui répondis que non et il me prit au
mot, me quitta, et depuis lors je ne l'ai pas même revu, malgré
tout le désir que j'en avais, pour lui dire qu'il s'était trop pressé
de me croire. Il n'avait pas fermé la porte que je savais.... que je
l'aimais plus que ma vie, dit-elle en baissant la voix. Ainsi donc
je peux répondre à ce gentleman qui me l'a demandé : M. Carson
me flattait et ses flatteries me plaisaient; mais James Wilson.... »

Elle se couvrit la figure de ses mains pour cacher sa rougeur
qui teignit de rose le bout de ses doigts tremblants.

Il y eut un instant de silence. Mais cette déposition, qui augmentait la sympathie de l'auditoire pour l'accusé, confirmait en
même temps les préventions qu'on élevait contre lui relativement au crime dont il était soupçonné.

« Vous avez néanmoins revu M. Carson après le refus que vous aviez exprimé à l'accusé ? reprit l'avocat.

— Oui, souvent.

— Vous lui avez parlé depuis de cette époque?

— Une seule fois.

— Lui avez-vous dit qu'il avait un rival?

— Non, monsieur; je n'ai jamais nommé James à M. Carson, jamais.

— Rappelez-vous, sinon les paroles, du moins la substance de ce dernier entretien avec M. Carson.

— Je lui ai dit que je ne l'aimais pas, que je ne voulais plus ni lui parler, ni le voir; et finalement je me sauvai pendant qu'il tâchait de me persuader son amour.

— Et vous ne lui avez jamais reparlé depuis?

— Jamais.

— Avez-vous confié au prévenu les attentions qu'avait pour vous M. Carson, les rapports qui existaient entre vous et ce gentleman? N'avez-vous pas excité sa jalousie en vous vantant d'avoir gagné l'attention d'un homme dont le rang et la fortune étaient au-dessus de votre position?

— Jamais, jamais.

— Rappelez-vous que vous avez juré de ne dire que la vérité, mais la vérité toute entière; vous doutiez-vous que l'accusé connaissait vos relations avec M. Carson?

— Non, monsieur; je n'ai su la querelle qu'ils avaient eue ensemble qu'en apprenant la mort du gentleman, et je ne peux pas deviner, même aujourd'hui, comment Jem a pu connaître la conduite de M. Carson envers moi. Est-ce que je ne peux pas m'en aller ? » ajouta-t-elle en se sentant subitement défaillir.

Sa déposition était aussi complète que le désirait l'accusation; dès lors elle pouvait se retirer, et le président le lui accorda immédiatement.

Les paroles qu'elle avait dites aggravaient les charges qui pesaient contre Jem; néanmoins le prévenu relevait la tête, et, retrouvant dans l'aveu de la jeune fille le sentiment de sa propre dignité, sa physionomie exprimait une résolution pleine de calme qui ne manquait pas de noblesse : toutefois il paraissait rêver.

Job avait emmené Jeanne Wilson dans la cour et l'avait fait asseoir sur les marches du perron, où il s'efforçait d'apaiser les sanglots de la pauvre mère; et, sans mistress Sturgis, la femme du batelier, qui s'avança pour soutenir Marie au moment où celle-ci quittait la barre, personne n'eût pris soin de la jeune

fille, qui refusa néanmoins de s'éloigner et de sortir de la salle
ainsi que l'y engageait sa compagne.

« Non, non, disait-elle; je veux rester ici et savoir s'ils le
condamneront à mourir.

— Oh! que non, soyez tranquille, répondait la brave femme;
la girouette a tourné. Venez dehors, vous avez besoin d'air;
vous étiez toute rouge, et maintenant vous pâlissez. »

Marie saisit la balustrade pour se maintenir debout et refusa
de nouveau de quitter la salle.

L'avocat du prévenu, fort embarrassé en présence de la gravité des charges articulées contre son client et de la faiblesse
de ses moyens de défense, ne se pressait nullement de prendre
la parole; il avait renoncé, quant à présent, au contre-examen
des témoins entendus, se réservant de les rappeler, si toutefois
il le trouvait urgent, et attendait sans trop l'espérer, que le hasard fît naître quelque incident favorable à sa cause. Il s'était
assis et s'appuyait nonchalamment à son banc, puisant dans sa
tabatière avec un laisser-aller plein de mépris, lorsque M. Bridgenorth l'engagea définitivement à commencer les plaidoiries.
Job était rentré dans la salle et, cherchant Marie Barton, il avait
fini par se rapprocher d'elle.

« Je ne veux pas devenir folle, murmura la jeune fille à l'o-
reille du vieux fileur; je ne le veux pas; on dit la vérité quand
on est fou et je ne veux pas la dire; j'ai toujours été menteuse,
rappelez-vous-le, Job Legh, et ce que je dirais serait un mensonge. » Puis, se détournant tout à coup, surprise elle-même des
paroles qu'elle laissait échapper, elle tendit les bras en s'écriant :
« Oh ! Jem, tu es sauvé, mais je suis folle ! »

Toute l'attention de l'auditoire était captivée par un marin qui,
repoussant énergiquement huissiers et policemen, s'ouvrait un
passage dans la foule et s'avançait vers le banc des témoins sans
se soucier des obstacles qu'il rencontrait devant lui. L'avocat de
l'accusé reprit courage, moins en pensant au salut de son client
qu'à l'effet oratoire qu'il pourrait tirer de la circonstance : « Un
brave marin, voguant au sein des ondes, revient au rivage, en
dépit de la tempête, ramené par la noble audace d'une jeune
fille.... » Et plus loin : « Quel danger n'offrent pas ces juge-
ments précipités qui font dépendre la vie d'un innocent, etc.,
etc. » Mais, tandis que l'éloquent défenseur se livre intérieurement à toute la fougue d'une improvisation chaleureuse et que
l'accusateur, au contraire, se prépare à faire ressortir le parjure
du faux témoin qui s'avance, car il est d'usage de tenir pour
mensongère toute opinion contraire à celle que l'avocat est payé

pour soutenir, et de jeter à la face de celui qui la produit les
mots d'imposteur, d'infâme, de calomniateur odieux, perdant à
jamais son âme immortelle par la plus vile perfidie ; gracieuses
paroles qu'on excuserait peut-être dans la bouche du plaignant,
mais qui semblent au moins étranges dans celle d'un orateur de
louage.... Tandis que ces deux illustres jouteurs aiguisent réciproquement leurs armes, Will, parvenu à la barre, raconte d'une
voix ferme les faits que nous connaissons déjà : comment, n'ayant
pas de quoi payer le chemin de fer pour se rendre à Liverpool
afin d'aller ensuite à l'île de Man, il avait fait la route à pied,
accompagné du prévenu, son cousin, jusqu'à Hollins-Green,
précisément à l'heure où se commettait le meurtre dont on recherchait le coupable. Il fut si net et si clair dans sa déposition,
si simple et si touchant dans le court exposé qu'il fit de son retour au port dans le bateau du pilote et de l'horrible anxiété
qu'il avait eue pendant cette traversée où le vent avait presque
toujours été contraire, que le jury se sentit ébranlé dans sa conviction bien arrêtée jusqu'alors de la culpabilité de Jem.

« Et maintenant que vous avez répété à la cour, et sans bron-
cher, la convaincante histoire qui justifie l'accusé, votre parent,
nous direz-vous, mon brave ami, demanda l'avocat de la partie
adverse, combien vous avez reçu de belle et bonne monnaie
d'Angleterre pour revenir d'un vaisseau quelconque, ou de tout
autre lieu aussi honorable, dans le but de nous réciter le conte
si touchant que vous venez de faire entendre à l'honneur, je
dois le dire, de celui qui vous l'a enseigné? Seulement, rappelez-vous bien que vous l'avez rapporté comme vrai et sous la foi
du serment. »

Will resta quelques minutes avant de saisir le sens des paroles de l'avocat; mais quand il en eut compris la signification :

« Voulez-vous dire aux jurés et au juge, demanda-t-il à son
tour au légiste, combien d'argent vous avez reçu pour votre insolence envers un homme qui dit la vérité et qui refuserait de
mentir ou d'injurier qui que ce soit pour la plus grosse somme
que jamais avocat ait gagnée à faire son métier d'insulteur? Répon-
drez-vous, monsieur? Quant à moi, milord juge, je suis prêt à
renouveler mon serment autant de fois que vous le voudrez
pour attester de nouveau ce que j'ai dit aux jurés. O'Brien, le
pilote avec lequel je suis revenu, est là dans la salle; plairait-il
à quelque milord portant perruque de lui demander où il m'a
pris et ce qu'il peut dire de moi? »

C'était une heureuse idée que le défenseur accueillit avec empressement, et qui ne manqua pas de produire tout l'effet que

Will en attendait. O'Brien était connu ; pilote accrédité près de Trinity-House, nul ne soupçonnait sa moralité bien établie, et lorsqu'il eut par son témoignage confirmé celui de Will, M. Carson comprit que le meurtrier de son enfant échapperait aux serres de la justice, et foulerait encore, dans sa liberté et dans sa force, cette terre d'où son fils avait disparu à jamais !

Jem s'était de nouveau caché le visage, pour dérober aux curieux l'émotion qu'il ne pouvait réprimer. Job s'interrompit subitement au milieu de la conversation animée qu'il avait avec M. Bridgenorth, Charley même devint sérieux ; car les jurés étaient rentrés dans la salle, y avaient repris leur place : la terrible question venait de leur être posée.

Peu convaincus de l'innocence de l'accusé, ébranlés pourtant par la déposition de Will, effrayés surtout du châtiment qui attendait le prévenu s'il était condamné, les jurés apportaient un verdict d'acquittement, et les mots « non coupable » vibrèrent dans l'auditoire ému.

Un profond silence accueillit cette déclaration, puis les entretiens particuliers recommencèrent et, dans chaque groupe, la décision du jury fut discutée à voix basse. Jem restait immobile, étourdi par la rapidité des événements qui s'étaient succédé. Il était venu s'asseoir au banc des accusés, ne doutant pas qu'il ne dût être condamné à mort, et désirant à peine qu'il en fût autrement, dans la situation où il était placé. Marie, qui ne l'aimait pas autrefois, devait maintenant le haïr ; dès lors, que lui importait de vivre ?

Mais voilà qu'au milieu de cette désolation profonde, l'aveu de la jeune fille venait briller tout à coup et faire rayonner l'avenir au moment où peut-être l'avenir n'existait plus pour lui.

Elle l'aimait ; et sa vie, maintenant pleine de promesses, ne tenait plus qu'à un fil, cette vie radieuse qu'un mot pouvait éteindre. Il se demandait si la certitude d'être aimé adoucirait sa dernière heure, et le mirage des joies que lui réservait une existence partagée avec elle venait se placer entre lui et la mort. L'apparition de Will n'avait fait qu'augmenter son trouble ; et le verdict du jury, auquel son cœur n'osait pas croire, l'avait frappé de vertige. Quelqu'un le tirait par l'habit : il se retourna, c'était Job ; de grosses larmes couvraient les joues du vieillard, qui ne put que lui serrer la main sans rien dire.

« Allons, hors d'ici ; vous n'en êtes pas fâché, je suppose, » s'écria le geôlier en introduisant un prisonnier d'une pâleur livide, et dont le regard exprimait la terreur.

Job s'éloigna immédiatement, et Jem le suivit sans savoir ce qu'il faisait. La foule, en s'écoulant, se détournait de lui; chacun cherchait à préserver ses vêtements du contact de cet homme sur qui planait toujours l'accusation que le verdict n'avait pas effacée; toutefois, il était libre et entouré de quelques amis fidèles. Job et Will se disputaient sa main, tandis que Ben. Sturgis s'efforçait de témoigner l'intérêt qu'il prenait à cette scène en grondant Charley Jones et en cherchant à l'empêcher de courir sur les mains autour du bon ami de sa protégée, pour le fêter à sa manière. Quant à Jem, il éprouvait le besoin de se recueillir, de contempler en silence les visions nouvelles qui se pressaient devant ses yeux; et il eût donné beaucoup pour une heure de solitude même au fond de la cellule d'où il venait de sortir.

« Où est-elle? » murmura-t-il d'une voix étouffée par l'émotion.

Ils le conduisirent auprès de sa mère qui, depuis son acquittement, n'avait cessé de rire, de pleurer, de parler tour à tour, et qui se jeta dans ses bras, dès qu'elle l'eut aperçu, le couvrant de larmes et de baisers. Il lui rendit ses caresses, et regardant autour de lui sans y voir la personne qu'il cherchait

« Où est-elle? » répéta-t-il en tremblant.

CHAPITRE XXXII.

Elle était au milieu des spectres qui hantaient son délire, ne sachant rien de ce qui se passait autour d'elle; ne comprenant pas, n'entendant plus même les paroles que ses amis lui répétaient, sans que rien pût calmer sa terreur; elle ne cessait d'appeler son père de ses cris et de lui demander de sauver Jem, que pour implorer les vents et les vagues et les supplier de ramener Will; et quand, épuisée par la violence de ses prières et de ses larmes, elle retombait sans force, c'était encore pour gémir et invoquer son père de sa voix défaillante.

Jem seul pouvait saisir le sens de ses paroles et de ses plaintes. Il ne doutait pas que Barton n'eût tué M. Carson, bien qu'il ne sût pas au juste quel motif avait pu l'y conduire. C'était deux jours avant le fatal événement que John lui avait emprunté son fusil; et, en supposant qu'il n'eût pas commis ce crime par vengeance personnelle, on pouvait penser qu'il avait pu s'y laisser entraîner par l'inimitié qui existait entre les patrons et certains ouvriers dont il avait embrassé la cause, avec tant de chaleur et de passion. Et si Jem avait gardé ce secret au péril même de ses jours, et quand l'accusation dont il était chargé devait, suivant toute apparence, lui valoir la haine de Marie, c'était maintenant surtout qu'il veillerait à ce que le soupçon ne vînt pas atteindre le père de celle qui l'aimait, et qui, par son dévouement et son courage, l'avait sauvé de la potence.

Mistress Sturgis avait fait transporter Marie chez elle, et Jem avait passé la nuit auprès de la pauvre malade, s'efforçant en vain de se faire entendre ou reconnaître, lorsqu'au point du jour, brisé par ce spectacle navrant et le cœur déchiré par les cris qu'elle proférait, il descendit un instant près du vieux batelier qui ronflait sur sa chaise. Un léger coup fut frappé à la porte; il ouvrit : c'était Job.

« Comment va-t-elle? Pauvre enfant! est-ce elle qui crie de la sorte, elle dont la parole est si douce à l'ordinaire? Mais ne te laisse pas abattre, mon garçon; du courage, ça ne sera rien.

— Je ne peux pas, Job; c'est impossible; quand même elle ne serait pour moi qu'une étrangère, si jeune, si.... Les sanglots le suffoquaient.

— Laisse-moi entrer, dit le vieux fileur; j'ai plus d'une raison pour être venu sitôt : d'abord le besoin de savoir comment se trouvait Marie; ensuite, hier au soir, j'ai reçu de Marguerite une lettre fort inquiétante. La vieille Alice n'a plus longtemps à vivre; le docteur l'a dit ouvertement, et, quoiqu'elle n'ait plus de connaissance, on ne peut pas la laisser mourir toute seule avec ma petite-fille et mistress Davenport. Je resterai ici auprès de Marie Barton, et tu emmèneras ta mère ainsi que Will pour prendre congé d'Alice et lui fermer les yeux.

— Est-ce que vous ne pourriez pas accompagner ma mère, Job? J'irais vous rejoindre aussitôt que....

— Non pas; si tu savais ce que la pauvre femme a souffert, tu ne songerais pas à la quitter au moment où tu lui es rendu. Tant qu'elle ne te verra point auprès d'elle, ta mère ne sera pas rassurée. « Job, me disait-elle cette nuit, est-il bien vrai qu'il « soit reconnu que Jem était innocent? Est-ce un rêve, ou suis- « je bien éveillée? » car elle ne comprend pas que tu sois avec Marie au lieu d'être avec elle. Moi je sais bien le pourquoi; mais une mère ne cède le cœur de son fils à la femme qu'il choisit que peu à peu, et en rechignant encore. Va, mon garçon, retourne auprès de ta pauvre mère, elle est veuve et n'a plus que toi. Marie est jeune, bien entourée de braves gens qui l'aiment, et je veillerai sur elle comme sur ma propre fille. Ce n'est pas qu'il est dur, je l'avoue, de la savoir rien que chez des étrangers; m'est avis que John Barton serait bien plus à sa place en restant près de sa fille, qu'à courir le pays comme délégué de Pierre ou de Paul, et se mêlant de tout au monde, excepté de ses affaires. »

Ces paroles rappelèrent à Jem ce qu'il y avait à craindre du délire de Marie.

« Elle n'a plus sa raison, dit-il. Toute la nuit elle a parlé de son père, qu'elle mêle au procès et à tout ce qui l'a frappée pendant ces derniers jours; je ne serais pas étonné qu'elle ne le vît dans sa fièvre comme accusé lui-même et peut-être condamné.

— Rien d'étonnant, répondit Job, c'est le délire qui veut ça; et, ce qu'il y a de mieux à faire, c'est de ne pas l'écouter. Mais va retrouver ta mère et emmène-la le plus tôt possible auprès de la vieille Alice. »

Jem sentait bien que le vieillard avait raison et qu'il fallait partir; mais comment exprimer la douleur qui déchirait son âme tandis qu'il jetait un dernier regard sur la pauvre Marie, dont les traits convulsés, les cheveux épars, les gémissements et les cris disaient assez les tortures?

Ses yeux s'emplirent de larmes; il avait trop souffert, il n'avait plus d'espoir. Si elle allait mourir à présent qu'il avait son amour; si elle restait, chose plus affreuse que la mort, si elle restait folle à jamais, et qu'il lui fallût vivre de cette agonie, traînant partout un désespoir qu'on ne pût pas consoler!

« Jem, lui dit Job qui comprenait sa pensée, aie confiance dans le Seigneur, et remets-la entre ses mains. »

Et, s'arrachant d'auprès d'elle, Jem se rendit chez sa mère.

Alice vivait encore, mais son dernier souffle s'échappait de ses lèvres, lorsque sa belle-sœur et ses neveux arrivèrent; en la retrouvant ainsi, Will ne put retenir ses larmes; et pourtant, quel que fût son chagrin, la paix ineffable qui rayonnait autour de la mourante enlevait à sa douleur ce qu'elle avait d'amer. La foi profonde, que l'intelligence éteinte n'exprimait plus, avait laissé comme une trace lumineuse sur le visage tranquille et souriant de la vieille fille. Alice ne priait pas, elle si pieuse autrefois; elle s'éteignait en se rappelant ses premiers jours; la mort venait à elle comme un bienfait, comme le sommeil pour l'enfant qui voit arriver le soir; sa journée était faite et sa tâche fidèlement accomplie.

Quel souverain de la terre ne souhaiterait que sur sa tombe on pût en dire autant?

« Mère, bonsoir, murmura-t-elle ; bénis-moi, je suis fatiguée je voudrais dormir. »

Ses yeux se fermèrent, et Alice ne parla plus de ce côté-ci du ciel.

Jem ne pensait qu'à retourner auprès de Marie, dont il n'avait pas eu de nouvelles et dont il était horriblement inquiet ; de son côté le vieux fileur ne songeait nullement à lui écrire. « Si Marie vient à mourir, se disait-il, je l'apprendrai moi-même à Jem et aux autres en retournant à Manchester, ou bien je la ramènerai sitôt qu'elle sera guérie. » Mais l'idée ne lui serait jamais venue d'adresser une lettre à qui que ce fût en pareille occasion : l'écriture n'avait guère à ses yeux d'autre utilité que de servir à étiqueter des plantes ou des insectes, à relever quelques notes relativement aux spécimens curieux qui pouvaient lui manquer ; non pas à échanger des pensées et des paroles plus ou moins inutiles.

C'est pourquoi, en revenant de l'enterrement de la vieille Alice, Jem dit à Marguerite qui avait pris son bras :

« Demain je partirai pour Liverpool par le premier convoi, afin de rendre la liberté à votre grand-père.

— Je suis sûre, lui répondit l'aveugle, qu'il est heureux de soigner Marie, car il a pour elle presque autant d'affection que pour moi ; mais ne vaudrait-il pas mieux qu'elle eût une femme auprès d'elle ? Je puis y aller, maintenant que la pauvre Alice n'est plus ; je regrette même de ne pas y avoir pensé la première et d'avoir attendu que vous en ayez parlé.

— A vrai dire, Marguerite, c'est pour moi que je veux y aller, non pas pour votre grand-père. Je n'ai pas de repos ; je ne pense qu'à Marie nuit et jour ; elle est ma femme devant Dieu ; je n'en aurai jamais d'autre, quoi qu'il arrive : n'ai-je pas le droit et le devoir de lui donner mes soins ? et ce droit je ne le céderais pas même....

— A son père, interrompit la jeune fille. N'est-il pas étrange qu'elle soit ainsi abandonnée ? Personne ne sait où peut être Barton ; autrement j'aurais prié Morris de lui écrire pour lui apprendre que sa fille est malade ; je regrette bien qu'il ne soit pas ici.

— Marie est chez d'excellentes gens, s'empressa de répondre Jem, qui ne partageait pas le désir de Marguerite ; la bonne femme qui l'a recueillie la soigne comme elle le ferait de sa fille. Mais nous voilà presque arrivés et je ne vous ai pas dit la chose que je voulais vous demander : ma mère n'est pas contente que je songe à m'en aller ; si elle le prend trop mal, je reviendrai demain au soir ; mais, si je peux arranger ça, je resterai avec

Marie jusqu'à ce qu'elle soit guérie; et je compte sur vous, Marguerite, pour venir voir ma mère et lui faire passer le temps. »

Comme Marguerite allait répondre, Will, qui avait accompagné sa tante et qui venait de la remettre chez elle, revint au-devant de l'aveugle, et Jem rentra pour entamer avec sa mère la question du voyage.

« Je partirai demain matin, lui dit-il, afin de savoir un peu comment se trouve Marie Barton.

— Elle t'est donc bien précieuse, que tu t'en ailles par les chemins pour courir après elle? répondit la veuve qui sentait se réveiller son ancienne jalousie contre celle qui lui enlevait son fils.

— Elle sera ma femme, si elle vit; et si elle meurt.... oh! ma mère, je ne peux pas même y penser.

— Tu es assez grand pour agir comme bon te semble; et qu'ai-je à voir là dedans? Qu'est-ce que c'est qu'une vieille mère? on la jette de côté pour un joli minois; on oublie ce qu'elle a fait, ce qu'elle a souffert, pour ne penser qu'à la première venue. C'est bien, fais ce que tu veux; seulement n'en parle pas.

— Mère! vous savez bien que je vous aime de toute mon âme, mais il y a dans mon cœur place pour un autre amour, et je peux, sans moins vous chérir, donner à Marie cette place qu'elle a su prendre. Répondez-moi, ma mère.

— Qu'est-ce que tu veux que je te dise?

— Je pars demain pour voir celle qui doit être ma femme, chère mère, si Dieu permet qu'elle vive, l'adopterez-vous pour votre fille? c'est là tout ce que je vous demande.

— Et à quoi bon partir? aller encore te fourrer dans la peine, comme si tu ne pouvais pas rester avec ta mère, tranquillement au logis! c'est donc bien difficile? »

Jem se leva impatienté, fit deux ou trois fois le tour de la chambre, et, se rapprochant de la veuve :

« J'ai souvent entendu dire que mon père était bon, reprit-il après quelques instants de silence. Vous m'avez raconté plus d'une fois l'accident qui vous est arrivé pendant qu'il vous faisait la cour. Combien de temps s'est-il passé depuis lors?

— Bientôt vingt-cinq ans, répondit-elle.

— Pensiez-vous, quand vous étiez si malade, qu'un jour viendrait où vous auriez pour fils un beau garçon comme moi? »

Elle se prit à sourire en le regardant; c'était ce qu'il attendait.

« Tu es bien loin d'être aussi beau que ton père, répliqua Jeanne.

—C'était un heureux temps, n'est-ce pas, lorsqu'il vivait encore?

— Tu peux le dire, répondit la veuve en soupirant.

— Eh! bien ma mère, vous qui m'aimez, est-ce que vous ne voulez pas me voir aussi heureux que le fut mon père? et quand je vous demande de bénir celle qui sera pour son fils ce que vous avez été pour lui, me refuserez-vous toujours? Oh! vous ne le pourriez pas, sinon pour moi, du moins en mémoire de celui que vous aimiez tant. »

Elle se détournait encore, mais cette fois pour lui cacher ses larmes; il inclina la tête; elle étendit les mains :

« Sois béni, mon enfant, et que Dieu protége et bénisse Marie à cause de toi qui l'aimes!

— Ma mère! »

Et après qu'ils eurent échangé quelques sourires et quelques larmes, il s'échappa un instant pour aller rendre compte à Marguerite du résultat de son entretien.

« Ainsi, lui dit l'aveugle devenue pensive, c'est du jour de l'enterrement d'Alice que vous datez vos fiançailles; comme les morts s'oublient vite! et comme dans la vie, la joie se mêle au chagrin!

— Vous ne pensez pas que les morts soient oubliés parce qu'il plaît à Dieu de faire naître de nouvelles affections dans notre âme, de nouveaux intérêts dans notre vie; réfléchissez un peu, Marguerite, et regardez en vous-même. Vous n'êtes pas sans cesse occupée à vous rappeler nos visages, et vous ne vous faites pas un travail du souvenir; mais souvent, j'en suis sûr, au moment de vous endormir, ou lorsque vous êtes calme et seule, les figures que vous aimiez quand vous pouviez les voir viennent vous sourire; vous les revoyez sans effort et sans penser que vous deviez vous les rappeler. Il en est de même des absents et des morts : on n'oublie pas ceux qui ont mérité qu'on les aime, et nous devons ne pas craindre de nous abandonner à la joie que Dieu nous donne au milieu de nos chagrins, ne pas plus nous tourmenter pour garder nos souvenirs que vous ne le faites, Marguerite, pour vous rappeler sans cesse les traits de votre grand-père ou la beauté du ciel. Vous ne les oubliez pas pour cela, vous ne le pourriez même pas; n'ayez pas peur que j'oublie ma tante Alice.

— Je ne le crains pas, Jem; seulement vous êtes si occupé d'une autre!

— J'ai désespéré si longtemps! pensez donc Marguerite et combien ma bonne tante aurait été joyeuse de savoir que j'épouserai Marie, si toutefois...

Onze heures sonnèrent; Jem se leva, Marguerite lui remit divers objets dont la malade pouvait avoir besoin, et lui souhaita un bon voyage.

« Merci, Marguerite, n'oubliez pas ma mère. »

Et il sortit, s'arrêtant quelques minutes sur le seuil de la porte, pour arranger d'une façon plus commode le petit paquet que l'aveugle lui avait donné.

Un profond silence régnait autour de lui; depuis longtemps déjà tout reposait dans le voisinage. Les étoiles scintillaient au-dessus de la rue déserte, et la lune éclairait par masses brillantes la cour où la maison de Job était située, laissant dans la nuit les marches sur lesquelles Jem s'était arrêté en quittant Marguerite.

Le bruit d'un pas retentit sur le pavé, bruit sourd d'une marche pesante qui se traînait avec lenteur. Un vieillard traversait la cour en chancelant; faible et pâle, il portait avec une fatigue évidente la cruche de terre qu'il venait de remplir à la pompe voisine; et dans cette ombre, que la vie semblait avoir abandonnée, Jem reconnaissait Barton.

Marguerite ignorait son retour; il était donc revenu la nuit, pour se glisser comme un voleur dans sa propre maison? A l'abattement profond, au morne désespoir qui l'accablaient depuis longtemps, étaient venus s'ajouter les signes désastreux de quelque orage intérieur qui avait courbé son orgueil; il rampait, lui si fier autrefois, et semblait avoir perdu jusqu'au respect de lui-même.

Jem devait-il lui apprendre la maladie de sa fille? Mais il ne le pouvait pas sans lui dire en même temps ce qui l'avait fait naître. Et mieux valait sans doute qu'il ignorât tout ce qui avait eu lieu. Nul soupçon ne l'avait encore atteint; pourquoi l'exposer à se trahir? d'ailleurs sa présence ne serait-elle pas un danger pour Marie? Dans sa fièvre, la pauvre enfant mêlait à l'expression de sa tendresse pour son père l'horreur que lui inspirait l'assassin dont le crime menaçait la vie de Jem; qu'adviendrait-il si, au milieu de son délire, elle venait à le reconnaître? et qui pouvait prévoir l'effet que produirait sur Barton les paroles de sa fille?

Jem ne pouvait pas, ne voulait pas exposer Marie à cette terrible épreuve; c'était à lui désormais de veiller sur elle, à lui qu'appartenait le droit de la protéger contre son père lui-même; et dans sa conscience il résolut d'agir comme si le spectre de Barton ne lui était point apparu.

CHAPITRE XXXIII.

Marie était toujours entre la vie et la mort, lorsque Jem arriva chez Sturgis. Les médecins ne donnaient pas encore d'espoir, et paraissaient même conserver leur inquiétude; mais, si l'état de la jeune fille offrait toujours autant de danger, les caractères qu'il présentait maintenant avaient perdu ce qu'ils avaient de déchirant pendant les premiers jours. La stupeur avait remplacé l'exaltation, et le délire avait cessé. Jem ressentait auprès d'elle ce que chacun éprouve en restant au chevet d'un malade qui lui est cher, cette difficulté d'attendre patiemment une amélioration trop lente à venir, et de supporter ces longues heures si douloureuses dans leur monotonie.

Cependant, un jour, la respiration devint plus calme, plus régulière; l'effroi du regard fit place à une douce langueur. Elle s'endormit paisiblement; et, quand elle s'éveilla, son esprit avait la naïveté de celui d'un petit enfant. Elle regardait avec plaisir le papier de la chambre où elle était, et dont la nuance claire et gaie n'avait rien de trop éclatant; elle revoyait la lumière avec joie, et s'amusait de tout ce qu'elle apercevait autour d'elle, de l'image des navires, des festons des rideaux, des fleurs peintes sur le dossier des chaises, du globe de verre suspendu devant la fenêtre et contenant du sable de couleur variée, provenant de l'île de Wight ou d'ailleurs; mais elle ne vit pas le visage radieux, le regard humide et reconnaissant, les mains jointes de celui qui écartait les rideaux pour guetter son réveil. Elle referma les yeux et se rendormit sans qu'une parole eût été prononcée pendant ces quelques instants d'une joie inexprimable. Jem était venu s'asseoir auprès de son lit et ne se lassait pas de regarder ces traits pâles, dont la maigreur faisait ressortir la pureté. Quand elle rouvrit les yeux, elle rencontra ceux de Jem et lui sourit comme un enfant qui retrouve sa mère à côté de son berceau; mais l'instant d'après, l'intelligence vint éclairer son regard : elle se souvint, et s'efforça de cacher sa rougeur en détournant la tête.

Jem, craignant de lui causer une émotion trop vive, appela mistress Sturgis, qui sommeillait au coin du feu, et sortit pour épancher sa joie, dont l'expression éclatait malgré lui dans chacun de ses mouvements. Depuis lors, la convalescence de Marie fut rapide. Plusieurs motifs importants faisaient souhaiter à Jem de la ramener à Manchester dès qu'elle serait assez forte pour supporter le voyage. Non-seulement sa mère devait se trouver bien isolée, mais encore ses affaires négligées depuis longtemps réclamaient sa présence. Il se pouvait qu'au mépris du verdict qui l'avait acquitté, sa réputation n'en fût pas moins atteinte par l'emprisonnement qu'il avait dû subir; il se rappelait avoir pensé lui-même qu'il ne convenait pas à l'honnête homme, dont les actes n'avaient jamais été inculpés, d'entretenir le moindre rapport avec celui que le soupçon avait flétri; le souvenir des malheureux venant chercher à l'atelier le gagne-pain que la prison leur avait fait perdre, et qu'il avait vu chasser par les regards, les demi-mots, le silence outrageant de ses camarades, lui revenait sans cesse à l'esprit. Il lui tardait de se présenter à la fonderie et de savoir s'il pourrait y reprendre la place qu'il y avait occupée, ou bien s'il serait forcé de chercher ailleurs l'emploi de son travail et de ses forces. Toutefois il hésitait à partir en songeant à la rencontre qui attendait Marie à Manchester; elle était si faible encore! A peine si elle pouvait murmurer quelques paroles sans fatigue, dire à voix basse ces quelques mots dont l'oreille de Jem était avide. Et il y avait dans son regard, dans ses mouvements alanguis, tant de confiance et d'amour, qu'il n'avait pas le courage de lui rappeler son père et de hâter une entrevue qui devait renouveler ses douleurs.

Vint un beau jour où le ciel était bleu, l'air tiède et embaumé; Marie s'appuya sur le bras de Jem et sortit avec lui, toute chancelante et se serrant contre son ami, dont le cœur battait avec violence. Mistress Sturgis les regardait, une larme de joie dans les yeux, une parole de bénédiction sur les lèvres, pendant qu'ils descendaient la rue toute brillante de lumière.

Quand ils furent près du port, Marie frissonna de tous ses membres. « Jem, il faut rentrer, dit-elle; ramène-moi à la maison. Cette rivière m'éblouit en même temps qu'elle me glace; elle ressemble trop à ce que j'ai vu avant d'être malade. Quand partirons-nous? reprit-elle après quelques instants de silence; je veux dire pour Manchester; je suis lasse de cette ville, je voudrais être chez nous. »

Elle était triste et semblait pressentir le chagrin qui l'attendait.

« Quand tu voudras, ma chérie, quand tu seras assez forte pour supporter la route. Marguerite a dû tout préparer pour te recevoir chez elle; le vieux Job a pensé que tu y serais mieux soignée; il a raison, tu ne peux pas rester seule.

— Au contraire, Jem, il faut que je retourne chez nous et que j'y reste toute seule; je ne puis pas te dire pourquoi; si tu le devines, tu comprendras bien mes raisons. Je t'en prie, ne t'y oppose pas, et ne m'en parle plus, du moins jusqu'au moment où je t'en parlerai la première; promets-le-moi, Jem. »

Il promit tout ce qu'elle voulait, heureux de lui accorder quelque chose, le regretta l'instant d'après, et finit par penser que peut-être savait-elle des détails qu'il ignorait et dont la connaissance pouvait lui tracer un plan de conduite qu'il ne devait pas déranger.

Le jour du départ, celui que Marie avait fixé, vint enfin, mais à présent que l'heure était venue de quitter ses hôtes, elle s'étonnait d'avoir pu le désirer, d'avoir cru qu'elle s'ennuyait dans cette demeure paisible, où même les paroles un peu bourrues de l'excellent Ben faisaient une basse harmonieuse à l'accord qui existait entre sa femme et lui. Elle regrettait sa petite chambre, où elle avait retrouvé Jem et sa tendresse; tout lui était cher dans cette humble maison, les rideaux et les meubles; et quels n'étaient pas ses regrets de se séparer du vieux couple qui l'avait soignée comme il eût fait de sa fille? elle ne pouvait s'arracher des bras de mistress Sturgis, et ne trouvait que des larmes pour exprimer sa gratitude. Ben allait et venait dans la salle, tenant d'une main la précieuse bouteille d'eau-de-vie que nous avons déjà vue, de l'autre un gobelet qu'il présenta d'abord à Marie, puis à Jem, puis à sa femme; et comme chacun l'avait refusé tour à tour, il s'était administré les trois petits verres, donnant pour raison qu'il ne fallait rien perdre, et que liqueur versée devait toujours se boire. Puis, ce disant, il avait remis la vieille bouteille à sa place, et, d'une voix ferme, avait rappelé à Jem qu'il fallait s'en aller, ou sinon manquer l'heure du convoi.

Mistress Sturgis avait jusque-là gardé tout son courage; mais quand ils eurent fermé la porte, elle se mit à fondre en larmes.

« Peut-être qu'il sera trop tard! s'écria-t-elle en entendant sonner l'heure; quel bonheur si le train était parti!

— Eh! bien, quoi? ils reviendraient, reprit Ben, et ce serait à recommencer. Non pas, non pas; vaut mieux que ce soit fini; assez pleuré comme ça; il est très-inutile d'en revenir aux adieux; trois petits verres que ça me coûterait encore; ceux d'aujourd'hui ont déjà fait leur trou dans la bouteille; il est temps que Jack en apporte de Hambourg, » continua-t-il en s'essuyant les yeux.

Jem n'avait pas dit à Marie qu'il avait vu Barton; elle ignorait qu'il fût de retour, et cependant elle pressentait qu'il avait dû revenir. A mesure qu'elle approchait de Manchester, l'émotion qu'elle ressentait devenait plus vive et se trahissait sur son visage par une pâleur plus grande. La pensée du crime de son père avait creusé dans son cœur un abîme qu'elle n'osait pas sonder; par moments elle avait peur en songeant aux instants qu'elle allait passer en tête-à-tête avec un meurtrier; elle se voyait travaillant seule auprès de lui, quand tout le monde serait couché depuis longtemps, et que plus sombre que jamais il serait à côté d'elle, en proie au remords qui déchirait son âme ; elle avait peur et sentait un cri d'effroi lui monter jusqu'aux lèvres.

Mais aussitôt elle se rappelait tant de bontés qu'il avait eues pour elle, tant d'amour quand elle était enfant, quand elle n'avait eu que lui après la mort de sa mère, que toute sa tendresse lui revenait plus ardente. Pauvre père! il devait tant souffrir! Elle serait toute patience, toute affection pour lui, quelle que fût son humeur ; elle le veillerait; elle serait pour le coupable l'ange de miséricorde, et attendrait l'époque où elle pourrait verser, comme un baume, ses paroles consolantes dans cette âme désolée.

« Jem, tu vas entrer chez Job et m'attendre, lui dit-elle lorsqu'ils furent arrivés; si, dans une demi-heure, je ne suis pas venue t'y rejoindre, tu iras chez ta mère; fais-lui bien mes compliments. J'enverrai Marguerite pour te dire lorsqu'il faudra que tu viennes. »

Elle soupira profondément.

« Je ne peux pas te quitter comme ça, Marie; tu me parles aussi froidement que si je n'étais rien pour toi; et mon cœur.... »

Elle l'arrêta.

« Souviens-toi de ce que je t'ai dit souvent à propos de mon amour; je le pense encore. Je souffre de te quitter, mon Jem; et si je ne te dis rien à présent de ce que je ressens pour toi, c'est que je ne suis pas dans un moment où l'on puisse en parler. Je me blâmerais toute ma vie de ne pas faire aujourd'hui ce que je crois être mon devoir; ainsi donc, va m'attendre. »

Et traversant la cour, elle se trouva chez elle. Son père était là, complétement immobile, et ne tourna même pas la tête pour savoir qui entrait; peut-être avait-il reconnu le pas de sa fille et la manière dont elle ouvrait la porte.

Il était près de la cheminée, où des cendres refroidies depuis longtemps couvraient les barreaux de la grille, et avait pris sa place accoutumée sur la chaise qu'il occupait toujours; l'habitude seule dirigeait ses actions, car toute son énergie s'était retranchée dans son âme pour y soutenir le combat que lui livrait sa conscience.

Ses mains étaient croisées sur ses genoux ; son visage, qu'on eût pris pour celui d'un spectre, exprimait une souffrance que les spectres n'ont plus. Votre cœur eût saigné de voir cet homme, quelque sévérité que vous inspirât son crime.

En le voyant, Marie oublia tout : c'était son père ; il souffrait, et, quelle qu'en fût la cause, elle sentait son amour s'augmenter de sa misère. Son crime était une chose à part, qui ne lui importait pas et qu'elle ne savait plus.

Elle avait un peu d'argent, celui qu'on lui avait donné pour prix de son témoignage ; elle sortit pour aller chercher du charbon, de la chandelle et quelques aliments : rien de tout cela n'était dans la maison ; et qui pouvait savoir depuis quand son père avait mangé ?

Elle revenait en toute hâte, lorsqu'en passant auprès de la porte de Job, elle se dit que Marguerite viendrait peut-être la voir, sinon dans la soirée, au plus tard le lendemain ; et qui mieux que la jeune aveugle savait interpréter le son des voix, des soupirs, et jusqu'au silence même ? Elle entra donc, et avant qu'elle eût dit une parole :

« Grand-père, s'écria Marguerite, voilà Marie ; je la reconnais à son souffle.

— Ah ! tu as un peu meilleure mine que la dernière fois que je t'ai vue, dit le vieillard à Marie ; ça fait honneur à Jem ; un peu à moi aussi ; je me ferai garde-malade quand je n'aurai plus d'ouvrage, et tu me recommanderas. » Il prit la chandelle pour mieux voir la jeune fille. « Allons, tes joues ont un peu de rose, pas beaucoup ; mais je les ai vues si pâles, et tes lèvres si blanches ! tu as encore le nez un peu pointu ; comme ça, tu ressembles plus à ton père que quand tu étais plus grasse. Bonté du ciel ! qu'est-ce qui te prend ? est-ce que tu vas te trouver mal ?

— Il est revenu, dit-elle avec effort ; il est si souffrant, que j'ai même prié Jem de ne pas venir pour le voir, de peur de le fatiguer. »

Mais sans faire attention à la manière dont elle disait ces mots et surtout sans tenir compte de l'insinuation qu'elle tâchait d'y glisser, Job posa l'insecte qu'il venait de prendre et qu'il allait enfiler d'une épingle, en s'écriant :

« Ton père est revenu, et Jem ne nous en a rien dit ! malade encore ! J'y cours pour tâcher de le distraire avec un brin de causette ; je n'ai jamais pensé que toutes ces délégations pourraient tourner à bien.

« — Oh! Job, mon père est trop souffrant; il faudra qu'il se couche; ne venez pas; vous êtes bien bon; mais ce soir, en vérité.... je vous en prie, ne venez pas sans que je vous l'aie demandé. Mon père est quelquefois si singulier! vous savez bien; je crois vraiment qu'il aimera mieux ne voir personne; et ne vous fâchez pas, cher Job. Oh! si vous saviez tout, vous auriez pitié de moi. »

Job grommelait entre ses dents tout en arrangeant ses insectes, et Marguerite elle-même souhaita le bonsoir à Marie d'une voix contrainte. La pauvre enfant partait; mais, au moment de fermer la porte, elle ne put supporter la pensée d'être accusée d'ingratitude par son vieil ami qui avait tant fait pour elle, et rentrant dans la chambre elle vint l'embrasser en pleurant, se jeta au cou de Marguerite et s'en alla sans rien dire.

Elle retrouva son père comme elle l'avait quitté; rien n'était changé ni dans son attitude ni dans l'expression de ses traits. Il répondit à ses questions, mais par monosyllabes, d'une voix faible, et sans lever les yeux sur elle : il n'aurait pu supporter le regard de son enfant; de son côté, malgré tous ses efforts pour agir autrement, elle évitait de le regarder et ne pouvait parvenir à retrouver auprès de lui l'aisance et les manières qu'elle avait autrefois.

C'est ainsi que plusieurs jours s'écoulèrent. Quand venait le soir, il se traînait péniblement jusqu'à sa chambre, et pendant de longues heures elle l'entendait gémir; le désespoir qu'exprimaient alors ses plaintes paraissait d'autant plus poignant à la jeune fille, qu'il ne s'exhalait que dans l'ombre et dans la solitude; plus d'une fois elle s'était levée pendant la nuit en se demandant si elle ne ferait pas mieux d'aller le trouver, si elle ne le soulagerait pas en lui disant qu'elle savait tout et qu'elle l'aimait toujours.... Le matin arrivait, les heures passaient au milieu d'un morne silence; venait le repas; il mangeait et ne se nourrissait plus, et chaque soir l'ombre de la mort semblait avoir grandi sur son visage.

Les voisins, que depuis longtemps le caractère de John avait éloignés de chez lui, se contentaient de demander de ses nouvelles à sa fille quand ils la rencontraient; et leur réserve ou plutôt leur indifférence paraissait à son esprit frappé avoir un tout autre motif. Job et Marguerite commençaient à lui manquer; surtout Jem, dont la tendresse intelligente savait l'entourer de tant de soins, qu'il semblait éloigner d'elle jusqu'aux pierres de la route et jusqu'au vent du ciel. Il rôdait chaque jour dans le voisinage; elle le sentait plutôt qu'elle ne le voyait; et le rencontra chez

Job où elle était entrée. Il se leva quand elle partit et resta quelques instants avec elle sur les marches de la porte.

« Quand viendras-tu chez ma mère? lui dit-il; demain? elle a tant besoin de te voir!

— Je ne sais pas; je ne puis pas dire quand je le pourrai; il faut attendre, ce ne sera pas long, peut-être quelques jours encore. Adieu, Jem; laisse-moi retourner vers lui. »

Le lendemain, comme elle travaillait près de la fenêtre, elle aperçut la dernière personne qu'elle eût désiré voir, Sally Leadbitter, qui se dirigeait évidemment de son côté. L'instant d'après on frappait à la porte. John lança vers sa fille un regard inquiet; Marie, qui savait bien que Sally ne se ferait pas scrupule d'entrer si on ne répondait pas, s'empressa d'ouvrir, et, gardant la main sur le loquet, elle barra le passage à son ancienne compagne.

« Eh! bien, Marie, te voilà revenue; je l'ai appris hier, et je viens tout de suite te voir. Que de nouvelles tu as à me dire! »

Et la curieuse, s'imaginant que Marie cachait quelque amant dans la chambre, se leva sur la pointe des pieds pour regarder par-dessus l'épaule de la jeune fille; elle n'aperçut que le visage sombre de Barton, dont elle avait toujours eu peur, et se baissa tout à coup.

« Le vieux père est donc aussi de retour, hein? Que dit-il de tes hauts faits, tant à Liverpool qu'ailleurs? car enfin tu ne peux plus rien lui cacher, puisque c'est dans le journal. »

Marie supplia Sally de changer de conversation; elle sentait que Barton les écoutait; quelque chose dans sa manière de respirer, dans son attitude moins affaissée, prouvait qu'il était attentif. Mais Sally n'était pas fille à s'arrêter pour si peu, quand elle avait à satisfaire son ardente curiosité.

« Pourquoi ne pas en parler? reprit-elle; c'est tout au long dans le *Gardien*, dans le *Courrier*. Jane Hodson a même dit l'avoir vu dans un journal de Londres. Et c'est toi l'héroïne de l'histoire. Que penses-tu d'être témoin? aimes-tu ça? Les avocats sont insolents, n'est-ce pas? et comme chacun vous regarde! Je parie que tu as regretté de n'avoir pas pris mon écharpe moirée, comme je te l'avais offert; avoue-le, sois franche.

— Je n'y ai pas même songé; comment d'ailleurs....

— Oh! j'oubliais que tu n'étais occupée que de ce stupide James Wilson. Eh bien! tu peux m'en croire, si jamais j'ai la chance d'être appelée comme témoin, je choisirai pour galant quelque chose d'un peu mieux que l'accusé, un clerc d'avoué, ou tout au moins un geôlier; mais le prisonnier fi donc!

— Je t'assure que je ne pensais guère à trouver des galants; mais parlons d'autre chose. Comment va miss Simmonds?

— Très-bien; elle m'a même priée de te dire que tu pouvais rentrer à l'atelier si ça te plaisait; et entre nous, je puis t'affirmer qu'elle en serait enchantée : il est certain qu'après toute cette affaire bien des gens viendraient au magasin, quand ça ne serait que pour te voir; je parie tout ce qu'on veut que pendant six mois on arrive de Salford rien qu'à cette intention.

— Dis-lui que je n'irai pas, et même il est probable....

— Oui, je te comprends; mais ça ne sera pas tout de suite. Il est chassé de la fonderie, et tu feras bien d'y regarder à deux fois avant de refuser ce que t'offre miss Simmonds.

— Chassé de la fonderie! Jem!

— Certainement; ne le sais-tu pas? Des gens honnêtes, ça ne veut pas travailler avec un.... Je ne dois pas le dire devant toi, vu toute la peine que tu as prise pour établir son alibi. Après tout, je n'en pense pas plus mal d'un garçon qui a du cœur et qui tue son rival; ça se fait toujours au théâtre. »

Marie pensait à Jem.

— « Raconte-moi ce que tu en sais, balbutia-t-elle.

— Eh! bien, vois-tu, ils ont toujours des épées sous la main, car à la comédie....

— C'est de Jem que je parle et non pas de tes acteurs, interrompit Marie.

— Dame! on dit qu'il a été chassé parce que son innocence n'est pas du tout prouvée, quoique le jury n'ait pas voulu le faire pendre. Le père Carson est furieux : un vrai sauvage contre les juges, les avocats et le reste; voilà tout ce que j'en sais.

— Il faut que je le voie et que je lui parle, dit Marie d'une voix tremblante.

— Il te dira que c'est la vérité pure; aussi je ne répondrai rien pour toi à miss Simmonds; je te laisserai le temps d'y réfléchir. Bonsoir, n'oublie pas d'y penser. »

Marie ferma la porte. Barton avait repris sa première attitude; seulement son front s'inclinait davantage vers la terre.

Elle mit son chapeau et son châle pour aller trouver Jem et s'arrêta un instant auprès de son père au moment où elle allait sortir. Elle comprit qu'il parlait; mais sa voix était si faible qu'elle fut obligée de se baisser pour l'entendre : c'était la première fois depuis son retour qu'il lui adressait la parole.

« Dis à Jem de venir ici ce soir à huit heures, » répéta Barton.

Avait-il entendu la conversation de Sally avec sa fille? c'est ce que Marie se demandait en se rendant chez la veuve.

CHAPITRE XXXIV,

Comme elle approchait de l'endroit où demeurait Jeanne Wilson, Jem lui apparut tout à coup; elle tressaillit de surprise.

« Tu vas chez ma mère ? demanda-t-il; et prenant le bras de Marie, il revint sur ses pas.

— Oui, et j'y allais pour te voir; oh! Jem, est-ce vrai? dis-moi.

— A quoi bon te le cacher ? répondit-il après quelques instants d'hésitation; je suppose que c'est ça que tu veux dire. Je ne travaille plus chez les Duncombe. Si je ne t'en ai pas parlé, c'est que j'avais peur de t'inquiéter; mais, sois tranquille, j'aurai bientôt de l'ouvrage.

— Comment se fait-il qu'on ait pu te renvoyer, puisque le jury t'a déclaré innocent ?

— On ne m'a pas renvoyé; seulement il s'est trouvé des ouvriers qui ont fait savoir qu'ils ne travailleraient pas volontiers sous mes ordres; il en est d'autres qui me connaissent, et à qui ça ne fait rien; mais la plupart doutent de moi, et l'un d'eux en a touché un mot à M. Duncombe jeune.

— Fi donc ! s'écria Marie tristement indignée.

— Ma chérie, on ne peut pas les blâmer; de pauvres gens comme eux n'ont au monde que leur réputation dont ils puissent être fiers, et ils ont raison d'en prendre soin et d'éviter le moindre contact qui pourrait les salir.

— Mais ils devraient te connaître et savoir qu'avec toi ils ne peuvent rien craindre.

— Ainsi pensent quelques-uns; l'inspecteur, j'en suis sûr, croit à mon innocence; et pourtant il m'a dit qu'il en avait parlé avec M. Duncombe le père, et qu'ils étaient d'avis que je devais m'en aller au moins pour quelque temps. Ils me recommanderont; j'aurai de l'ouvrage ailleurs.

— C'est égal, dit la jeune fille en secouant la tête, ils auraient dû savoir mieux t'apprécier. »

Jem serra la petite main qu'il tenait dans les siennes.

« Marie, es-tu bien attachée à Manchester? Ça te ferait-il beaucoup de peine de quitter sa fumée ?

— Avec toi?

— N'aie pas peur que je te renvoie pendant que j'y resterais.

C'est que j'ai entendu dire de si belles choses du Canada ! notre inspecteur a là-bas un cousin qui est aussi dans la fonderie. Sais-tu où c'est, le Canada ?

— Pas précisément ; mais avec toi, Jem, qu'est-il besoin de le savoir ? Et mon père ? s'écria Marie, dont l'extase se brisait au souvenir de la réalité ; je ne t'ai pas dit, Jem, qu'il te prie de venir lui parler ce soir à huit heures. Que peut-il te vouloir ?

— Je ne sais pas, mais j'irai ; ne perdons pas notre temps à deviner ce qu'il veut me dire. Entre un instant pour voir ma mère, et puis je te ramènerai : tu n'es pas assez forte pour t'en aller toute seule. »

Les douces paroles continuèrent, qui pour vous n'auraient aucune valeur, et dont tous mes efforts ne vous traduiraient pas le sens profond et divin.

Sept heures et demie sonnèrent.

« Entrons vite, Marie ; ma mère sait que tu dois être sa fille. »

Mistress Wilson maugréait contre Jem ; elle le croyait toujours employé à la fonderie, et depuis longtemps il aurait dû rentrer. Le gâteau de pommes de terre qu'elle avait fait pour lui durcissait d'une manière désolante ; elle aimait tant à lui faire une surprise ! elle ne pouvait s'empêcher de lui en vouloir quand il lui ôtait le plaisir qu'elle s'en était promis.

La porte s'ouvrit enfin ; Jem entra la figure rayonnante, et Marie à son bras, les yeux baissés et le sourire sur les lèvres : le bonheur entourait le jeune couple d'une atmosphère radieuse.

Jeanne pouvait-elle se rappeler, en les voyant, les vulgaires soucis de Marthe ? Émue jusqu'au fond de l'âme, elle ouvrit les bras, et serrant Marie contre son cœur :

« Qu'il soit heureux, et que Dieu te bénisse à jamais ! » lui dit-elle au milieu de ses caresses et de ses larmes.

Les dernières lueurs du crépuscule allaient s'éteindre ; et c'est à peine si, en entrant dans la chambre de Barton, Jem put distinguer dans l'ombre deux ou trois personnes qui s'y trouvaient réunies.

Le père de Marie, debout à côté de sa chaise à laquelle il s'appuyait afin de ne pas tomber, avait en face de lui M. Carson, dont le profil sévère se détachait sur le fond rouge du brasier ; derrière Barton, Job Legh assis, les coudes appuyés sur la table, cachait sa figure dans ses mains.

Les deux jeunes gens s'arrêtèrent près de la porte, n'osant ni faire un pas ni à peine respirer.

« Si je vous ai bien compris, disait M. Carson d'une voix tremblante, c'est vous qui avez assassiné mon fils. Ne croyez pas que cet aveu que vous m'avez fait de votre crime puisse me fléchir, au moins; vous subirez au contraire tout ce que la loi peut avoir de rigueur; je veux pour vous toutes les tortures qu'elle saura vous infliger. N'attendez pas de pitié de moi, vous qui avez été sans merci pour mon fils.

— Je n'en demande à personne, répondit Barton à voix basse.

— Que vous en demandiez ou non, je vous ferai pendre; entendez-vous, assassin? je vous ferai pendre. »

Barton laissa tomber un gémissement, non pas qu'il eût peur, mais il trouvait affreux d'avoir inspiré tant de haine.

« Quant à être pendu, je le mérite, et c'est juste, monsieur, répondit-il; et je puis vous dire que, si vous m'aviez fait pendre le lendemain du crime, vous m'auriez fait une si belle grâce, que c'est à genoux, monsieur, que je vous aurais dit : « Merci. » La mort! oh! mon Dieu, mais qu'est-ce donc en comparaison de la vie que je mène depuis quinze jours? ce n'est jamais grand'chose que l'existence, mais celle que j'ai traînée depuis cette nuit.... »
Il tressaillit et s'arrêta un instant. « Voyez-vous, monsieur, j'ai été sur le point de me tuer bien des fois depuis lors, afin d'échapper à mes pensées; je ne l'ai pas fait, et je vais vous dire pourquoi : j'avais peur de me souvenir encore et de me rappeler mon crime; Dieu seul peut savoir tout ce que j'en ai souffert; et puis j'ai espéré que le Seigneur prendrait cette agonie pour une expiation, et que je devais supporter ce châtiment bien autrement terrible que d'être pendu, monsieur. Depuis ce jour-là, je me trompe peut-être, mais je me suis dit que, si j'étais dans le monde que Dieu habite, il m'enseignerait à distinguer le bien d'avec le mal. Ici-bas, je l'ai cherché sans jamais le savoir au juste; ça m'a bien tourmenté : le mal est si affreux! Oh! j'irais en enfer avec joie si je pouvais m'y purifier de mon crime; quant à être pendu, ce n'est rien du tout, monsieur. »

Il retomba épuisé sur sa chaise. Marie se précipita vers lui.

« Ah! c'est toi, ma fille, c'est toi. Où est Jem?» lui dit-il d'une voix faible.

Jem s'avança.

« Mon garçon, reprit Barton, tu as beaucoup souffert à cause de moi, toi qui étais innocent comme l'enfant qui va naître. Je ne te bénis pas, ma bénédiction ne pourrait que te faire du mal; mais tu aimeras Marie, quoiqu'elle soit mon enfant. »

M. Carson se disposait à partir; il s'arrêta au moment d'ouvrir la porte :

« Vous savez probablement où je vais, dit-il; je me rends à la police pour qu'on s'empare de vous; demain vous répéterez aux magistrats le récit que vous m'avez fait, et vous serez à même de juger avant peu jusqu'à quel point il est désirable d'être pendu.

— Oh! monsieur, dit Marie en prenant la main de M. Carson, mon père est mourant : regardez-le, vous verrez bien. S'il vous faut mort pour mort, vous l'aurez; mais ne me l'arrachez pas, laissez-moi ses derniers jours, laissez-le mourir auprès de moi.

— Marie, je dois me soumettre, interrompit Barton en se levant; je mourrai quand il voudra et comme il voudra. Tu as dit vrai, ma fille, la mort n'est pas loin de moi; qu'importe où je passerai le peu de temps qui me reste encore à vivre, et que j'emploierai à souffrir pour me racheter dans l'autre monde? J'irai où bon vous semblera, monsieur; quant à lui, ajouta-t-il en montrant Jem, il est innocent de tout. »

M. Carson demeurait inflexible et de nouveau se dirigea vers la porte.

« Un mot encore, monsieur, dit Barton en s'appuyant sur Jem; vos cheveux ont blanchi par l'effet des années : c'est la souffrance qui a blanchi les miens.

— Eh! n'ai-je donc pas souffert? s'écria M. Carson d'une voix brisée; n'ai-je pas travaillé, combattu dans la vie? J'étais heureux alors, toutes mes espérances se concentraient sur mon fils, je ne le disais pas; j'étais froid et dur pour les autres, mais pour lui! qui peut s'imaginer jusqu'à quel point je l'aimais? lui-même n'a jamais su comme mon cœur bondissait au seul bruit de ses pas, comme il était précieux à son pauvre vieux père! Et il est mort, on me l'a tué! il n'entendra plus mes paroles et je ne le verrai plus! Il était ma lumière, et maintenant c'est la nuit! Oh! mon Dieu, console-moi, console-moi! »

Les yeux de Barton s'emplirent de larmes. Riche et pauvre, patron et ouvrier, toute distinction avait disparu pour ne laisser que deux hommes égaux devant la douleur, deux frères par la souffrance; n'était-ce pas là ce qu'il avait éprouvé lorsque Tom était mort? Le malheureux qui pleurait devant lui n'appartenait plus à cette race différente de la sienne qui traversait un monde à part, où tout brillait comme l'or, et où chacun, sous des vêtements splendides, cachait un cœur de pierre. Ce n'était plus un maître, un ennemi, mais un pauvre vieillard qui pleurait son enfant.

La sympathie pour la souffrance d'autrui, si puissante autrefois dans son âme, se réveillait chez Barton; il se sentait entraîné vers ce malheureux père dont il partageait la douleur, et des paroles de pitié lui venaient aux lèvres.

Mais qui était-il pour parler de consolation à cet homme, lui qui avait fait tout son malheur? Il restait foudroyé devant cette affliction qu'il n'avait pas prévue et qu'il avait causée; jusqu'alors la place vide que sa victime laissait au foyer domestique ne lui était pas apparue; il n'avait pas plus songé à la douleur de cette famille en deuil, que le soldat qui décharge son arme ne pense à la femme qu'il fait veuve et n'entend les cris des enfants qu'il vient de faire orphelins.

A ses yeux les patrons n'étaient que des adversaires sans pitié, n'ayant au monde d'autre mobile que d'obtenir la plus grande somme d'ouvrage au plus bas prix possible. Son but avait été de les intimider pour les forcer à plus de justice, et, par la mort du plus violent d'entre eux, de renverser l'obstacle qui s'opposait à la victoire de ses frères combattant pour défendre leurs droits.

Il savait maintenant que c'était un de ses semblables qu'il avait frappé, et que de son crime ne pouvait sortir le bien des malheureux dont il avait si aveuglément embrassé les intérêts.

Brisé par la vue de M. Carson, dont chaque sanglot l'atteignait au cœur comme un coup de poignard, il éprouvait l'impérieux besoin de s'excuser, mais ne trouvait pas ce qu'il pourrait dire pour faire comprendre par quels raisonnements il en était venu à regarder l'assassinat comme un devoir. Enfin, relevant la tête:

« Je ne savais pas ce que je faisais, » dit-il à Job. Et, se jetant aux pieds du gentleman : « Oh! monsieur, pardonnez-moi, ajouta-t-il avec un entraînement passionné; pardonnez-moi toute la peine que je sais maintenant vous avoir faite; je ne crains pas la souffrance ni la mort, je vous le répète, monsieur; mais pardonnez-moi, je vous en conjure, car je ne savais pas ce que je faisais.

— Pardonnez-nous, Seigneur, comme nous pardonnons à tous ceux qui nous ont offensés, » dit Job Legh.

M. Carson retira ses mains, qui couvraient son visage; la vue d'un spectre eût été moins affreuse :

« Que tous mes péchés me soient comptés, répondit-il, mais que je puisse venger mon fils assassiné! »

Il y a des actes blasphématoires aussi bien que des paroles; toute cruauté, tout endurcissement du cœur est un blasphème en action.

Le gentleman sortit; Barton était tombé comme frappé de mort sur le carreau de la chambre. Ses amis le relevèrent, espérant que c'était la fin de ses tortures; ils le portèrent sur son lit, et chaque pas qui retentissait au dehors les faisait tressaillir, car ils croyaient toujours entendre s'approcher les agents de la police.

L'agitation de M. Carson était si grande en sortant de chez Barton qu'il voyait à peine à se conduire; son sang brûlait ses veines, et le battement de ses artères l'empêchait de voir et d'entendre. Il s'appuya contre un mur et leva les yeux vers le ciel, pour tâcher de retrouver un peu de calme en contemplant ces mondes qui étincelaient dans l'espace. Il lui sembla, peu à peu que le vent murmurait quelques mots à son oreille, l'écho grandit et lui renvoya ses propres paroles, qui retombaient du ciel, et retentissaient dans les profondeurs de la voûte infinie :

« Que mes péchés me soient comptés, mais que je puisse venger mon fils assassiné ! »

Il essaya de secouer l'impression qu'il éprouvait de cette hallucination; mais il avait la fièvre; il se sentait malade, et reprit le chemin de sa demeure au lieu de se rendre à la police, comme il l'avait projeté. « Après tout, se dit-il, demain il sera bien temps; je n'ai pas à craindre qu'il m'échappe, à moins que la mort ne vienne me l'arracher. »

C'était un beau soir de printemps; l'air était doux, et les promeneurs se pressaient dans la rue; parmi eux une enfant passait avec sa bonne; la jolie petite créature sortait probablement d'un bal; sa toilette l'annonçait, et ses petits pieds, en trottinant, gardaient encore le rhythme des pas qu'elle venait de faire. Un gamin accourait derrière elle, un géant comparé à la frêle et mignonne petite fille, et, la poussant rudement, comme elle dansait toujours, la fit tomber sur le trottoir. Elle se mit à crier, non sans raison, car la chute avait été si violente que le sang ruisselait sur sa figure et tombait sur sa robe blanche, où il faisait de ces taches rouges dont les enfants ont si grand'peur. La bonne avait saisi le gamin et lui disait d'une voix rude : « Je vais appeler le policeman et te faire mettre en prison, mauvais garnement; ça t'apprendra une autre fois à ne pas faire attention. Vois-tu, méchant drôle, comme tu lui as fait mal? »

Le gamin la regardait d'un air de défi, et tremblait pourtant à l'idée du policeman. Irritée de l'insolence de ce regard, la bonne renouvela ses menaces et entraîna le petit polisson en le secouant violemment par le bras, pour lui produire une salutaire impression; la terreur du gamin augmentait en même temps que sa colère. La petite fille eut pitié; elle arrêta ses larmes :

« Je n'ai pas beaucoup de mal, nourrice, dit-elle en attirant sa bonne pour la faire se baisser jusqu'à elle; c'est parce que le suis petite que j'ai pleuré; mais c'est bien bête, va! de crier pour ça. Et lui n'est pas méchant; il ne savait pas, vois-tu? N'est-ce pas, petit garçon, que tu ne l'as pas fait exprès, et que tu ne voulais pas me faire du mal? N'aie pas peur, nourrice n'appellera pas le policeman. »

Et elle s'avança pour embrasser le gamin, comme on le lui avait appris chez elle, pour faire la paix avec celui qu'elle avait offensé.

« Voilà un petit bonhomme qui sera plus doux à l'avenir et qui deviendra meilleur, grâce à la leçon qui lui vient de ce cher ange et qu'il n'oubliera pas, » dit un passant à M. Carson, témoin de cette petite scène

M. Carson ne sembla pas entendre ce que disait l'inconnu; mais les paroles de la petite fille lui rappelaient la prière qui venait de lui être faite : « Pardonnez-moi, car je ne savais pas ce que je faisais. »

Cette phrase réveillait encore d'autres souvenirs; où l'avait-il entendue? Peut-être l'avait-il lue jadis, il le chercherait lorsqu'il serait rentré; une fois chez lui, allant droit à sa bibliothèque, il prit une Bible magnifique, dont les feuillets dorés sur tranche étaient collés entre eux, comme il arrive aux livres qu'on n'a jamais feuilletés. Il l'ouvrit; sur la première page où ses regards s'arrêtèrent, étaient inscrits les noms de ses enfants et la date de leur naissance.

« John Henry, fils de John et d'Élisabeth Carson, né le 29 septembre 1815. »

Restait à écrire la date du jour où Henry était mort. Un nuage obscurcit les yeux du pauvre père, dont les larmes tombèrent sur la page blanche. Il se rappelait l'instant où, dans sa joie d'avoir un fils, il avait acheté ce précieux livre, pour y marquer la naissance de son premier enfant. Il pensait, et ses pleurs coulaient toujours.

Chose étrange! maintenant que le meurtrier d'Henry avait avoué son crime, il n'éprouvait plus pour l'assassin la haine ardente qu'il ressentait lorsqu'il le croyait jeune, plein de vie, et défiant la loi humaine et divine par un injuste acquittement. Malgré son désir de vengeance, qu'il regardait toujours comme un devoir, il éprouvait quelque chose qui ressemblait à de la pitié pour ce vieillard épuisé qui implorait son pardon en exprimant son repentir. Il avait remarqué l'horrible dénûment de Barton, et restait frappé du contraste que présentait cette effroyable misère avec la pièce somptueuse où il était alors. Quelle différence entre les lots que la société distribue à ses enfants! quel abîme entre des frères ! L'Évangile était là ; et, tandis qu'il rêvait, sa main tournait les pages ; c'était dans le texte sacré que, tout enfant, sa mère le faisait lire ; il retrouvait dans sa mémoire les paroles oubliées du divin livre, et quand, tiré de son rêve par le sanglant récit qui passionnait son cœur, il arriva aux dernières lignes, ses yeux retrouvèrent ces mots qui vibraient dans son âme : « Pardonnez-leur, mon père, car ils ne savent ce qu'ils font. »

Il ferma le livre, et, pendant toute la nuit, l'archange combattit pour terrasser le démon.

Barton était resté longtemps sans donner signe de vie ; on avait cru qu'il était mort ; vers le matin, il avait repris connaissance et retrouvé la parole.

« J'ai tant souhaité de faire le bien! disait-il à ses amis ; je l'ai tant cherché ! c'est une rude tâche pour un pauvre homme à qui l'on n'apprend rien, dont personne ne s'inquiète et qui n'a personne pour lui donner conseil. Quand j'étais petit, on m'apprit bien à lire ; pourquoi faire, puisque je n'avais pas de livres? qui m'en aurait donné? On disait autour de moi que la Bible, c'était bon ; et quand plus tard je voulus connaître la raison des choses, je me mis à chercher dans la Bible ; mais comment croire et comprendre, quand tout le monde autour de vous dit qu'il fait jour et agit comme si c'était la nuit, quand on dit blanc et qu'on pense noir? Je dirai ça dans l'autre monde pour excuser ma faute ; et le bon Dieu me pardonnera. J'aurais suivi volontiers tout ce qui est dans l'Évangile, si j'avais vu les autres tâcher de s'y conformer ; c'eût été dans mon cœur ; mais ceux qui en parlaient le plus faisaient juste le contraire : alors j'ai pensé qu'on avait écrit ça pour tromper les ignorants et les femmes, tous ceux qui leur ressemblent, quoi! J'avais essayé de vivre comme a dit Jésus-Christ ; ça me semblait comme au ciel ; la bonne Alice m'encourageait ; mais chacun me répétait : « John, pense à tes droits ; « soutiens-les si tu ne veux qu'on te les ôte. » La femme, les enfants ne disaient rien ; mais leur souffrance et leur faiblesse criaient assez pour eux. Tom mourut ; vous savez tous comment alors je n'ai plus rien vu ; tout s'est troublé ; j'ai été entraîné l'air m'a manqué ; et je suis devenu aveugle. »

Il s'interrompit, et continua quelques instants après :

« Ça m'était naturel d'aimer les autres, quoique je sois devenu ce que je suis. J'ai même pensé, dans un temps, que j'aurais aimé les maîtres s'ils l'avaient voulu ; c'était quand Tom vivait, avant que ce pauvre petit mourût de faim. Depuis lors, j'ai été partagé entre mon amour pour tous les malheureux comme moi, et le désir de rester bon pour ceux qui, à mon sens, étaient cause de tout le mal.

« Puis le désespoir a pris le dessus; quand j'ai vu que les actions des gens allaient au rebours de l'Évangile qu'ils prêchaient, je me suis dit que je n'avais plus à m'occuper de la Bible; et j'ai glissé, glissé....

« Je ne pensais pas que son père était vieux; oh! s'il m'avait seulement pardonné! » s'écria-t-il avec désespoir; et il murmura quelque ardente prière dont on ne distinguait pas les mots.

Job Legh était rentré chez lui, brisé par l'émotion qu'il éprouvait depuis la veille. Jem venait de sortir pour aller chez le pharmacien demander quelque médicament qui pût calmer Barton et lui rendre la respiration plus facile. Pendant son absence, l'état du malheureux s'était encore aggravé : il avait essayé de se lever; mais il était retombé sans mouvement en travers de son lit, et Marie, trop faible pour y parvenir, s'efforçait vainement de le recoucher. On ouvrit la porte : elle crut que c'était Jem, et l'appela vite à son aide; mais au lieu de celui qu'elle attendait, c'était M. Carson. Il s'approcha du moribond, et, le prenant dans ses bras, l'y soutint quelque temps; Barton joignit les mains, et son regard mourant exprima la reconnaissance.

« Priez pour nous, dit Marie, oubliant à cette heure solennelle tout ce qui divisait les deux vieillards.

— Ayez pitié de nous, Seigneur ! et pardonnez-nous nos offenses, comme nous pardonnons à ceux qui nous ont offensés. »

Quand M. Carson eut achevé cette prière, il ne tenait plus dans ses bras que le cadavre de Barton.

Ainsi finit ce drame qui fut la vie d'un pauvre homme.

Quand Marie eut repris ses sens, elle se trouva sur le banc de la salle basse; Jem la soutenait; Job et M. Carson s'entretenaient d'une voix grave. Le gentleman dit adieu au fileur, et sortit. Job dit alors, et comme se parlant à lui-même :

« Dieu a entendu la prière de cet homme, et il l'a consolé. »

CHAPITRE XXXV.

« Eh bien ! Jem, il est donc mort? demanda Jeanne à son fils lorsque, dans la soirée, celui-ci rentra chez elle.

— Oui, mère; comment l'avez-vous su ?

— C'est Job qui me l'a dit en passant, comme il allait aux pompes funèbres. A-t-il fait une bonne fin? »

Cette question, qui prouvait la discrétion du vieux fileur, rappela en même temps à Jem combien il importait que sa mère ignorât le secret de Barton. Avec l'irascibilité de son caractère, il pouvait lui échapper tôt ou tard quelque allusion au crime de John en présence de sa fille; et cette pensée d'éviter à Marie toute parole à cet égard, soit dans sa propre famille, soit ailleurs, confirma Jem dans le projet qu'il avait formé d'aller en Amérique.

« Mais, Jem, continua la veuve, c'est pas la peine que tu ailles voir mourir les gens, si tu ne sais pas seulement raconter ce qu'ils ont dit. Moi qui suis seule depuis hier, je me disais : « Lorsque le gars va rentrer, il rapportera des nouvelles; » et tu ne me parles pas; je suis pourtant plus qu'un chien. Voyons! qu'a dit John en mourant?

— Il n'a rien dit, ma mère.

— Vraiment? lui qui aimait tant à faire des discours, il a manqué une si belle occasion, qui ne se représentera plus? Est-il mort tranquillement?

— Il a été péniblement agité toute la nuit.

— Lui avez-vous ôté son oreiller? Je parie que non; avec toute ta science, tu aurais bien dû savoir que ça l'aurait soulagé. Pour sûr, il y avait de la plume de pigeon dedans; et dire que deux personnes faites comme toi et Marie, à votre âge, vous ne savez pas encore qu'on ne peut pas mourir tranquille sur un oreiller, un traversin, n'importe quoi où il y a de la plume de pigeon! »

Tandis que la veuve parlait ainsi, Jem était remonté dans sa chambre, où il réfléchissait à ce qu'il avait à faire. Le lendemain, dès que l'heure fut arrivée d'entrer à l'atelier, il se dirigea vers celui où naguère il travaillait encore. A l'exception de deux ou trois de ses anciens camarades qui lui firent bon accueil, les autres se détournèrent ou ne lui répondirent que par un signe de tête.

« Il est dur, se disait Jem, il est amer de penser que, quelle qu'ait été la vie d'un homme, ceux qui devraient le connaître ajoutent foi au premier mot qui s'élève contre lui. Je le supporterais encore; mais non pas pour Marie. Un jour ou l'autre on la fuirait aussi comme fille d'un assassin, car la vérité finira par se savoir.... Heureusement que Dieu est moins sévère et plus juste que les hommes. »

M. Duncombe était convaincu de la parfaite innocence de Jem

et n'en était pas moins d'avis que ce qu'il y avait de mieux à fair·
pour son ancien contre-maître était de quitter le pays.

« On m'a écrit du Canada, lui dit-il, pour me prier d'envoyer
là-bas un homme intelligent, qui connût bien la mécanique et
fût capable de construire des instruments aratoires pour le col-
.ége d'agriculture que le gouvernement va fonder à Toronto;
les appointements sont convenables; on donne une maison, de
la terre, une remise honnête sur le prix des instruments; je
vous montrerai la lettre que j'ai reçue; et si l'affaire vous convient....

— J'accepte, et je vous remercie, monsieur; puisqu'il faut
que je quitte cette ville, autant m'en aller en Amérique que de
rester en Angleterre.

— De plus, vous faites la traversée aux frais du gouvernement. Je crois même que cette faveur s'étendrait à votre famille
si vous en aviez une; mais vous n'êtes pas marié, je crois.

— Non, monsieur, mais....

— Mais.... reprit M. Duncombe en souriant, vous ne seriez
pas fâché de l'être avant de vous embarquer, je suppose.

— Oui, monsieur; et puis il y a ma mère; j'espère bien qu'elle
viendra avec nous; quant à elle, je payerai son voyage, il est
inutile....

— Bon, bon; j'écrirai aujourd'hui même, et je dirai que votre
famille se compose de trois personnes, en vous comptant; ils
n'en demanderont pas davantage. Venez me voir, en attendant votre départ; regardez ma maison comme la vôtre, et ne
faites pas attention à ce que pensent les imbéciles; à bientôt,
Wilson! »

Jem, délivré d'un grand poids depuis que cette affaire, ainsi
réglée, lui enlevait toute inquiétude, se rendit chez Marie d'un
pas rapide, afin de communiquer à la jeune fille la détermination qu'il venait de prendre. Il y trouva Marguerite, qui lui dit
aussitôt que son grand-père l'attendait, fort impatient de le voir;
et, après avoir échangé quelques paroles avec sa bien-aimée, il
courut chez le fileur.

« Croirais-tu, lui dit le vieillard dès qu'il l'eut aperçu, que
M. Carson m'écrit pour nous demander tous les deux? C'est
aussi vrai que j'existe; qu'en penses-tu? Je pense que tu ferais
bien de ne pas venir et de me laisser aller tout seul voir ce qu'il
nous veut encore : il a pu se fourrer dans la tête que tu étais
complice; peut-être que c'est un piége.

— Je n'ai pas peur et j'irai avec vous; je n'ai rien à me reprocher, je ne crains rien; ce qui est vrai se prouve toujours à

la longue; j'ai d'ailleurs mes raisons pour le voir, et je serai bien aise de lui parler. »

Tandis que Jem tranquillisait le vieux fileur, sa mère avait endossé ses habits du dimanche et arrivait chez Marie. En voyant entrer cette ancienne amie de ses parents, la jeune fille s'était jetée au cou de Jeanne.

« Il est mort ! s'écria-t-elle en fondant en larmes ; ils sont tous partis et je suis seule, seule au monde.

— Pauvre enfant ! mais non, tu n'es pas seule. Sans parler de celui qui est là-haut, notre père à tous, et en particulier celui des orphelins, tu as Jem, et puis moi, chère fille. Je sais bien qu'il m'arrive quelquefois d'être maussade et de bougonner un peu ; mais j'ai un cœur tout de même en dessous de mon caractère, et je te le montrerai bien ; tu seras comme mon agneau chéri ; Jem ne t'aimera pas plus à sa manière que je ne t'aimerai à la mienne, et tu supporteras mes lubies en pensant que Dieu voit dans mon âme l'amour que j'ai pour toi. »

Jeanne pleurait doucement en disant ces paroles si différentes de ce qu'elle s'était proposé de dire, et si loin de toutes les citations qu'elle avait préparées pour cette visite solennelle. C'était son cœur qu'elle épanchait ainsi ; et sa piété sincère, pour faire acte de religion véritable et pure, n'avait pas besoin de s'appuyer des textes sacrés.

A dater de ce jour, à peine s'il y eut parfois un léger nuage entre Marie et sa belle-mère ; Jem aurait plus facilement irrité Jeanne que Marie n'y serait parvenue, tant la veuve avait fini par la chérir.

Longtemps après leur départ de Manchester, le hasard fit comprendre à Jem que sa mère connaissait le crime de Barton ; surpris et voulant savoir comment elle avait pu l'apprendre, il le lui avait demandé : c'était Marie qui, au milieu de sa douleur, pendant la visite que nous venons de raconter, avait confié à la veuve ce qui rendait son chagrin plus poignant ; car elle s'imaginait que tout le monde savait déjà l'aveu que son père avait fait à son lit de mort.

Des années s'étaient écoulées sans que rien dans les paroles de Jeanne eût pu faire soupçonner qu'elle savait la vérité sur un sujet dont le souvenir la faisait frissonner, quand elle pensait au danger qu'avait couru son fils. Mais si elle devait aux épreuves d'une vie difficile, aux souffrances continuelles d'une santé délicate, l'irritation qu'elle apportait dans les petites choses, elle avait au cœur une sympathie généreuse, une délicatesse innée, qui ne l'abandonnaient jamais lorsqu'il s'agissait d'une profonde infortune; et si parfois elle avait dit à sa belle-fille quelques paroles un peu vives relativement à sa toilette, aux soins du ménage, aux riens de la vie commune, jamais il ne lui était échappé la moindre allusion à la conduite de Marie avec Henri Carson, ni à la manière dont ce gentleman était mort.

CHAPITRE XXXVI.

M. Carson était arrivé à l'un de ces instants où tout semble s'arrêter dans la vie, pour donner à celui que le malheur vient de frapper le moyen de reprendre haleine avant de se lancer de nouveau dans la carrière; le souvenir de ses travaux, ses craintes, ses espérances, tout s'était évanoui: le passé n'existait plus, et sa vengeance était tombée comme éteinte par le souffle de Dieu.

Ce n'était pas même des ruines qu'il laissait derrière lui, mais l'ombre flottante d'un rêve; et depuis la mort de Barton, il s'interrogeait et consacrait les heures à envisager la situation où il était placé.

Tandis qu'il cherchait autour de lui quelque nouveau mobile pour agir, ne trouvant plus dans l'accroissement de ses richesses, dans le désir de s'élever parmi les princes du négoce, ses pairs, rien qui pût exciter son ambition ou réveiller son intérêt ensevelis dans la tombe de son fils, il lui vint à l'esprit qu'il ignorait toujours les motifs qui avaient poussé Barton au crime. Cette curiosité grandit en y songeant, et c'était pour tâcher de la satisfaire qu'il avait fait appeler Jem Wilson et Job Legh.

Il les attendait, et ne se rappelait pas sans dépit que sa réserve habituelle l'avait abandonné en face de ces deux hommes, au point de leur avoir montré son désespoir, et pour ainsi dire ouvert son âme · aussi espérait-il, cette fois, avoir assez d'empire sur lui-même pour ne pas témoigner la moindre émotion pendant cette entrevue qu'il leur avait demandée.

Néanmoins, quand il eut donné l'ordre de les introduire au domestique qui lui annonçait leur arrivée, il eût été facile à un observateur attentif de deviner l'agitation profonde qu'il cherchait à maîtriser. Quant à Jem et au fileur, ils ne virent en lui qu'un homme fier et hautain, dont la froideur faisait disparaître l'intérêt qu'avaient excité dans leur âme l'abandon et la douleur sincère du malheureux vieillard qu'ils avaient vu pleurer.

« Je suis allé ce matin chez M. Bridgenorth, leur dit-il après les avoir fait asseoir; comme je m'y attendais, il n'a pu que me donner fort peu de détails sur l'événement du 18, que je voudrais éclaircir; peut-être me direz-vous ce qu'il n'a pas pu m'apprendre. Comme amis intimes du meurtrier, vous avez pu savoir ou conjecturer beaucoup de choses que M. Bridgenorth ignore. N'ayez aucun scrupule, aucune crainte; ce que vous direz ici n'en sortira jamais; d'ailleurs, vous le savez, la loi ne permet pas qu'on soit jugé deux fois pour la même cause.

— Nous ne sommes pas venus, répondit Job, pour nous entendre suspecter de ne pas dire la vérité. Vous ne nous connaissez pas, c'est vrai; mais il serait aussi bien de supposer que les gens sont honnêtes, jusqu'à ce qu'ils aient prouvé le contraire. Demandez ce qu'il vous plaira, monsieur, et je vous déclare que nous dirons la vérité ou bien que nous nous tairons.

— Ce que je voudrais savoir, reprit M. Carson en consultant une note qu'il tenait d'une main si tremblante qu'à peine s'il put parvenir à mettre ses lunettes, ce que je voudrais savoir, c'est comment Barton s'est trouvé en possession de votre fusil, Jem Wilson. Vous avez refusé de le dire, même à M. Bridgenorth.

— Répondre à cette question, c'était incriminer Barton, et je ne le voulais pas; à vous, je puis maintenant vous l'expliquer. Le fusil était à mon père avant de m'appartenir, et souvent Barton et lui le prenaient pour s'en aller au tir, un exercice qu'ils aimaient; mon père était fier de son fusil, quoiqu'il fût d'un modèle passé de mode assurément. »

M. Carson tressaillit; Jem s'en aperçut et se reprocha ses paroles; mais chaque mouvement involontaire qui trahissait l'émotion du gentleman rapprochait de lui le cœur des deux ouvriers.

« Un jour de la semaine, continua Jem, c'était, je crois, un mercredi, oui, le jour de saint Patrick, je rencontrai John, qui sortait de la maison comme je revenais dîner; ma mère n'y était pas; il me demanda de lui prêter mon vieux fusil; ça me rendit fier et me fit plaisir; je courus à ma chambre et je descendis le fusil, que je remis à John sans que personne nous ait vus.

— Que vous a-t-il dit quand il vous l'a demandé? reprit M. Carson avec vivacité.

— Rien du tout; j'ai pensé naturellement que c'était pour

aller au tir, comme il faisait autrefois, et ça ne m'a pas
surpris. Je n'ai su pourquoi il en avait besoin qu'une fois que
j'ai été pris; mais je n'aurais pas dénoncé le meilleur ami de ma
famille, le père de celle que j'aime, et je n'ai pas voulu répondre
à M. Bridgenorth. »

Il avait rougi en pensant à Marie ; mais son regard si loyal
avait soutenu avec tant de franchise celui de M. Carson, que,
certain de son innocence, le pauvre père ne trouva plus rien à
lui demander, et s'adressant à Job :

« Vous êtes resté dans la chambre tout le temps que Barton
s'est entretenu avec moi? dit le gentleman.

— Oui, monsieur.

— Vous m'excuserez si je vous fais ces questions; mais je
vous assure que cette conversation me fait du bien; je ne me
l'explique pas, et pourtant rien n'est plus vrai. Aviez-vous quelque soupçon du crime de Barton, avant qu'il l'eût avoué?

— Aucun, et je le jure devant Dieu, répondit Job; à parler
franc, je n'avais pas complétement abandonné cette idée que Jem
était l'auteur du fait, je lui en demande bien pardon. Il est vrai
qu'en y réfléchissant, j'étais aussi sûr de son innocence que de
la mienne; mais je ne pensais pas du tout à Barton. Jusqu'à la
nuit dernière, je ne voyais pas ce qui l'aurait poussé à commettre ce crime, tandis que pour Jem, il suffit de voir Marie
pour comprendre qu'il ait pu être jaloux.

— Et vous croyez que le père de cette jeune fille n'avait pas
entendu parler des.... attentions que mon malheureux fils....

— La personne qui m'en avait instruit, interrompit Jem,
m'assura positivement qu'elle n'en dirait rien à Barton, et je ne
crois pas qu'il en ait jamais rien su; il n'était pas homme à
prendre tranquillement de pareilles choses, et aurait fait un
éclat.

— D'ailleurs, reprit Job, la raison qu'il nous a donnée avant
de mourir était bien suffisante, surtout pour ceux qui l'ont
connu.

— Vous voulez parler des motifs de division qui existent entre
les ouvriers et les patrons; vous pensez alors que c'était pour
se venger de la part que mon fils avait prise dans ces tristes
débats?

— Mon Dieu, monsieur, Barton ne prenait conseil de personne
et ne disait guère ce qu'il faisait; ainsi donc, je ne puis vous
en parler que par supposition, n'ayant jamais entendu sortir
de sa bouche un mot sur ces matières. Mais, voyez-vous, il était
tristement préoccupé de mettre cette grande richesse des uns

et cette extrême misère des autres d'accord avec l'évangile du Christ. »

Job s'arrêta un instant pour chercher des expressions qui pussent rendre clairement ce qui était si net dans son esprit, l'effet produit sur Barton par les contrastes et les dérisions poignantes que lui présentait la diversité des conditions humaines.

« Vous voulez dire, répliqua M. Carson, qu'il était oweniste, égalitaire, communiste; en un mot, partisan de toutes les folies de ce genre.

— Non, non, Barton n'était pas fou. Il n'y avait pas besoin de lui dire qu'en faisant la part de tous égale ce soir, le partage serait dérangé demain matin par celui qui se lèverait une heure plus tôt que les autres. Et il ne se souciait guère de richesses pour lui-même; je n'ai jamais vu d'homme qui pensât moins à lui. Pourvu qu'il eût son pain et le nécessaire de sa famille, c'est là tout ce qu'il voulait; mais ce qui le blessait au cœur et ce qui l'a toujours rongé, voyez-vous, monsieur, sans compter qu'il n'était pas le seul et qu'il y en a bien d'autres que ça tourmente plus encore que le besoin, c'était de voir que ceux qui ont de beaux habits, qui mangent la meilleure nourriture, et qui ont de l'argent dans leur poche, le repoussaient d'auprès d'eux sans s'inquiéter de savoir s'il était triste ou content, s'il vivait ou mourait, et s'il était dans le chemin du ciel ou de l'enfer. Il lui semblait dur qu'un tas d'or le séparât de ses frères; car c'était un cœur aimant par nature, et ça l'a rendu fou de se voir méprisé pour sa misère, comme si le Christ n'avait pas été pauvre! Je l'ai connu dans un temps où il était bon et tendre pour tout le monde, pour les riches comme pour les autres, parce qu'il croyait que c'étaient les mêmes hommes. Mais à la fin, il avait vu trop de souffrances, et pensait que les maîtres auraient pu les empêcher, s'ils l'avaient bien voulu.

— C'est l'idée que vous vous faites tous; et pourtant, je vous le demande, comment pouvons-nous empêcher ce qui arrive? Nous ne réglons pas la demande, et ne pouvons que la subir; nul être au monde, nulle assemblée n'y parviendrait: cela dépend d'événements que Dieu seul peut diriger. Quand le commerce ne va pas, que les transactions s'arrêtent et que les produits nous restent, nous souffrons tout autant que vous.

— Pardon, monsieur, pas tout à fait. Je ne connais pas l'économie politique; ça me manque; mais j'ai des yeux, je m'en sers. Eh bien! je n'ai jamais vu les maîtres se décharner et périr faute d'avoir à manger; c'est tout au plus si je les ai vus changer quelque chose à leur manière de vivre, quoique je suppose qu'ils le fassent généralement quand les affaires vont mal. Mais c'est leur apparence, leur froufrou, leur toilette qu'ils diminuent un peu; chez nous autres, c'est le pain qu'on rogne. Vous l'avouerez, monsieur, il est rude, quand on ferait tout au monde pour nourrir sa famille en travaillant, pour empêcher sa femme et ses enfants de mourir de faim, il est cruel de n'avoir pas d'ouvrage malgré tous ses efforts. Je ne sais pas vous dire ça comme Barton l'aurait fait, mais c'est bien clair pourtant.

— Mon brave, écoutez-moi : Deux hommes sont dans un lieu désert; l'un fait du pain, l'autre fabrique des habits ou tout ce que vous voudrez. Ne serait-il pas étrange que le boulanger fût, malgré lui, forcé d'échanger son pain pour des vêtements dont il n'a pas besoin, par le seul fait qu'il doit fournir de l'ouvrage au tailleur qui en manquerait sans cela? Ceci n'est qu'un point de la question. Viennent ensuite les machines, les inventions nouvelles, qui amènent nécessairement des perturbations plus ou moins graves dans le sort des ouvriers. Qu'y faire? Il est même inutile d'en parler.

— Je sais bien, reprit Job, que la passe a été dure pour les tisseurs, quand sont venus les métiers mécaniques; toutes ces machines nouvelles font comme une loterie de l'existence de l'ouvrier. Et pourtant, je ne doute pas que les mécaniques, les chemins de fer et toutes ces inventions ne viennent du bon Dieu. J'ai assez vécu pour voir qu'il fait sortir le bien de la souffrance qu'il envoie; mais, pour sûr, il entre dans son plan que les heureux d'ici-bas portent une partie du fardeau. Il faudrait plus d'esprit et de connaissances que je n'en ai pour savoir comment on doit s'y prendre; et cependant, pour moi, la chose est claire : il y a toujours sous le bien que Dieu nous donne un devoir qu'il nous impose, et le devoir des heureux est d'aider ceux qui souffrent à supporter leur mal.

— Toutefois, il est prouvé chaque jour, par des faits irrécusables, qu'il vaudrait mieux que chacun fût indépendant et ne comptât que sur lui-même, répondit M. Carson.

— On ne peut pas juger de ça comme d'autre chose, et dire, deux faits étant donnés, le produit est ça et ça. Dieu a mis dans chacun des passions et des sentiments qui ne se réduisent pas en problème comme des quantités fixes, parce que c'est sujet à varier. Il a fait des infirmes par exemple, mais pas de la même manière : l'un est faible de corps, l'autre d'esprit, celui-là de volonté, ou tel autre de jugement; c'est toujours être faible; et, à mon sens, Dieu, en donnant la force aux uns, a voulu que ce fût pour soutenir la faiblesse et pour lui venir en aide. Quant aux faits, qu'ils aillent au diable! Je vous demande pardon, monsieur, je ne sais pas bien expliquer la raison qui est en moi; je suis comme un robinet qui ne laisse passer l'eau que goutte à goutte, si bien que vous n'avez pas l'idée de la force qui est en dedans.

— Ce que vous dites est très-vrai, reprit M. Carson; mais comment l'appliquez-vous à la conduite des patrons, à la mienne, par exemple? ajouta-t-il gravement.

— Je ne suis pas assez savant pour disputer de tout ça; les pensées viennent dans ma tête, où je suis sûr qu'elles sont vraies comme paroles d'Évangile; quant à les dire, elles ne se suivent pas comme les termes d'une proposition. Les maîtres ont sur la conscience tout ce qu'ils font et ne font pas; et vous répondrez à Dieu comme tous les autres de ce que vous aurez manqué de faire pour diminuer les maux qui menacent toujours les ouvriers, par lesquels en fin de compte vous vous enrichissez. Avez-vous agi comme vous le deviez? Ce n'est pas mon affaire; Dieu merci. John l'avait prise à cœur cette question-là, et sa réponse a été que *non*. Alors il est devenu chagrin, irrité, puis fou; et dans sa folie, pauvre John! il a fait un grand crime, causé un grand malheur. Il s'en est repenti avec des larmes de sang, et supportera humblement sa punition dans l'autre monde, j'en suis sûr; car jamais repentir n'a été plus sincère. »

M. Carson n'écoutait plus et paraissait avoir oublié leur présence. De leur côté, Jem et le fileur n'osaient pas interrompre sa méditation et le troubler en partant.

Après quelques instants de silence, le gentleman reprit sans regarder ses interlocuteurs:

« Je vous remercie d'être venus et de m'avoir parlé avec franchise. Je crains seulement, Job Legh, que ni vous ni moi ne nous soyons convaincus relativement au pouvoir qu'ont les patrons de remédier aux souffrances dont se plaignent les ouvriers.

— Je suis fâché de vous contredire, monsieur; mais ce n'est pas du pouvoir des maîtres que je vous parlais, c'était de leur volonté. Ce qui nous est le plus sensible, c'est de ne pas même les voir disposés à empêcher les malheurs qui, lorsque l'ouvrage manque, s'abattent sur l'ouvrier, tandis qu'ils peuvent, sans en souffrir, suspendre le travail qui nous fait vivre. Si nous les voyions chercher pour l'amour de nous un remède à nos souffrances, quand même ils seraient longtemps à le trouver, quand même ils ne le trouveraient jamais; qu'enfin ils puissent nous dire: « Pauvres gens! notre cœur souffre pour vous; nous avons

« tout fait pour soulager vos maux, et nous ne l'avons pas pu, »
ça nous rendrait le courage. Personne ne sait, sans y avoir
passé, quelle force on a pour souffrir quand on croit que les autres ont souci de vos chagrins et de bon cœur voudraient les
empêcher. Si nos semblables ne peuvent nous donner que des
larmes et quelques braves paroles, nous accepterons nos épreuves
de la main de Dieu; nous avons assez confiance en lui pour nous
en remettre à sa bonté. Vous dites que notre conversation ne
nous a pas avancés; moi, je dis que si. Elle m'a prouvé que
vous ne voyez pas les choses de l'endroit où je les regarde; et
quand j'aurai à vous juger, ce n'est pas d'après mes idées que je
le ferai, mais je me demanderai si vous avez bien agi d'après
vous et selon que votre conscience vous a fait voir la chose. Je
suis vieux, et sans doute je ne vous reverrai jamais; dans tous
les cas, je prierai pour vous; je penserai à vos chagrins, à toutes vos richesses et à la mort cruelle de votre fils, et je demanderai à Dieu de vous bénir maintenant et dans l'éternité. Adieu,
monsieur. »

Jem avait gardé une réserve noble et digne depuis qu'il avait
répondu franchement aux questions du gentleman. Il se leva en
même temps que Job, et tous les deux saluèrent M. Carson avec
le profond intérêt qu'inspire celui qui, frappé douloureusement,
pardonne le mal qu'on lui a fait et s'efforce de supporter son affliction avec courage.

Le gentleman s'inclina à son tour; puis, tout à coup, faisant
un pas vers les ouvriers qui s'éloignaient, il leur prit la main
qu'il serra dans la sienne, et les laissa partir sans ajouter un mot.

Pour les êtres doués à la fois d'une puissante énergie et de la
faculté de beaucoup aimer, de beaucoup souffrir, il arrive un
moment où, de la contemplation de leur propre douleur, ils s'é-
lèvent au-dessus d'eux-mêmes pour rechercher la nature de leur
souffrance afin de trouver le moyen d'en préserver les autres.
De là les magnanimes efforts qui, de loin en loin, nous apparais-
sent et que font de nobles cœurs, étudiant leur agonie pour
que leurs frères n'aient plus à la redouter. Destinée sublime du
martyre! Combat mystérieux où celui qui souffre lutte avec
l'ange du Seigneur jusqu'à ce qu'il résulte de ses tortures un bienfait pour les générations à venir!

Il se passa quelque temps avant que la nature inflexible de
M. Carson pût connaître cette source de consolation féconde; et
cette rigidité qu'il garda toujours en apparence ne lui permit
pas de recueillir publiquement aucun bénéfice de ses actes; mais
ceux qui l'approchaient de plus près savaient que le désir le

plus ardent de son âme était qu'une entière confiance, un véritable amour régnât désormais entre les patrons et les ouvriers qu'ils emploient; que la vérité fût reconnue; et, qu'une fois établi que les intérêts des uns sont les intérêts de tous, et par conséquent exigent la délibération de tous, on se préoccupât d'avoir des ouvriers instruits, capables de juger, et non des machines dont la force aveugle serait toujours à craindre; d'avoir non pas des bras, mais des hommes unis à leurs patrons par l'estime et l'affection plus encore que par leur intérêt, afin que l'esprit du Christ devînt la seule loi qu'ils reconnussent et qui réglât les rapports des deux parties entre elles.

La plupart des améliorations introduites depuis cette malheureuse époque dans les conditions du travail à Manchester ont été suggérées par les paroles de M. Carson; et bien d'autres projets, dont la pratique révélera plus tard la valeur féconde, doivent leur origine à cet esprit méditatif qui s'est soumis à l'enseignement de la douleur.

CHAPITRE XXXVII.

Quelques jours après les funérailles de Barton, tout était préparé pour le départ de Jem, dont l'époque était prochaine Restait néanmoins l'obstacle le plus sérieux à vaincre, celui que probablement apporterait mistress Wilson à ce projet d'exil qu'on ne lui avait pas encore soumis. Un soir que la veuve paraissait d'un calme inusité, Jem saisit l'occasion de tout avouer à sa mère, qui, à sa grande surprise, accueillit avec joie la proposition qu'il lui faisait de partager leur nouvelle existence.

« Assurément c'est un voyage, dit-elle, que d'aller en Améri que; un bon bout de chemin de l'autre côté de Londres, je sup pose, et tout à fait à l'étranger; mais je n'ai plus bonne opinion de l'Angleterre depuis qu'on y est assez bête pour prendre un garçon rangé comme toi et pour le mettre en prison. Où tu iras, j'irai; peut-être que là-bas ils sauront reconnaître un honnête homme à sa bonne mine; ainsi donc n'en parlons plus, je vais avec toi. »

Leur sentier devenait chaque jour plus facile et plus uni; le présent n'offrait nul embarras, et l'avenir était rempli d'espoir Ils pouvaient, sans amertume, se reporter au passé.

Un soir qu'ils en parlaient tous les deux à côté de Margue-rite :

« Jem, se prit à dire Marie, tu ne m'as jamais expliqué comment tu avais su mes folies avec M. Carson.

— Mon Dieu, mignonne, j'ai presque regret de te l'avouer ; c'est ta tante Esther qui m'en avait parlé.

— Ah ! c'est vrai, je me rappelle qu'elle me l'a dit ; mais ce que je ne sais pas, car j'étais si troublée que je ne le lui ai pas demandé, c'est comment elle avait pu le savoir ; où l'avais-tu donc rencontrée ? je ne sais plus où elle demeure. »

L'aisance avec laquelle Marie parlait d'Esther prouvait à Jem qu'elle ignorait complétement la position de la pauvre fille.

« Mais tu ne m'avais pas dit que de ton côté tu l'avais vue, reprit-il.

— Oh ! c'est pendant cette nuit horrible, dont le souvenir m'est resté comme celui d'un mauvais rêve. » Elle raconta la visite qu'Esther lui avait faite et conclut ainsi : « Nous irons la voir avant de partir, n'est-ce pas ? mais je ne me rappelle plus le nom de l'endroit qu'elle habite.

— Chère Marie !

— Quoi donc, Jem ? s'écria-t-elle tout effrayée.

— Ta pauvre tante n'a pas de demeure, c'est l'une de ces misérables créatures qui courent les rues au soir. »

Et, à son tour, il raconta son entrevue avec Esther.

« Il faut que nous la cherchions, dit aussitôt Marie en se levant pour partir.

— Mais que pouvons-nous pour elle, ma chérie ?

— La retrouver, la prendre avec nous et l'emmener. Pauvre tante ! c'est précisément l'heure où elle doit être dehors. Ne me retiens pas, Jem ; laisse-moi, je veux aller la chercher.

— Attends un peu, Marie : j'y vais si tu le désires, quoique ce soit presque inutile ; mieux vaudrait prendre des renseignements, et, en supposant que je la trouve, comment la faire venir ? elle me l'a déjà refusé parce que, disait-elle....

— Tu ne la persuaderas jamais si tu doutes de réussir, dit Marie en pleurant ; espère d'abord, aie confiance au bien qui est en elle, adresse-toi à son cœur ; oh ! je t'en prie, ramène-la et nous l'aimerons tant qu'elle redeviendra honnête.

— Tu as raison, répliqua Jem entraîné par Marie ; nous l'emmènerons en Amérique où elle oubliera ses fautes. Je pars tout de suite et, si je ne la trouve pas, j'irai demain à la police. »

Jem erra toute la nuit sans rencontrer Esther. Le lendemain il alla aux renseignements, comme il l'avait promis. D'après le signalement qu'il donna aux agents, on lui désigna une fille, connue sous le nom de Papillonne, à cause de la couleur des vêtements qu'elle portait à l'époque où ce nom lui fut donné; il finit, à force de recherches, par découvrir l'un de ces garnis immondes où s'abritent les vagabonds de toute espèce; lui et son compagnon, un brave policeman qui l'avait dirigé dans cette enquête, furent introduits par l'hôtesse dans un grenier où, pendant le jour, vingt ou trente personnes de tout âge, hommes et femmes, venaient sommeiller tant bien que mal, réservant le soir et la nuit pour leurs tristes métiers de mendiants, de voleurs ou de prostituées.

« La Papillonne, dit la logeuse, est venue ici dans la nuit d'avant-hier, en disant qu'elle n'avait pas un penny pour payer son coucher. « Si j'étais dans la campagne, ajoutait-elle, je me reti- « rerais dans un fourré, ou bien dans un ravin pour y mourir; « mais ici la police ne laisse pas aller une personne seule dans « les rues pendant la nuit, et j'ai besoin d'un endroit pour y « finir en paix. » C'est une drôle de paix que nous avons dans cette chambre; mais la pièce était moins pleine qu'à l'ordinaire; je n'ai pas le cœur dur, et c'est dommage; car j'aurais pu faire d'assez bons coups si j'étais moins sensible. Je l'ai donc laissée monter; cependant je ne la vois pas, et je crois qu'elle n'y est plus.

— Est-ce qu'elle était bien malade? demanda Jem.

— Un vrai squelette; rien que la peau et les os, et une toux qui la coupait en deux. »

Ils questionnèrent les gens qui se trouvaient là et qui avaient vu Papillonne. On leur répondit que, se sentant près de mourir, elle avait eu besoin d'air et s'était traînée dehors sans qu'on pût savoir où elle était allée.

Jem était venu rendre compte à Marie du triste résultat de ses recherches. Ils étaient seuls dans l'ancienne chambre des Barton, que Marie devait quitter le surlendemain pour aller chez Job Legh jusqu'au jour de son mariage; ils avaient causé longtemps, une douce rêverie succédait à leurs paroles; Jem entourait de son bras la taille de la jeune fille dont la tête reposait sur son épaule. Tout à coup Jem tressaillit et se leva; Marie chercha sur le visage de son fiancé quelle pouvait être la cause de cette émotion soudaine; il faisait déjà sombre, elle ne put distinguer l'expression de ses traits, mais son regard était tourné vers la fenêtre, où une figure pâle, collée aux vitres, regardait fixement dans l'intérieur de la chambre. Puis un nuage passa sur ces yeux ardents; et le bruit d'un corps tombant sur le pavé se fit entendre.

« Esther ! » dirent à la fois les deux jeunes gens qui se précipitèrent dans la cour, où la pauvre Papillonne gisait sans mouvement et peut-être sans vie.

Elle était revenue, comme le daim blessé qui se traîne pour
mourir jusqu'à la reposée natale, revoir les lieux où s'était écoulée son enfance. Job et Marguerite rentraient chez eux ; Jem et
le fileur portèrent l'infortunée sur le lit de Marie, qui avait été le
sien. Elle respirait encore ; Job s'agenouilla près du lit et pria
pour elle avec ferveur. Lorsqu'elle rouvrit les yeux, elle regarda
autour d'elle, et, reconnaissant la chambre qu'elle occupait jadis
et tout ce qui autrefois lui avait été familier : « Ai-je donc rêvé ? »
demanda-t-elle avec égarement.

Sa main avait rencontré le médaillon qu'à cette heure suprême
elle cherchait instinctivement ; relique précieuse cachée sur son
cœur et qui contenait des cheveux de son enfant. Elle comprit
que ce n'était pas un songe ; que cet affreux cauchemar avait été
sa vie ; et, portant le médaillon à ses lèvres, elle y mit un long
baiser, versa quelques larmes, et mourut l'instant d'après.

Ils la déposèrent dans la même fosse que Barton, sans un nom,
sans une date ; sans rien autre chose sur la pierre qui les couvre que ces paroles du Psalmiste :

« Il ne sera pas toujours irrité et cessera de faire entendre les
menaces de sa colère. »

Une maison de bois longue et basse, suffisamment grande, s'é-
lève au milieu d'un terrain nouvellement défriché. Un arbre
séculaire est seul resté debout afin de protéger le seuil de son
ombre ; un jardin entoure la maison, un verger vient ensuite,
le radieux éclat d'un beau jour, de ceux qui forment ce qu'on
appelle, en Amérique, l'été indien, colore ce lieu béni et le revêt
de sa beauté magique.

Sur la porte est Marie ; elle attend Jem. La journée va finir,
c'est l'heure où les ateliers se ferment, où l'artisan vient retrouver sa famille. Elle regarde le sentier qui conduit à la ville,
et sourit en écoutant une voix cassée qui chante.

> Petit, battons des mains !
> Voilà papa qui revient,
> Rapportant à la brune
> Un gâteau et des prunes
> Pour son petit gamin.

Johnnie fait-entendre un cri de joie ; sa grand'mère l'apporte

sous le vieil arbre, et triomphe en voyant qu'il résiste aux caresses de Marie et ne veut pas la quitter.

« Des lettres d'Angleterre ! c'est là ce qui m'a retardé.

— Oh ! Jem, ne les tiens pas si fort; donne-les-moi; que di-
sent-elles donc?

— Devine; cherche un peu; de bonnes nouvelles.

— Non, dis-moi; je ne sais jamais deviner.

— Et vous, mère, qu'en dites-vous? »

Jeanne réfléchit un instant.

« Will et Marguerite sont mariés, dit-elle.

— Pas encore, mais bientôt. Petite maman n'a pas eu autant
d'esprit que grand'mère. A ton tour, Marie, que devines-tu? »

Il mit sa main sur les yeux du petit Johnnie.

« Voir ! balbutia l'enfant en repoussant la main de son père.

— Et à présent? dit Jem.

— Marguerite n'est plus aveugle, s'écria Marie.

— Tout juste; on lui a fait une opération; elle voit comme autrefois. C'est le 26 du courant qu'elle se marie. Will doit nous
l'amener à son premier voyage, et le vieux Job parle de l'accompagner, non pas pour le plaisir de te voir, Marie, ni moi, ni
ma mère, pas même vous, mon petit héros chéri, dit-il en embrassant Johnnie; mais pour se procurer quelques spécimens
d'insectes canadiens, à ce que nous marque Will. Une visite de
politesse aux perce-oreilles de notre pays.

— Cher et bon Job ! » dit Marie avec une émotion profonde.

FIN.

COULOMMIERS. — IMPRIMERIE PAUL BRODARD

www.ingramcontent.com/pod-product-compliance
Lightning Source LLC
Chambersburg PA
CBHW070458030726
47503CB00004B/1096